Kyss by rowohlt POLARIS

RAVEN KENNEDY

THE DARKEST GOLD

DIE GEFANGENE

Roman

Aus dem Englischen
von Vanessa Lamatsch

Kyss

Die Originalausgabe erschien 2020 unter dem Titel «Gild».

6. Auflage Februar 2026
Deutsche Erstausgabe
Veröffentlicht im Rowohlt Taschenbuch Verlag,
Rowohlt Verlag GmbH, Kirchenallee 19, 20099 Hamburg, Juli 2023

Published by Arrangement with RAVEN KENNEDY LLC
Redaktion Hendrik Lambertus
Kartenillustration © Markus Weber | Guter Punkt, München
Covergestaltung ZERO Werbeagentur, München,
nach dem Original von Imagine Ink Designs
Coverabbildung Shutterstock
Satz aus der Questa
bei Pinkuin Satz und Datentechnik, Berlin
Druck und Bindung CPI books GmbH, Leck
ISBN 978-3-499-01150-4

Kontaktadresse nach EU-Produktsicherheitsverordnung:
produktsicherheit@rowohlt.de

MIX
Papier | Fördert
gute Waldnutzung
FSC® C083411

Dieses Buch enthält potenziell triggernde Inhalte.
Wenn du dich darüber informieren möchtest, findest du
auf unserer Homepage unter
www.endlichkyss.de/thedarkestgold1
eine Content-Note.

Für alle, die sich vergeblich bemühen, die Sterne zu sehen.
Schaut weiter nach oben.

Kapitel 1

Ich setze den goldenen Pokal an die Lippen, den Blick auf das Spektakel aus nacktem Fleisch außerhalb der Gitterstäbe gerichtet.

Die Beleuchtung ist bewusst dämmrig gehalten. Nur das flackernde Licht von Flammen huscht über die sinnlichen Formen, die sich in warmem Einklang bewegen. Sieben Körper, die auf einen einzigen Höhepunkt zustreben, und ich hier drüben, von allen getrennt, wie eine Zuschauerin bei einer Veranstaltung.

Der König hat mich vor ein paar Stunden hierhergerufen, als er begann, sich mit seinem wechselnden Harem aus Konkubinen zu beschäftigen, die auch seine königlichen Sättel genannt werden. Er hat beschlossen, sich seinem Vergnügen heute Abend im Atrium hinzugeben, wahrscheinlich wegen der Akustik hier. Und ich muss zugeben, das Stöhnen hallt wirklich eindrucksvoll von den Wänden wider.

«Ja, mein König! Ja! Ja!»

Ich spüre ein Zucken in meinen Augenwinkeln. Eilig trinke ich mehr Wein, zwinge mich, den Blick abzuwenden und stattdessen zum Nachthimmel aufzusehen. Das Atrium ist riesig. Alle Wände und auch die gewölbte Decke bestehen aus Glas, der Raum bietet die beste Aussicht im ganzen Palast. Jedenfalls ... wenn es mal so lange nicht schneit, dass man etwas erkennen kann.

Gerade tobt wie üblich ein Schneesturm. Weiße Flocken fallen vom Himmel, sie werden die Fenster wohl bis zum

Morgen verdeckt haben. Doch im Moment kann ich noch einen einzelnen entfernten Stern hoch über mir erkennen, der hinter den niederdrückenden Wolken und dem drohenden Weiß hervorspäht. Dieses gefrorene Weißgrau wacht stets über den Himmel wie ein Geizkragen, der mir die Aussicht stiehlt, um sie für sich zu behalten. Aber ich kann einen kurzen Blick darauf erhaschen und bin dankbar dafür.

Ich frage mich, ob vergangene Monarchen aus vergessenen Zeiten einst das Atrium erbaut haben, um die Sterne zu kartografieren und die Geschichten zu entschlüsseln, die die Götter für uns am Himmel hinterlassen haben. Doch die Natur hat ihnen einen Strich durch die Rechnung gemacht, denn die hoch aufgetürmten Wolken verspotten ihre Mühen und verbergen die Wahrheiten vor uns.

Aber vielleicht haben die lange verstorbenen Herrscher diesen Raum auch einfach nur gebaut, um zu sehen, wie das Glas sich mit Frost überzieht und Schneestürme darüber hinwegtoben, während sie hier stehen können, unberührt von der allumfassenden weißen Kälte. Oreanische Herrscher sind arrogant genug, um so etwas zu tun. Ein Paradebeispiel dafür ... Mein Blick huscht zum König, der gerade tief in seinen Sattel eindringt, während die anderen sich zu seinem Vergnügen plakativ dem Liebesspiel hingeben.

Vielleicht irre ich mich. Vielleicht wurde dieser Raum gar nicht gebaut, weil wir aufsehen sollen, sondern damit die Götter auf uns herabschauen können. Vielleicht haben diese alten Herrscher auch ihre Sättel nach hier oben gebracht, als visuelle Opfergabe, um die Götter genussvoll an ihren Ausschweifungen teilhaben zu lassen. Den Geschichten zufolge, die ich gelesen habe, sind die Götter ein notgeiler Haufen, ich würde ihnen das durchaus zutrauen. Aber ich verurteile sie nicht dafür. Denn die königlichen Sättel machen ihre Sache wirklich gut.

Obwohl ich gerade gezwungen bin, ihren unzüchtigen Handlungen zuzusehen und sie zu belauschen, und obwohl die Kuppel gewöhnlich von Schnee überzogen ist, komme ich trotzdem gerne hierher. Näher gelange ich nicht an die Außenwelt. Niemals spüre ich Wind im Gesicht oder kann meine Lunge mit frischer Luft füllen.

Aber gibt es nicht auch etwas Gutes daran, einen Silberstreif? Zumindest muss ich mir keine Sorgen machen, dass meine Haut vom Wind ausgetrocknet werden könnte oder dass ich im Schnee friere. Schließlich *sieht* der Schneesturm kalt aus.

Ich versuche, das Leben so positiv wie möglich zu betrachten, selbst wenn ich in der Menschenversion eines Vogelkäfigs sitze. Ein hübsches Gefängnis für eine hübsche Reliquie.

«Oh Göttlichkeit!», ruft einer der Sättel – ich glaube, Nissa – verzückt und reißt mich damit aus meinen Gedanken. Sie hat eine rauchige Stimme und blondes Haar, ein Gesicht von unverkrampfter, natürlicher Schönheit.

Ich kann es nicht lassen, den Blick wieder auf die Szene vor mir zu richten. Sechs Sättel geben ihr Bestes, ihren Herrscher zu beeindrucken. Sechs ist die Glückszahl des Königs – weil er der Herrscher des Sechsten Königreichs von Orea ist. Tatsächlich ist er ein wenig besessen von dieser Zahl. Ständig umgibt er sich damit. Sechs Knöpfe an jedem Hemd, das seine Schneider für ihn anfertigen. Sechs Zacken in seiner goldenen Krone. Die sechs Sättel, die er heute Abend fickt.

Im Moment kümmern sich fünf Frauen und ein Mann um seine fleischlichen Bedürfnisse. Die Diener haben ein

Bett nach hier oben getragen, damit er es gemütlich hat, während er sich seiner Leidenschaft hingibt. Es ist wohl ein ziemlicher Aufwand für sie, das riesige Bett auseinanderzunehmen und drei Stockwerke über die Treppen hinaufzuschleppen, um es dann wieder zusammenzusetzen. Nur um es später wieder auseinanderzubauen. Aber was weiß ich schon? Ich bin nur des Königs *Lieblingssattel.*

Ich rümpfe die Nase über den Begriff. Ich bevorzuge es, wenn die Leute mich die *Favoritin des Königs* nennen. Das klingt viel netter, auch wenn es dasselbe bedeutet.

Ich gehöre ihm.

Ich stemme die Füße gegen die Gitterstäbe meines Käfigs und lehne mich in meine Kissen zurück. Ich beobachte, wie sich der Hintern des Königs anspannt, während er in das Mädchen unter sich stößt. Zwei weitere Frauen knien auf dem Bett und bieten ihm ihre nackten Brüste dar – die er dabei mit beiden Händen knetet.

Der König mag Busen.

Ich senke den Blick auf meine eigene Brust, die momentan von goldener Seide umhüllt ist. Das Kleid sieht eher aus wie eine Toga, eine Stoffbahn, die an den Schultern von Klammern zusammengehalten wird und von dort nach unten fällt, mit einem Gürtel aus goldenen Ringen um die Taille. Gold. Alles, was ich trage oder berühre oder sehe, besteht aus Gold.

Jede einzelne Pflanze im Atrium, die früher einmal lebendig und grün war, schimmert jetzt leblos und metallisch. Der gesamte Raum ist golden, einmal abgesehen von den Glasscheiben. Genauso wie das Bettzeug, auf dem der König gerade vögelt. Goldsplitter glänzen auf der Holzmaserung des Bettes. Der Boden besteht aus goldenem Marmor, mit dunkleren Adern darin, die aussehen wie gefrorene Flüsse. Goldene Türknäufe; glänzende Ranken, die an vergoldeten Wänden nach oben kriechen; metallische Säulen, deren Bögen all diesen Reichtum tragen.

Gold ist auf Hohenläuten, der Burg von König Midas, eine große Sache.

Goldene Fußböden. Goldene Fensterrahmen, Teppiche, Gemälde, Wandbehänge, Kissen, Kleidung, Geschirr, Rüstungen – zur Hölle, sogar ein kleiner Singvogel ist zu leblosem Glanz erstarrt. So weit das Auge reicht, besteht alles aus Gold, Gold, Gold, inklusive der gesamten Infrastruktur des Palastes. Jeder Stein, jede Stufe, jede Säule.

Von außen muss die Burg grell gleißen, wenn die Sonne sie bescheint. Zum Glück für alle, die außerhalb des Palastes leben, ist die Sonne wahrscheinlich noch nie herausgekommen, um die Burg anzustrahlen. Wenn es nicht schneit, dann graupelt es, und wenn das mal nicht der Fall ist, zieht für gewöhnlich gerade ein Schneesturm auf.

Die Glocke hier läutet immer warnend, wenn ein Blizzard kommt – damit die Leute drinnen bleiben. Und diese riesige Glocke, die am höchsten Punkt der Burg im Turm hängt? Jepp, sie ist auch aus massivem Gold. Und verdammt, sie ist *laut*.

Ich hasse diese Glocke. Ihre Schläge sind durchdringender als ein Hagelsturm auf der Glasdecke über mir, aber für eine Burg mit dem Namen Hohenläuten wäre es vermutlich Blasphemie, diese nervige Glocke *nicht* zu haben.

Ich habe gehört, dass die Leute das Geläut noch viele Meilen entfernt hören können. Burg Hohenläuten – mit all dem glänzenden Gold und der lauten Glocke – ist also ziemlich protzig, wie sie sich auf diesem schneebedeckten Felsengrat erhebt. König Midas hält nichts von vornehmer Zurückhaltung. Er stellt seine berüchtigte magische Macht zur Schau. Und die Leute verneigen sich entweder in Ehrfurcht oder verzehren sich vor Neid.

Ich gehe ans Gitter meines Käfigs, um mir mehr Wein einzugießen, und muss feststellen, dass der Krug leer ist. Stirnrunzelnd spähe ich hinein, ohne auf die spitzen Schreie und das männliche Grunzen hinter mir zu achten. Inzwischen reitet der König einen anderen Sattel – Polly –, und ihr anzügliches Stöhnen fühlt sich für mich an, als würde man mir Eis auf einen schmerzenden Zahn pressen. Eifersucht schnürt mir die Brust zusammen.

Ich wünschte *wirklich*, ich hätte mehr Wein.

Stattdessen schnappe ich mir ein paar Trauben von meiner Obst-und-Käse-Platte und stopfe sie mir in den Mund. Vielleicht fermentieren sie in meinem Magen, und ich werde so ein wenig betrunken? Ein Mädchen darf schließlich hoffen.

Ich probiere es mit einem weiteren Mundvoll, dann gehe ich zurück in die Ecke und lasse mich in die weichen, goldenen Kissen auf dem Boden sinken. Mit überschlagenen Beinen beobachte ich, wie die Körper sich winden und ihre liebreizende Vorstellung für den König fortsetzen.

Drei der Sättel sind neu, also kenne ich ihre Namen noch nicht. Der neue Mann steht auf der Matratze, vollkommen nackt. Große Göttlichkeit! Er ist wirklich attraktiv. Sein Körper ist perfekt geformt. Ich kann verstehen, dass der König ihn gewählt hat, denn mit diesen festen Bauchmuskeln und dem femininen Gesicht ist er *sehr* hübsch anzusehen. Wenn er nicht gerade König Midas dient, trainiert er hart dafür, jeden einzelnen Muskel perfekt auszubilden, das ist unverkennbar. Im Moment hat er die Unterarme auf den obersten Querbalken des Himmelbettes gestützt, auf dem ein weiblicher Sattel hockt wie ein Eichhörnchen auf einem Ast, die Beine weit gespreizt, damit er sie mit dem Mund befriedigen kann. Ihr Gleichgewichtssinn und Showtalent sind beeindruckend.

Die dritte Neue kniet vor dem Mann und lutscht an seinem Schwanz, als müsste sie Gift aus einem Schlangenbiss saugen. Und ... wow, das kann sie *wirklich* gut. Jetzt weiß ich, wieso sie ausgewählt wurde. Ich lege den Kopf schräg und mache mir im Geiste Notizen. Man weiß nie, wann solche Fähigkeiten mal von Nutzen sein können.

«Deine Fotze langweilt mich», sagt Midas plötzlich, und Polly rollt eilig unter ihm hervor. Er verpasst einem der Mädchen vor sich einen Klaps. «Du bist dran. Ich will deinen Arsch.»

«Natürlich, mein König», schnurrt sie, bevor sie herumwirbelt und auf die Knie fällt, den Hintern hoch in die Luft gereckt. Midas stößt in sie, die Feuchtigkeit von Polly noch an seinem Schwanz, und die Frau stöhnt lustvoll auf.

«Lügnerin», murmele ich leise. Das konnte sich unmöglich gut anfühlen.

Nicht, dass ich aus Erfahrung sprechen würde. *Dort hinten* war ich nie penetriert worden, der Göttlichkeit sei Dank.

Der Geräuschpegel im Raum steigt, als mehrere der Sättel zum Höhepunkt kommen – entweder vorgetäuscht oder tatsächlich – und der König grob in die Frau stößt, bis er schließlich mit einem Grunzen seinen Samen vergießt.

Hoffentlich ist er für heute fertig, denn ich bin müde und habe keinen Wein mehr.

Kaum ist die Frau unter ihm zusammengesunken, da klatscht er ihr erneut auf den Hintern, diesmal, um sie zu entlassen. «Ihr könnt alle zurück in den Haremsflügel. Für heute Abend bin ich durch mit euch.»

Seine Worte unterbrechen das Liebesspiel der übrigen Sättel und würgen ihre eigenen Orgasmen ab. Der Mann hat noch immer eine beeindruckende Erektion, doch keiner der Sättel beschwert sich. Das wäre reine Dummheit.

Eilig lösen sich die Sättel voneinander und verlassen den Raum im Gänsemarsch, manche Schenkel immer noch feucht und klebrig. Es war ein langer Abend.

Ich frage mich, ob die Sättel die Sache wohl im Haremsflügel allein zu Ende bringen werden. Mir ist der Zutritt verwehrt, also weiß ich nicht, wie sie miteinander umgehen, wenn der König nicht dabei ist. Ich darf nirgendwohin, außer ich halte mich in meinen Käfigen auf oder werde vom König gerufen. Als seine Favoritin werde ich weggeschlossen und sicher verwahrt. Ein Schoßtier, das man schützen und unterhalten muss.

Ich beobachte Midas genau, während der letzte Sattel verschwindet und der König seine goldene Robe anzieht. Allein der Anblick, wie er dasteht, kaum bekleidet und befriedigt, sorgt dafür, dass mein Magen sich zusammenzieht.

Er ist schön.

Er ist nicht muskulös, weil er ein wirklich luxuriöses Leben führt, aber er ist von Natur aus schlank gebaut, mit breiten Schultern. Jung für einen Herrscher. Midas ist knapp über dreißig, Reste der Jugend machen seine Züge weich. Seine Haut ist gebräunt, trotz der Tatsache, dass es hier eigentlich immer schneit oder regnet, und sein Haar ist blond mit rötlichen Akzenten, die im Kerzenlicht fast scharlachfarben glänzen. Seine Augen strahlen in einem tiefen Braun, und er hat eine besondere Aura, einen besonderen Charme. Es ist dieser Charme, mit dem er mich immer drankriegt.

Mein Blick wandert tiefer, über die schmalen Hüften zur Kontur seines halb erschlafften Gliedes, das ich immer noch unter dem seidigen Stoff erkennen kann.

«Siehst du etwas, das dir gefällt, Auren?»

Beim Klang meines Namens reiße ich mich von seinem

Schritt los und entdecke ein spöttisches Grinsen in seinem Gesicht. Meine Wangen glühen, doch ich spiele meine Verlegenheit herunter. «Nun, es ist ein netter Anblick», erkläre ich trocken und zucke mit den Achseln.

Er schmunzelt, dann kommt er zum Gitter meines Käfigs im hinteren Teil des Atriums. Ich liebe es, wenn er lächelt. Ich spüre dann sofort, wie Raupen in meinem Bauch krabbeln – nicht Schmetterlinge. Für diese frei fliegenden Miststücke habe ich nur Neid übrig.

Seine Augen gleiten von meinen nackten Füßen bis zu meiner Brust. Ich achte darauf, mich auf meinen Kissen nicht zu bewegen, den Kopf erwartungsvoll erhoben, obwohl ich mich unter seinem prüfenden Blick winden will. Ich habe gelernt, reglos zu sein ... weil er das mag.

Sein Blick gleitet wie ein langsames Streicheln über meinen Körper. «Mmm. Du siehst heute zum Anbeißen aus.»

Ich erhebe mich in einer geschmeidigen Bewegung, sodass der Stoff meines Kleides sich nach unten ausbreitet, wo er über meine Zehen streicht. Dann gehe ich langsam zu ihm und schließe eine Hand um die filigranen Stäbe, die uns voneinander trennen. «Du könntest mich aus diesem Käfig lassen und dir einen Bissen gönnen.» Ich achte sorgfältig darauf, spielerisch zu klingen – sinnlich zu wirken –, obwohl Verlangen in mir brennt.

Lass mich raus. Berühr mich. Begehre mich.

Mein König ist ein komplizierter Mann. Ich weiß, dass ich ihm etwas bedeute. Doch in letzter Zeit sehne ich mich nach ... mehr. Ich weiß, dass das mein Fehler ist. Ich sollte nicht mehr verlangen. Ich sollte mit dem glücklich sein, was ich habe. Aber ich kann nichts dagegen tun.

Ich wünschte, Midas würde mich so ansehen, wie ich ihn ansehe. Ich wünschte, seine Brust würde vor Sehnsucht pulsieren, so wie meine. Doch selbst wenn das völlig unmöglich sein sollte, wünschte ich mir, dass er wenigstens mehr Zeit mit mir verbrächte.

Ich weiß, dass dieser Wunsch kaum erfüllbar ist. Er ist ein König. Wird ständig in tausend Richtungen gezerrt. Er hat Pflichten, die ich mir nicht mal vorstellen kann. Ich sollte schon den Umstand feiern, dass er mir überhaupt Aufmerksamkeit schenkt.

Darum begrabe ich meinen Wunsch; mit einer Schaufel voll Schnee bedecke ich die Sehnsucht tief in mir. Ich lenke mich ab. Ich bemühe mich. Ich fülle meine Stunden, so gut es eben geht. Aber egal, wie viele Leute ich auch jeden Tag sehe, ich wache immer noch einsam auf und schlafe auch so ein.

Es ist nicht Midas' Schuld, und deswegen zu schmollen, wäre sinnlos. Das führt nirgendwohin – und ich lebe in einem Käfig, nirgendwohin zu kommen ist eine meiner Kernkompetenzen.

Midas' Schmunzeln verbreitert sich bei meiner frechen Antwort zu einem Grinsen. Er ist spielerisch und entspannt heute Abend. Ich sehe ihn nicht oft in dieser Stimmung, die ich so sehr liebe. Sie erinnert mich an unser Verhältnis zu Beginn unserer Freundschaft. Als ich nur ein verlorenes Mädchen war und Midas erschienen ist, um mir ein anderes Leben zu zeigen; als er mich angelächelt und daran erinnert hat, wie es ist, die eigenen Mundwinkel zu heben.

Midas lässt seinen Blick erneut über meine Figur gleiten. Wärme strömt durch meine Haut, seine Anerkennung schmeichelt mir. Meine Figur ähnelt einer Sanduhr, große Brüste, breite Hüften und ein ordentlicher Hintern ... aber das ist nicht das Erste, was die Leute bemerken, wenn sie mich ansehen. Ich bin mir nicht mal sicher, ob *er* es bemerkt.

Wenn die Leute mich ansehen, dann wollen sie nicht

meine Kurven bewundern oder die Gedanken hinter meinen Augen erraten. Nein, sie konzentrieren sich vollkommen auf eine Sache: den Glanz meiner Haut.

Weil sie aus Gold ist.

Nicht goldfarben. Nicht goldbraun. Nicht angemalt oder geschminkt oder gefärbt. Meine Haut besteht aus echtem, schimmerndem, seidigem Gold.

Ich sehe aus wie alles andere in diesem Palast. Selbst mein Haar und meine Iris glänzen metallisch. Ich bin eine wandelnde Goldstatue, jeder Teil von mir, außer meinen strahlend weißen Zähnen, dem Weißen in meinen Augen und meiner frechen pinkfarbenen Zunge.

Ich bin eine Kuriosität, ein Objekt, ein Gerücht. Ich bin die Favoritin des Königs. Sein hochgeschätzter Sattel. Die eine, die er goldgeküsst hat und in einem Käfig ganz oben in seiner Burg verwahrt. Mein Körper trägt das Mal seiner Inhaberschaft und seiner Gunst.

Das vergoldete Schoßtier.

Ich bin der Liebling von König Midas, Herrscher von Burg Hohenläuten und dem Sechsten Königreich von Orea. Leute strömen in Scharen heran, nicht nur, um diese glänzende Burg zu sehen, die mehr wert ist als alle Schätze des Reiches ... sondern auch, um mich zu bewundern.

Ich bin die goldene Gefangene.

Aber was für ein wunderschönes Gefängnis ich habe!

Kapitel 2

Jetzt, da Midas vor mir steht, ist meine Müdigkeit vergessen.

Ich sehe nur ihn. Jeder Nerv in meinem Körper ist sich seiner Aufmerksamkeit bewusst. Während Midas mich mustert, betrachte ich sein attraktives Gesicht, nehme die Entschlossenheit in seinem Blick in mich auf.

Je länger ich ihn ansehe, desto mehr vergebe ich ihm, dass er mich heute Abend hierher nach oben geholt hat. Mich zur Zuschauerin seines Vergnügens gemacht hat, an dem ich nicht teilhaben durfte, während er die Schenkel seiner Sättel spreizte.

Er hebt eine Hand und schiebt sie durch das Gitter. «Du bist mir so wichtig, Auren», murmelt er leise und zärtlich.

Ich erstarre. Mein Atem scheint sich in meiner Brust zu einer Feile zu formen, die über meine Nerven kratzt und ihre Empfindlichkeit schärft. Vorsichtig schiebt er die Hand vorwärts, bis ein Finger über meine Wange gleitet. Meine Haut kribbelt unter der Berührung, doch ich verharre weiterhin vollkommen still, zu nervös, um auch nur zu blinzeln. Diese winzige Bewegung könnte ihn dazu bringen, seine Hand zurückzuziehen.

Bitte, hör nicht auf, mich zu berühren.

Ich will mich nach vorne lehnen und seinen Geruch aufnehmen, durch die Gitterstäbe greifen und ihn ebenfalls berühren. Aber ich weiß, dass ich das nicht tun sollte. Also bleibe ich unbeweglich stehen, nur meine goldenen Augen leuchten begierig.

«Hast du es genossen, heute Abend zuzusehen?», fragt er. Seine Finger gleiten tiefer, bis sein Daumen meine üppige Unterlippe erreicht. Ich öffne leicht den Mund und keuche, als meine Lippen sich kurz um die Kuppe seines Daumens schließen, Hitze um Hitze.

«Mitzumachen würde mir mehr Freude bereiten», antworte ich, ganz darauf fokussiert, wie seine Finger den Bewegungen meiner Lippen folgen.

Midas hebt die Hand, um mein Haar zu berühren. Er reibt eine Strähne zwischen den Fingern, beobachtet, wie sie im Kerzenlicht glitzert. «Du weißt, dass du zu kostbar dafür bist, dich mit den anderen Sätteln zu mischen.»

Ich schenke ihm ein knappes Lächeln. «Ja, mein König.»

Midas gibt die Strähne frei und tippt mir kurz auf die Nase, bevor er die Hand aus dem Käfig zieht. Es kostet mich unendlich viel Selbstkontrolle, ihm nicht meinen Körper entgegenzudrängen, wie ein Zweig, der sich unter einem Windstoß bewegt. Er weht an mir vorbei und ich verforme mich willig.

«Du bist nicht wie die anderen Sättel dafür gemacht, täglich geritten zu werden, Auren. Du bist viel mehr wert als sie. Außerdem mag ich es, dass du immer dabei bist und mich beobachtest. Das macht mich hart», sagt Midas mit glühendem Blick.

Seltsam, wie er zugleich allumfassendes Verlangen und tiefe Enttäuschung in mir hervorruft.

Obwohl ich es nicht tun sollte, gebe ich Widerworte. Das liegt nur an diesem einsamen Verlangen in mir. «Aber die anderen Sättel verabscheuen mich. Und die Diener reden. Glaubst du nicht, es wäre besser, mich einen Abend teilnehmen zu lassen, selbst wenn ich dabei niemand anderen berühre als dich?», frage ich. Ich weiß, dass ich jämmerlich klinge, aber ich verzehre mich nach ihm.

Seine Augenbrauen ziehen sich zusammen. Sofort wird mir klar, dass ich den Bogen überspannt habe. Mein Magen verkrampft sich aus einem ganz anderen Grund als bisher. Ich habe ihn verloren, habe seine Unbeschwertheit zerrissen wie ein Stück Pergament.

Seine attraktiven Züge werden hart, sein Charme vergeht wie Schnee auf glühenden Kohlen. «Du bist mein königlicher Sattel. Meine Favoritin. Mein Schatz», belehrt er mich, und ich senke den Blick auf meine Füße. «Ich gebe einen Scheiß darauf, was die Diener und Sättel sagen. Du gehörst mir, ich kann über dich verfügen, wie es mir gefällt. Und wenn es mir gefällt, dich in deinem Käfig zu halten, wo niemand dich erreichen kann außer mir, dann ist das mein Recht.»

Ich schüttele den Kopf über mich selbst. *Dumm. So dumm.* «Natürlich. Ich dachte nur ...»

«Du bist nicht hier, um zu denken», blafft Midas dazwischen – eine selten harsche Zurechtweisung. Mein Atem stockt. Er war so guter Stimmung, und ich habe das zerstört. «Behandele ich dich nicht gut?», verlangt er zu wissen und reißt die Arme in die Luft. Seine Stimme hallt durch den riesigen Raum. «Gewähre ich dir nicht jede Art von Bequemlichkeit?»

«Das tust du ...»

«In der Stadt leben in diesem Moment Huren im Elend, sie pissen in Eimer und bumsen auf der Straße, um mit ihrer Fotze ein paar Münzen zu verdienen. Und trotzdem beschwerst du dich?»

Ich presse die Lippen aufeinander. Er hat recht. Meine Situation könnte so viel schlimmer sein. Sie *war* schon schlimmer. Und Midas hat mich aus diesem Leben errettet.

Der Silberstreif daran: Dass ich die Favoritin des Königs bin, verschafft mir eine Menge Vorteile und einen besonderen Schutz, den andere nicht genießen. Wer weiß, was geschehen wäre, hätte der König mich nicht gerettet? Ich könnte mich in diesem Moment im Besitz von schrecklichen Leuten befinden. Ich könnte dort leben, wo Krankheiten und Grausamkeit regieren. Vielleicht müsste ich um mein Leben fürchten.

Schließlich sah mein Dasein genau so aus, bevor er aufgetaucht ist. Als ein Opfer von Kinderhandel war ich viel zu lange den Launen böser Menschen ausgeliefert. Habe zu viele schreckliche Dinge gesehen.

Einmal bin ich weggelaufen, habe bei den einzigen netten Leuten gewohnt, die ich seit meinen Eltern getroffen hatte. Ich dachte, ich wäre der Brutalität des Lebens entkommen. Bis Plünderer auftauchten und auch das zerstörten. Mein Leben war drauf und dran, wieder ins Elend zu stürzen, aber dann ist Midas erschienen und hat mich gerettet.

Er wurde zu meiner Zuflucht vor der grausamen Gewalt, die stets auf meine geschundene Seele eingeprasselt war. Und dann hat er mich zu seinem berühmten Ausstellungsstück gemacht.

Ich habe keinerlei Recht, mich zu beschweren oder etwas zu verlangen. Wenn ich daran denke, unter welchen Bedingungen ich immer noch leben könnte ... Nun, das wird eine lange Liste, auf der unzählige unangenehme Dinge stehen. Ich grüble nicht gerne darüber nach. Ich bekomme Magenverstimmungen, wenn ich an die Vergangenheit denke, also tue ich es lieber nicht. Schließlich sind Magenverstimmungen nicht unbedingt hilfreich bei dem vielen Wein, den ich jeden Abend trinke. Darum bin ich ein Mädchen, das bei allem den Silberstreif am Horizont sieht.

Sobald König Midas die Reue in meiner Miene erkennt, wirkt er zufrieden mit sich: Er hat mein Denken auf eine neue Richtung gelenkt. Sein Blick wird erneut sanft, und seine Knöchel gleiten kurz über meinen Arm. Wäre ich eine Katze, würde ich schnurren.

«Das ist mein kostbares Mädchen», sagt er, und die Sorge, die mir den Magen verkrampft hat, lässt ein wenig nach. Weil ich weiß, dass ich ihm wichtig bin und immer sein werde. Er und ich, uns verbindet etwas, das niemand sonst versteht. Niemand kann diese Verbindung nachempfinden. Ich kannte ihn, bevor er die Krone trug. Bevor seine Burg golden glänzte. Zehn Jahre bin ich jetzt schon bei ihm ... und diese Dekade hat das Band zwischen uns immer fester geknüpft.

«Es tut mir leid», sage ich.

«Ist schon in Ordnung», beruhigt er mich und streicht über mein Handgelenk. «Du wirkst müde. Geh zurück in deine Gemächer. Ich werde dich morgen früh rufen lassen.»

Ich runzele die Stirn, als er sich zurückzieht. «Morgen früh?», erkundige ich mich vorsichtig. Gewöhnlich lässt er mich erst rufen, wenn die Sonne schon untergegangen ist.

Er nickt, bereits im Begriff, sich zu entfernen. «Ja. König Fulke bricht morgen auf, um nach Burg Ranhold zurückzukehren.»

Es kostet mich eine Menge Selbstkontrolle, nicht in sichtbarer Erleichterung aufzuatmen. Ich kann König Fulke vom Fünften Königreich nicht ausstehen. Er ist ein schmieriger, rüpelhafter alter Mann, mit der Macht der Verdoppelung. Mit seiner Macht kann er alles, was er berührt, genau einmal duplizieren. Bei Menschen funktioniert es nicht, der Göttlichkeit sei Dank, sonst hätte er schon vor langer Zeit versucht, mich zu kopieren.

Selbst wenn ich Fulke niemals wiedersehe, wäre das noch zu früh. Doch er und mein König sind jetzt schon seit mehreren Jahren Verbündete. Unsere Königreiche haben eine gemeinsame Grenze, darum kommt er jedes Jahr mehrfach zu Besuch, gewöhnlich mit Wagenladungen voller Dinge, die Midas in Gold verwandeln soll. Ich bin mir sicher, dass Fulke alles verdoppelt, kaum dass er in seine Burg zurückgekehrt ist. Die Allianz mit Midas hat ihn *sehr* reich gemacht.

Ich weiß nicht genau, was mein König im Austausch erhält, doch ich bezweifele sehr, dass er Fulke aus reiner Herzensgüte reich macht. Midas ist nicht gerade für seine Selbstlosigkeit bekannt. Aber hey, als König muss man auf sich selbst und das eigene Königreich aufpassen. Ich nehme ihm das nicht übel.

«Oh», antworte ich, weil ich weiß, was das bedeutet. König Fulke wird mich sehen wollen, bevor er aufbricht. Er ist regelrecht besessen von mir und versucht nicht einmal, das zu verbergen.

Der Silberstreif? Seine Faszination sorgt dafür, dass Midas mir mehr Aufmerksamkeit schenkt. Wie bei Kindern, die sich um ein Spielzeug streiten. Wenn Fulke da ist, hortet Midas mich für sich selbst und passt gut auf, dass Fulke nicht mit mir spielen kann.

Falls Midas mein Unbehagen bemerkt hat, kommentiert er es jedenfalls nicht. «Du wirst morgen früh, während wir speisen, in den Frühstücksraum kommen», sagte er. Ich nicke. «Und jetzt geh in dein Zimmer und ruh dich aus, damit du morgen frisch bist. Ich werde nach dir schicken, wenn es so weit ist.»

Ich beuge den Kopf. «Ja, mein König.»

Midas schenkt mir ein letztes Lächeln, bevor er mit wehender Robe den Raum verlässt. Ich bleibe allein zurück, im Atrium, das sich plötzlich anfühlt wie eine Höhle.

Seufzend mustere ich die endlosen goldenen Gitterstäbe,

die sich vor mir durch den Raum ziehen. Im Stillen hasse ich sie. Wäre ich doch nur stark genug, die Stäbe auseinanderzubiegen und zwischen ihnen hindurchzuschlüpfen! Es geht nicht mal darum, dass ich weglaufen will, denn das habe ich nicht vor. Ich weiß, wie gut ich es hier habe. Aber allein die Vorstellung, mich frei durch die Burg bewegen zu können, Midas in sein Schlafzimmer zu folgen ... Das ist die Freiheit, nach der ich mich sehne.

Nur zum Spaß packe ich zwei der Stäbe und zerre mit aller Kraft daran. «Kommt schon, ihr kleinen goldenen Mistdinger», murmele ich, meine Arme angespannt.

Zugegeben, ich habe in Sachen Muskeln nicht viel zu bieten. Wahrscheinlich sollte ich anfangen, in meiner Freizeit zu trainieren. Es ist ja nicht so, als wäre ich zu beschäftigt dafür. Ich könnte von einem Ende des Raums zum anderen laufen oder an den Sprossen des Käfigs nach oben klettern und Klimmzüge machen, oder ich könnte ...

Mit einem schnaubenden Lachen lasse ich die Hände wieder sinken. Ich langweile mich, aber *so* sehr dann auch wieder nicht. Dieser männliche Sattel mit den Bauchmuskeln bringt offenbar viel mehr Motivation auf als ich.

Ich sehe durch die Gitterstäbe hinüber zu dem Vogelkäfig, der ein paar Schritte entfernt an einem Ständer hängt. Darin hockt ein Vogel aus massivem Gold, erstarrt auf seiner Stange. Dieses Vogelweibchen war einmal ein Schneefink, glaube ich. Ihr Bauch hatte die Farbe des weißen Schnees, über den sie einst auf dem eisigen Wind hinweggeglitten ist, die Flügel weit ausgebreitet. Jetzt sind ihre weichen Federn harte, metallische Linien, ihre Flügel sind für immer an den kleinen Körper gepresst und ihre Kehle ist verstummt.

«Schau mich nicht so an, Goldstück», sage ich zu ihr. Sie starrt weiter zurück.

«Ich weiß», seufze ich. «Ich weiß, wie wichtig es für Midas ist, dass ich sicher in meinem Käfig verwahrt bin, genau wie du.» Mit leicht geneigtem Kopf lasse ich meinen Blick über all den Luxus in meiner unmittelbaren Reichweite schweifen.

Das Essen, die Kissen, die kostbare Kleidung. Manche Leute würden für diese Dinge töten ... und das meine ich nicht nur metaphorisch. Sie würden *tatsächlich* dafür töten. Armut ist ein grausamer Anreiz. Das weiß ich nur zu gut.

«Schließlich hat er versucht, es mir so bequem wie möglich zu machen. Ich sollte nicht so maßlos und undankbar sein. Alles könnte viel schlimmer sein, nicht wahr?»

Der Vogel starrt mich nur weiter an. Ich ermahne mich selbst, nicht länger mit diesem Ding zu reden. Goldstück hat ihren letzten Atemzug vor langer Zeit getan. Ich kann mich nicht mal mehr erinnern, wie ihr Gesang geklungen hat. Ich stelle mir allerdings vor, dass er schön war – bevor der Vogel zu einem glänzenden, schweigenden Schemen erstarrt ist.

Werde ich auch so enden?

Wird mein Körper in fünfzig Jahren zu massivem Gold werden, wie der des Vogels? Werden meine Organe verschmelzen, meine Stimme verklingen, meine Zunge schwer werden? Wird das Weiß meiner Augen verschwinden und meine Lider für immer blicklos geöffnet bleiben? Vielleicht werde ich hier drin sitzen, für immer unbeweglich, während Leute in den Käfig spähen und durch das Gitter mit mir reden, ohne dass ich antworten kann.

Davor habe ich Angst, auch wenn ich nie darüber gesprochen habe. Wer weiß schon, wie diese Macht mich verändern wird? Vielleicht werde ich eines Tages wirklich zur Statue erstarren.

Ich drehe mich um, gleite mit der Hand einmal über die Gitterstäbe und lasse sie sinken. *Der Silberstreif, Auren. Du musst den Silberstreif daran sehen.*

Wie die Tatsache, dass mein Käfig wirklich nicht klein ist. Midas hat ihn im Laufe der Jahre langsam erweitern lassen, sodass er sich inzwischen durch das gesamte obere Stockwerk des Palastes zieht. Seine Arbeiter haben zusätzliche Durchgänge in den hinteren Teilen der Räume eingefügt und vergitterte Laufwege daran angeschlossen, die sich jeweils zu großen runden Käfigen öffnen. All das hat er für mich getan.

Ich kann auf diese Weise das Atrium, den Salon, die Bibliothek und das königliche Frühstückszimmer erreichen und natürlich meine persönlichen Gemächer, die den gesamten Nordflügel einnehmen. Das ist mehr Platz, als die meisten Leute im Königreich haben.

Meine Gemächer umfassen ein großes Badezimmer, ein Umkleidezimmer und mein Schlafzimmer. Prunkvolle Räume mit riesigen eingebauten Käfigen, verbunden über vergitterte Wege, die mir erlauben, von einem Zimmer zum anderen zu wandern. Ich muss meinen Käfig nie verlassen – es sei denn, Midas kommt, um mich an einen anderen Ort zu führen. Doch selbst dann bringt er mich gewöhnlich nur in den Thronsaal.

Die arme goldene Favoritin. Ich weiß, wie undankbar ich klinge, und ich hasse das. Es ist wie eine schwärende Wunde tief unter meiner Haut. Ich kratze ständig daran herum, obwohl ich weiß, dass ich die Finger davonlassen sollte; es zulassen sollte, dass die Wunde verheilt und schließlich vernarbt.

Aber auch wenn jeder Raum prunkvoll eingerichtet ist und ich überall nichts als Eleganz erblicke, hat der Luxus für mich schon lange seinen Reiz verloren. Ich nehme an, das war nach meinem langen Aufenthalt hier unvermeidlich. Spielt es wirklich eine Rolle, ob der Käfig aus massivem Gold besteht, wenn man ihn nicht verlassen darf? Ein Käfig ist ein Käfig, egal, wie sehr er auch glänzt.

Und das ist die Krux an der Sache. Ich habe Midas angefleht, mich zu behalten und zu beschützen. Er hat sein Versprechen eingelöst. Ich bin es, die alles ruiniert. Meine eigenen Gedanken verdrehen alles, flüstern Dinge, auf die ich kein Recht habe.

Manchmal, wenn ich genug Wein trinke, vergesse ich, dass ich in einem Käfig sitze. Vergesse ich diese schwärende Wunde.

Also trinke ich eine Menge Wein.

Ich stoße die Luft aus und hebe den Blick zur Glasdecke. Bemerke, dass weitere Wolken von Norden herandrängen, ihre bauschigen Formen erhellt vom einsamen Mond.

Wahrscheinlich fallen heute gute dreißig Zentimeter Schnee über Hohenläuten. Es würde mich nicht überraschen, wären morgen alle Fenster im Atrium vollkommen von weißem Puder und dickem Eis bedeckt, der Himmel erneut vor meinen Blicken verborgen.

Der Silberstreif? Im Moment habe ich immer noch diesen einzelnen Stern, der in die Nacht hinausspäht.

Ich erinnere mich, wie mir meine Mutter als Kind erklärt hat, die Sterne wären Göttinnen, die darauf warten, aus dem Licht zu schlüpfen. Eine hübsche Geschichte für ein kleines Mädchen, das ihre Familie und ihr Zuhause auf einen grausamen Schlag verlieren sollte.

Mit fünf Jahren, in einer klaren, sternenhellen Nacht, wurde ich hastig aus meinem Bett geholt. Im Gänsemarsch wurden wir weggeführt, ich und die anderen Kinder aus der Umgebung, während um uns herum Kampfgeräusche erklangen. Wir schlichen durch die warme Abendluft; versuchten, inmitten der Gefahr irgendwo Schutz zu finden. Ich habe geweint, als meine Eltern mich zum Abschied küssten. Aber sie haben gesagt, ich solle gehen. Solle tapfer sein. Dass sie mich bald wiedersehen würden.

Ein Befehl. Ein Drängen. Eine Lüge.

Jemand musste gewusst haben, dass man uns wegbringen wollte. Jemand musste uns verraten haben. Denn unsere heimliche Flucht führte uns nicht in Sicherheit. Stattdessen stürzten sich Räuber aus den Schatten auf uns, noch ehe wir auch nur die Stadt verlassen konnten; als hätten sie auf uns gewartet. Blut ergoss sich auf den Boden, als unsere Begleiter niedergestreckt wurden. Heiße Flüssigkeit spritzte auf kleine, entsetzte Gesichter. Die Erinnerung daran lässt noch immer meine Augen brennen. In diesem Moment wurde mir klar, dass ich in einem Albtraum erwacht war.

Ich versuchte, um Hilfe zu rufen, nach meinen Eltern zu schreien, sie wissen zu lassen, dass hier alles falsch war ... aber mir wurde ein Lederknebel in den Mund geschoben, der nach Eichenrinde schmeckte. Ich weinte, während wir geraubt wurden. Tränen flossen. Füße schlurften. Herzschlag stockte. Mein Zuhause verblasste. Es gab Schreie und metallisches Klirren und Weinen, aber auch Stille. Die Stille war das schlimmste Geräusch.

Immer wieder schaute ich zu diesen Lichtpunkten am schwarzen Himmel auf, flehte die Göttinnen an, geboren zu werden und zu unserer Rettung zu eilen. Bat sie, mich in mein Bett zurückzubringen, zu meinen Eltern, in Sicherheit.

Sie taten es nicht.

Man sollte meinen, ich würde den Sternen das übel nehmen, aber das ist nicht der Fall. Denn jedes Mal, wenn ich in den Himmel schaue, erinnere ich mich an meine Mutter.

Oder zumindest an einen Teil von ihr. Einen Teil, an dem ich mich seit zwanzig Jahren verzweifelt festklammere.

Doch die Erinnerung und die Zeit sind keine Freunde. Sie verabscheuen einander, eilen in verschiedene Richtungen davon, dehnen das Band zwischen sich, bis es zu reißen droht. Sie kämpfen, und wir verlieren zwangsläufig. Erinnerung und Zeit. Man verliert das eine, während man die Richtung des anderen einschlägt.

Ich kann mich nicht entsinnen, wie das Gesicht meiner Mutter aussah. Ich erinnere mich nicht an das Rumpeln der Stimme meines Vaters. Ich kann nicht das Gefühl in mir wachrufen, ihre Arme um mich zu spüren, als sie mich das letzte Mal gehalten haben.

Die Erinnerung ist verblasst.

Dieser einzelne Stern über mir zwinkert mir zu, verschwimmt hinter der Feuchtigkeit, die sich in meinen Augen gesammelt hat. Und schon in der nächsten Sekunde wird mein Stern von wilden Wolken erstickt und vor meinen Blicken verborgen. Ein Stich der Enttäuschung durchfährt mein Herz.

Wenn diese Sterne wirklich Göttinnen sind, die auf ihre Geburt warten, dann sollte ich sie warnen, in der Sicherheit ihres funkelnden Lichtes zu bleiben. Denn hier unten? Hier unten ist das Leben dunkel und einsam, mit lärmenden Glocken und viel zu wenig Wein.

KAPITEL 3

Am Morgen weckt mich die verdammte Glocke, und sofort explodieren Kopfschmerzen hinter meinen Augen.

Ich reiße meine verkrusteten Lider auf und reibe mir blinzelnd den Sand weg. Als ich mich aufsetze, rollt die Weinflasche, die offenbar immer noch auf meinem Schoß lag, auf den goldenen Boden und kullert davon. Ich sehe mich um und entdecke zwei königliche Wachen, die sich auf der anderen Seite meiner Gitterstäbe postiert haben.

Mein Käfig nimmt den Großteil des Raums ein, doch es gibt daneben genug Platz, dass die Wachen jenseits der Gitter auf ihren Runden den gesamten Nordflügel durchwandern können.

Eilig wische ich mir die Spucke vom Mundwinkel und strecke mich. Ich warte darauf, dass die Glocke ihr unablässiges Dröhnen einstellt, weil mir der Kopf von dem Alkohol brummt, den ich getrunken habe, bevor ich gestern endlich eingeschlafen bin.

«Sei still», knurre ich und reibe mir das Gesicht.

«Wurde auch Zeit, dass sie aufwacht», höre ich.

Ich sehe zu den Wachen und bemerke, dass Digby – ein älterer Mann mit grauem Haar und dichtem Bart – sich neben der Tür aufgebaut hat. Er gehört zu meinen üblichen Wachen und hat den Posten schon seit Jahren inne. Ein unendlich aufrechter, ernster Mann, der niemals mit mir plaudert und sich auch meinen Trinkspielen verweigert.

Aber der Kerl, der gesprochen hat? Er ist neu. Trotz

meines Katers merke ich sofort auf. Ich bekomme nicht oft neue Wachen.

Ich mustere den Neuling. Er wirkt, als wäre er kaum älter als siebzehn Winter, immer noch mit Pickeln im Gesicht und schlaksigen Gliedern. Wahrscheinlich wurde er gerade erst in der Stadt rekrutiert. Alle Männer werden sofort in König Midas' Armee eingezogen, sobald sie volljährig sind – es sei denn, sie besitzen Land zur Bewirtschaftung.

«Wie heißt du?», frage ich und stehe auf, um eine Hand an das Gitter zu legen.

Seine Augen huschen zu mir, dann rückt er seine goldene Rüstung zurecht, auf deren Brustpanzer stolz das Emblem einer Glocke prangt. «Joq.»

Digby wirft ihm einen strengen Blick zu. «Rede nicht mit ihr.»

Joq kaut nachdenklich auf seiner Lippe. «Warum nicht?»

«Weil unsere Befehle so lauten, darum.»

Joq zuckt mit den Achseln. Ich verfolge den Wortwechsel mit wachsender Neugier und frage mich, ob *er* wohl vielleicht mal ein Trinkspiel mit mir spielen wird.

«Glaubst du, sie hat eine goldene Fotze?», fragt Joq plötzlich und mustert mich mit schräg gelegtem Kopf.

Oookay, also wohl eher keine Trinkspiele. Gut zu wissen.

«Es ist unhöflich, direkt vor den Betroffenen über ihre Fotzen zu sprechen», erkläre ich spitz. Seine Augenbrauen schießen bei meinen deutlichen Worten überrascht nach oben.

«Aber du bist ein Sattel», meint er stirnrunzelnd. «Deine Fotze ist das, worauf es bei dir ankommt.»

Wow, okay. Joq ist also ein Arschloch.

Ich packe die goldenen Gitterstäbe fester und mustere

ihn aus zusammengekniffenen Augen. «Bei weiblichen Sätteln geht es nicht *nur* um ihre Fotzen. Für gewöhnlich haben wir auch wunderbare Titten», gebe ich trocken zurück.

Statt meinen ätzenden Tonfall zu bemerken, wirkt er aufgeregt. Anscheinend ist Joq auch noch ein Idiot.

Digby wendet sich ihm zu. «Vorsicht, Junge. Wenn der König hört, wie du über den Körper seiner Favoritin sprichst, wird er deinen Kopf schneller auf einen goldenen Spieß stecken, als du *Scheiße noch mal* sagen kannst.»

Joqs Blick gleitet über mich, als höre er Digby gar nicht zu. «Sie ist ein schönes Stück, mehr sage ich ja gar nicht», antwortet er. Offenbar will er die Klappe nicht halten. «Ich dachte, es wäre ein Mythos, dass König Midas seinen Lieblingssattel goldgeküsst hat.» Joq kratzt sich das verwuschelte schlammfarbene Haar. «Was glaubst du, wie er das gemacht hat?»

«Was gemacht hat?», blafft Digby sichtlich irritiert.

«Nun ... sollte sich nicht alles, was er berührt, in massives Gold verwandeln? Sie müsste jetzt eigentlich eine unbewegliche Statue sein, oder?»

Digby schaut ihn an, als wäre er ein Narr. «Blick dich um, Junge. Der König verwandelt manche Dinge in massives Gold, andere Dinge behalten ihre Form und werden nur golden, wie die Vorhänge und so'n Zeug. Ich weiß nicht, wie er das anstellt, weil es nicht meine verdammte Aufgabe ist, mich darum zu kümmern. Es *ist* meine Aufgabe, das oberste Stockwerk der Burg und König Midas' Favoritin zu bewachen, also mache ich das. Wärst du klug, würdest du dasselbe tun und deine dämliche Klappe halten. Und jetzt dreh deine Runde.»

«Schon gut, schon gut.» Der gerügte Joq wirft mir noch einen neugierigen Blick zu, dann wendet er sich ab und schlüpft durch die Tür, um den Rest des Stockwerks zu patrouillieren.

Ich schüttele den Kopf. «Diese jungen Wächter heutzutage. Alles Idioten. Nicht wahr, Digby?»

Digby schaut nur kurz zu mir, ehe er in seine Stoischer-Wächter-Pose fällt, den Blick ins Leere gerichtet. Nach all den Jahren in seiner Nähe weiß ich, dass er seinen Job sehr, sehr ernst nimmt.

«Macht Euch besser bereit, Lady Auren. Es ist schon spät», meint er barsch.

Ich seufze und massiere mir kurz die schmerzenden Schläfen, dann trete ich durch einen Torbogen in den vergitterten Laufgang, der meine Gemächer miteinander verbindet. Ich wandere in mein Umkleidezimmer, während Digby im anderen Raum bleibt, um mir Privatsphäre zu gewähren.

Einige der anderen Wächter reizen gerne die Grenzen aus und folgen mir hierher. Dann bin ich froh, dass ich mich hinter Gittern befinde. Glücklicherweise hängt hier eine goldene Stoffbahn von der Decke und verhüllt einen Teil des Käfigs. Hinter dem Stoff kann ich mich ausziehen, ohne beobachtet zu werden. Doch ich bin mir ziemlich sicher, dass meine Silhouette sich trotzdem abzeichnet – darum folgen diese Schwanzträger mir.

Aber bei Digby muss ich mir keine Sorgen machen, dass er meinen Schatten begaffen könnte. Er hat nie etwas Unangebrachtes versucht oder mich angeglotzt – wie einige der anderen Wachen. Wenn ich jetzt so darüber nachdenke, ist er vielleicht darum schon seit so vielen Jahren mein Wächter, während viele der anderen nicht für lange blieben. Ich frage mich, ob König Midas *ihre* Köpfe wohl auf goldene Spieße gesteckt hat.

Heute Morgen wirkt mein Umkleidezimmer dunkel und

trostlos. Es gibt nur ein Oberlicht in der Decke über mir, aber es ist für gewöhnlich von Schnee bedeckt, so auch heute. Die einzige andere Lichtquelle ist die Laterne auf dem Tisch. Eilig fülle ich Öl nach und drehe die Flamme auf, bevor ich im sanften Licht mit meiner Morgenroutine beginne. Midas wird mich heute zu sich rufen, also muss ich rechtzeitig fertig sein.

Ich musterte die Regale voller Kleider, durchstöbere sie mit Blicken. Natürlich sind alle aus goldenem Stoff, mit goldenen Stickereien. Als Midas' Favoritin wird man mich nie in etwas anderem sehen.

Ich gehe in den hinteren Teil des Raums und entscheide mich für ein rückenfreies Kleid mit Empire-Taille. All meine Kleider sind rückenfrei. Das muss so sein, wegen meiner Bänder.

Ich nenne sie Bänder, weil ich kein besseres Wort dafür habe. Zwei Dutzend goldene Bänder sprießen rechts und links der Wirbelsäule aus meinem Rücken, von meinen Schultern bis hinunter zum Steißbein. Sie sind ziemlich lang, also fallen sie bis auf den Boden und schleifen beim Gehen wie eine Schleppe hinter mir her.

Und die meisten Leute halten sie genau dafür – zusätzliche Stoffbahnen an meinen Kleidern. Sie haben keine Ahnung, dass die Bänder tatsächlich mit meinem Körper verwachsen sind. Ehrlich gesagt: Für mich waren sie auch eine ziemliche Überraschung! Sie sind gewachsen, kurz bevor Midas mich gerettet hat. Und das war nicht gerade angenehm. Ich musste Wochen voller nächtlicher Schweißausbrüche und brennender Schmerzen aushalten, während sie aus meinem Rücken sprossen. Jeden Tag wurden sie ein wenig länger, bis das Wachstum endlich aufhörte.

Soweit ich weiß, bin ich die einzige Person in ganz Orea mit Bändern. Natürlich besitzen alle Herrscher Magie.

Ohne sie bleibt ihnen die Krone verwehrt. Einige Gemeine verfügen ebenfalls darüber. Ich habe mal einen Gaukler gesehen, der Lichtblitze aus seinen Fingern schießen konnte, wann immer er klatschte oder schnippte. Eine nette Fähigkeit, um Schattenspiele an die Wand zu werfen.

Doch was meine Bänder angeht, sind sie nicht einfach nur hübsch oder ungewöhnlich. Sie sind kein Kunststück für den Thronsaal. Sie können Dinge greifen. Und ich kann sie kontrollieren, wie ich auch meine anderen Glieder kontrolliere. Normalerweise lasse ich sie einfach hinter mir herschleifen wie Stoffbahnen, aber wenn ich will, kann ich sie auch einzeln bewegen. Und sie sind stärker, als sie aussehen.

Ich ziehe mir mein Nachthemd über den Kopf und werfe den verknitterten Stoff auf den Haufen vor das Gitter, wo die Mägde es später zum Waschen abholen können. Dann ziehe ich das neue Kleid an und rücke den Stoff zurecht, bis er genau richtig fällt und alles bedeckt, was bedeckt sein sollte.

Ich setze mich an den Schminktisch und sehe in den Spiegel. Meine Bänder erheben sich hinter mir, greifen in mein Haar und flechten es in einem aufwendigen Muster, bis es aussieht, als zöge sich ein Netz aus Zöpfen über meinen Kopf. Zum Abschluss verwebe ich die Strähnen, die über meinen Rücken hängen, in meinem Nacken miteinander.

Mein Haar ist wild, eine ziemliche Mähne. Aber der König ist in Bezug auf mich so besitzergreifend, dass er niemanden in meine Nähe lässt. Nicht mal den Barbier. Also muss ich mir die Haare selbst schneiden. Und das kann ich nicht besonders gut.

Nach einem besonders tragischen Haarschnitt-Vorfall musste ich einmal zwei Monate lang mit einem schiefen Pony herumlaufen, bis mein Haar endlich genug nachgewachsen war, um es mir hinter die Ohren zu streifen. Das sah nicht gerade süß aus. Seit diesem Debakel bin ich Scheren so weit wie möglich aus dem Weg gegangen. Ich habe meine Lektion gelernt und schneide eigentlich nur noch die Spitzen.

Allerdings bin ich mir nicht sicher, ob selbst ein gerader Pony eine gute Idee gewesen wäre. Man sollte eben keine Entscheidungen über etwas so Wichtiges wie eine Frisur treffen, wenn einem eine ganze Flasche Wein im Magen herumschwappt.

Sobald mein Haar ordentlich geflochten ist, stehe ich vom Tisch auf und gehe zurück in mein Schlafzimmer, gerade rechtzeitig, um zu sehen, wie eine Dienerin den Raum betritt. Sie wendet sich an Digby, ein wenig atemlos von den vielen Treppenstufen. «König Midas hat die Favoritin ins Frühstückszimmer zitiert.»

Digby nickt ihr zu. Die Frau schenkt mir einen kurzen Blick über die Schulter, während sie schon wieder eilig durch die Tür verschwindet. «Bereit?», fragt mich Digby.

Ich sehe mich um und tippe mir gespielt nachdenklich mit dem Finger an die Lippen. «Eigentlich müsste ich noch ein paar Besorgungen machen, bevor ich hinübergehe. Einige Leute treffen, ein paar Dinge erledigen. Ich bin sehr beschäftigt, weißt du?», erkläre ich ihm mit amüsiert zuckenden Mundwinkeln.

Digby geht nicht auf mein Geplänkel ein. Der Mann lächelt nicht mal. Seine einzige Antwort ist ein stoischer Blick.

Ich seufze. «Wirst du jemals über einen meiner Scherze lachen, Dig?»

Ein langsames Kopfschütteln. «Nein.»

«Eines Tages werde ich diese grimmige Soldatenfassade aufbrechen. Warte nur ab.»

«Wenn Ihr das sagt, Lady Auren. Seid Ihr bereit? Wir sollten Seine Majestät nicht warten lassen.»

Ich atme tief aus und wünschte nur, mein Kopfweh würde ein wenig nachlassen, bevor ich mich König Fulke stellen muss. «Schön. Ja, ich bin bereit. Aber du solltest wirklich an deiner Käfigetikette arbeiten. Eine gelegentliche Plauderei wäre nett. Und würde ein freundlicher Scherz hin und wieder dich wirklich umbringen?»

Er mustert mich stumm, seine braunen Augen ausdruckslos.

«In Ordnung, in Ordnung. Ich gehe ja schon», grummele ich. «Wir sehen uns in zweiundachtzig Sekunden», ergänze ich ein wenig bissig und werfe ihm einen Luftkuss zu. «Ich werde dich vermissen.»

Ich drehe mich um und verlasse mein Schlafzimmer durch die Tür auf der anderen Seite des Käfigs. Sie führt in einen Gang, der speziell für mich angelegt wurde. Ich wandere in meinen seidenen Pantoffeln über die goldenen Fliesen. Mein Kleid und meine Bänder gleiten hinter mir über den Boden.

Hier ist es dunkel, doch der schmale Gang ist nur ungefähr fünf Meter lang, dann wirft er mich in der Bibliothek aus. Sie ist riesig, riecht aber nach muffigem Pergament und abgestandener Luft, obwohl die Diener hier regelmäßig sauber machen.

Ich durchquere den vergitterten Teil der Bibliothek, folge einem weiteren dunklen Gang, am Atrium vorbei, dann trete ich in den Korridor, der zum Frühstückszimmer führt. Sobald ich den Durchgang erreicht habe, halte ich einen Moment inne, um zu lauschen. Dabei reibe ich noch einmal meine pochenden Schläfen. Ich kann hören, wie König Midas mit einem Diener redet, gefolgt vom Geräusch von Tellern, die auf dem Tisch platziert werden.

Ich atme noch einmal tief durch. Dann trete ich durch die Türöffnung in den kleinen Käfig, der sich in den Raum erstreckt. Jenseits der Gitterstäbe steht eine lange Tafel, mit genau sechs Servierplatten voller Essen, sechs Getränkekrügen und sechs Bouquets massivgoldener Blumen, passend zu den Tellern und Bechern. Midas' Zahlen- und Goldfetisch dominiert wie immer alles.

Mein Magen verkrampft sich säuerlich gluckernd beim Anblick des Essens, und ich bin froh, dass man nicht von mir erwartet, an der Mahlzeit teilzunehmen. Ich nehme an, es könnte ein wenig abstoßend wirken, wenn ich mich auf die Gedecke übergebe.

Durch die Fenster dringt graues, schneegefiltertes Licht in den Raum und lässt all den Prunk ein wenig gedämpft wirken. Im Kamin prasseln hohe Flammen. Aber egal, wie viele Feuer auch entzündet werden, es wird niemals warm genug. Die Kamine schaffen es gerade mal, die allgegenwärtige Kälte in Schach zu halten.

Mein Blick fällt sofort auf König Midas am Kopfende des Tisches, gekleidet in eine hübsche Tunika. Seine gezackte Goldkrone sitzt perfekt gerade auf dem ordentlich gekämmten, blonden Haar.

König Fulke sitzt links von ihm. Sein Bauch hängt ihm über den Hosenbund. Nach der Mode des Fünften Königreichs trägt er lilafarbene Beinlinge aus Samt, kombiniert mit einer Tunika im selben Farbton – die Farbe seines Reiches. Seine eigene Goldkrone sitzt schief auf dem kahlen Kopf, ein nachlässiger Hinweis auf seine Königswürde, verziert mit lilafarbenen Juwelen so groß wie meine Faust.

Ich habe keine Ahnung, ob Fulke in jüngeren Jahren ein attraktiver Mann war. Jetzt sehe ich nur runzelige Haut und einen mehr als plumpen Körper. Doch vor allem widern mich seine Zähne an, gelb verfärbt vom übermäßigen

Pfeiferauchen. Das – und die anzüglichen Blicke, die er mir ständig zuwirft. Das eine ist so unappetitlich wie das andere.

Momentan umschmeichelt nicht nur Samt-Stoff seine Beine. Auf jedem seiner Schenkel hockt ein blonder, leicht bekleideter Sattel. Die Frauen füttern ihn mit kleinen Törtchen und Früchten – auch das gehört zu ihren umfassenden Pflichten.

Polly sitzt auf einem Schenkel, Nissa rittlings auf dem anderen. Sie kichert, als sie eine Beere zwischen ihre Lippen nimmt und in seinen Mund schiebt, während er dabei ihre Brüste betatscht. Anscheinend ist es *diese Art* von Frühstück.

Sobald die Frauen mich bemerken, werfen sie mir verärgerte Blicke zu, um mich anschließend demonstrativ zu ignorieren. Sie mögen mich nicht besonders. Nicht nur, weil ich die Favoritin des Königs bin, sondern auch, weil Fulke bei jedem seiner Besuche ganz versessen auf mich ist.

Für die Sättel bin ich wahrscheinlich einfach nur eine Konkurrentin. Alle wissen, was mit königlichen Sätteln geschieht, wenn sie verbraucht sind. Sie werden ausgemustert für neuere, festere, hübschere Sättel.

Allerdings bin ich davon überzeugt, dass wir wirklich Spaß zusammen haben könnten, wenn sie ein wenig Zeit mit mir verbringen würden. Ich bin geradezu absurd unterhaltsam. Muss man auch irgendwie sein, wenn die einzige Person, mit der man Zeit verbringt, man selbst ist. Ich will mich schließlich nicht selbst langweilen.

Vielleicht werde ich abwarten, bis Midas irgendwann guter Laune ist, und ihn dann fragen, ob ein paar der Mädchen mal einen freien Abend mit mir verbringen dürfen. Ich könnte wirklich ein wenig Gesellschaft brauchen, die nicht aus dem schweigenden, unerschütterlichen Digby besteht.

Wo wir gerade von Digby sprechen: Er und fünf weitere königliche Wachen stehen in Habachtstellung an der hinteren Wand und zucken beim Anblick des erotischen Frühstücks nicht mal mit der Wimper. Unglaublich professionell.

Die anderen Männer, die mit den Königen am Tisch speisen, sind ihre Berater. Zusätzlich halten sich noch zwei weitere Sättel bereit. Eine der Frauen massiert einem von Fulkes Männern die Schultern, während die andere kokette Blicke am Tisch verteilt.

«Ah, mein Schatz», schnurrt König Midas auf seinem Platz, als er mich bemerkt. «Du hast dich uns zum Frühstück angeschlossen.»

Natürlich habe ich das getan. Du hast es mir befohlen.

Statt die Worte laut auszusprechen, nicke ich ihm sittsam lächelnd zu. Dann lasse ich mich auf dem gepolsterten Hocker nieder, der vor meiner Harfe steht. Ich beginne, sanft die Saiten zu zupfen, weil ich weiß, was mein König wünscht. Ich bin hier, um eine Vorstellung zu liefern.

Es ist stets dasselbe. Midas gibt gerne mit mir an, wann immer Vertreter aus den anderen Königreichen zu Besuch sind. Ich sitze im Frühstückszimmer, im Schutz meines Käfigs, wo die Besucher mich begaffen und König Midas' Macht bewundern können, während sie ihre Eier und Fruchttörtchen essen.

«Mmmmm», macht König Fulke mit vollem Mund und sieht zu mir. «Ich schaue mir zu gerne deine goldgeküsste Hure an.»

Die Bezeichnung lässt mich innerlich zusammenzucken, doch ich halte mich hoch aufgerichtet. Wisst ihr, was viel schlimmer ist, als Sattel genannt zu werden? Als

Hure bezeichnet zu werden. Ich sollte mich inzwischen daran gewöhnt haben ... aber das habe ich nicht. Ich hätte nicht übel Lust, mit meinen Bändern kräftig in Fulkes Gehänge zu schlagen. Stattdessen stimme ich auf der Harfe eine neue Melodie an, eins von meinen Lieblingsliedern: «Schlag seine Glocken an». Ich finde, das passt perfekt zu meiner aktuellen Laune.

König Midas beißt in eine Frucht und gluckst. «Das weiß ich wohl.»

Fulke beäugt mich nachdenklich. «Und du willst nicht vielleicht doch deine Meinung ändern und einen meiner Sättel für mich goldküssen?», fragt er. Dabei knetet er Pollys Hintern auf seinem Schenkel.

Midas schüttelt den Kopf. «Nein. Diese Ehre gebührt allein meiner Auren», antwortet er glatt. «Ich mag es, sie unter allen anderen hervorzuheben.»

Fulke stößt ein enttäuscht-amüsiertes Brummen aus. Ich dagegen beiße mir vor Freude darüber in die Unterlippe, dass Midas mich öffentlich die Seine bezeichnet. Polly und Nissa wechseln sichtlich verstimmte Blicke und beginnen, sich am Tisch gegenseitig zu befummeln, als wollten sie die Aufmerksamkeit wieder auf sich ziehen. «Ich kann verstehen, warum du sie gewählt hast», sagt Fulke, ohne Nissas Hand in seinem Schritt zu beachten. «Ihre Schönheit ist unvergleichlich.»

Meine Haut kribbelt unter seinem vagabundierenden Blick – und von dem Hass, den Nissa und Polly wie Dolche nach mir werfen. Doch das Glitzern in Midas' Augen verrät mir, wie angetan er ist. Er genießt es sehr, wenn Leute ihn um seinen Besitz beneiden.

«Natürlich ist sie schön», erwidert mein König selbstgefällig. «Sie ist mein.»

Meine Wangen beginnen zu glühen, weil seine besitzergreifenden Worte Wärme in mir entzünden. Ich werfe ihm durch die Saiten meiner Harfe einen heimlichen Blick zu und bringe ihm meine Melodie wie eine Opfergabe dar.

Fulke richtet die Augen auf Midas. «Eine Nacht, Midas. Ich werde dich großzügig für *eine* Nacht mit ihr bezahlen.»

Meine Finger gleiten von den Saiten ab. Ein disharmonischer Akkord durchschneidet die Luft und stört mein geliebtes Crescendo. Meine goldenen Augen huschen zu meinem König. Natürlich wird Midas nicht zustimmen – aber heilige Göttlichkeit! Ich kann nicht glauben, dass Fulke es gewagt hat. Wird Midas König Fulke niederstrecken, weil er das gesagt hat? Direkt hier an der Tafel?

Mein Magen verkrampft sich, als sich angespannte Stille im Raum ausbreitet. Ein Handelsgesandter hat einmal etwas Ähnliches vorgeschlagen. König Midas hat ihm nacheinander alle Zehen und Finger abschneiden lassen, um sie in eine Wanne mit geschmolzenem Gold zu werfen und anschließend an der Tür des Mannes aufzuhängen. Eine harsche Reaktion? Definitiv. Aber es war eine Botschaft an alle, deren Blicke zu gierig und deren Verhalten zu dreist wurde.

Die Wachen und Sättel verspannen sich. Alle warten mit angehaltenem Atem. Die Ratgeber der Könige sehen nervös zwischen den Herrschern hin und her. Und selbst meine Finger verharren unbeweglich auf den Saiten, die Stille eine andere Art von Lied.

König Midas legt langsam seine Gabel ab, bevor er Fulke direkt ansieht. Spannung breitet sich aus. Mein Herz rast in meiner Brust, während ich darauf warte, wie er Fulke zurechtweisen wird; wie er ihn zusammenstauchen wird.

Midas stemmt den Ellbogen auf die Armlehne seines Stuhls und stützt seinen Kopf mit der Hand ab, während er den anderen König mustert. Und jetzt rebelliert mein

Magen aus einem ganz anderen Grund. Denn ich erkenne ein nachdenkliches Glitzern in den Augen meines Königs.

Oh Göttlichkeit – zieht er das *tatsächlich* in Betracht?

KAPITEL 4

Nein. Auf keinen Fall.

Ich weigere mich zu glauben, dass mein König mich tatsächlich einem anderen Mann ausliefern würde. Midas würde niemals zulassen, dass jemand mich berührt. Dafür ist er zu besitzergreifend, liebt mich zu sehr, schätzt mich zu sehr. Das ist immer so gewesen, seit er damals hoch zu Ross angeritten kam, um mich zu retten.

Doch mit jeder Sekunde, die er schweigt, verkrampft sich mein Magen mehr.

«Also. Was sagst du?», drängt Fulke. «Nenn irgendeine Summe.»

Midas' nachdenklich schräg gelegter Kopf lässt brennende Galle in meiner Kehle aufsteigen. *Was zur Hölle geht hier vor?*

Schließlich hebt Midas eine Hand und umfasst den Raum mit einer Geste, als wolle er Fulke an seine Umgebung erinnern. Goldene Wände, goldene Decken, goldene Böden. Ein goldener Kamin, goldene Porträts und Fensterrahmen. Gold, Gold, Gold. «Nur für den Fall, dass du es nicht bemerkt hast: Ich brauche kein Geld. Mein Reichtum übertrifft alle anderen fünf Königreiche zusammengenommen, deines eingeschlossen. Ich bin der reichste Mann der Welt.»

Der Göttlichkeit sei Dank.

Statt beleidigt zu sein, macht Fulke eine wegwerfende Handbewegung. «Bah. Dann eben kein Geld. Nenn etwas anderes, wonach dich verlangt.»

Mein Blick huscht zwischen den Herrschern hin und her, und meine Kopfschmerzen kehren zurück, pulsieren in meinen Schläfen wie eine Kriegstrommel. Ein bedrohlicher, grauenerregender Rhythmus.

Wie ist das möglich?

Gewöhnlich gibt König Fulke anzügliche Kommentare von sich, was er gerne ‹mit mir anstellen› würde, doch Midas geht nie darauf ein. Und mehr geschieht nicht, weil mein König immer sofort abblockt. Aber Fulke wird dreister, und Midas ... Midas mustert Fulke mit diesem berechnenden Blick, den ich nur zu gut kennen. Der Blick, der mir verrät, dass er nachdenkt.

Unbehagen brodelt in meinem Bauch wie ein dunkler Strudel.

Einer von Fulkes Ratgebern wagt es, sich mit nervöser Miene vorzubeugen. «Eure Majestät ...»

«Ruhe», blafft Fulke, ohne ihn auch nur anzusehen.

Der Mann klappt sofort den Mund zu und wechselt einen Blick mit den anderen.

Als Midas sich vorlehnt, spiegele ich instinktiv die Bewegung. Er hebt einen einzigen Finger, als hielte er einem Fisch den Haken vor. «Eine Nacht mit ihr – und du gibst mir deine Armee für den Angriff, den ich nächste Woche starten werde. Ich will, dass die Männer noch heute mobilisiert werden, damit sie an der Grenze zum Vierten zu meiner Armee aufschließen können.»

Was?

Ein heftiger Schock durchfährt mich. Mein Atem stockt, und meine Finger verkrampfen sich um die Saiten meiner Harfe, als versuchte ich, die Realität zu zerreißen. Ich packe das Instrument so fest, dass die gespannten Fäden in meine Fingerspitzen schneiden und goldenes Blut auf den Boden tropft. Den Schmerz spüre ich nicht einmal.

Fulke schnaubt höhnisch, dann stößt er die Sättel von seinem Schoß. Polly und Nissa nehmen eilig hinter ihm Aufstellung. «Dafür fehlt die Zeit, Midas. Meine Armee könnte deine auf keinen Fall einholen. Und ich habe meinen Standpunkt in dieser Sache bereits klargestellt.»

«Es *ist* möglich, wenn du den Boten heute noch aussendest und ich meine Armee die Marschrichtung ändern lasse», hält Midas dagegen, als hätte er bereits alles Nötige in die Wege geleitet. Mein Hirn weigert sich, diese plötzliche Wendung zu verarbeiten.

Er wird mich zwingen, einen anderen König zu ficken, um an eine Armee zu kommen?

«Das verstößt gegen die Oreanische Vereinbarung», entgegnet Fulke.

«Als wenn du nicht auch schon Soldaten ausgeschickt hättest, um die Grenzen des Vierten zu schwächen.»

Fulkes Nasenflügel blähen sich. «Das Vierte ist in mein Herrschaftsgebiet eingedrungen, um dort seine Fäulnis auszubreiten. Ich verteidige nur, was mir gehört.»

Fulke rechtfertigt sich verärgert, während Midas selbstzufrieden wirkt wie eine Katze, die an der Sahne geleckt hat. «Und ich handele lediglich proaktiv. Es wird Zeit, das Vierte zu stutzen, bevor es sich in Ländereien ausbreiten kann, die nicht ihm gehören.»

Ich starre einfach nur entgeistert. Midas startet einen Angriff auf das Vierte Königreich? *Niemand* greift das Vierte Königreich an. König Ravinger wird aus gutem Grund König Fäule genannt. Er ist mächtig und brutal und barbarisch. Was zur Hölle denkt sich Midas dabei?

Die verbündeten Könige mustern einander – nachdenklich, abschätzend, intensiv. Wie Gelehrte, die über uralten Texten in einer toten Sprache brüten und versuchen, die Passagen ohne Hinweise zu verstehen.

Sekunden vergehen. Nur das Windgeheul des Blizzards ist zu hören, ein Abbild des Sturms, der in mir tobt.

Derselbe Ratgeber, der schon einmal eine Unterbrechung gewagt hat, lehnt sich zu König Fulke und flüstert ihm etwas ins Ohr. Fulke lauscht, den Blick auf mich gerichtet, bis der Mann sich wenige Augenblicke später zurückzieht.

Der König lässt eine fleischige Hand über seinen Trinkpokal gleiten, während er Midas nachdenklich mustert. «Wir sind Verbündete, Midas. Ich unterstütze dein Vorhaben, die Grenzüberschreitungen des Vierten Königreichs zu ahnden. Aber eine Nacht mit einer Hure ist wohl kaum die Macht meiner Armee wert.»

Midas zuckt unbeeindruckt mit den Schultern. «Da irrst du dich. Eine Nacht mit meiner berühmten Favoritin, die noch nie von einem anderen Mann als mir selbst berührt wurde ... deren Körper allein mehr wert ist als alle Reichtümer in deiner Schatzkammer. Sie gegen die Unterstützung deiner Armee zu tauschen, ist mehr als angemessen.»

Fulke verengt die Augen zu Schlitzen, während Dunkelheit mein Blickfeld umhüllt. Mein schmerzender Kopf pulsiert in einem ganz eigenen Takt. Panik drischt auf mich ein wie ein grausamer Reiter, der das Pulsieren mit jedem Peitschenhieb in immer neue Höhen treibt.

«Ein Monat.»

Meine Kehle brennt, als Fulke sein Gegenangebot unterbreitet. Meine Finger krallen sich fester um die Harfensaiten.

«Eine Nacht», wiederholt Midas unnachgiebig. «Eine Nacht mit ihr, und du stehst an der Seite deines Verbündeten. Wir besiegen das Vierte gemeinsam und teilen das Land unter uns auf. Anderenfalls muss ich womöglich deinen Wert als mein Verbündeter noch einmal überdenken.»

Ich will keuchen, doch das Geräusch bleibt mir im Hals stecken. Die Anspannung im Raum steigert sich zu bisher unerreichten Höhen. Hätte ich Fulke nicht bereits beobachtet, wäre mir das schockierte Aufblitzen seiner Augen vielleicht entgangen ... aber ich bemerke es. Der Gedanke, Midas als Quelle des Reichtums zu verlieren, bereitet ihm Sorgen. Der Schock schlägt in Wut um, aber nicht schnell genug. Midas hat das kurze Aufzucken ebenfalls bemerkt, das weiß ich. Er hat bei Fulke ins Schwarze getroffen.

«Drohst du mir?», knurrt Fulke.

«Nicht im Geringsten. Aber nachdem unser Bündnis nun sieben Jahre besteht und wir einen gemeinsamen Feind haben, biete ich dir eine Möglichkeit an, unsere Zusammenarbeit zu vertiefen – und meine Favoritin als Zeichen meiner Anerkennung.»

Meine Kopfschmerzen schwellen immer weiter an, und der Druck hinter meinen Augen presst ein einzelnes Wort über meine Lippen: «Nein.»

Alle Blicke huschen bei dem plötzlichen Ausbruch zu mir. Doch mein Herz rast so heftig, dass ich mich auf nichts anderes konzentrieren kann als auf den Schmerz, der irgendwie aus meinem Kopf in meine Brust gerutscht ist.

Ich bin mir nicht sicher, wann ich aufgesprungen bin, aber plötzlich stehe ich. Die blutigen Hände erhoben, schaue ich Midas an, als könnte ich diese Sache irgendwie abwenden. «Nein, mein König. Bitte ...»

Midas ignoriert mich. Fulkes Augen gleiten über meinen Körper. Eine Hälfte von mir ist in schneedämmrige Dunkelheit gehüllt, die andere vom Feuer beleuchtet.

«Eine Nacht, ohne Störungen, in der ich mit ihr anstellen kann, was auch immer ich will?», vergewissert sich Fulke.

Midas neigt den Kopf. Mein gesamter Körper schwankt vorwärts.

Ich suche Halt an den Gitterstäben, schließe die verletzten Finger um das Metall, presse mich in einer zitternden Umarmung dagegen.

«Ich will die Hälfte des Vierten.»

«Natürlich», antwortet Midas, als wäre es bereits beschlossene Sache. Als hätte er dieses Szenario, diese Verhandlungen, schon seit dem Beginn von Fulkes Aufenthalt hier geplant.

Wieder kriecht Fulkes lüsterner Blick über meinen Körper. «Diesen Bedingungen stimme ich zu, Midas.»

Mein König hebt das Kinn und zeigt sein Siegerlächeln. «Deine Armee?»

Fulke bespricht sich einen Moment flüsternd mit seinem Ratgeber, dann nickt er. «Ich werde sie heute Abend in Bewegung setzen.»

Meine Seele wird sauer wie Essig. In meinem Bauch spülen Wellen ätzender Säure über meine Organe hinweg, während ich es einfach nicht glauben kann.

Midas lässt niemals zu, dass jemand mich berührt. Ich gehöre ihm. Das sagt er immer wieder. Ich bin ihm wichtig. Seit zehn Jahren gehöre ich ihm – und in all dieser Zeit hat er noch *nie* jemandem erlaubt, mir nahezukommen.

Midas hat mich gerettet. Er hat mich aus Ruinen geborgen und auf ein Schloss gebracht. Ich habe ihm mein Herz geschenkt, und er schenkt mir seinen Schutz. Ein Blick. Er hat gesagt, ein Blick auf mich hätte ausgereicht, um sich in mich zu verlieben. Und ich habe seine Liebe erwidert. Wie sollte ich nicht? Er war der erste Mann, der mich je freundlich behandelt hat. Wie kann er das alles kaputt machen und mich ausgerechnet *Fulke* ausliefern?

Meine Kehle schnürt sich zu. Ich umklammere die Gitterstäbe, und mein Blick verschwimmt vor Panik. «Nein. Tyndall, *bitte.*»

Ich höre, wie Polly und Nissa aufkeuchen, weil ich König Midas mit seinem Vornamen angesprochen habe. Niemand wagt es, so formlos mit ihm zu reden. Leute wurden schon für weniger geköpft. Aber der Name schießt einfach so spontan aus mir heraus. Früher einmal durfte ich ihn Tyndall nennen ... als ich nur ein Mädchen war und er mein Ritter in schimmernder Rüstung. Aber das war einmal.

Mit diesem Ausrutscher versucht mein Hirn wahrscheinlich, ihm seine Beschützerrolle in meinem Leben ins Gedächtnis zu rufen. Doch der harte Zug um seine Mundwinkel verrät mir, dass ich das Falsche gesagt habe.

Seine braunen Augen bohren sich in mich, der Blick so scharf wie das Messer auf seinem Teller. «Du solltest dich besser an deine Stellung erinnern, Auren. Du bist mein königlicher Sattel, dazu bestimmt, von jedem geritten zu werden, dem ich das erlaube.»

Tränen brennen in meinen Augen. *Nicht weinen*, ermahne ich mich selbst. Ich darf nicht zusammenbrechen.

Fulke legt den kahlen Kopf schräg, beobachtet mich mit ungezügeltem Interesse. In seinen Augen gehöre ich bereits ihm. «Ich kann sie bestrafen, wenn du willst. Ich war sehr erfolgreich darin, meine eigenen Sättel einzubrechen.»

Die erste Träne rinnt über meine Wange, obwohl ich versuche, sie irgendwie zurückzuhalten. Sie gleitet nach unten wie die Schlinge eines Galgens; ein Strick aus Bitterkeit, der schlaff auf meine Wange fällt.

Midas schüttelt entschieden den Kopf. «Keine Bestrafung. Sie ist immer noch meine Favoritin.»

Ich nehme an, das ist mein Silberstreif.

Fulke nickt sofort, als fürchte er, Midas könne seine

Meinung ändern. «Natürlich. Ich werde nicht die Hand gegen sie erheben. Nur meinen Schwanz.» Er lacht laut, mit wippender Wampe. Seine Ratgeber kichern nervös.

König Midas schließt sich ihrer Erheiterung nicht an, er ist ganz auf mich konzentriert. Ich bin wie gelähmt unter seinem Blick, erfüllt von einer Mischung aus Schmerz, Angst und Unterwerfung. Ich könnte mich selbst dafür treten, dass ich gestern noch meine Einsamkeit beklagt habe. Das ist mein Lohn dafür, dass ich nicht dankbar für meinen Käfig gewesen bin.

«Mein König ...», sage ich leise, flehend. Ein letzter Versuch, sein Gewissen anzusprechen und nicht diesen unnachgiebigen Monarchen, der alles tun würde, um seine Macht auszuweiten.

Ich erkenne keine Wärme in Midas' braunen Augen. Sie wirken wie die kalte Borke eines Baums, der mit Gewalt entwurzelt wurde. «Ich habe nicht gesagt, dass du mit deinem Harfenspiel aufhören darfst.»

Ich blinzele getroffen, meine Lippen teilen sich schmerzerfüllt. Dann lasse ich meine Hände von den Gitterstäben sinken. Er tut das wirklich. Es ist sein Ernst.

«Jetzt setz dich schön auf deinen Hocker und spiele deine alberne Musik. Überlass das Reden den Männern, Auren.»

Ich zucke zusammen, als wäre er vorgetreten und hätte mir eine Ohrfeige verpasst. Meine Bänder erschauern auf beiden Seiten meiner Wirbelsäule, als wollten sie sich vor seinen Blicken verstecken. Langsam drehe ich mich um und gehe zurück zum Hocker. Meine Beine zittern, während ich mich setze, mich fallen lasse wie ein Stein, der auf den Grund eines Teichs sinkt. Schlamm wird aufgewirbelt, die Tiefe hält mich umschlungen, verbirgt mich vor der Sonne.

Ich fühle mich losgelöst von meinem eigenen Körper,

beobachte, wie meine blutigen Hände wieder nach der Harfe greifen. Eine Ader zuckt an meiner Schläfe. Ich halte meinen Rücken stocksteif, als könnte die gerade Linie meiner Schultern mich vor stechenden Blicken beschirmen.

Das Lied ‹Eine schauderhafte Wendung› steigt ungewollt von den Saiten auf.

Jedes Zupfen ist ein weiterer Schnitt, der nicht nur durch meine Haut dringt, sondern auch in mein Herz. Jede Note ist eine Klage, jede Bewegung ein Elend, jede Kadenz ein stechender Schmerz. Winzige Blutstropfen begleiten die Akkorde als süße Opfergaben.

Ich spiele das Lied für meinen König. Meinen Beschützer. Meinen Retter. Für den Mann, den ich geliebt habe, seit ich ein fünfzehnjähriges Mädchen war. Ich spiele die Melodie, denke daran zurück, wie ich sie gelernt habe ... als er die hübschen Reime mit wohlklingender Stimme gesungen hat, begleitet vom Grillenzirpen und dem Knistern eines Feuers.

In der Zeit zwischen den Zeiten
Tanzten wir im ersten Licht
Ließen uns davon geleiten
Kannten dunkle Zweifel nicht

Eine weitere Träne löst sich. Der bewegende Klang seiner Stimme ist nur eine Erinnerung, so endlos weit fort.

Der Mann, der einst versprochen hat, immer auf mich aufzupassen, liefert mich einem anderen aus. Und es gibt nichts, was ich dagegen tun kann.

Kapitel 5

König Fulke kehrt nicht, wie ursprünglich geplant, in sein Königreich zurück. Nicht jetzt, wo er seine Armee mobilisiert und versprochen hat, Midas bei seinem Überraschungsangriff auf das Vierte Königreich zu unterstützen. Nicht jetzt, wo er sich auf eine Nacht mit Midas' Favoritin freuen kann.

Jeder Tag, an dem seine Soldaten weitermarschieren, um sich mit Midas' Armee zu vereinen, fühlt sich an, als rücke ein Angriff auf *mich* näher.

Ich packe das Buch auf meinem Schoß fester. Obwohl mein Blick auf den Seiten ruht, lese ich nicht. Ich bin zu sehr mit Lauschen beschäftigt.

Ich sitze in der Mitte meines Käfigs in der Bibliothek und benehme mich wie ein hübsches Möbelstück. Den Rücken gerade, meine Bänder über die Chaiselongue drapiert, lausche ich konzentriert allem, was hier besprochen wird.

König Midas und König Fulke treffen sich seit sechs Tagen mit ihren Ratgebern in diesem Raum, brüten über Landkarten und planen ihre Angriffsstrategie und die Aufteilung des Landes nach dem Sieg.

Anscheinend sollen Fulkes Männer morgen früh zu Midas' Armee aufschließen. Gemeinsam werden sie die Grenze zum Vierten Königreich übertreten und damit letztendlich das Friedensabkommen der sechs Königreiche von Orea zerstören.

Jetzt setz dich schön auf deinen Hocker und spiele deine alberne Musik. Überlass das Reden den Männern, Auren.

Vermutlich hat Midas nicht damit gerechnet, dass ich seinen Ratschlag so genau umsetze. Er hat das gesagt, um mich zurechtzuweisen, doch die ganze Woche über saß ich hier und habe musiziert, während die Männer sich besprochen haben.

Sie haben geredet, aber ich habe zugehört. Sie beobachtet. Mir ihre Pläne für das Vierte zusammengereimt. Es ist fast schon komisch, was die Leute alles im Beisein einer Frau äußern, die sie lediglich als ihren Besitz betrachten.

Midas hat beschlossen, die Kriegsbesprechungen im obersten Stockwerk der Bibliothek abzuhalten, um Geheimhaltung zu gewährleisten. Dadurch war ich fähig, alles mitzuhören. Und das war überaus erhellend ... um es vorsichtig auszudrücken.

Sehr schnell wurde mir klar, dass Midas den Überfall auf das Vierte bereits seit Wochen, wenn nicht Monaten plant. Und seine rasche Zustimmung zu Fulkes Angebot in Bezug auf mich? Die lässt mich vermuten, dass Midas auch diese Wendung vorausgeplant hat.

Was bedeutet ... dass er mich als Köder zu diesem Frühstück einbestellt hat. Ich war die glänzende Münze, die Midas vor Fulkes Füßen platziert hat. König Fulke konnte der Versuchung einfach nicht widerstehen, mich aufzuheben und in seine Tasche zu stecken. Dafür begehrt er mich schon zu lange.

In seinen Augen bekommt Fulke nicht nur mich, sondern auch die Gelegenheit, sich das Territorium und den Reichtum des Vierten Königreichs zur Hälfte einzuverleiben. Ich gebe gerne zu, dass ich nicht viel über die Denkprozesse eines Königs weiß. Ich habe keine Ahnung, was ihre Ratgeber ihnen raten. Aber eines weiß ich: Alle Männer, egal ob Könige oder Bauern, sind versessen auf das, was sie nicht haben können. Und diese zwei Männer hier sind versessen auf das Vierte Königreich.

«Bist du dir sicher?», fragt König Fulke. Sie sitzen um eine Karte von Orea, die in den Tisch geschnitzt ist, goldgeküsst, sodass jeder Höhenzug und jedes Flusstal glänzt. «Wir müssen unbedingt klarstellen, dass das Vierte Königreich zuerst die Grenzen verletzt hat. Auf keinen Fall dürfen wir es dazu kommen lassen, dass die anderen Königreiche uns den Krieg erklären.»

«Das wird nicht geschehen», erwidert Midas klipp und klar. «Sie wollen König Fäule genauso dringend loswerden wie wir und alle anderen. Sie haben lediglich zu viel Angst. Sie fürchten ihn.»

«Haben sie dafür nicht allen Grund?», hält Fulke dagegen. «Du hast seine Macht gesehen, genau wie ich. König Fäule», wiederholt er schlecht gelaunt. «Der Spitzname passt nur zu gut. Meine Grenzsoldaten sprechen oft von dem heranwabernden Gestank. Sie stecken sich Lederstöpsel in die Nase, die mit Duftölen getränkt sind. Und trotzdem sagen sie, dass der Verwesungsgeruch ihre Augen tränen lässt.»

Mir läuft ein Schauer über den Rücken, als wären eisige Finger über meine Wirbelsäule geglitten. Meine Bänder zucken leicht. König Fäules Ruf eilt ihm voraus. Geschichten darüber, wie er das Land verrotten lässt, um seine Bevölkerung einzuschüchtern; über seine abscheuliche Grausamkeit. Man sagt, er besäße nicht mal auf dem Schlachtfeld Ehre – dass er seine Macht einsetzt, um Leute bei lebendigem Leib verfaulen zu lassen. Ihre Leichen lässt er dann auf seinen Feldern liegen, damit die Fliegen ihre Eier darin ablegen können.

«Er hat diese Furcht gezielt genährt, um sich unangreifbar zu machen», erklärt Midas. Ich drehe den Kopf ein win ziges Stück, um ihn besser hören zu können. «Aber das ist er nicht. Wir werden das beweisen und uns die Ländereien zurückholen, die er sich nach und nach zusammengeraubt hat.»

Fulkes Blick huscht von Midas über den Tisch, dann gleitet eine fleischige Hand über die goldenen Gipfel. «Und die Schwarzgrund-Minen?»

Jetzt kommt es also.

Nachdem Midas bei jenem schockierenden Frühstück von seinem geplanten Angriff auf das Vierte gesprochen hatte, war ich zunächst entgeistert. Konnte einfach nicht verstehen, wieso irgendwer das Risiko eingehen sollte, das Vierte Königreich anzugreifen. Ich wusste, dass es nicht nur darum ging, dass das Vierte langsam, aber stetig seine Grenzen immer weiter ausdehnt. Das konnte es einfach nicht sein. Die Begründung fühlte sich falsch an.

Also habe ich nachts ein wenig auf eigene Faust herumgeschnüffelt, habe mich in die Bibliothek geschlichen und bin an den Querstäben meines Käfigs hochgeklettert. Habe mich gestreckt, so weit ich nur konnte, um Bücher über Geschichte und Geografie aus den Regalen zu ziehen. Ich habe nicht viele erwischt, aber zu meinem Glück war eines darunter, das eine doppelseitige Rohstoffkarte von Orea enthielt.

Und darauf habe ich die Minen entdeckt. Genau in der Mitte des Vierten Königreichs.

Midas lächelt lauernd. «Die Minen werden uns gehören.»

Selbst hier im hinteren Teil des Raums kann ich das Glitzern in ihren Augen erkennen. Kann sehen, wie sie ihre Schultern vor Aufregung anspannen. Ich weiß nicht, was in diesen Minen abgebaut wird, aber was auch immer es ist, die Herrscher wollen es haben. Um jeden Preis.

Fulke nickt besänftigt. Seine Ratgeber tragen alle ähnliche Mienen zur Schau, als sähen sie bereits Reichtümer in die Schatzkammern strömen, statt sich darauf zu konzentrieren, dass hier über Leben und Tod entschieden wird. Aber wahrscheinlich ist es viel einfacher, in einer Burg zu sitzen und Kavallerie-Figuren über eine Karte zu schieben, als sich auf dem Schlachtfeld zum Kampf zu stellen.

«Ich will die Nordseite», verkündet Fulke, seine blasslilafarbenen Beinlinge und die dazu passende Tunika nur ergänzt durch einen Ledergürtel, der halb unter seinem Bauch verschwindet.

Midas zieht eine Augenbraue hoch, und sein eigener Ratgeber runzelt nervös die Stirn. Doch statt etwas entgegenzusetzen – wie ich es erwartet habe –, nickt Midas kurz. «In Ordnung. Die Nordseite von Schwarzgrund wird dir gehören.»

Fulke klatscht strahlend in die Hände. «Ah, dann sind wir uns einig! Jetzt müssen wir nur noch abwarten, bis unsere Armeen sich heute Abend vereinen und ein Königreich für uns erobern.»

«In der Tat», meint Midas amüsiert.

«Was steht als Nächstes auf der Tagesordnung?», fragt Fulke den Ratgeber neben sich.

Der schlaksige Mann, der ähnliche Beinlinge trägt wie sein König, zieht eine Schriftrolle hervor und geht eine Liste all der Dinge durch, die heute noch besprochen werden müssen. Ich folge dem Gespräch nicht länger. Die Zahnräder in meinem Kopf arbeiten sich an der Frage ab, was sich in diesen Minen befinden könnte, das diese Männer so gierig macht. Was bringt sie dazu, so bereitwillig einen Friedensvertrag zu brechen und die Niederlage ihrer Armeen zu riskieren? Und warum gerade jetzt? Sie sind entweder sehr selbstsicher, sehr verzweifelt ... oder hier geht noch etwas anderes vor sich, das ich nicht verstehe.

Eine Bewegung erregt meine Aufmerksamkeit und reißt mich aus meinen Überlegungen. Ich schaue zu Nissa, die am Fenster tanzt.

In bester König-Fulke-Manier hat er sie und Polly heute mitgebracht. Er hatte an jedem Besprechungstag mindestens einen Sattel mit hier oben. Nissa und Polly sind offenbar seine Lieblinge, denn für gewöhnlich ist eine von ihnen oder gleich alle beide anwesend. Manchmal lässt er sich von ihnen den Rücken massieren, oder sie servieren ihm Essen, aber auf jeden Fall stehen sie immer auf Abruf bereit.

Heute haben beide Frauen ihre blonden Haare in attraktive Locken gelegt und tragen identische Kleider mit Schlitzen an den Seiten, die von den Füßen bis zur Taille reichen. Die tiefen Ausschnitte fallen ihnen bis auf den Nabel.

Polly ist damit beschäftigt, alle Weinpokale im Raum gefüllt zu halten, was ihr gierige Berührungen der Männer einbringt. Nissa hingegen wurde angewiesen zu tanzen, kaum dass die Gruppe den Raum betreten hatte. Momentan wiegt sie sich immer noch mit verführerischer Grazie am Fenster, bewegt ihren Körper zu lautloser Musik.

Fulke hat ihr den Befehl vor drei Stunden erteilt und ihr bisher nicht erlaubt, auch nur einmal innezuhalten. Zur Hölle, er hat sie kaum angeschaut, mal abgesehen von flüchtigen Blicken. All ihre Mühe für nichts.

Während ich Nissa mustere, bemerke ich etwas, das den anderen entgeht. Sie tanzt, als fiele ihr das leicht, doch ich kann sehen, dass das nicht stimmt. Hin und wieder verzieht sie ein wenig das Gesicht, als schmerzten ihre Muskeln von der ständigen Bewegung. Und unter ihren hübschen blauen Augen erkenne ich dunkle Ringe, die auf Schlafmangel hinweisen. König Fulke hält sie wahrscheinlich die ganze Nacht beschäftigt und lässt sie dann auch tagsüber nicht zur Ruhe kommen.

Ich höre die Männer darüber sprechen, auf welchen Routen ihre Armeen nach dem Angriff in die jeweiligen Königreiche zurückkehren sollen, völlig eingenommen vom Klang ihrer eigenen Stimmen. Langsam schließe ich das Buch auf meinem Schoß und starre es an. Der Einband strahlt so glänzend golden, dass man ihn als Spiegel verwenden könnte. Ich streiche mit der Hand über die glatte Oberfläche, mustere für einen Moment mein Spiegelbild, bevor mein Blick erneut zu Nissa huscht.

Ich stehe auf, wiege das Buch in meiner Hand und strecke mich leicht; benehme mich so ungezwungen wie möglich. Dann schlendere ich ans andere Ende meines Käfigs, hinüber zu Nissa.

Als ich näher bei dem Fenster stehe, vor dem sie tanzt, lehne ich mich an das Gitter und öffne erneut mein Buch, gebe vor zu lesen. Dann drehe ich den Kopf leicht in ihre Richtung. «Weißt du, wenn du dich fallen lässt, kannst du so tun, als wärest du vor Erschöpfung in Ohnmacht gefallen. Ich werde das bestätigen», erkläre ich ihr flüsternd.

Nissas schwingende Hüften geraten einen Moment ins Stocken, und sie wirft mir einen bösen Blick zu. «Rede nicht mit mir, Goldfotze», antwortet sie kühl. «Ich arbeite.»

«Warum sind alle nur so besessen von meiner Fotze?», murmele ich.

Nissa verdreht die Augen und murmelt leise: «Genau das habe ich mich auch immer gefragt.»

Ich werfe ihr einen finsteren Blick zu, aber dann kann sie ein erschöpftes Seufzen nicht unterdrücken, und ich empfinde erneut Mitleid mit ihr.

«Hör mal, ich weiß, dass du müde sein musst. Ich kann irgendwie eine Ablenkung inszenieren», versuche ich es erneut. Mein Blick huscht durch den Käfig. Hier drin gibt es nicht viel. Nur ein paar Bücherregale innerhalb und außerhalb der Gitterstäbe, meine Chaiselongue und einige seidene Kissen und Decken.

«Ich brauche keine Hilfe von dir», stößt sie zwischen zusammengebissenen Zähnen hervor, wobei sie mich bewusst nicht ansieht. Aber dann gerät sie ins Stolpern, verliert fast das Gleichgewicht. Meine Lippen werden schmal.

Nissa ist offenbar entschlossen, mich zu hassen. Ich bin diese Ablehnung so leid. Sie mag des Tanzens überdrüssig sein, aber ich bin der Tatsache überdrüssig, dass alle mich als verabscheuungswürdige Rivalin betrachten. Ich will ihr helfen. Und das werde ich auch tun, ob es ihr nun recht ist oder nicht.

Mein Blick fällt auf das goldüberzogene Buch, das ich immer noch in der Hand halte, und ich treffe eine schnelle Entscheidung. Dabei denke ich nicht nach, plane rein gar nicht. Ich schiebe einfach meine Hand durch das Gitter und werfe das Buch nach ihr.

Bumm!

Das Buch trifft Nissa mitten im Gesicht.

Mist!

Nissas Kopf prallt nach hinten, dann sackt sie mit einem Aufschrei zusammen. Aus gewissen anderen Situationen bin ich es gewohnt, sie zu Boden sinken zu sehen – wenn auch nicht so –, aber selbst jetzt gelingt es ihr, die Bewegung elegant wirken zu lassen.

Letztendlich landet sie auf dem Hintern. Ihr durchscheinendes Kleid wickelt sich um ihre Beine, und sie unterdrückt ein Kreischen mit der Hand vor dem Mund.

Ich starre sie mit weit aufgerissenen Augen an und

wünsche mir inständig, ich hätte länger nachgedacht. Oder zumindest besser gezielt. Nissa wirkt stinkwütend.

Verlegen zeige ich ein Daumen-hoch und lächele verkrampft. «Ablenkung erfolgreich», flüstere ich, als hätte ich alles genau so geplant. Na ja, in gewisser Weise stimmt das sogar. Ich wollte das arme Mädchen nur nicht im Gesicht treffen. Ich dachte, das Buch würde einfach von ihrer Brust abprallen. Das hätte ihr die Ausrede verschafft, dass ihre Brüste ein wenig Ruhe brauchen. Midas mag die Dinger, also wäre das eine sichere Sache gewesen.

Nissa streicht sich das Haar aus dem Gesicht, und ich sehe, wie erste Blutstropfen über ihr Kinn gleiten und ihre Finger färben. Ihr Mund blutet. Toll. Ich habe sie nicht nur im Gesicht getroffen, sondern zudem auch nicht darüber nachgedacht, wie verdammt schwer dieses in Gold gebundene Buch ist.

«Was zur Hölle tust du da, Auren?»

Ich reiße den Kopf herum zu Midas, der mich wütend von dem Tisch aus anstarrt, um den herum alle Männer sitzen. Zehn Augenpaare sind auf mich gerichtet. Ich winde mich unter den drohenden Blicken.

Mit gespielter Unschuld blinzele ich in Richtung meines Königs. «Meine Hand hat gezuckt, und das Buch ist mir entglitten, Eure Majestät.»

Seine Kiefer mahlen. «Entglitten», wiederholt er ausdruckslos, seine braunen Augen hart wie rostige Nägel.

Ich senke demütig den Kopf. Mein Herz rast. «Ja, Eure Majestät.»

Ich kann Nissa hinter mir weinen hören und bemühe mich, nicht zusammenzuzucken. Ich hatte wirklich nicht vor, sie so hart zu treffen. Wo war all diese Muskelkraft, als ich letzte Woche versucht habe, aus meinem verdammten Käfig auszubrechen? Unnütze Muskeln.

Polly starrt mich voller Hass an, doch König Fulke gluckst in sich hinein. «Stutenbissigkeit unter den Sätteln, hm, Midas?», witzelt er.

«Scheint so», antwortet Midas dumpf.

Ich kaue auf meiner Unterlippe, während mein König mich anstarrt. Schließlich schaut er weg. «Bringt den Sattel zurück in den Harem-Flügel», blafft Midas einen der Wächter an.

Zwei der Wachen eilen nach vorne – wenn ihr mich fragt, ein wenig *zu* begierig darauf, den Sattel-Flügel betreten zu dürfen.

«Siehst du? Es hat funktioniert», flüstere ich in dem Versuch, ihr den Silberstreif vor Augen zu führen. «Kein Tanzen mehr.» Sie schenkt mir einen wütenden Blick. Ihre Lippe blutet noch immer. Ich schätze, sie ist noch nicht empfänglich dafür, den Silberstreif am Horizont zu erkennen.

«Auren?», ruft Midas, seine Stimme verdächtig ruhig.

Ich wende mich ihm zu, während Nissa weggeführt wird. «Ja, mein König?», frage ich. Er beugt sich über die Karte, also starre ich auf seinen Rücken.

«Da du König Fulke seiner Tänzerin beraubt hast, wirst *du* die Pflichten des Sattels übernehmen.»

Die Göttlichkeit sei verdammt.

Ich starre ihn für einen Moment an und frage mich, ob ich wohl ein Buch nach mir selbst werfen und so dem Tanzen entgehen kann. Doch König Fulkes Blick und Midas' angespannte Schultern verraten mir, dass sie mich wahrscheinlich auch mit einer blutigen Lippe tanzen lassen würden.

Keine gute Tat bleibt ungestraft.

Mit zusammengebissenen Zähnen trete ich in die Mitte des Käfigs und lasse langsam meine Hüften schwingen, die Arme über dem Kopf erhoben. König Fulke beobachtet mich feixend und leckt sich die Lippen, während Säure in meinem Magen brodelt. Die Tage, bis Midas mich diesem Mann ausliefert, sind gezählt. Jedes Mal, wenn Fulke mich anschaut, sehe ich in seinen Augen, wie der Sand durch ein Stundenglas rieselt.

Ich bewege mich bei Weitem nicht so elegant wie Nissa, doch ich atme tief durch und spiele mir im Kopf eine langsamere Version von «Schlag seine Glocken an» vor, um meine Bewegungen an der Melodie auszurichten.

Was ich nicht dafür geben würde, König Fulkes Glocken mal so richtig anzuschlagen.

Fulke beobachtet mich weiterhin, während ich mein Bestes gebe, ihn zu ignorieren und die nackte Wand über seinem Kopf zu fokussieren. Obwohl ich mich nach Kräften bemühe, so zu tun, als wäre er gar nicht da, schlendert er heran. Seine in Samt gekleideten fetten Schenkel reiben aneinander, bis er direkt vor mir steht. Uns trennen noch gute zwei Meter, aber mir ist das trotzdem zu nah.

«Morgen Nacht gehörst du mir, Mäuschen», sagt er grinsend. Er legt seine plumpen Finger auf einen der Gitterstäbe und streichelt anzüglich die goldene Oberfläche.

Meine Magensäure brodelt höher und höher.

Seine Augen blitzen, gleichermaßen hungrig und erregt, doch ich ziehe mich weiter in mich selbst zurück; zwinge mich, auf die Musik in meinem Kopf zu lauschen, weiterzutanzen, als ob er gar nicht anwesend wäre. Anscheinend gefällt ihm nicht, dass ich ihn ignoriere, denn er tritt direkt in mein Gesichtsfeld.

«Ich werde so oft auf dir kommen, dass man das Gold deiner Haut nicht mehr sieht», sagt er und stößt ein raues Raucherlachen aus.

Seine Worte schockieren mich so sehr, dass meine Bewegungen verebben und ich diesen Widerling einfach nur anstarre.

Er schürzt die Lippen, zufrieden über seinen Sieg. «Oh ja, was ich nicht alles mit dir anstellen werde.»

Meine Bänder ziehen sich an meiner Wirbelsäule zusammen wie Schlangen, bereit zum Angriff. Mein Blick huscht von einem König zu anderen – nur um festzustellen, dass Midas bereits zu mir schaut.

Mein Magen verkrampft sich. Hat Fulke Midas diesmal zu sehr gereizt? Kommt mein König endlich zu Sinnen? Wird ihm bewusst, wie schrecklich und entwürdigend das alles ist? Wird er seine Meinung ändern und dem Ganzen einen Riegel vorschieben?

Aber Midas sagt nichts. Tut nichts. Er steht einfach nur da und sieht zu, wie Fulke auf diese Weise mit mir redet ... als ob ihm das überhaupt nichts ausmacht.

Ich schlucke schwer. Meine brennenden Augen wenden sich ab von Midas' Verrat und richten sich wieder auf den widerlichen Mann vor mir.

Fulke leckt sich die vergilbten Zähne. «Mmm, ja. Ich werde dich in meinem Samen baden und dafür sorgen, dass du mindestens eine Woche nicht laufen kannst», verspricht er mir.

Es kostet mich all meine Kraft, den Mund zu halten; mich nicht auf der Stelle umzudrehen und aus dem Raum zu stürmen. Midas würde mich zweifellos zwingen, sofort wieder zurückzukommen.

«Auren?», sagt König Midas und zieht damit meine Aufmerksamkeit auf sich.

Mein Herz macht einen hoffnungsvollen Sprung. *Setz dem ein Ende. Beschütz mich. Brich diese ganze Sache ab und ...*

«Du tanzt nicht.»

Die Worte sind ein Befehl. Er trifft mich wie ein Stockhieb auf die Handknöchel, reißt meine Haut auf und lässt mich zusammenfahren. Fulke zeigt ein arrogantes Grinsen und kehrt zu den anderen an den Kartentisch zurück. Fürs Erste hat er mich genug erniedrigt.

Trauer füllt meine Augen mit Tränen, während ich zitternd die Arme hebe und tanze. Demütigung lässt meine Haut glühen und treibt mir beim Tanzen den Schweiß.

Setz dich schön auf deinen Hocker.

Spiele deine alberne Musik.

Überlass das Reden den Männern.

Ich bewege mich zu dem Gemurmel ihres fortgesetzten Gesprächs. Ihre Diskussionen bilden die Begleitung für den Rhythmus meines Herzschlags. Bei jedem Schwung meiner Hüften, jeder eleganten Armbewegung spüre ich förmlich die Fäden, die an mir zerren, eine Marionette auf der Bühne. Ich wünsche mir nichts sehnlicher, als in mein Schlafzimmer zu rennen und mich unter den Decken zu vergraben, weit weg von den lüsternen Blicken ... den Augen, in denen Verrat lauert. Aber das geht nicht.

Silberstreif? Zumindest kann es nun nicht mehr schlimmer kommen.

Plötzlich schwingt die Tür zur Bibliothek auf und eine wunderschöne, weißhaarige Frau mit hohen Wangenknochen und einer goldenen Krone auf dem Kopf rauscht in den Raum.

Königin Malina.

Ich muss mich korrigieren. Soeben ist es schlimmer geworden.

Die Sättel? Ja, sie mögen mich nicht. Aber die Königin? Sie hasst mich aus tiefstem Herzen.

KAPITEL 6

Malina, ich habe heute Morgen nicht mit dir gerechnet», sagt König Midas und schenkt seiner Ehefrau ein angespanntes Lächeln.

Polly senkt sofort den Blick und zieht sich eilig vom Tisch zurück, die Weinkaraffe noch in der Hand. Es ist irgendwie beruhigend, dass die Königin auch die anderen Sättel verängstigt.

Sie schaut sich im Raum um und rümpft leicht die Nase. «Das sehe ich», sagt sie leichthin. Hoch aufgerichtet steht sie da, umhüllt von einer königlichen Aura, während die Ratgeber sich vor ihr verbeugen. In ihrem smaragdgrünen Kleid und behängt mit üppigem Saphirschmuck wirkt sie wie ein wunderschöner Pfau. Der Inbegriff von Macht und Eleganz, eine Frau, die alle Blicke auf sich zieht. Und ihre Umgebung einschüchtert.

Ihr Blick wandert zu Polly. Sie mustert das freizügige Kleid, bevor sie erneut ihren Ehemann ansieht. «Wirklich? Bei einer Strategiesitzung, Tyndall? Wie ordinär», tadelt sie hoheitsvoll.

Die sommersprossigen Wangen der armen Polly glühen vor Verlegenheit. Sie senkt den Kopf noch tiefer, bis ihr blondes Haar ihr Gesicht verdeckt. Midas hält für gewöhnlich seine Frau und seine Sättel strikt getrennt. Doch heute hat Malina diese sonst so klar gezogene Grenze überschritten.

Die Ratgeber beobachten das Ehepaar; niemand wagt es, etwas zu sagen. Selbst Fulke hält den Mund.

König Midas verzieht die Lippen zu einem falschen Lächeln, das wohl amüsiert aussehen soll. Doch ich bemerke die Verärgerung in seinem Blick. Diese beiden haben wirklich nichts füreinander übrig.

Sie sind schon seit fast zehn Jahren verheiratet. Er nimmt ihr übel, dass sie ihm bisher keinen Erben geschenkt hat. Und sie grollt ihm, weil die Krone nach dem Geburtsrecht *ihr* zugestanden hätte. Doch Malina wurde ohne Magie geboren. Deshalb durfte sie nicht allein regieren, so will es das Gesetz von Orea. Entsprechend war sie gezwungen, sich einen magisch begabten Ehemann zu suchen, sonst hätte sie den Thron komplett zugunsten von jemand anderem aufgeben müssen.

Durch ihre Heirat mit Midas ist sie immerhin noch Königin, auch wenn ihr Ehemann der wahre Herrscher ist.

Das Königreich Hohenläuten ist gespalten in Bezug auf sein Herrscherpaar. Einige Leute stehen nach wie vor loyal zu Malina. Schließlich wurde Hohenläuten über viele Generationen von ihrer Familie regiert. Ihr Vater ist kurz nach ihrer Heirat mit Midas verstorben, und dieser gilt noch immer in vielerlei Hinsicht als Außenseiter.

Die einfachen Leute identifizieren sich mit Malina. Sie erinnern sich noch an die hübsche Prinzessin, die so hart in der Wirklichkeit aufgeschlagen ist. Sie hatten Mitleid mit ihr, als sie keine magische Begabung zeigte. Und jetzt bemitleiden sie die Königin auch noch wegen ihrer Unfruchtbarkeit.

Andere Kreise in Hohenläuten, besonders die Adeligen, halten loyal zu Midas. Am liebsten würden sie ihm die Füße küssen, weil er ihnen solchen Reichtum geschenkt hat. Schließlich war Hohenläuten fast bankrott, bevor Midas aufgetaucht ist. Doch dann kam er und rettete das desolate Sechste Königreich mit seinem Heiratsantrag. Natürlich konnte Malinas Vater diesen Antrag nicht ablehnen. Aber ich frage mich, ob Malina das bereut.

Ich beobachte, wie die beiden ein stummes Duell mit Blicken austragen. Die Spannung zwischen ihnen ist mit Händen greifbar, und diese Spannung ist immer da. Ich kann mich nicht entsinnen, die beiden jemals im Einvernehmen gesehen zu haben.

Ich bewege mich nicht, bleibe so unauffällig wie möglich. Nur meine Bänder rascheln unbehaglich auf meinem Rücken. Zusammen sind die beiden so ein schönes Paar. Und das hasse ich. Midas besitzt natürliches Charisma, Malina eine angeborene königliche Ausstrahlung. Sie ist perfekt. Ihre Haut ist so blass, dass bläuliche Äderchen auf den Handrücken, am Hals und an den Schläfen durchschimmern, aber bei ihr wirkt sogar diese Blässe elegant. Und dann dieses glatte weiße Haar. Angeblich ist sie schon damit geboren worden. Weißes Haar ist ein Merkmal der Colier-Dynastie.

Mein Blick huscht zwischen den beiden hin und her, während mein Magen sich zusammenzieht, wie er es in der Nähe der Königin immer tut. Seit Midas mich nach Hohenläuten gebracht hat, zeigt sie ihren Hass auf mich mehr als deutlich. Zu Beginn habe ich ihr das nicht mal übel genommen.

Schließlich senkt Midas leicht den Kopf, als gestehe er ihr großzügig diesen Sieg zu.

«Du hast die Königin gehört», sagt er zu Polly und wedelt mit der Hand. «Deine Anwesenheit hier ist *ordinär*. Du darfst dich entfernen.»

Das muss man Polly nicht zweimal sagen. Sie dreht sich um und eilt aus dem Raum, so schnell ihre nackten Füße sie tragen. Dabei nimmt sie sich nicht einmal die Zeit, die Weinkaraffe irgendwo abzustellen.

Nachdem Malina nun mit Polly fertiggeworden ist, gleitet ihr Blick zu mir. Ein Blick, der so eisig ist, dass er unseren Wintern Konkurrenz macht. Und das will etwas heißen in einem Land, wo ein Blizzard auch mal siebenundzwanzig Tage lang toben kann.

«Du solltest dein glänzendes Spielzeug nicht bei Kriegsrat-Sitzungen herumliegen lassen, werter Gemahl», meint Malina, und ihr Blick wandelt sich von *eisig* zu *vernichtend*.

Ich schürze die Lippen und zwinge mich, den Mund zu halten.

Sie wendet sich ihrem Ehemann zu, ohne die anderen Männer im Raum zu beachten. «Dürfte ich wohl kurz mit dir reden?»

Wieder flammt Verärgerung in Midas' Blick auf, doch es ist mehr als klar, dass sie auf ihrem Willen bestehen wird. «Entschuldigt mich für einen Moment», sagt der König zu den anderen, ehe er sich abwendet, um den Raum zu verlassen, dicht gefolgt von der Königin.

König Fulke schlägt ihm im Vorbeigehen auf den Rücken. «Weiber, hm, Midas?», meint er mit einem abfälligen Glucksen.

Die Königin vergräbt die Hand im Stoff ihres Kleides, aber sie schweigt, während das Herrscherpaar den Raum verlässt, um auf dem Gang miteinander zu sprechen.

Das ist meine Chance. Auf keinen Fall werde ich hierbleiben und Fulke die Gelegenheit bieten, mich weiter zu behelligen. So lautlos wie möglich drehe ich mich um und husche durch den Torbogen, hinein in den dunklen Gang.

«Wo ist sie denn hin?»

Fulkes genervte Frage sorgt nur dafür, dass ich noch schneller renne. Dann bemerke ich, dass ich eine Idiotin bin: In meiner Eile, aus der Bibliothek zu verschwinden, habe ich den nächstbesten Torbogen genommen – was bedeutet, dass ich Richtung Atrium eile statt in meine Gemächer. Nun gut. Dort kann ich mich auch verstecken, bis Midas zurückkommt oder Fulke endlich verschwunden ist.

Mit einem erleichterten Seufzen betrete ich das Atrium und werde von den Gittern meines Käfigs in dem großen, dämmrigen Raum willkommen geheißen.

Ein rascher Blick verrät mir, dass die Dachkuppel heute vollkommen mit Schnee bedeckt ist – wie ich es erwartet habe. Dadurch wirkt alles noch beengter und beklemmender. Durch die Fenster dringt nur kaltes, gräuliches Licht, das nicht gerade dazu beiträgt, meinen verkrampften Magen zu entspannen. Ich hatte auf einen kurzen Blick in den Himmel gehofft, aber dieses Glück wird mir verweigert.

Der Silberstreif? Zumindest ist das Bett, in dem Midas sich gestern Abend vergnügt hat, schon lange entfernt worden. Ein Punkt weniger, der mir schlechte Laune macht.

Ich lasse meine Finger über die vergoldeten Efeuranken an den Glaswänden gleiten, tapse in meinen Pantoffeln über den glänzenden Boden. Überall um mich herum sind Pflanzen und Statuen aus Gold ausgestellt. Eine Anhäufung massiven Reichtums, geballt an einem einzigen Ort.

Im gesamten Palast ist Gold allgegenwärtig, doch aus irgendeinem Grund wirkt es in diesem Raum obszön. Vielleicht liegt es an den großen, verschneiten Fenstern, die den Reichtum scheinbar der ungeschützten Wildnis draußen preisgeben. Oder es liegt daran, dass hier nicht einmal die Pflanzen verschont wurden. Wenn Midas sich hier umschaut, erblickt er vermutlich seine Schätze, aber ich sehe nichts als einen Friedhof.

Ich gehe ans andere Ende meines Käfigs, zu dem Haufen aus Decken und Kissen auf dem Boden. Der Raum ist riesig und hat extrem hohe Decken, also ist es hier drinnen eiskalt. Selbst die beiden mächtigen Kamine an den Stirnseiten des Saales können nicht genug Wärme erzeugen.

Ich stupse ein paar Kissen mit dem Fuß zurecht, dann setze ich mich und ziehe mir eine der Decken über den Schoß. Schließlich kann ich es mir auch gemütlich ...

Plötzlich schwingt die Tür im vorderen Teil des Raumes auf. Ich zucke zusammen.

«Und was ist deiner Meinung nach so wichtig, dass du einfach meine Ratssitzung unterbrichst, Malina?»

Ich erstarre – der König und die Königin wollen ihr Gespräch *hier* führen!

«Deine Ratssitzung?», blafft Malina. «Tyndall, wie konntest du nur einen Angriff auf das Vierte Königreich befehlen, ohne das vorher mit mir zu besprechen?»

Göttliche Scheiße.

Wenn sie mich erwischen ... Ich erschaudere, und das liegt nicht an der Kälte. Ich muss von hier verschwinden – *sofort.*

KAPITEL 7

Das königliche Paar entfernt sich von der Tür. Wie leise Peitschenhiebe hallen ihre Schritte im Atrium wider. Niemals kann ich den Torbogen erreichen, ohne dass sie mich entdecken. Sie kommen immer näher, und meine einzige Deckung besteht aus ein paar Topfpflanzen.

Immerhin füge ich mich farblich ins restliche Dekor ein. Mein Silberstreif.

Ich lasse mich auf den Bauch sinken und ziehe die Decke über mich; gebe mein Bestes, mich reglos wie ein Kissenstapel zu verhalten.

«Ich bin dir keine Rechenschaft schuldig, Malina. Ich bin der König und herrsche, wie es mir richtig erscheint.»

«Du hast mich mit Absicht nicht eingeweiht! Hast mir erzählt, die Armee wäre unterwegs, um Waffenübungen durchzuführen», faucht sie.

«Das tut sie auch», antwortet Midas fast blasiert.

Ich höre Malina schnauben. «Wenn wir in den Krieg ziehen, sollte ich hinzugezogen werden. Hohenläuten ist *mein* Königreich, Tyndall. Die Coliers herrschen hier seit Generationen», antwortet sie nachdrücklich. Ihre Dreistigkeit überrascht mich.

«Und doch bist du die erste Nachkommin des Hauses Colier, die ohne Macht geboren wurde», gibt Midas zurück. Sein volltönender Bariton hallt durch den Raum. «Du hast nicht nur keinen Funken von Magie entwickelt, deine Familie hat zudem auch jede Münze in der Schatzkammer verschwendet. Bevor ich gekommen bin, war dieses Land bankrott. Gäbe es mich nicht, wärst du immer noch eine perspektivlose Prinzessin in zerlumpten Kleidern mit Bergen von Schulden. Also untersteh dich, zu behaupten, Hohenläuten gehöre dir. Du hast das Königreich in dem Moment verloren, als ich vor dem Burgtor aufgetaucht bin.»

Mein Herz rast. Das ist jetzt ... sehr privat. Nicht im Geringsten für fremde Ohren bestimmt. Malina würde mir meine abschneiden, wenn sie wüsste, dass ich lausche.

Dennoch kann ich es mir nicht verkneifen, vorsichtig die Decke vor meinen Augen zu lüften, um einen Blick zu wagen. Durch den schmalen Spalt sehe ich, wie König und Königin sich gegenüberstehen, etwa drei Meter voneinander entfernt. Malinas Wangen glühen vor Wut, die Augen funkeln hasserfüllt.

Es ist ein offenes Geheimnis, dass die Königin über keinerlei Macht verfügt, doch das wird ihr niemals so direkt ins Gesicht gesagt. Aber vielleicht ja doch. Vielleicht machen die beiden so was für gewöhnlich einfach nur hinter verschlossenen Türen.

«Das hat nichts damit zu tun», zischt Königin Malina Midas ins Gesicht. «Es geht darum, dass du Friedensverträge brichst, welche die Sechs Königreiche seit Jahrhunderten achten! Und du hast das getan, ohne auch nur mit mir darüber zu sprechen!»

«Ich weiß, was ich tue», antwortet Midas kühl. «Und du tätest gut daran, dich an *deine* Aufgaben zu erinnern, meine Gemahlin.»

Ihre eisblauen Augen werden schmal. «Die da wären? Mit meinen Hofdamen in meinen Gemächern zu sitzen und zu sticken? Oder durch die Eisgärten zu wandeln?» Sie lacht freudlos und schüttelt den Kopf. «Du kannst mich nicht halten wie einen deiner Sättel, Tyndall.»

«Nein, du bist *definitiv* keiner meiner Sättel», bestätigt er mit einem abschätzigen Blick.

Wütendes Rot überzieht ihre fahlen Wangen, und ihre Finger vergraben sich wieder im Stoff ihres Kleides. «Und wessen Schuld ist es, dass du mein Bett nicht mehr besuchst?»

Ich zucke zusammen. Meine Ohren brennen. Und ich dachte, das bisherige Gespräch sei vertraulich gewesen ... Aber das wird immer schlimmer!

Midas schnaubt abfällig. «Du bist unfruchtbar», erklärt er. Ich sehe, wie ihr Kopf zurückruckt, als hätte er ihr eine Ohrfeige verpasst. «Ich verschwende nicht gerne meine Zeit. Und genau das tue ich hier», sagt er und wedelt mit der Hand zwischen sich und seiner Gattin hin und her. «Komplette Zeitverschwendung. Wenn deine weibliche Hysterie also langsam abgeklungen ist ... Ich habe zu arbeiten.»

Er wendet sich ab, doch er kommt keine drei Schritte weit, ehe ihre Stimme ihn erstarren lässt. «Ich weiß über alles Bescheid, Tyndall.»

Mein Blick irrt zwischen den beiden hin und her. Wovon spricht sie da?

Sekunden vergehen. Mit verspannten Schultern wendet Midas sich zu ihr um. Der Blick seiner braunen Augen ist so hasserfüllt, dass selbst die Königin einen Schritt zurückweicht. Sie scheint ihr Blatt überreizt zu haben. Doch ich habe keine Ahnung, welche Karte sie überhaupt ausspielen wollte.

«An deiner Stelle wäre ich sehr, *sehr* vorsichtig», erklärt Midas gefährlich leise.

Das ist nichts anderes als eine offene Drohung. Sein Tonfall ist so grausam, dass sich meine Nackenhaare aufstellen. Malina mustert ihn unverwandt. Ich bin völlig gebannt, wage es kaum zu blinzeln.

«Geh zurück in deine Gemächer», befiehlt er kalt.

Die Königin schluckt schwer. Ihre zitternden Hände verbergen sich in den Falten ihres Rockes, doch sie schiebt trotzig das Kinn vor, ehe sie aus dem Raum stürmt und die Tür hinter sich zuschlägt. Sie ist keine zarte, zerbrechliche Blume, das muss ich ihr lassen.

Ich dagegen wage es in der Stille kaum zu atmen. Mein Herz hämmert gegen meine Rippen, als wären sie eine Trommel. So verharre ich endlos lange, die Wangen gebläht, während ich die Luft anhalte.

Midas atmet einmal tief durch und richtet seine goldene Tunika. Dann streicht er sich sorgfältig die Haare mit der Hand zurecht. Schließlich wendet er sich ab und verschwindet aus meinem Blickfeld. Erst als ich höre, wie seine Schritte sich entfernen, die Tür hinter ihm zufällt, stoße ich erleichtert die Luft aus.

Ich schiebe die Decke beiseite und setze mich auf. Nun muss ich unbemerkt an der Bibliothek vorbeikommen und mein Schlafzimmer erreichen, bevor Midas wieder bei Fulke ist. Wenn er mich ruft und ich nicht in meinem Zimmer bin, wird er wissen, dass ich hier war; dass ich ihn und Malina belauscht habe. Und das ... dürfte mir nicht besonders gut bekommen.

Ich stehe auf und eile aus dem Atrium und meinen privaten Gang entlang, um dann schliddernd vor dem Torbogen zur Bibliothek zum Stehen zu kommen.

Ich kann das Murmeln der Ratgeber hören und König Fulkes laute Essgeräusche, unterlegt von Atemzügen durch den Mund. *Mompf, keuch, mompf, keuch.* Einfach nur widerlich. Ich wage einen Blick hinein und stelle fest, dass glücklicherweise alle dem Tisch zugewandt sind. Niemand beachtet den vergitterten Teil des Raums. Und Midas ist noch nicht zurückgekehrt.

Die Sonne geht unter und nimmt das gräuliche Licht mit sich fort, aber die Männer werden noch für eine Weile hier sein. Zweifellos werden die Ratgeber die Nacht durcharbeiten, wie sie es schon seit einigen Tagen tun. Und ich will ganz bestimmt nicht hier mit ihnen feststecken.

Ich habe nur eine Chance, mich für den Rest der Nacht in meinen Gemächern zu vergraben: Ich muss die Räumlichkeiten erreichen, bevor Midas zurückkommt. Aus den Augen, aus dem Sinn. Oder zumindest hoffe ich das. Nach seinem Gespräch mit Malina dürfte er furchtbar schlechte Laune haben, und da will ich ihm auf keinen Fall in die Quere kommen.

Um meine Gemächer zu erreichen, muss ich einmal ganz durch die Bibliothek. Midas hat das gesamte obere Stockwerk der Burg so umgestalten lassen, dass ich mich frei bewegen kann. Die Käfige, die man in jeden Raum eingebaut hat, sind nicht in sich abgeschlossen. Sie alle öffnen sich zu kurzen, nur für mich angelegten Gängen, die von einem Raum zum anderen führen, bis ans hinterste Ende des Stockwerks. Aber das bedeutet auch, dass es nur einen Weg gibt, das Stockwerk zu durchqueren. Ich muss durch jeden einzelnen Raum hindurchgehen.

Ich lasse den Blick erneut durch das Zimmer huschen, um sicherzustellen, dass niemand in meine Richtung schaut. Dann schleiche ich auf Zehenspitzen durch den vergitterten Teil der Bibliothek, den Blick unverwandt auf den Torbogen am anderen Ende gerichtet. Ich bewege mich mit eiligen, aber vorsichtigen Schritten. Auf keinen Fall darf ich zu schnell werden, sonst erregt die Bewegung im Augenwinkel Aufmerksamkeit. Aber gleichzeitig muss ich mich beeilen, um schneller zu sein als Midas.

Die Tür ist nur noch drei Schritte entfernt – da höre ich plötzlich eine Stimme: «Ah, da bist du ja wieder.»

Ich erstarre. Doch als ich langsam den Kopf drehe, schaut niemand zu mir. Alle Aufmerksamkeit ist auf Midas gerichtet, der gerade hereingekommen ist.

Mit beiden Händen raffe ich meinen Rock, renne zum Torbogen und dann den Gang hinunter. Einen Augenblick später, und Midas hätte mich entdeckt. Ich halte erst an, nachdem ich mein Bad und mein Umkleidezimmer durchquert habe. Ich ducke mich in mein Zimmer, lehne mich an die Wand und atme tief durch.

Einen Augenblick lang lasse ich meinen Kopf an der Wand ruhen, genieße das Gefühl, heil davongekommen zu sein. Meine Gedanken überschlagen sich. Ich kann froh sein, dass man mich nicht erwischt hat.

Eine Weile bleibe ich einfach nur stehen, während mein Hirn alles verarbeitet, was ich erfahren habe. Nicht nur das Gespräch, das ich belauscht habe. Sondern auch all die Bruchstücke, die ich im Laufe der Woche von Midas' Kriegsrat aufgeschnappt habe. Offenbar schreckt sogar Königin Malina vor Midas' tolldreistem Angriffsplan zurück.

Allerdings überrascht es mich nicht, dass der König seine Entscheidungen nicht mit ihr besprochen hat. So ist er nun einmal – er macht alles mit sich selbst aus, nach seinen eigenen Plänen. Ehrlich gesagt ist das eine Sache, die ich immer an ihm bewundert habe – sein Selbstbewusstsein. Er wurde nicht wie Malina in eine königliche Familie hineingeboren. Niemand hat ihn dazu erzogen, ein Herrscher zu sein. Und so rücksichtslos er manchmal auch vorgehen mag – Midas weiß, wie man regiert. Hohenläuten brauchte Geld und einen starken Anführer. Und beides hat das Königreich in dem Moment bekommen, als Midas sich auf dem Thron niedergelassen hat.

Ich blinzele und muss feststellen, dass der Tag vergangen und die Nacht herangeschlichen ist. Ein Schauer läuft mir über den Rücken, und ich massiere mir die Arme, um das unangenehme Gefühl zu vertreiben. Der Silberstreif: Hätte Midas mich rufen lassen wollen, dann hätte er das inzwischen getan.

Das verbliebene Licht in meinem Raum ist Schatten gewichen, die schnell alles in Dunkelheit hüllen. Ich löse mich von der Wand und bewege mich allein nach dem Gedächtnis voran, bis ich einen kleinen Tisch im hinteren Teil des Raums erreiche, der direkt vor den Gittern steht.

Ich taste nach dem Kerzenständer, der dort irgendwo sein muss, doch statt eine harte Oberfläche zu finden, berühre ich etwas Warmes. Etwas, das sich bewegt.

Erschrocken zucke ich zurück, doch es ist zu spät. Die Hand schießt vor und packt meinen Unterarm, reißt mich vorwärts. Mein Oberkörper kippt über den Tisch, und ich fange mich mit den Händen ab. Die Person, die mich festhält, gibt meinen Arm frei und vergräbt stattdessen eine Faust in meinem Haar.

Ich hebe verzweifelt die Hände, versuche instinktiv, mich zu befreien, doch mein Angreifer hält mich unbarmherzig fest, egal, wie sehr ich auch ziehe und zerre.

Ich vergrabe meine Fingernägel in seiner Haut, versuche sie aufzukratzen und zu zerfetzen, bis man mich freigibt. Als meine Nägel sich ins Fleisch graben, stößt die Person ein schmerzerfülltes Zischen aus – und schlägt meinen Kopf so heftig gegen die Gitterstäbe, dass ich Sterne sehe.

Meine Knie geben nach, und mein Schädel dröhnt, doch die Hand löst ihren grausamen Griff nicht. Meine Kopfhaut schreit vor Schmerz, und ich wimmere, aber kaum ist das Geräusch über meine Lippen gedrungen, legt sich schon die zweite Hand auf meinen Mund, um mich zum Schweigen zu bringen.

Unglücklicherweise bedeckt diese Hand auch meine Nase und raubt mir damit den Atem.

Ich bin benommen von dem Schlag gegen den Kopf, kann in der Dunkelheit noch immer nichts sehen. Panik breitet sich in mir aus. Ich schlage um mich, meine Kehle wird immer enger und meine Nasenflügel blähen sich im verzweifelten Versuch, Luft zu holen.

Und dabei erfüllt mich die ganze Zeit Entsetzen, weil mich jemand berührt, der nicht Midas ist.

Ich kann mich nicht erinnern, wann mich das letzte Mal jemand anderes angefasst hat. Niemand würde es wagen. Abgesehen von den flüchtigen Liebkosungen meines Königs habe ich so lange keine menschlichen Berührungen mehr erfahren, dass meine Sinne das jetzt kaum verarbeiten können.

«Halt sie näher an das Gitter.»

Der Befehl erklingt leise, aber bestimmt – und ohne jedes Mitgefühl für meine Schmerzen. Mein Magen zieht sich zusammen, als ich die Stimme erkenne.

Die Königin.

Wer auch immer mich festhält, zieht meinen Kopf nach vorne, bis mein Gesicht gegen die Gitterstäbe gepresst wird. Aber zumindest verschwindet die Hand von meinem Mund und meiner Nase. Ich schnappe keuchend nach Luft. Mein Hals ist unangenehm verrenkt, und die Kante des Tisches, über den ich gezogen werde, bohrt sich in meinen Unterleib.

Ich blinzele, als Königin Malina in mein Blickfeld tritt. Sie trägt eine Kerze in der Hand, die ihr Gesicht in dramatische Schatten taucht und ihre blasse Haut fast zum Leuchten bringt.

«Hast du geglaubt, ich bemerke nicht, wie du dich versteckst und heimlich lauschst?», fragt sie und hält die Kerze so nah an mein Gesicht, dass ich bedrohliche Hitze auf meiner Wange spüre.

Ich öffne den Mund für eine Antwort, doch sie blafft mich unvermittelt an: «Still!»

Sofort klappt mein Mund wieder zu. Die Hand in meinem Haar zerrt erneut an den Strähnen, und der Schmerz treibt mir Tränen in die Augen.

Malina mustert mich ungerührt. «Die *Favoritin* des Königs», faucht sie, als wäre diese Bezeichnung das am meisten verhasste Wort in ihrem gesamten Vokabular. Wahrscheinlich stimmt das sogar. «Ich habe mich immer gefragt, wieso er ein nutzloses Waisenmädchen goldgeküsst hat, um sie anschließend zur Schau zu stellen wie eine Trophäe auf einem Regal», sagt sie und sieht sich geringschätzig in meinem Käfig um. «Aber Midas hatte schon immer seine fixen Ideen.»

Ich bin keine fixe Idee. Er liebt mich. Das will sie sich nur nicht eingestehen.

Sie lacht, als hätte sie den Trotz in meiner Miene erkannt. «Du glaubst, sein Herz gehört dir?», fragt sie mit gespieltem Mitleid und lehnt sich vor, bis sie mir direkt in die Augen sehen kann. Jetzt ist sie mir so nahe, dass ich den Atem spüre, der zwischen ihren farblosen Lippen hervordringt. «Oh, Kleines, du bist nichts als ein Hund, den er im Zwinger hält. Ein Beutestück, das er zur Schau stellt, um sich wichtigzumachen.»

Das ist eine Lüge. Das weiß ich. Aber ich bin nicht so dickfellig, dass mich ihre hasserfüllten, eifersüchtigen Worte nicht treffen würden. Sie lassen weitere Tränen in meine Augen treten, zusammen mit dem Schmerz in meiner Kopfhaut. Eine davon läuft langsam über meine Wange.

Königin Malina schüttelt seufzend den Kopf, und ihr

Blick wandert zum schneeverhüllten Fenster. «Damals war ich ein dummes Mädchen. Als Tyndall aufgetaucht ist, war ich eine machtlose Prinzessin ohne jede Chance, selbst die Herrschaft anzutreten.»

Ich beobachte sie genau, halte mich völlig regungslos, damit meine arme Kopfhaut nicht noch mehr misshandelt wird.

«Mein Vater meinte, Midas wäre ein Geschenk der Götter. Ein attraktiver Rebell mit einem romantischen Heiratsantrag auf der Zunge und Gold in den Händen? Selbstverständlich habe ich den Antrag nur zu gerne angenommen. Midas schien wirklich ein Glücksfall zu sein. Er war genau der Retter, den wir brauchten. Mir war sogar egal, dass er dich behalten hat.»

Meine Gedanken wirbeln durcheinander, während ich versuche, mich trotz der Schmerzen auf ihre Worte zu konzentrieren. Innerlich verpasse ich mir einen Tritt, weil ich mich habe erwischen lassen. Und dafür, dass ich meine Umgebung nicht genau genug im Blick behalten habe, nicht bemerkt habe, dass sie mir hier aufgelauert hat.

«Schließlich haben alle Männer ihre Laster», erklärt mir Malina. Ihr Tonfall stellt absolut klar, was sie von mir hält. «Tyndalls Laster war es, dich in ein Ausstellungsstück zu verwandeln. Ein Waisenmädchen im Käfig, mit goldgefärbter Haut, das er der Welt präsentieren und ganz für sich alleine behalten konnte. Wie prunkvoll und protzig. Aber du warst damals belanglos für mich und bist es auch heute noch. Und weißt du, warum?»

Ich beiße die Zähne zusammen. Die Wut lässt meine Augen bei jedem Blinzeln brennen. Meine Bänder schieben sich vorwärts, gleiten an den Beinen der Person nach oben, die mich festhält. Ich will nicht, dass irgendwer erfährt, dass ich meine Bänder willentlich bewegen kann. Doch im

Moment ist meine Unversehrtheit wichtiger als mein Geheimnis.

Malina und ich hatten bereits in der Vergangenheit den einen oder anderen Zusammenstoß, aber für gewöhnlich versuchen wir, uns bestmöglich zu ignorieren. Sie hat noch nie jemanden auf mich gehetzt. Dieses Vorgehen ist neu, und ich fürchte, dass es der Auftakt zu noch mehr Gewalt sein könnte. Mit ihren herablassenden Kommentaren und Blicken komme ich klar. Aber das hier? In der ständigen Furcht leben zu müssen, dass sie in den Schatten lauert, bereit, mich zu bestrafen? Dieser Gedanke lässt mich erschaudern.

«Warum?», frage ich, als klar wird, dass sie das erwartet.

Malinas Augen leuchten. «Weil du da drin bist und ich hier draußen.»

Eine schlichte Aussage, und doch gräbt sie sich in mein Herz wie die grausamen Fangzähne einer Bestie.

Was auch immer die Königin in meiner Miene zu erkennen glaubt – es zaubert ihr ein selbstgefälliges Lächeln auf die Lippen. Sie sieht auf zu der Person, die mich festhält. «Du kannst sie loslassen.»

Sofort ziehen sich meine Bänder von dem Angreifer zurück und sinken wieder hinter mir zu Boden.

Mein Haar wird losgelassen, aber vorher presst der Kerl mein Gesicht noch einmal gegen die Gitterstäbe, bevor ich endlich wieder frei bin. Ich umklammere die goldenen Stäbe meines Käfigs, um nicht umzufallen. Vorsichtig betaste ich mit der Hand meine Kopfhaut – und erkenne nun vor mir den persönlichen Leibwächter der Königin. Ein vierschrötiger, grimmiger Mann mit Vollbart und selbstgefälligem Blick. Ich muss mich zusammennehmen, um nicht meine Bänder zu rufen und ihn zu erwürgen.

«Denke immer an deine Stellung, *Sattel*», sagt Königin

Malina. Ich schaue zu ihr, während sie sich vom Käfig entfernt. «Du bist nur ein Schoßtier, das Midas besteigt. Ein Souvenir, das er zur Schau stellt.» Malina bleibt im Türrahmen stehen und sieht über die Schulter zu mir zurück. «Wenn ich dich noch einmal beim Spionieren ertappe, schneide ich dir deine goldenen Ohren ab.»

Ich balle die Hände zu Fäusten. Das Wort *Miststück* hallt in meinem Kopf wider, während ich sie böse anstarre. Doch ich wage nicht, es auszusprechen.

Malina nickt ihrem Leibwächter zu. «Stell sicher, dass sie meine Worte wirklich versteht.»

Verwirrt beobachte ich, wie sie den Raum verlässt ... und im nächsten Moment dreht der Leibwächter sich ohne Vorwarnung um und rammt mir die Faust durch die Gitterstäbe in den Bauch.

Der Schlag schickt mich zu Boden. Ich presse keuchend die Arme auf den Magen und versuche, mich nicht zu übergeben. «Hast du die Königin verstanden?», knurrt er über mir.

«Ich ... habe ... verstanden», keuche ich mit einem hasserfüllten Blick.

«Gut.»

Ohne ein weiteres Wort wendet er sich ab und stapft aus dem Raum. Die Tür schließt sich leise hinter ihm.

Verdammte göttliche Hölle. Ich wünschte, ich wäre heute gar nicht erst aufgestanden.

Mehrere Minuten lang liege ich am Boden und atme schwer, ehe es mir endlich gelingt, mich aufzurappeln. Mein Bauch und meine Kopfhaut tun so sehr weh, dass ich mir die Mühe spare, Kerzen anzuzünden. Ich stolpere zu meinem Bett. Der Silberstreif? Zumindest haben die Gitter meines Käfigs verhindert, dass sie mir Schlimmeres antun.

Sobald ich auf dem Bett liege, schmiegen sich meine Bänder um mich, wie eine Seidenhülle, die mich vor der Welt beschützt. Der Kokon, der die Raupe in sich birgt.

Doch irgendwann wird mir klar, dass es nicht Malina oder ihr Leibwächter sind, die mich bis spät in die Nacht keine Ruhe finden lassen. Auch nicht meine pochende Kopfhaut oder mein schmerzender Bauch. Vielmehr ist es die Tatsache, dass mir die Zeit davonläuft. Denn bald schon werden die vereinten Armeen die Grenze des Vierten erreichen. Und König Fulke wird seine Bezahlung einfordern.

Mich.

Kapitel 8

Ich habe Angst vor dem Aufwachen.

Für gewöhnlich liegt das lediglich daran, dass ich kein Morgenmensch bin. Ich habe oft einen schrecklichen Kater von dem vielen Wein, also wache ich wirklich nicht gerne in aller Frühe auf. Außerdem ist es ja nicht so, als würde mich strahlender Sonnenschein begrüßen. Ich habe seit Jahren keine Sonnenstrahlen mehr gesehen.

Doch als sich heute die Decke des Schlafes lüftet, ist es viel schlimmer als meine übliche Abscheu vor dem Morgen. Denn ich weiß, dass meine Zeit heute abläuft.

Keine Ahnung, *woher* ich das weiß – vielleicht liegt etwas in der Luft. Vielleicht ist es der schneidende Wind vor meinem Fenster: die schrille Klage der Sturmwitwe. Sie warnt mich, dass die letzten Sandkörner durch das Stundenglas gerieselt sind, wie Steine, die schwer auf den Meeresgrund sinken. Es verbleibt keine Zeit mehr zum Zählen.

Ich öffne die Augen und starre zum Fenster – und fröstele, als ich eine Eisschicht auf dem Glas entdecke. Stöhnend entfalte ich die Bänder von meinem Körper, alles tut immer noch weh. Meine Kopfhaut und mein Magen schmerzen nach der Grausamkeit der letzten Nacht wie offene Wunden.

Vorsichtig setze ich mich auf. Ich schaue durch die Gitterstäbe in den Raum hinaus und stelle fest, dass Digby bereits Wache steht, bereit für seine Morgenrunde. Zu dumm, dass er gestern Abend nicht hier war ... aber daran bin ich selbst schuld.

Mit achtzehn habe ich monatelang mit Midas diskutiert, damit er endlich die Nachtwache abzieht. Ich fand es unheimlich, dass jemand vor dem Käfig herumsteht und mich beim Schlafen beobachtet. Irgendwann hat er nachgegeben, hat mir nachts meine Privatsphäre zugestanden. Nun bereue ich diesen Sieg irgendwie.

Ich glaube nicht, dass Digby zugelassen hätte, dass ich unter seiner Aufsicht misshandelt werde, auch nicht von der Königin. Auf jeden Fall hätte er Midas über den Vorfall informiert. Ich werde das nicht tun. Ich werde Midas kein Wort davon erzählen. Damit würde ich Malina nur noch mehr gegen mich aufbringen. Und das ist wirklich das Letzte, was ich brauchen kann.

Das Aufstehen fällt mir schwerer, als es sollte. Ich verziehe leicht das Gesicht, weil die Prellung an meinem Bauch spannt. Digby mustert mich stirnrunzelnd und kneift die Augen zusammen. Ihm entgeht nichts.

«Magenschmerzen. Zu viel Wein», lüge ich und tätschele mir wie zur Bestätigung den Bauch. Ich will nicht, dass er misstrauisch wird oder Fragen stellt. Fragen sind gefährlich.

Ich wende ihm den Rücken zu und reibe mir die verkrusteten Augen. Aus dem Augenwinkel bemerke ich ein Kleid, das am Gitter bereithängt. Golden und durchscheinend, so dünn, dass man es kaum Kleid nennen kann.

Ich mustere das Kleidungsstück mit zusammengebissenen Zähnen. Midas hat dieses Kleid für mich heraussuchen lassen. Es ist eine klare, unmissverständliche Botschaft.

Heute Abend soll ich gekleidet sein wie ein Sattel. Heute Abend wird er mich aus meinem Käfig lassen.

Ich starre den hauchdünnen Stoff an, den tiefen Ausschnitt, die Schlitze im durchsichtigen Rock. Meine Bänder rollen sich zusammen, und meine Hände ballen sich zu Fäusten, versuchen meine aufsteigenden Gefühle zu packen. Dieses Kleid unterstreicht perfekt Königin Malinas Worte.

Du bist nur ein Schoßtier.

Ein Souvenir, das er zur Schau stellt.

Ich fasse das Kleid nicht an, wende mich ab und trete von meinem Schlafzimmer in mein Umkleidezimmer, misstrauisch beäugt von Digby.

Sobald ich allein im anderen Zimmer bin, halte ich in der Dunkelheit inne und atme einmal tief durch. Ich zwinge mich dazu, die Fäuste zu öffnen. Meine Bänder entspannen sich widerwillig. Ich höre, wie im anderen Raum die Tür klappt: Digby tritt seine Runde durch die übrigen Gemächer an – zweifellos, um mir etwas Privatsphäre zu gönnen.

Ich gehe zum Schminktisch. Meine Bänder schleifen hinter mir her. Dann drehe ich die Lampe auf, um mehr Licht in das Zimmer zu bringen. Das Fenster ist schon wieder zugeschneit.

Mithilfe meiner Bänder ziehe ich mich aus, lasse den Stoff zu Boden sinken. Nackt stelle ich mich vor den Spiegel und mustere meinen Körper. Auf meinem Bauch ist die goldene Haut verfärbt. Der brutale Schlag des Leibwächters hat eine faustgroße Prellung mit leicht wolkigen Rändern hinterlassen. Ich drücke mit den Fingern darauf herum und verziehe das Gesicht, als dumpfer Schmerz aufblüht. Ich muss an das goldene Teeservice denken, das Midas besitzt – das Service, das die Diener ständig polieren müssen. Ein angelaufener Fleck, der gesäubert werden muss.

Seufzend löse ich die Hand von meinem Bauch und greife mir einen bodenlangen Morgenmantel vom Haken neben dem Spiegel. Ich ziehe ihn über und schließe den Gürtel.

Als Nächstes untersuche ich meine Kopfhaut, lasse die Finger leicht über die wunden Stellen gleiten. Schon die leiseste Berührung lässt das schmerzhafte Pochen aufflammen. Ich schnappe nach Luft. Beim Kämmen muss ich vorsichtig sein.

«Wie hast du geschlafen?»

Midas' Stimme überrascht mich so sehr, dass ich herumwirbele, die Hand auf die Brust gepresst. «Die Göttlichkeit sei verdammt, du hast mich erschreckt!», rüge ich ihn. Ich habe weder gehört, wie er meine Käfigtür geöffnet hat, noch, wie er durch das Schlafzimmer zu mir gekommen ist.

Er lehnt am Gitter neben dem Torbogen. Lächelt mich an. «Tss, tss, Auren. Du solltest die Götter nicht verfluchen.»

Mein rasendes Herz beruhigt sich, jetzt, da ich weiß, dass es nur Midas ist, der sich da angeschlichen hat. Gut sieht er aus in diesem sanften Licht. Seine goldene Tunika glänzt wie Karamell, sein Haar schimmert warm wie Brandy.

«Wie kann ich dir dienen, mein König?», frage ich. Die Worte sind wohlgesetzt, doch meine Stimme klingt unsicher. Dünn.

Midas tippt sich nachdenklich ans Kinn, während er mich mustert. Ich versuche, mich unter seinem Blick nicht zu winden. Der dünne Stoff meines Morgenmantels gibt mir das Gefühl, ich stände nackt vor ihm.

«Ich weiß, dass du wütend auf mich bist», sagt er schließlich unvermittelt.

Ich mustere sein Gesicht, versuche zu erraten, was er gerade denkt. Ich weiß nicht, was ich sagen soll.

Als ich nicht antworte, schenkt er mir einen traurigen Blick. Für einen winzigen Moment wirkt er nicht mehr wie der mächtige König Midas, sondern einfach nur wie Tyndall. «Sprich, Auren. Ich vermisse es, deine Stimme zu hören und Zeit mit dir zu verbringen», sagt er leise, und mein Blick wird etwas weicher.

Stinkwütend bin ich auf ihn – und am Boden zerstört. Ich habe keine Ahnung, woran ich mit ihm bin oder was hier vor sich geht. Und nichts davon kann ich äußern, weil ich nicht weiß, wie ich es mit Worten ausdrücken soll. Also räuspere ich mich lediglich und sage: «Du warst sehr beschäftigt.»

Er nickt, macht aber keine Anstalten, näher zu kommen. Und auch ich bleibe stehen. Uns trennt mehr als nur die drei Meter Abstand. Zwischen uns klafft ein Abgrund. Eine tiefe Grube, die er selbst gegraben hat. Und ich fürchte, dass ein falscher Schritt genügt, und ich stürze über die Kante. Ein Sturz, von dem ich mich vielleicht nie erholen werde.

Ich starre Midas an. Hoffnung und Angst ringen in meiner Brust miteinander. Er ist harsch mit mir umgesprungen, harscher als jemals zuvor. Ich weiß, dass er unter Stress steht, und ich bin mir bewusst, dass ich mich niemals in der Öffentlichkeit so hätte benehmen dürfen. Aber ich weiß einfach nicht mehr, wie wir zueinander stehen. Und dann ist da noch diese Abmachung mit König Fulke.

Meine goldenen Augen fixieren ihn.

Du übergibst mich an Fulke.

Eine Stimme in meinem Kopf schreit ihn stumm an, doch zugleich höre ich einen nagenden zweiten Kommentar: Das ist Midas. Das ist der Mann, der einst einer einfachen Bürgerwehr angehörte. Keine Krone, kein Titel. Nur ein starker, selbstbewusster Mann mit ehrgeizigen Zielen. Der Mann, der mich gerettet und aufgenommen hat. Meine Stellung so verbessert hat, dass ich inzwischen im gesamten Sechsten Königreich bekannt bin – zur Hölle, in ganz Orea. Er hat mich zu seiner goldgeküssten Trophäe gemacht und auf ein Podest gestellt. Aber vor alldem war er mein Freund.

Wenn ich ihn jetzt ansehe, erkenne ich Dinge, die anderen verborgen bleiben. Weil er anderen nicht *erlaubt*, es zu sehen. Ich sehe die dunkle Wolke über seinem Kopf. Die Anspannung in seinen Schultern. Die Falten, die der Stress in seine Augenwinkel gegraben hat.

«Geht es dir gut?», frage ich leise, unsicher.

Meine Frage scheint ihn zu treffen. Er strafft sich, und die nachdenkliche Stimmung zwischen uns zerreißt wie ein morsches Seil.

«Es ist wichtig, dass du dich heute Abend benimmst, Auren.»

Ich blinzele, während die Worte von den Zahnrädern in meinem Kopf bearbeitet werden. Ich versuche, sie irgendwie anders zu interpretieren, irgendeine versteckte Bedeutung darin zu finden. Er könnte in Rätseln sprechen, oder vielleicht muss ich zwischen den Zeilen lesen. Aber ... diese Aussage lässt keine andere Deutung zu.

Meine Kehle wird eng. «Inwiefern?»

«Zieh heute Abend dieses Kleid an. Hör auf deine Wachen. Sprich nicht, wenn du nicht angesprochen wirst. Dann wird alles gut. Du vertraust mir doch, nicht wahr?», fragt er mit harter, ausdrucksloser Miene.

Meine Augen brennen. *Früher habe ich das getan*, will ich sagen. *Jetzt bin ich mir nicht mehr so sicher.*

«Sollte ich dir nicht immer vertrauen?», antworte ich vorsichtig.

Midas schenkt mir ein weiteres Lächeln. «Natürlich solltest du das, mein Schatz.»

Er wendet sich ab und verlässt mein Ankleidezimmer.

Ich höre, wie seine Schritte in meinem Schlafzimmer widerhallen, dann das Klicken des Schlosses von meiner Käfigtür. Unbeweglich bleibe ich stehen, bis seine Schritte sich entfernen und die Schlafzimmertür sich ebenfalls schließt.

Ich stoße den Atem aus und falle förmlich auf den Stuhl vor meinem Schminktisch. Mit leerem Blick starre ich in den Spiegel. Meine Hände zittern von all den Gefühlen, die in mir brodeln.

Ich bin so aufgewühlt, dass mein Magen sich verkrampft, ich mich fast erbrechen muss. «Reiß dich zusammen, Auren», ermahne ich mich selbst. Ich presse mir die Handballen gegen die Augen, damit sie nicht mehr so brennen.

Midas will, dass ich mich benehme. Er will, dass ich ihm vertraue. Und hat er sich mein Vertrauen nach all diesen Jahren nicht auch verdient?

Das hat er doch, oder?

Die Antwort sollte ein überwältigendes Ja sein. Die Antwort sollte mir leichtfallen. Das Problem ist nur: Dem ist nicht so.

Ich beiße die Zähne zusammen und springe auf. Bevor ich weiß, was ich überhaupt tue, hat meine Hand bereits die Glaslaterne ergriffen – und schleudert sie voller Wut gegen den Spiegel.

Lautes Klirren hallt durch den Raum, und der Lärm verschafft mir Erleichterung. Mit bebender Brust starre ich auf die zerborstene Spiegelfläche, mein Körper verzerrt und in drei Bilder aufgespalten.

«Lady Auren?»

Ich drehe langsam den Kopf und entdecke Digby vor meinem Käfig. Er späht mit besorgtem Blick durch das Gitter. Jetzt, da die Laterne zerbrochen auf dem Boden liegt und ausgelöscht ist, dominieren Schatten den Raum, erzeugt von der Kerze in seiner Hand. Er sagt etwas, doch ich habe ein Klingeln in den Ohren, und mein Atem ist zu laut, um irgendetwas zu verstehen.

Ich schüttele den Kopf, um meine Gedanken zu klären. «Was?»

Er senkt den Blick, und seine braunen Augen scheinen etwas zu fixieren. Wie betäubt schaue ich ebenfalls dorthin, schaue auf meine Hand, drehe die Handfläche nach oben. Bei dem Anblick scheint sich mein Hirn endlich wieder mit meinen Nerven zu verbinden, und mir wird klar, dass ich mich an der Laterne verbrannt habe.

Ich berühre die Brandblase, zucke dabei leicht zusammen. Es ist nicht allzu schlimm, nur ein wenig verfärbt und wund. «Es geht mir gut», versichere ich ihm.

Digby brummt nur.

Ich lasse die Hände sinken und sehe ihn an. «Ich weiß, wie das auf dich wirken muss», sage ich mit einem Kopfschütteln. «Die arme Favoritin bekommt in ihrem Raum einen Wutanfall, umgeben von all ihrem goldenen Besitz», meine ich mit bitterer Selbstironie.

«Das würde ich nie sagen.»

Seine barschen Worte überraschen mich. Sie sind seltsam ... nett. Als versuche dieser ruppige alte Mann, mich aufzumuntern. Bevor ich antworten kann, wendet er sich ab und verlässt den Raum. Lächelnd starre ich auf die Stelle, an der er gerade noch stand.

Weniger als eine Minute später kommt er zurück, mit einer neuen Laterne in der Hand. Sie ist etwas größer, offenbar hat er sie aus der Bibliothek, aber es gelingt ihm, sie durch die Gitterstäbe zu schieben.

«Danke», murmele ich, dann hole ich die Laterne und stelle sie auf dem Tisch ab. Das Licht offenbart das Chaos, das ich angerichtet habe, und ich verziehe das Gesicht. Die Diener, die hier sauber machen müssen, werden nicht glücklich sein.

Ich knie mich auf den Boden, um die Glasscherben aufzusammeln, aber Digby unterbricht mich, indem er gegen die Gitterstäbe klopft. «Lasst das liegen.»

Meine Hand schwebt über den Scherben. «Aber ...»

«Lasst. Es.»

Ich hebe eine Augenbraue und seufze. «Weißt du, für jemanden, der kaum ein Wort sagt, bist du ziemlich herrisch.»

Er sieht mich nur an.

Mit einem weiteren Seufzen stehe ich auf. «In Ordnung, schön. Du musst mich nicht so böse anstarren.»

Digby nickt und kratzt seinen unordentlichen grauen Bart, zufrieden mit seinem Erfolg. Mein getreuer Wächter nimmt seine Aufgabe sehr ernst. Und offenbar betrachtet er es auch als seine Pflicht, mich vor mir selbst zu schützen.

«Ich wusste doch, dass du mein Freund bist, Dig», ziehe ich ihn auf. Auch wenn das Lächeln meine Augen nicht erreicht, ist es doch schön, wenigstens gut gelaunt zu tun. Ich klammere mich an diese emotionale Verbindung zu Digby und verdränge alle Gedanken an Midas, bis ich wieder normal atmen kann. «Hey, wie wäre es mit einem Trinkspiel?», frage ich hoffnungsvoll.

Digby rollt die Augen. «Nein.» Er dreht sich auf dem Absatz um und geht, offensichtlich beruhigt, dass ich keinen weiteren Anfall von Zerstörungswut bekommen werde.

«Ach komm schon, nur einmal!», rufe ich ihm hinterher, aber wie ich es erwartet habe, verlangsamt er nicht einmal seine Schritte. Mein Lächeln wird ein wenig breiter.

Sobald ich wieder allein bin, setze ich mich und seufze in den zerbrochenen Spiegel. Die spielerische Leichtigkeit des Geplänkels mit Digby ist schnell wieder verklungen. Ich mustere kurz meine drei Spiegelbilder. Dann mache ich mich an die Arbeit, lasse meine Bänder vorsichtig über meine wunde Kopfhaut gleiten, um mein Haar zu Zöpfen zu flechten. Ich fühle mich ein bisschen wie ein Soldat, der seine Rüstung anlegt.

Zumindest weiß ich, dass ich in Sicherheit bin, solange die Sonne am Himmel steht. Noch habe ich Zeit.

Aber heute Abend, wenn die Dämmerung anbricht und die Sterne sich zeigen, erwartet man von mir, dass ich die Rolle von König Midas' Lieblingsschoßtier spiele. Man erwartet, dass ich mich *benehme*.

Aber eine Frage geht mir den ganzen Tag im Kopf herum: Was passiert wohl, wenn ich das *nicht* tue?

KAPITEL 9

Ich nehme mir Zeit für die Frisur, gehe mit sorgfältiger Langsamkeit vor, als könnte ich damit mein Schicksal irgendwie hinauszögern. Ich tue so, als würde meine Zeit nicht ablaufen.

Man kann im Leben eine Menge Dinge vortäuschen. Man kann sich etwas so sehr einreden, dass man anfängt, die eigenen Lügen zu glauben. Wir sind alle Schauspieler; wir stehen auf ausgeleuchteten Podesten und spielen die Rolle, die nötig ist, um den Tag durchzustehen – und um nachts besser schlafen zu können.

Gerade funktioniere ich rein mechanisch; weigere mich, über das nachzudenken, was heute Abend geschehen wird. Aber mein Körper weiß es. Das spüre ich an der Enge in meiner Brust, die mir das Atmen schwer macht.

Ich versuche, mich irgendwie zu beschäftigen; aber eine Frau kann nicht unbegrenzt lang Harfe spielen oder nähen, ehe sie vor Langeweile eingeht.

Irgendwann bin ich so nervös, dass ich anfange, im Kreis durch meinen Käfig zu streifen. Von außen durch das Gitter betrachtet sehe ich wahrscheinlich aus wie ein gereizter Tiger in seinem Gehege.

Der Silberstreif? Die Verbrennung an meiner Hand schmerzt kaum noch. Sie ist nicht mehr als ein schmaler Streifen quer über die Handfläche, wo die Haut etwas heller ist als das normale Gold. Mein Magen tut noch immer weh, aber meiner Kopfhaut geht es gut ... solange ich sie nicht berühre.

Ein Blick durch mein einziges Fenster zeigt nichts als einen tosenden Schneesturm, der weiße Flocken gegen die Scheibe treibt. Die Nacht bricht bald an. Ich wünschte, ich könnte die Sonne am Himmel festbinden. Aber Wünsche werden an die Sterne gerichtet, und die kriege ich sowieso kaum je zu sehen.

Fulkes und Midas' Armeen sollten inzwischen die Grenzen des Vierten Königreichs erreicht haben. Ich könnte in die Bibliothek gehen, um meine Vermutung zu bestätigen ... aber das ist wirklich der letzte Ort, an dem ich heute sein will.

Ich halte Midas und Fulke immer noch für verrückt, ausgerechnet in König Ravingers Land einzufallen. Midas bricht damit nicht nur einen jahrhundertealten Friedensvertrag – Ravinger ist auch nicht gerade für seine Freundlichkeit bekannt. Er wird aus gutem Grund König Fäule genannt; und das nicht nur, weil seine Macht die Verwesung und der Tod ist. Man sagt, dass seine Bösartigkeit jeden in seiner Nähe erschaudern lässt.

Sein Land ist eine Heimstätte des Verfalls. Ein Ort, an dem Verruchtheit unter seiner Herrschaft gedeiht. Seine Macht erlaubt es ihm, alles verrotten zu lassen, was er will: Feldfrüchte, Tiere, Ländereien, Menschen ... Aber ich glaube, das größte Übel ist seine Grausamkeit.

Ich hoffe, Midas weiß, was er tut. Es ist gefährlich, sich jemanden wie Ravinger zum Feind zu machen. Wenn Midas mit seinem Angriffsplan versagt, wird womöglich all sein Reichtum ihn nicht vor den Konsequenzen schützen können. Und dieser Gedanke macht mir Angst. Manchmal wünschte ich, mein König wäre nicht der tiefen Überzeugung, dass all seine Probleme sich mit Gold lösen lassen.

Für Midas ist Reichtum etwas Selbstverständliches – und wieso sollte er auch nicht so denken? Man muss sich hier nur einmal umsehen: Jede Oberfläche, jeder Gegenstand, alles besteht aus Gold. Er weiß, dass er auf ewig unendlich reich sein wird.

Königin Malina hat mich als prunkvoll und protzig bezeichnet, aber was ist mit dieser gesamten Burg und allem, was sich darin befindet? Die Sohlen ihrer Schuhe bestehen aus goldener Seide – nur für ihre Schweißfüße bestimmt. Die Wände des Kerkers unter der Burg: reines Gold, in dessen Umarmung die Gefangenen sterben. Selbst die Toiletten, in die wir pissen, sind mit Gold überzogen.

Wenn ich eines gelernt habe, dann, dass dieses Übermaß an Reichtum nach einer Weile bedeutungslos wird. Sich leer anfühlt. Man kann alles Gold der Welt haben und trotzdem nichts von echtem Wert besitzen.

Aber vielleicht ... vielleicht hasst mich Malina nicht, weil Midas mich bei sich behält, obwohl er mit ihr verheiratet ist. Vielleicht wünscht sich die Königin einfach, er hätte *sie* goldgeküsst. Wegen der Aussage dahinter. Weil er mich seinen Schatz nennt. Und plötzlich empfinde ich Mitleid für sie. Für ihre kinderlose, lieblose Ehe. Weil sie ihr Königreich verloren hat, noch ehe sie es wirklich besaß. Weil sie mit einem Waisenmädchen konkurrieren muss.

Tief in Gedanken versunken lehne ich mich an die goldenen Gitterstäbe und starre hinaus in den Schneefall. Diese Eifersucht – wenn das wirklich die Wurzel von Malinas Feindseligkeit ist – schwärt seit Jahren vor sich hin. Auf keinen Fall kann ich jetzt noch etwas dagegen tun. Was passiert ist, ist passiert. Die Königin wird mich immer voller Abscheu betrachten. So ist das einfach.

Aber wenn sie eifersüchtig ist, dass Midas nicht *sie* goldgeküsst hat, dann hat sie etwas grundsätzlich nicht verstanden. Ich werde nicht leugnen, dass es Vorteile hat, goldgeküsst zu sein ... aber es hat eben auch Nachteile.

Wenn Menschen mich anschauen, dann sehen sie nur den goldenen Schimmer meiner Haut. Haarsträhnen aus massivem Gold. Abgesehen vom Weiß meiner Augen und Zähne bin ich für alle nur eine goldene Statue. Ein Gegenstand, den man sehen, aber nicht hören soll.

Eine Ware, die man für eine Nacht kaufen kann.

Meine Schlafzimmertür schwingt so plötzlich auf, dass ich vom Fenster zurückzucke. Ich wende mich um und sehe, wie eine Magd sich Digby nähert, der immer noch in Habachtstellung an der Wand steht. Wachsam beobachte ich, wie sie ihm etwas zuflüstert.

Sobald sie wieder verschwunden ist, gehe ich rüber zu ihm ans andere Ende meines Käfigs. «Was ist los?»

Digby deutet auf das Kleid, das immer noch am Gitter hängt. «Es wird Zeit.»

Mein Magen scheint in dünne Splitter zu zerbrechen, die bis in meine Füße sinken.

«Schon?», frage ich und erkenne fast meine eigene Stimme nicht wieder. Sie klingt ängstlich und schwach, als wäre ich ein kleines Mäuschen. Aber heute Nacht kann ich es mir nicht leisten, eine Maus zu sein. Ich muss stark sein.

Digby nickt. Ich atme tief durch und puste damit eine Haarsträhne aus meinem Gesicht, dann schlucke ich schwer, um meine Nervosität zu zügeln und tief in mir zu vergraben.

Mit klopfendem Herzen ziehe ich das durchsichtige Kleid von seinem Bügel und wandere steif hinüber ins Umkleidezimmer. Vor dem zerbrochenen Spiegel streife ich den einfachen Morgenmantel ab und schlüpfe in das Kleid. Meine Bänder erledigen die ganze Arbeit. Meine Arme dagegen bewegen sich abgehakt. Und meine Miene ist versteinert.

Als schließlich alles sitzt, wie es soll, mustere ich mich im Spiegel. Ich muss mich zwingen, nicht zusammenzuzucken. Wie ich befürchtet habe, ist der Stoff so dünn, dass jede meiner Kurven zu sehen ist, sogar eine Andeutung meiner dunklen Brustwarzen.

Das Kleid hat durchsichtige Ärmel aus wogender, goldener Spitze und wird von zwei Spangen an den Schultern zusammengehalten. Es fällt in weichen Falten über meine Brüste, der Ausschnitt so tief, dass der obere Rand der Prellung an meinem Bauch zu erkennen ist.

Und der Rock ... Die Schlitze an den Seiten reichen von meinen Zehen bis zu den Hüften. Egal, aus welcher Richtung man mich auch betrachtet, man bekommt immer nacktes Fleisch zu sehen. Das gesamte Kleid fällt so locker, dass jeder eine Hand unter den Stoff schieben und mich an intimen Stellen berühren könnte.

Niemals zuvor hat Midas mich so kleiden lassen. Sicher, ich trage oft sinnliche Kleider, die meine Kurven betonen, doch sie waren noch nie so freizügig. Mein Körper ist in erster Linie Privateigentum. Nur mein König hat das Recht, ihn zu genießen. Doch zum ersten Mal in meinem Leben bin ich gekleidet wie ein echter königlicher Sattel, bereit, geritten zu werden.

Ich spüre den Moment, an dem das Tageslicht komplett vergeht, denn sofort breitet sich ein Kältehauch aus. Ich sehe hinauf zum Oberlicht und erkenne, dass die Dunkelheit bereits hereinbricht. Beklommene Leere erfüllt mich. Der Anbruch der Nacht macht mir eine Gänsehaut.

Benimm dich heute Abend.

Ein Souvenir, das er zur Schau stellt.

Setz dich schön hin.

Überlass den Männern das Reden.

Ich beiße die Zähne zusammen, und wütender Trotz

steigt in mir auf. Midas will, dass ich dieses Ding trage? Schön. Aber er hat nie gesagt, dass ich nicht kreativ werden darf!

Meine Bänder heben sich zusammen mit meinem Widerspruchsgeist, und ich mache mich an die Arbeit.

Ein paar Minuten lang bin ich mit Wickeln, Ziehen und Binden beschäftigt, bis ich schließlich mit dem Ergebnis zufrieden bin. Meine goldenen Bänder schmiegen sich jetzt in einem komplizierten Muster um meinen Oberkörper, bedecken meine Brüste und umschließen auch meine Taille. Die Enden der restlichen Bänder hängen über meinem Rock herab.

Ich bin immer noch entblößter, als mir lieb ist, aber so ist es viel besser. Meine Bänder raffen alles zusammen und bedecken die intimsten Stellen. Trotzdem muss ich mich vorsichtig bewegen, weil die Bänder an meiner Taille die seitlichen Schlitze nicht komplett schließen können, aber zumindest fühle ich mich nicht mehr nackt.

Mein Haar ist bereits geflochten, mit nur vereinzelten lockeren Strähnen am Hinterkopf, also lasse ich meine Kopfhaut in Ruhe. Ich höre Stimmen aus dem Schlafzimmer und weiß, dass weitere Wachen eingetroffen sind, um mich nach unten zu eskortieren.

Eigentlich müsste ich vor Hunger sterben, weil ich den ganzen Tag nichts gegessen habe. Aber selbst wenn ich etwas gewollt hätte – mein Magen hätte es nicht vertragen. Als ich höre, wie Digby meinen Namen ruft, schiebe ich die Füße in Schuhe aus Satin und straffe mich.

Sei keine Maus, Auren.

Ich gehe in mein Schlafzimmer und trete der Gruppe von Wachen entgegen, die als meine Eskorte auf der anderen Seite der Gitterstäbe bereitstehen. Seit Monaten habe ich meine Räumlichkeiten nicht mehr verlassen. Midas lässt mich nicht oft aus meinem Käfig, dafür ist er zu besitzergreifend. Wenn es doch einmal geschieht, speise ich für gewöhnlich nur mit ihm zu Abend, weil er meine Gesellschaft vermisst. Oder ich stehe im Thronsaal hinter ihm, um Würdenträger aus anderen Königreichen zu beeindrucken.

Jemand reicht Digby einen Schlüssel – massives Eisen, schwarz wie Kohle. Er wird ins Schloss geschoben. Irgendwie ironisch, dass der Schlüssel die einzige Sache ist, die nicht aus Gold besteht.

Das metallische Knirschen des Schlüssels dringt schrecklich laut in meine Ohren und scheucht Hunderte von flatternden Glühwürmchen in meinem Schädel auf.

Digby zieht die Tür auf. Die anderen Soldaten treten zur Seite, achten unter dem wachsamen Blick meines treuen Beschützers darauf, mir nicht zu nahe zu kommen. Sie wissen, dass Digby bei einer falschen Bewegung den König informieren wird. Und das will keiner von ihnen.

Ich trete durch die weit geöffnete Tür – wie ein Rippenbogen an einem Scharnier, zur Seite geklappt, um das Herz herauszunehmen.

Meine Bänder gleiten nicht wie üblich hinter mir über den Boden. Es fühlt sich tröstlich an, wie sie fest um meinen Oberkörper geschlungen sind, wie ein zusätzliches Knochengerüst. Langsam bewege ich mich aus dem Schlafzimmer, auf beiden Seiten flankiert von Wachen.

Meine Schritte klingen einsam, obwohl vier Paar Füße mich begleiten. Selbst das leise Rascheln meiner Schuhe auf den polierten Böden erfüllt mich mit Grauen und raubt mir den Atem.

Du vertraust mir, oder?

Sollte ich das nicht immer tun?

Natürlich.

Diese Antwort ist alles, was ich habe. Ich muss ihm vertrauen.

Aber ich werde keine Maus sein.

Kapitel 10

Ich kann mich noch daran erinnern, wie ich vor zehn Jahren zum ersten Mal durch diese Burg gewandert bin. Einen Palast zu betreten, nach all den Orten, an denen ich zuvor gewesen war – das war ... unwirklich. Eine surreale Erfahrung.

Damals war ich fünfzehn Jahre alt, doch nur in Bezug auf das Alter noch ein Mädchen. *Ich hatte meine Unschuld verloren* – so würden es manche Leute wohl ausdrücken. Ich allerdings nicht.

Ich habe meine Unschuld nie verlegt. Sie ist mir nicht aus mangelnder Sorgfalt abhandengekommen. Sie wurde mir geraubt, mit jeder einzelnen Grausamkeit, die man an mir verübte. Ich erinnere mich an jedes Stück, das weggerissen wurde, bis ich nackt und wund war – der unbarmherzigen Welt ausgeliefert, mit einem tief eingebrannten Zynismus und einem dauerhaft bitteren Geschmack im Mund.

Nein, ich war nicht mehr unschuldig, als ich Hohenläuten an der Seite von Midas zum ersten Mal betrat. Doch er hat mir etwas zurückgegeben, wovon ich nie geglaubt hätte, es wiederzufinden.

Vertrauen.

Er war da noch nicht König, und die Burg bestand noch nicht aus Gold. Mir fällt es schwer, die Erinnerung an damals mit dem heutigen Erscheinungsbild in Einklang zu bringen. Die Wände waren aus diesem marmorierten grauen Gestein errichtet, das man in den eisverkrusteten

Bergen abbaut, auf denen sich der Palast erhebt. Die Burg war so düster wie luxuriös – eine aschegraue Festung, vergraben im Schnee.

Trotz der edel eingerichteten Umgebung war auch meine Laune bei diesem ersten Aufenthalt düster, denn ich wusste, dass unsere wenigen kurzen Monate in trauter Zweisamkeit nun enden würden.

«Ich werde der Prinzessin des Sechsten Königreichs meine Hand zur Ehe anbieten.»

Seine Worte überraschten mich. Bisher hatte er nichts dergleichen erwähnt. Er hegte diverse Pläne und Ideen, das wusste ich, aber ich interessierte mich nicht besonders dafür. Ich war zu sehr damit beschäftigt, diese friedvolle Atempause auszukosten. Die Sicherheit, die Freundschaft. Aber ich hatte immer gewusst, dass dies alles eines Tages vorbei sein würde.

Ich sah Midas an, meinen stattlichen Nomaden mit den Schneeflocken im blonden Haar. Wir campierten neben einer Höhlenöffnung, in deren Eingang Eiszapfen hingen, wie diamantene Zähne, die im Mondlicht glitzerten.

«Warum?»

Falls er den Schmerz und die Enttäuschung in meiner Stimme hörte, sagte er jedenfalls nichts dazu. Aber seine braunen Augen wurden weich, als er mich ansah. Das Lagerfeuer knisterte zwischen uns wie Spannung in der Luft.

«Das Königreich ist bankrott.»

Ich rümpfte die Nase. «Wie kann ein Königreich bankrottgehen?»

Midas lächelte mich an, während er sich die fettigen Finger an der Hose sauber rieb und die letzten Knochen des Abendessens beiseite warf, das er für uns erlegt hatte. «Königreiche können sogar ziemlich leicht bankrottgehen. Aber in diesem konkreten Fall kämpft Hohenläuten schon seit Jahren gegen den finanziellen Ruin an. Sie sind kaum mehr als eine gefrorene Ödnis am höchsten Punkt der Welt. Keine erwähnenswerte Landwirtschaft, kein wirklich lukrativer Bergbau. Ihnen fehlen die richtigen Verbündeten und Handelspartner, alles zerfällt langsam. Es ist ein Wunder, dass die anderen Herrscher noch nicht zugeschlagen haben.»

Ich bewegte die Zehen in meinen pelzbesetzten Stiefeln, während ich versuchte, die Absicht hinter seinen Worten zu erahnen. Er besaß mehr Lebenserfahrung als ich, war sieben Jahre älter. Doch auch ich war nicht naiv.

«Und was wird dann mit mir?», fragte ich ihn, wobei es mir schwerfiel, die Worte an dem Kloß in meiner Kehle vorbeizuzwängen.

Midas trat an mich heran. Der Schnee reichte ihm bis zu den Schnürbändern seiner Stiefel. «Du bleibst bei mir. Ich habe dir ein Versprechen gegeben, oder etwa nicht?», fragte er.

Augenblicklich spürte ich warme Erleichterung, die beinahe die Kälte der Nacht zurückdrängte.

«Mit dir an meiner Seite werden wir das Sechste Königreich vor dem Ruin retten.»

Ich lächelte zu ihm auf, genoss den Anblick dieses gepflegten Gesichts, das er jeden Morgen rasierte. Dabei waren wir nur erschöpfte Reisende, die oftmals niemandem begegneten, sich nur gegenseitig zu Gesicht bekamen. Er verwendete auf sich selbst dieselbe Sorgfalt, die auch all seine übrigen Handlungen auszeichnete.

Eigentlich musste er mir nicht alles erklären, aber er tat es trotzdem. Er vertraute mir seine Verletzlichkeit an, seine Hoffnungen, seine Träume. Ein Mann ohne adlige Blutlinie, ohne Familie, ohne Ländereien. Er wollte ein Königreich retten. Einen Ort zu neuem Ruhm führen, der gerade in einer eisigen Gruft im Sterben lag.

Wir unterhielten uns bis tief in die Nacht hinein. Er legte mir alles dar, all seine Pläne, seine Ziele, meine Rolle in seinem Leben. Es war ein brillanter Plan, den er offensichtlich bis ins letzte Detail durchdacht hatte. Ich hatte gewaltigen Respekt vor ihm.

Midas zog mich auf die Beine, seine Hände warm und ruhig. «Du wirst in einem Palast wohnen, Auren. Du wirst in Sicherheit sein. Bei mir.»

«Aber heiraten wirst du die andere.»

Er ließ seinen Daumen über meine Wange gleiten, und ich ging ganz auf in seiner Berührung. Der erste Mann, bei dem ich jemals so etwas empfunden hatte. Ich fühlte mich wie eine Blüte, die sich im Sonnenlicht öffnete.

«Ja, wenn alles gut läuft, wird sie meinen Namen tragen. Aber dir gehört meine Liebe, mein Schatz.»

Und was bedeutet schon ein Ring, wenn man ein Herz besitzt?

Dann liebte er mich, auf einer Schneewehe, die sich anfühlte wie eine Wolke, unter einer dicken Zeltplane aus Leder, gegerbt vom Salz unseres Schweißes, getränkt mit der Hitze unserer Schwüre. Er hielt mich, bis die letzten Sterne verblasst waren.

Meine Augen gewöhnen sich langsam an das hellere Licht im Gang, als ich mich, flankiert von den Wachen, auf den Weg ins Erdgeschoss mache. Verschwunden ist das stumpfe Braun der hölzernen Bodendielen, die Wände zeigen nicht länger das marmorierte Grau des Gesteins. Furchen ziehen sich über den goldenen Boden, ins weiche Metall, geprägt durch Tausende von Schritten. Die Wände glänzen dank der Arbeit der Diener, das Geländer der Treppe riecht leicht nach Essig und Salz – der Politur, mit der hier alle Oberflächen zum Strahlen gebracht werden.

Meine Gemächer liegen im obersten Stockwerk der

Burg, was bedeutet, dass wir sechs Prunktreppen nach unten steigen müssen. Meine Schenkel brennen bereits bei der zweiten, ich war einfach zu lange eingeschlossen.

Porträts lange verstorbener Herrscher starren auf meinem Weg von den Wänden auf mich herab. Die Fackeln, deren Feuerschein die Nacht zurückdrängt, werden mit jedem Stockwerk zahlreicher. Mein Puls pocht in meinen Ohren, als wir das Erdgeschoss erreichen. Musik dringt aus dem Ballsaal.

Meine Eskorte stoppt vor einer aufwendig verzierten Doppeltür. Der Wächter, der davor postiert ist, öffnet einen Flügel und tritt zur Seite. «Ihr dürft eintreten.»

«Tja, aber eigentlich will ich nicht», murmele ich.

Digby räuspert sich. Ich atme einmal tief durch, als mir Licht, Hitze und Geräusche aus dem Saal entgegen drängen.

Ich kann nicht davonhuschen und mich verstecken, weil ich keine Maus bin.

Meine Bänder legen sich einen Hauch enger um mich, wie um mich zu ermutigen und zu ermahnen, den Kopf hochzuhalten. Beim Eintreten lasse ich den Blick durch den Raum schweifen.

In der Mitte des Saals spielen Musiker, ein hübsches Ensemble lieblicher Instrumente. Ringsum tanzen die Leute. Eine sinnliche Melodie schwebt durch die Luft, langsam und erotisch. Vor mir wogt ein Meer aus Stoff und Haut, Gliedmaßen bewegen sich im Takt der Musik.

Drei riesige Kronleuchter erhellen den gesamten Raum und bringen den Boden zum Funkeln. Es müssen mindestens zweihundert Leute sein, die sich hier im Saal aufhalten. Sie alle suhlen sich in König Midas' prunkvoll zur Schau gestelltem Reichtum, die Kleider üppig und farbenprächtig.

Der geballte Geruch ihres Schweißes und ihrer Parfüms überwältigt mich fast. Obwohl der Saal riesig ist und draußen ein Blizzard tobt, lässt die Hitze all dieser Körper Schweißtropfen in meinem Nacken entstehen. Aber vielleicht liegt das auch an meiner Nervosität.

Auch jenseits der Tanzfläche wird gefeiert. Lange Tische ziehen sich an den Seiten des Saals entlang, an denen die Gäste trinken, die Gesichter gelöst und gerötet vom Alkohol. Überall sind Sättel unterwegs. Sie machen das Fest noch unzüchtiger, als es ohnehin schon ist. Offenbar dauert die Feierlichkeit bereits eine ganze Weile an.

Ich entdecke zwei Gruppen, die ihrem fleischlichen Verlangen an die Wand gepresst nachgeben; als ob kleine Alkoven ihnen Privatsphäre bieten könnten. Zwei Männer nehmen die Dienste eines weiblichen Sattels sogar mitten auf der Tanzfläche in Anspruch. Sie haben die Frau zwischen sich positioniert, ihre Hände unter das lose Mieder und unter den weiten Rock geschoben. Der weibliche Sattel stöhnt so laut, dass es fast klingt, als würde sie ihren ganz eigenen Gesang in die Musik mischen.

Und jenseits von alledem, auf einem Podest an der gegenüberliegenden Stirnseite des Saales, wartet mein König.

Gerade sieht er exakt wie der berüchtigte Goldene König aus, zu dem die Leute ihn in ihren Erzählungen gemacht haben. Von seinen glänzenden Stiefeln bis hin zu seiner funkelnden Krone – jeder, der ihn anblickt, weiß, dass er die Verkörperung des Reichtums vor sich sieht, den Gebieter der Schätze, den Herrscher des Wohlstandes.

Schon bei meinem nächsten Schritt in den Raum finden mich seine rostbraunen Augen.

Er sitzt auf seinem Thron, ohne die Königin an seiner Seite zu haben. Doch ihre Abwesenheit ist bei dieser Art von Feier wenig überraschend. Drei königliche Sättel umlagern ihn; zwei von ihnen sitzen auf den Armlehnen seines Throns, eine hockt zu seinen Füßen, den Kopf unterwürfig auf Midas' Knie gebettet.

Alle drei sind barbusig und tragen durchscheinende Röcke, so wie meiner, allerdings in Schwarz. In König Midas' Rücken halten einige seiner Männer zusammen mit König Fulkes Leuten Wache; sie präsentieren die Wappen des Fünften und des Sechsten Königreichs als Verbündete Schulter an Schulter, Gold neben Purpur.

König Fulke sitzt auf seinem eigenen Thron neben dem von Midas, Nissa rittlings auf seinem Schoß. Unwillkürlich muss ich mir vorstellen, ich wäre selbst in dieser Lage: gezwungen, die Berührungen seiner fleischigen Hände zu ertragen, das Knabbern seiner gelben Zähne an meinem Hals ...

Benimm dich heute Abend.

Mein Blick huscht erneut zu Midas, der sich gerade zu einem seiner Soldaten lehnt und Worte spricht, die ich aus der Entfernung nicht verstehen kann. In diesem Moment verstummt die Musik, die Tänzer halten abrupt inne. Alle im Saal wenden sich dem Herrscher zu. Seine Sättel springen zur Seite, als er sich erhebt.

«Volk von Hohenläuten», verkündet Midas. Seine feste Stimme erreicht jedes Ohr im Raum. «Heute Abend feiern wir die Macht und Stärke des Sechsten Königreichs.»

Jubel und unverständliche Worte steigen aus der Menge auf. Ich aber presse die Lippen zu einer schmalen Linie zusammen und runzele die Stirn. Sie haben es getan. Sie sind in das Vierte Königreich eingefallen und waren offenbar siegreich genug, um diese Feierlichkeit zu rechtfertigen.

«Doch nichts davon wäre möglich gewesen ohne König Fulke und unser Bündnis mit dem Fünften», fährt Midas fort und deutet mit einer großzügigen Geste auf den Herrscher neben sich.

Fulkes Krone sitzt leicht schief auf seinem kahlen Kopf, seine Wangen sind gerötet und zu einem Grinsen verzogen, aber zumindest scheucht er Nissa von seinem Schoß.

«König Fulke, wie versprochen gewähre ich Euch eine Nacht mit meiner goldgeküssten Favoritin.» Midas sieht mich an, nagelt mich trotz der Entfernung zwischen uns mit seinem Blick fest. «Auren, tritt vor.»

Zweihundert Augenpaare richten sich auf mich. Erregtes Flüstern breitet sich im Raum aus, als alle zurückweichen, um mir einen Durchgang zu meinem wartenden König zu öffnen.

Midas überlässt mich heute Abend nicht einfach nur Fulke. Er macht ein öffentliches Spektakel daraus.

«Geht schon.»

Digby murmelt die Worte bloß, doch sie sind laut genug, um mich voranzutreiben. Ich schlucke schwer, dann zwinge ich meine Füße, den ersten Schritt zu tun. Mein Körper bewegt sich vorwärts, obwohl ich umdrehen und in die andere Richtung davonlaufen will. Die anderen Wachen bleiben zurück, doch Digby begleitet mich, seine Miene so kontrolliert wie seine Schritte.

Mein Blick wandert über die gaffende Menge, während ihre gemurmelten Kommentare mir in den Ohren klingen. Sie lassen sich über alles Mögliche aus, vom Glanz meiner Haut bis zu der Frage, wie viel meine Fingernägel wohl wert sind.

Ihre Blicke sagen mir deutlich, dass ich für sie keine Frau bin. Ich bin ein Schmuckstück, das der König für gewöhnlich für sich behält. Alle wollen die Gelegenheit nutzen, mich zu sehen, als wäre ich ein Tier, das vom Aussterben bedroht ist.

Der Weg kommt mir unendlich lang vor.

Als ich schließlich vor dem Podium stehe, sind alle verstummt. Ich höre nur das Pochen meines Herzens und das Heulen des Windes draußen.

Dann sinke ich vor Midas in einen Knicks, die Knie gebeugt, den Kopf in geübter Haltung gesenkt.

«Erhebe dich, mein Schatz.»

Das tue ich. Unsere Blicke treffen sich, als er mir die Hand entgegenstreckt. Ich steige die Stufen zum Podium empor, stelle mich an seine Seite. Er sieht so gut aus, dass mir allein von seinem Anblick das Herz schmerzt. Doch statt meinen Blick zu erwidern, wendet er sich wieder an die versammelte Menge. «So feiert denn weiter.»

Sobald die Worte verklungen sind, beginnen die Musiker wieder aufzuspielen, die Tänzer setzen sich langsam in Bewegung, und die Menge wogt erneut durch den Saal.

«Hmmm, du hast ein paar Veränderungen vorgenommen», sagt König Midas. Seine Augen huschen über mein Kleid, das nun von meinen Bändern umhüllt ist.

Leugnen wäre sinnlos. «Ja, mein König.»

Er schnalzt missbilligend mit der Zunge, lässt aber zugleich seine Fingerknöchel über meine Wange gleiten. Mein gesamter Körper reagiert darauf, erfüllt von dem kribbelnden Verlangen, mich an seine Brust zu schmiegen, seine Arme um mich zu spüren. Sie sollen mich aus diesem Wahnsinn ziehen, mich wieder zu unseren träumerischen Reisen durch den Schnee führen, als wir uns stundenlang unterhalten haben, geborgen in den Armen des anderen.

Als hätte er meine wehmütigen Gedanken erraten, hebt Midas mein Kinn mit der Hand an, um mir in die Augen zu sehen. «Du bist atemberaubend, weißt du das?»

Ich antworte nicht – meine Zunge ist genauso schwer wie mein Herz.

Liebevoll tippt er mir ans Kinn, ehe er die Hand sinken lässt. «Sei ein gutes Mädchen, ja?»

Benimm dich heute Abend.

Setz dich schön hin.

Ich schlucke schwer, und Galle steigt in meiner Kehle auf. «Ja, mein König.»

Er lächelt, was seinem Gesicht eine entspannte Schönheit verleiht und mir das Herz verkrampft. «Geh und setz dich zu König Fulke», murmelt er. «Die Schuld, die wir ihm gegenüber haben, muss beglichen werden.»

Niemals zuvor in meinem Leben habe ich mich mehr wie ein lebendig gewordenes Stück Geld gefühlt als in diesem Moment.

Midas schenkt mir ein begütigendes Nicken, dann wendet er sich von mir ab. Ein Diener reicht ihm einen frischen Weinpokal, während gleichzeitig zwei neue, anzüglich kichernde Sättel herandrängen. Er nimmt seinen Platz auf dem Thron ein, und sofort fordern zwei Adelige seine Aufmerksamkeit. Ich bin offiziell auf mich allein gestellt.

Hocherhobenen Hauptes gehe ich hinüber zu König Fulke. Ich werde ihm nicht zeigen, wie sehr mir vor diesem Abend graut. Wahrscheinlich würde ihn das nur noch mehr erheitern, während ich mir nichts mehr wünsche, als dass er das Interesse an mir verliert.

Beim Herumwälzen in meinem Bett gestern Nacht habe ich mir immer wieder gesagt, dass ich mit allem klarkommen werde, was heute passieren wird. Sättel werden jeden Tag gezwungen, ihre Körper Personen zu schenken, die sie nicht mögen. Ich habe schon viel Schlimmeres ertragen.

Außerdem errichtet König Midas ein Imperium, befreit Orea von einem verderbten König. Und das konnte ihm nur gelingen, weil eine Nacht mit mir eine ganze Armee von Soldaten wert war.

König Fulke grinst mich an, zeigt mir seine gelben, fauligen Zähne. Gierig und lüstern huscht sein Blick über meinen Körper. Obwohl meine Bänder einen Teil von mir umhüllen, scheint er mich bereits mit Blicken auszuziehen und sich auszumalen, was ihn unter den Schichten erwartet.

«Heute Nacht gehörst du mir, mein vergoldeter Liebling. Lass uns feiern.»

Die Musik erhebt sich in einem Crescendo.

Mein Herz sinkt ins Bodenlose.

Kapitel 11

Fulke lässt sich von mir füttern.

Mit Speisen beladene Servierplatten werden herangetragen und auf dem Tisch zwischen den Thronen abgestellt. Midas und Fulke genießen das Buffet ... und auch die Sättel ringsum lassen es sich gut gehen.

Verschiedene Fleischsorten, Käse, Köstlichkeiten aus Schokolade, Brot. Süße Kuchen und essigsaure Soßen. Ich füttere Fulke von allem ein bisschen. Dabei sitze ich auf der Armlehne des Throns, mein Oberkörper gerade so weit zu ihm gedreht wie nötig. Ich achte darauf, dass wir uns nicht berühren. Doch obwohl ich die Köstlichkeiten mit so spitzen Fingern anfasse, dass ich sie fast fallen lasse – er saugt trotzdem meine Finger in seinen Mund; leckt sie, schabt mit seinen Zähnen an meinen Fingernägeln.

Die Praline in meiner Hand verschwindet. Bevor ich die Finger wegziehen kann, lutscht Fulke daran. Dann kaut er lachend, und ich sehe die braunen Schlieren auf seinen Zähnen, als er sich die Lippen leckt. «Deine goldene Haut sorgt für so einen *reichen* Geschmack.»

Ich spüre die Blicke der anderen Sättel auf mir – abschätzend, wertend, berechnend. Sie betrachten mich als Bedrohung; als legte ich Wert auf seine Aufmerksamkeit.

Midas spricht erneut mit verschiedenen Adeligen. Einer nach dem anderen tritt vor seinen Thron. Die Leute verlangen nach seiner Zeit und seinem Ohr. Er hat nicht mehr in meine Richtung geschaut, seit er mich zu Fulke geschickt hat.

«Mund auf.»

Ich starre auf Fulkes Hand, die vor meinem Gesicht schwebt. Ein Stück Fleisch baumelt zwischen seinen Fingern. Sauce tropft davon auf seine schwarzen Samthosen.

Ich schüttele den Kopf, angewidert von der Vorstellung, seine Finger auf meinem Essen oder an meinem Mund zu haben. Fulke hebt nur eine buschige Augenbraue. Eine Frage. Eine Forderung.

Benimm dich heute Abend.

Ich öffne die Lippen einen winzigen Spalt. Fulke stopft mir das Fleisch in den Mund, mit unnötigem Nachdruck. Als er versucht, auch seine Finger zwischen meine Lippen zu schieben, wende ich den Kopf ab und beiße die Zähne zusammen.

Er feixt. «Was für ein unartiges kleines Ding du doch bist.»

Ich fühle Midas' Blick auf mir. Meine Schultern verspannen sich.

«Macht nichts. Das verspricht einen aufregenden Abend, nicht wahr?»

Als Nächstes schiebt Fulke mir Brot in den Mund. Käse. Trauben. Ich kaue abwesend, schweige mit wachsamem Blick, meine Bänder angespannt.

Fulke streckt den Zeigefinger aus und klopft zweimal gegen seinen Weinpokal. Seine Magie blitzt auf, und er reicht mir die exakte Kopie des Pokals, die er erzeugt hat. Ein Fingerschnippen lässt einen Diener heraneilen, der beide Kelche mit Wein füllt.

«Ich hebe den Becher auf unseren Abend», sagt er, bevor er den Pokal an die Lippen setzt und trinkt.

Ich nehme einen bitteren Schluck.

Als Fulke schließlich keine Lust mehr hat, mich zu füttern, stellt er beide Pokale auf den Tisch und wehrt mit einer Handbewegung weitere Servierplatten ab. Ich bin froh, dass zumindest dieser Teil vorbei ist. Das Essen liegt mir schwer wie Wackersteine im Magen, und auf meiner Zunge spüre ich noch immer den schrecklichen Nachgeschmack seiner Haut.

Aber natürlich komme ich nicht so einfach davon. Denn nun hebt Fulke den Finger und zeigt auf seine fleischige Wange. «Küss mich.»

Meine Augen verengen sich, ich bekomme eine Gänsehaut und vergrabe die Finger im Stoff meines Kleides. Als ich mich nicht rege, flackert Wut in Fulkes Augen auf. Er packt mich am Ohr und zieht mich zu sich heran, bis meine Lippen seine kratzige Wange berühren. Kratzig – nicht glatt und gepflegt wie die von Midas. Ein rundliches Kinn und eine wabbelige Wange. Er riecht nach Wein und Wollust.

Ich spitze nicht die Lippen, weigere mich, ihn zu küssen. Mein Mund wird gewaltsam gegen seine Haut gepresst, während er mein Ohr zwischen Zeigefinger und Daumen festhält.

«Na also. Das war doch gar nicht so schwer, oder?», lacht er.

Sobald er mein Ohr freigibt, reiße ich mich los und falle dabei beinahe über die Thronlehne. Doch Fulke packt mich am Arm und hält mich fest. Sein Lachen wird lauter. «Du brauchst nicht vor mir auf die Knie zu gehen – noch nicht!»

Meine Wangen glühen vor Verlegenheit – und Wut. Ich will hier weg. Zurück ins oberste Stockwerk der Burg, in die Sicherheit meines Käfigs, wo mir nur die Schreie der Sturmwitwe Gesellschaft leisten.

Fulke gibt mich nicht gleich frei. Seine Hand schließt sich fester um meinen Arm; ob sie wohl bronzefarbene

Druckstellen hinterlassen wird? «Ich finde, du könntest mir ruhig ein bisschen näher kommen.»

Ohne Vorwarnung zieht er mich auf seinen Schoß – eine ziemliche Leistung, wenn man bedenkt, wie steif ich meinen Körper halte. Erstaunlich, dass er mich überhaupt irgendwie bewegen kann. Ich komme ungeschickt und starr zum Sitzen, mit den Schenkeln auf seinen Beinlingen und den Oberkörper aufgerichtet, sodass ich nicht an seiner Brust lehne. Dabei versuche ich, die Armlehne zu packen, um mich abzustützen. Aber Fulke greift sich mein Handgelenk und presst meine Hand an seinen Schritt.

«Hier gehört das hin, mein goldener Liebling.»

Ich reiße die Augen auf. Mein Magen verkrampft sich. Ich fühle, wie sein schlaffes Glied anschwillt und hart wird. Alles in mir drängt danach, meine Hand wegzuziehen – doch ich kann es nicht, denn er hält noch immer mit überraschender Stärke mein Handgelenk umklammert.

Ich lebe in einem Käfig, doch noch nie zuvor habe ich mich so gefangen gefühlt.

«Eure Majestät.»

Fulkes Blick wandert an mir vorbei zu Nissa, die vor ihn getreten ist.

«Soll ich für Euch tanzen?», fragt sie mit einem sinnlichen Lächeln. Ihr blondes Haar ergießt sich über ihren Körper nach unten und verhüllt dabei ihre nackten Brüste.

König Fulke beäugt sie gierig, dann nickt er. Nissa beginnt, sich zu bewegen. Ihr schwarzer Rock gleitet über den polierten Boden und wogt um ihre Knöchel. Ihre Hüften schwingen im Takt der Musik, und ihr Blick ist genauso verführerisch wie ihr Lächeln.

Fulke gibt mein Handgelenk frei, um sich zurückzulehnen. Ich schaffe es, meine Hand zurückzuziehen, während er ganz von Nissas Tanz gefesselt ist. «Schau gut zu», sagt er zu mir. Sein Mund ist viel zu nah an meinem Ohr für meinen Geschmack. «Das ist eine Frau, die weiß, was sie tut. Du solltest dir von ihr abgucken, wie man einen Mann erfreut.»

Wie man einen Mann erfreut! Als wäre das der einzige Lebenszweck einer Frau – ob nun Sattel oder nicht. Meine Lippen verziehen sich verächtlich.

Nissa strahlt bei Fulkes Empfehlung. Ihr Blick huscht zu mir, als wolle sie abschätzen, ob ich eifersüchtig auf sie bin. Natürlich nicht! Ich bin erleichtert. Ob das nun ihr Plan war oder nicht: Sie hat mir einen kurzen Moment der Ruhe verschafft. So wie ich es in der Bibliothek für sie tun wollte.

Wahrscheinlich bemerkt niemand sonst ihre leicht geschwollene Nase oder die Schminke unter ihren Augen, die vermutlich eine Prellung übertüncht. Ich hingegen bemerke sie und zucke innerlich zusammen. Ich wollte Nissa wirklich nicht wehtun.

«Mmm, sie ist eine wirklich gute Tänzerin, findest du nicht auch, meine Süße?»

Ich nicke gehorsam. Offensichtlich liebt Fulke es, sie für sich tanzen zu lassen. Nissa, professionell wie immer, schwingt weiter verführerisch die Hüften.

Sie ist schön. Hohe, anmutige Wangenknochen. Große, runde Augen. Blondes Haar, das ihr fast bis auf die Taille fällt. Ein Körper mit ausgeprägten weiblichen Rundungen und vollen, pinkfarbenen Lippen. Kein Wunder, dass Fulke sie so sehr mag. Das liegt gewiss nicht nur an ihrer Schönheit – alle von Midas' Sätteln sind schön. Sondern es geht auch um ihr Selbstbewusstsein. Sie versteht sich darauf, einen Mann zu lesen, und weiß sofort, wie sie ihn verführen muss. Nissa kann sich in exakt das Wesen verwandeln, das der Mann begehrt, von ihren Bewegungen bis hin zu ihrer Sprache.

Fulke legt eine Hand an meine Hüfte. Dicke Finger graben sich in mein Fleisch, fordernd und besitzergreifend. Schließlich hat er auch dazu keine Lust mehr, und er platziert mich stattdessen vor seinen Beinen auf dem Boden. Ich glaube, ihm gefällt die Vorstellung, dass Midas' meistgeschätzter Besitz ihm zu Füßen sitzt.

Ich habe die Beine an mich herangezogen, die einzige Haltung, in der ich meinen Körper bedeckt halten kann. Einige der Adeligen auf der Feier werden kühner, zweifellos durch den Wein. Sie drängen näher ans Podium heran, starren mich murmelnd an. Ich erwidere ihre Blicke, senke den Kopf nicht. Ich wende die Augen nicht ab.

Sollen sie doch reden.

Sollen sie doch gaffen.

Fulke gerät in eine Diskussion mit Midas und ein paar anderen Männern. Es geht um neue Handelsrouten ins Vierte Königreich. Um neue Möglichkeiten, Gewinn aus den Schwarzgrund-Minen zu ziehen. Als wenn es nicht reichen würde, sich in einem Ballsaal aufzuhalten, der komplett aus Gold besteht!

Je länger ich auf dem Boden sitze, desto mehr schmerzen meine Knie und Unterschenkel. Ich verlagere mein Gewicht, damit meine zusammengepressten Gliedmaßen nicht einschlafen.

Als Fulkes Hand sich auf meinen Kopf legt, zucke ich zusammen. Ein Herr, der seine Hündin streichelt. «Wo wir gerade von neuen Waren reden», setzt Fulke an. Seine Finger gleiten durch mein Haar, und seine Augen leuchten. «Allein ein paar Strähnen ihres Haares müssen das Monatseinkommen eines Bauern wert sein.»

«Hmmm», meint Midas unverbindlich, doch er beobachtet genau, wie Fulke mich berührt. Ich erkenne, wie sein Besitzanspruch an mir in seinem Blick aufflackert. Aber er schreitet nicht ein. Tut nichts, um das alles zu beenden.

Ich spüre ein scharfes, feuchtes Prickeln in meinen Augen. Unsichtbare Flammen brennen dort, Tränen drohen, sich wie flüssiges Feuer zu ergießen.

Über zehn Jahre hat sich mein Fundament aus Verlässlichkeit und Vertrauen zu Midas aufgebaut – und nun bekommt es einen Riss. Ein unscheinbarer Riss in der Ecke, wie die erste Macke in einem Glas, von der spinnwebartige Fissuren ausgehen.

Nissa unterbricht ihren Tanz, um sich an Fulkes Seite zu schmiegen. Ihre geschickten Finger kneten seine Schulter, wobei sie die Beine grazil auf der Armlehne des Throns ausstreckt.

Fulke redet, und sie fährt nebenbei mit der sinnlichen Massage fort, von den Schultern bis zur Brust, über seinen Bauch hinunter zu seinem Schritt. Mit einem schelmischen Lächeln streicht sie über das härter werdende Glied in seiner Hose, unter den gierigen Blicken der anderen Männer im Raum. Ihre Vorstellung ist nicht nur für den König bestimmt, den sie gerade verwöhnt.

Und in diesem Moment wird mir klar, dass diese Frau, dieser Sattel, durchaus Macht besitzt. Nicht die Macht der Magie, über die Könige und Königinnen gebieten, sondern eine andere Art von Macht – die Macht der Manipulation. Sie hat diese Männer fest im Griff, lenkt ihr Verlangen, treibt ihre Emotionen in die gewünschte Richtung, nährt ihre Fantasien.

In meiner ganzen Zeit als königlicher Sattel habe ich nichts dergleichen getan; habe nie gelernt, wie das geht. Das musste ich nicht, weil Midas mich nie mit anderen geteilt hat. Neben Nissa wirke ich wahrscheinlich wie der schlechteste Sattel der Welt, wie ich hier in verspannter Haltung hocke, die Hände in den Schoß gelegt, und jedes Mal zusammenzucke, wenn Fulkes Bein meine Schulter berührt oder seine Hand wieder über mich streicht.

«Du bist wirklich gut», raune ich so leise, dass niemand sonst mich hören kann.

«Ich bin ein Sattel», antwortet Nissa, als wäre damit alles gesagt. Vermutlich stimmt das sogar.

«Ich glaube, wir werden uns jetzt zurückziehen, mein Liebling», sagt Fulke. Ruckartig schaue ich zu ihm auf. Sein Blick ist auf meinen Ausschnitt gerichtet. «Hoch mit dir! Ich will mich in deiner goldenen Fotze vergraben, bevor noch mehr Zeit vergeht. Midas besteht darauf, dich vor der Morgendämmerung zurückzuerhalten.»

Ich werde an den Armen hochgerissen. Meine verkrampften Glieder werden wieder durchblutet, sobald ich auf den Beinen stehe. «Du kannst gehen, Mädchen», befiehlt er Nissa. «Heute Nacht brauche ich dich nicht.»

«Ja, Eure Majestät», sagt sie mit ehrfurchtsvoll gesenktem Kopf. Dann dreht sie sich um und gleitet elegant davon, auf die Gruppe der Männer zu, die sie immer noch anstarren.

Fulke wendet sich an Midas, eine Hand an meinem Arm. «Ich wünsche dir eine gute Nacht», sagt er feixend. «Ich kann es kaum erwarten, sie ganz für mich allein zu haben.»

Midas nickt Fulke zu, doch seine braunen Augen huschen zu mir. «Genieße es.»

Mehr sagt er nicht. Als wäre ich ein Glas Wein oder ein Gebäckstück, das er König Fulke anbietet. Ich wende den Kopf ab, zu verletzt, um ihn noch länger anzusehen. Der Haarriss im Glas verbreitert sich.

Ein paar seiner Wachen umringen uns, als Fulke mich vom Podium führt. Diese Eskorte bildet den einzigen Schutz vor der Menge, die sofort anfängt, zu jubeln und anzügliche Bemerkungen zu schreien.

«Reitet den goldenen Sattel gut ein, Sire!»

«Fickt das Gold aus ihr heraus!»

Ich beiße unter dem Hagel von Obszönitäten die Zähne zusammen. Meine Bänder sehnen sich danach, um sich zu schlagen, mit ihren klingenscharfen Rändern die feixenden Lippen zu zerfetzen. König Fulke kommt auf die Idee, die Menge auch noch anzustacheln, indem er meinen Arm freigibt und mir auf den Hintern schlägt. Meine Bänder schlingen sich um meine Rippen wie geballte Fäuste.

Ich muss stark sein.

Ich *muss*.

Nur ... dieser Schlag auf den Hintern reicht schon aus, um mich erschaudern zu lassen. Wie soll ich es da zulassen, dass Fulke andere Teile von mir berührt? Wie soll ich das durchstehen?

Souvenir.

Setz dich schön hin.

Benimm dich.

Vertrau ihm.

Und in diesem Moment, mitten in diesem Ballsaal, umringt von höhnischen Feiernden, beschließe ich, dass ich das *nicht* tun werde.

KAPITEL 12

Ich will nicht, dass dieser Mann mich berührt. Mir ist egal, dass er ein König ist. Mir ist egal, dass *mein* König mich für eine Nacht an König Fulke ausgeliefert hat und dass er dadurch eine Schlacht gewonnen hat. Ich will das nicht. Und ich werde mich nicht einfach hinlegen und mich fügen. Ich werde mich nicht *benehmen.* Das alles ... Das ist nichts, was Midas von mir verlangen kann. Das kann er einfach nicht!

Ich halte an, kurz bevor wir die glänzenden Türen erreichen.

Zunächst bemerken König Fulke und seine Wache nicht einmal, dass ich zurückfalle. Sie sind zu eingenommen von der Feier, zu abgelenkt von all der Aufregung.

Erst, als sie sich der Tür nähern, wird den fünf Männern bewusst, dass ich nicht länger mit ihnen Schritt halte. Sie schauen zurück und sehen, dass ich einige Meter hinter ihnen stehe. Der König dreht sich als Letzter um, spricht aber als Erster. Seine buschigen grauen Augenbrauen ziehen sich drohend zusammen. «Na, komm schon.»

Mein Nacken fühlt sich so steif an, als wäre er aus Stein, doch es gelingt mir, den Kopf zu schütteln. «Nein.»

Ich könnte schwören, dass meine Stimme im ganzen Saal widerhallt. Eine lächerliche Vorstellung, in diesem Raum halten sich gut zweihundert Leute auf, und die Musiker spielen immer noch – auch wenn es sich inzwischen leicht betrunken anhört. Aber dieses einzelne Wort, sanft ausgesprochen? Es hätte genauso gut das Rumpeln einer hereinbrechenden Lawine sein können ... denn alle verstummen und lauschen angespannt, um abzuschätzen, welche Katastrophe in der Luft liegen mag.

«Was? Was hast du gesagt?», fragt König Fulke. Seine gute Laune ist verpufft. Jetzt brennt ungläubiger Zorn in seinen dunklen Augen.

Ich weiche einen Schritt zurück und schüttele den Kopf, immer noch voller Entschlossenheit, auch wenn sich jetzt Angst dazugesellt. «Ich bin die Favoritin des Königs», sage ich, das Kinn trotzig vorgereckt. Meine Stimme klingt fest, obgleich meine Hände zittern. «Ich mag vielleicht so aussehen – aber ich bin kein Geldstück, das man einfach ausgeben kann.»

Ich dachte, es sei zuvor schon ruhig im Saal gewesen. Doch nun wird die Stille erdrückend. Selbst das Heulen des Windes ist verklungen. Ich sehe mich um, ohne wirklich zu wissen, warum ich das tue. Suche ich nach einem Verbündeten? Ich habe keinen.

Der Schlag kommt völlig unerwartet. Plötzlich wird mein Kopf nach rechts gerissen, und betäubender Schmerz lässt Sterne vor meinen Augen tanzen.

Die Wucht ist groß genug, um mich zu Boden zu schleudern, doch Fulke hat die Hand am Rücken meines Kleides verkrallt, dabei quetscht er auch einige meiner Bänder.

Er reißt mich zu Midas herum, der bereits mit großen Schritten auf uns zukommt. Die Menge teilt sich vor ihm, als wäre er ein Wildbach: ein Fluss, der voranstrebt und dabei die Erde durchfurcht.

«Sprechen deine Sättel so mit Herrschern?», fragt Fulke. Speicheltropfen lösen sich von seinen Lippen und treffen meine Wange, während er mich schüttelt. «Ich sollte ihren Kopf fordern!»

«Nun, ich habe dir ihre Fotze gewährt, nicht ihren Kopf»,

antwortet Midas kühl, während er sich durch die gaffende Menge nähert.

Auch über meine Wangen fließt ein Bach: ein schwaches, jämmerliches Rinnsal, das nutzlos zu Boden tropft.

Ich weiß, dass ich den Mund halten sollte. Ich *weiß* es. Aber ich kann nicht anders. Und ich stecke sowieso schon in Schwierigkeiten, also warum nicht? Was zur Hölle habe ich noch zu verlieren?

«Bin ich nicht mehr wert als das?», frage ich leise. Die Frage ist nicht an Fulke gerichtet, sondern an Midas. Und sie bezieht sich nicht auf meine goldglänzende Haut, sondern auf die Liebe in meinem Herzen. Ist *sie* nicht mehr wert?

«Wert?», zischt König Midas wütend, der nun direkt vor mir steht. Er spricht leise, doch die Umstehenden können ihn trotzdem verstehen. Alle drängen näher heran, um jedes Wort mitzubekommen. «Du bist mehr wert als alles Gold in dieser Burg. Aber dennoch bist du mein Besitz. Für mich bist du ein Geldstück. Und ich werde dich ausgeben, wie auch immer ich es für richtig halte.»

Ich habe noch nie zuvor gehört, wie ein Herz zerbricht. Doch jetzt weiß ich, dass es klingt wie zerspringendes Glas.

Aber du hast versprochen, für meine Sicherheit zu sorgen. Du hast versprochen, dass dein Herz immer mir gehören wird.

Ich will die Worte aussprechen, doch ich schweige. Meine weinenden Augen schreien ihm die Wahrheit entgegen, doch mein König hört mich nicht.

Midas mustert seinen Verbündeten. «Ich entschuldige mich, König Fulke. Du musst meiner Favoritin ihre Unschuld nachsehen. Ich habe sie immer verwöhnt. Sie wird sich nicht noch einmal danebenbenehmen.»

Ich weiß nicht, ob diese Worte Fulke besänftigen, denn ich sehe ihn nicht an.

Midas' Blick wandert an mir vorbei zu den Wachen. «Eskortiert Auren in König Fulkes Gemächer.»

«Nein!»

Verzweifelt versuche ich, mich loszureißen, doch zwei von König Fulkes Wachen zerren mich mühelos vorwärts. Ich bin gefangen zwischen ihren purpurgefärbten Rüstungen, erschüttert, wuterfüllt. Lautstark verfluche ich die Männer, doch sie geben mich nicht frei.

König Fulke durchschreitet als Erster die Tür. «Still!», blafft er. «Oder ich werde dich mit meinem Gürtel peitschen, bis deine goldene Haut aufreißt.»

Ich verstumme, auch wenn ich mir nicht sicher bin, ob mich das retten kann. Ich habe mich Midas öffentlich widersetzt. Meiner Erfahrung nach bleibt Widerstand gegen einen König niemals unbestraft.

Wir lassen den Ballsaal hinter uns, und ich werde durch die große Vorhalle gezerrt, in Richtung der Prunktreppe am anderen Ende des Raums. Doch noch ehe wir sie erreichen, fliegt plötzlich die Eingangstür auf, und ein Soldat in der Rüstung des Fünften Königreichs kommt hereingestürmt. Die Torwächter fordern ihn lautstark auf, sofort anzuhalten. Aber er hat schon Fulke entdeckt, ignoriert ihre Anweisungen und hält direkt auf seinen König zu.

Sein schwerer purpurfarbener Mantel ist mit Schnee und Eis verkrustet, an seinen Stiefeln klebt gefrorener Schlamm. Er rutscht beim Gehen immer wieder aus, doch er hält sich aufrecht. «Mein König!»

Fulke runzelt die Stirn. «Was hat das zu bedeuten?»

Der ramponierte Soldat kommt vor uns zum Stehen. Er keucht so heftig, dass er kurz die Hände auf den Knien abstützen muss, ehe er antworten kann. Sein Brustpanzer ist von Frost überzogen, sein Gesicht rissig und gerötet vom Wind.

«Von wo erstattest du Bericht, Soldat?», fragt einer von Fulkes Wächtern und schiebt sich schützend vor seinen König.

«Von der Grenze des Vierten Königreichs, Sir», antwortet der Soldat.

Der Wächter runzelt die Stirn. «Wo ist Gromes?»

Der Soldat schüttelt den Kopf. «Der Bote ist im Kampf gefallen. Der General hat versucht, zwei weitere Boten auszusenden, doch ich war der Einzige, dem es gelungen ist, eine Waldschwinge zu besteigen und zu entkommen, bevor wir vom Himmel geschossen wurden. Ich bin eine ganze Nacht und einen ganzen Tag lang durchgeflogen.»

Raues Gelächter dringt aus dem Ballsaal. Mehrere Feiernde stolpern in die Vorhalle. Sie sind so mit ihrer Fummelei beschäftigt, dass sie ihre Umgebung gar nicht beachten.

Wenige Sekunden später schreitet Midas auf uns zu, gefolgt von sechs seiner eigenen Wachen – natürlich sind es sechs. Auch Digby ist unter ihnen. Als er Fulkes Boten entdeckt, verhärtet sich seine Miene.

«Kommt. Wir sollten dieses Gespräch an einem anderen Ort führen, nicht vor den Ballgästen», sagt Midas und nickt in Richtung einer Schreibstube zur Linken. Für einen Moment hoffe ich darauf, mich jetzt davonschleichen zu können, aber die Wachen geben mich nicht frei. Stattdessen zerren sie mich durch einen kurzen Gang, weg von der Treppe, dann strömt unsere Gruppe in einen Raum.

Einige Tische und Stühle sind im Zimmer verteilt. Hier stehen Pergament, Kerzen, Tintenfässer, Siegelwachs und Schreibfedern für jeden zur Verfügung, der einen Brief zu versenden hat.

Die Tür schließt sich hinter uns, sodass ich mit zwei Königen und insgesamt zehn Wachen im Raum gefangen bin.

Der Soldat wirkt nicht gefasster als bei seiner überhasteten Ankunft. Inzwischen scheint er eher noch schwerer zu atmen. Sein Blick huscht nervös kreuz und quer durch den Raum, dann nimmt er hinter einem der goldenen Tische Aufstellung.

«Nun?», fragt König Fulke herrisch. «Ich will wissen, warum mein Bote tot ist und warum du von der Grenze hierhergeschickt wurdest.»

Die Hände des Soldaten zittern leicht. Ist das Erschöpfung oder Nervosität? «Mein König, wenn ich unter vier Augen mit Euch sprechen könnte ...»

Doch bei dieser Bitte wird Fulkes Blick finster. «Bist du ein Verräter, Soldat? Bist du desertiert?»

Erschrocken reißt der Mann die Augen auf. «Was? Nein, Sire!»

«Dann erkläre dich!», verlangt Fulke und schlägt mit der Faust auf den Tisch. Ich zucke ebenso wie der Soldat zusammen.

Grimmige Entschlossenheit zeigt sich auf dem Gesicht des Mannes, und eine Hand wandert an den Knauf seines Schwertes. «Sobald Eure Truppen die Grenze des Vierten übertreten haben, haben König Ravingers Männer angegriffen. Eure gesamte Armee wurde vernichtend geschlagen, Sire.»

König Fulke zieht die Augenbrauen zusammen. «Da liegst du falsch. Unsere Truppen haben die Linien des Vierten heute Morgen durchbrochen. Wir haben Felswehr eingenommen. Unsere Armee, vereint mit der des Sechsten, hat gesiegt. Das Vierte wurde vollkommen überrumpelt. Die vereinbarten Pläne werden bereits umgesetzt.»

Erneut irrt der Blick des Soldaten durch den Raum und verweilt für einen Moment auf Midas' stoischer Miene. Dann wendet der Mann sich wieder an seinen König. «Nein, Eure Majestät.»

«Nein?», wiederholt Fulke, als hätte er das Wort noch nie zuvor gehört. «Was meinst du mit *Nein*?»

«Wir ... wir haben Felswehr nicht eingenommen. Ravingers Garnison dort war statt mit unerfahrenen Nachwuchskräften voll besetzt mit kampferprobten Soldaten. Wir sind nicht mal bis zu den Mauern gelangt, da haben sie uns schon zurückgeschlagen.»

Einer von Fulkes Wächtern stößt einen Fluch aus, und Fulke ballt die Hände zu Fäusten. «Du willst damit sagen, dass meine gesamte Streitmacht aufgerieben wurde?»

Der Soldat zögert. «Ja, Eure Majestät, und ...»

König Fulke greift sich ein Tintenfass und schleudert es gegen die Wand. Das Glas zerspringt, und Tinte tropft auf den Boden. «Und was?», wütet Fulke. «Spuck es aus!»

Irgendetwas stimmt hier nicht. Ist unendlich falsch. Sie haben gefeiert. Ihr Plan war erfolgreich. Ich runzele verwirrt die Stirn, während meine Gedanken sich überschlagen. Was ist vorgefallen zwischen den Nachrichten von heute Morgen und der Situation jetzt? Wie konnten die Könige derart falsch informiert worden sein? Oder lügt dieser Soldat etwa? Aber falls ja ... zu welchem Zweck?

Der Mann umfasst sein Schwert fester, während sein König ihn missbilligend mustert. Ich bin nicht die Einzige, die das bemerkt. «Was tust du, Soldat?», fragt König Fulkes Leibwächter misstrauisch und greift nach seiner eigenen Waffe.

Aber der Mann sieht ihn nicht an. Er sieht nicht einmal Fulke an. Sein Blick ist auf Midas gerichtet.

Mein gesamter Körper verspannt sich. Meine Instinkte

schreien mich an, dass gleich etwas Schreckliches geschehen wird – auch wenn ich keine Ahnung habe, was genau.

«Erklär mir, wieso uns heute Morgen berichtet wurde, dass wir Felswehr eingenommen haben ... wenn du mir jetzt mitteilst, dass all meine Männer dahingemetzelt wurden!», knurrt Fulke. «Erklär mir, wie es König Ravingers Männern gelungen ist, sowohl meine Soldaten als auch die von Midas zu besiegen, ohne dass wir davon erfahren haben!»

Fulkes Wachen drängen näher an den Soldaten heran, wie ein Rudel Wölfe, das einen Verräter aufgespürt hat. Einen Lügner.

Aber sie haben den falschen Mann im Visier.

Der Mann strafft sich, hebt stolz den Kopf, doch zugleich zeigt sich Resignation in seinen Augen. «Sie haben König Midas' Männer nicht besiegt. Weil Midas' Armee nie zu unserer gestoßen ist. Die Armee des Sechsten ist nicht an die Grenze des Vierten vorgerückt. Eure Soldaten mussten sich König Ravingers Männern allein stellen, und die Botschaften von heute Morgen waren eine Täuschung.» Anklagende Augen richten sich auf meinen König. «Midas hat Euch verraten.»

KAPITEL 13

Für einen Atemzug sind alle wie erstarrt. Schockiertes Schweigen erfüllt nach den Worten des Boten den Raum.

Dann schließen beide Kontingente von Wachen die Reihen um ihren jeweiligen König.

König Fulke runzelt verwirrt die Stirn. «Du irrst dich, Soldat», sagt er.

«Das tut er nicht.»

Die tolldreiste Erklärung stammt von Midas selbst. Mein Blick wandert sofort zu ihm, doch er fixiert Fulke, erfüllt von selbstzufriedener Arroganz. Fulkes Miene wechselt von Verwirrung zu Entsetzen und schließlich zu Zorn, als die Welt sich mit einem Beben verschiebt.

«Du hast mich *verraten*?», fragt Fulke, seine Stimme scharf wie ein Peitschenschlag.

Seine Wachen packen ihre Schwerter fester, purpurne Hefte mit dem königlichen Siegel aus gezackten Eiszapfen auf dem Griff. Noch vor wenigen Minuten haben diese Männer gemeinsam getrunken und gelacht. Jetzt mustern sie sich angespannt.

Aus Verbündeten sind Feinde geworden.

«Das wird deine letzte Lektion im Leben sein, Fulke», antwortet Midas ruhig. Er wirkt nicht im Mindesten beunruhigt, trotz der tödlichen Bedrohung im Raum. «Wahre Könige verschachern ihre Armeen nicht für eine Fotze.»

Ich weiß nicht, wer schockierter wirkt – Fulke oder ich selbst.

Der Herrscher des Fünften Königreichs mustert Midas eingehend, als sähe er ihn zum ersten Mal klar vor sich; als wäre er nicht länger geblendet vom Glanz des Goldes, den unermesslichen Reichtümern. «Du hattest nie vor, das Vierte Königreich einzunehmen», sagt er ausdruckslos, als ihm schließlich die Erkenntnis kommt.

Midas lacht. Er lacht den anderen König tatsächlich aus. «Natürlich nicht. Alle wissen, dass man das Vierte Königreich besser nicht angreift. König Ravinger vernichtet jeden, der das wagt.»

Blanker Hass zeigt sich auf den Gesichtern von Fulkes Wachen. Ihre Brauen ziehen sich zusammen, ihre Augen blitzen.

Als ich begreife, von wie langer Hand Midas das alles geplant hat, steigt Entsetzen in mir auf. Er hat das Verhältnis zu Fulke seit Jahren kultiviert. Hat ihn mit Reichtümern verführt und seine Schatzkammern gefüllt. Und Fulke hat sich begierig und glücklich umwerben lassen.

Eine Frage hat mich immer umgetrieben: Was hat Midas bloß davon? Aber jetzt weiß ich, dass Midas nie vorhatte, Fulke reich zu machen. Er hat das Fünfte Königreich wie eine ausgelagerte Schatzkammer behandelt. Fulke hat das Gold einfach nur für ihn umgeschichtet, während Midas auf den richtigen Zeitpunkt zum Zuschlagen gewartet hat.

Das Vorgehen ist brillant. Es ist brutal. Und es steht ohne jeden Zweifel fest, dass nur *ein* König diese Schreibstube lebend verlassen wird.

Fulkes Lippen werden schmal, und ein Schweißtropfen glänzt auf seiner linken Schläfe, als er nickt – vielleicht verstehend, vielleicht resigniert. Er zeigt keine Angst, starrt Midas nur kühl an, als alle Puzzlestücke ihren Platz finden. «Deine Armee ist nicht zum Vierten Königreich gezogen.

Du hast gelogen und meine Soldaten ausgeschickt, um sie abschlachten zu lassen, damit du in *mein* Königreich einmarschieren kannst.»

Midas' Augen leuchten zufrieden. In Fulkes Blick erkenne ich nichts als Hass.

Aus Verbündeten sind Todfeinde geworden.

Der Schweißtropfen rinnt über Fulkes Schläfe nach unten, zieht eine unsichtbare Grenze über sein Gesicht ... wie die, die Midas übertreten hat.

Es gibt keine Vorwarnung. Ich weiß nicht, welcher König zuerst den Befehl zum Angriff gibt. Ich weiß nur, dass plötzlich ein Kampf ausbricht.

Irgendwer stößt mich zu Boden, bevor ich auch nur blinzeln kann. Ich schlage hart auf. Mein Atem stockt für einen Moment, weil nur ein Webteppich meinen Sturz abfedert.

Purpur und Gold treffen aufeinander, in einer Explosion aus metallischem Klirren.

Als Nächstes folgt Rot, in warmen Spritzern.

Ich höre abgehackte Schreie. Höre, wie Schwerter mit harten Schlägen aufeinandertreffen. Der plötzliche Gewaltausbruch schockiert mich, weckt Erinnerungen, lässt meine Vergangenheit und meine Gegenwart aufeinanderprallen.

Der Kampf tobt zu nah und zu laut. Ich liege auf den Boden gepresst, wie ich es auch an jenem anderen Tag tat, bei einem anderen Gefecht.

Ein Kampf unter einem gelblichen Mond, geformt wie ein Fingernagel, der am Himmel kratzt. Das war vor zehn Jahren, als Plünderer in das Dorf eingedrungen sind, in dem ich lebte. Plünderer, die taten, was sie eben tun – rauben. Sie raubten alles, was ihnen nicht gehörte. Geld, Vieh, Getreide – Frauen.

Das Klirren der Schwerter ergibt eine scheußliche Melodie. Sie erinnert mich an ein Kneipenlied, das ich mal auf meiner Harfe gespielt habe.

Sie plündern die Dörfer,
verbrennen das Land.
Kein Kampf für den König,
nur für Gold in der Hand.

Der alberne Text hallt in meinem Kopf wider, und ich presse mir die Hände auf die Ohren. Ich taumele zwischen damals und jetzt hin und her, zwischen hier und dort. Langsam schiebe ich mich rückwärts auf die nächste Wand zu. Wenn ich nur den Kopf unten halte und die Wand erreichen kann, dann ist die Tür nicht mehr weit. Und wenn ich die Tür erreicht habe, kann ich ...

Ein Körper fällt auf mich, und mein Kinn knallt so hart auf den Boden, dass ich Sterne sehe. Stöhnend kämpfe ich darum, das drückende Gewicht von mir herunterzuwälzen – und muss feststellen, dass der gestürzte Mann sehr, sehr tot ist.

Bevor ich ganz begriffen habe, dass sein Körper keinen Kopf mehr besitzt, werde ich plötzlich auf die Beine gezerrt. Meine Ohren klingeln, und ich höre immer noch dieses dumme Lied – da presst jemand eine Klinge an meine Kehle.

«Du verdammter Bastard!», schreit König Fulke neben meinem Ohr und schüttelt mich leicht.

Ich wimmere, als seine fahrigen Bewegungen die Klinge in meine Haut treiben. Fulkes Hände zittern, und ich spüre, wie ein dünner Schnitt an meinem Hals aufklafft. «Du hältst dich ja für so klug. Du willst mich umbringen?», knurrt er. «Dann nehme ich deine vergoldete Hure mit.»

Es ist ein unwirkliches Gefühl, den Hauch des Todes im

Nacken zu spüren. In diesem Fall ist Fulke der Tod, und sein heißer Atem rinnt über meine Wirbelsäule wie vergossener Wein, der meine Haut mit klammer Furcht überzieht. Er hält den Griff des Dolches mit solcher Kraft umfasst, dass die Klinge bebt und sich tiefer in meine Haut gräbt, mich bluten lässt.

Acht Männer liegen auf dem Boden verstreut oder zusammengesackt über den Tischen. Rotes Leben sammelt sich in Pfützen unter ihren Körpern, fließt aus klaffenden Wunden. Ich starre die Pfützen an. Es sieht aus, als wäre es nur rote Farbe. Alles wirkt wie ein Albtraum, unterlegt von einer makabren Melodie in meinem Kopf.

Aber es ist kein Traum.

Fulkes Männer sind allesamt tot, auch der Soldat, zusammen mit drei von Midas' Wachen.

Zwei verbliebene Wächter flankieren Midas mit schützend erhobenen Schwertern, die scharfen, goldenen Klingen scharlachrot verfärbt. Draußen heult der Wind, schleudert Hagelkörner gegen das Fensterglas.

Midas mustert mich mit völlig ausdruckslosen Augen. Meine sind wahrscheinlich weit aufgerissen vor Entsetzen – Entsetzen und Schrecken.

Dann presse ich die Augen zu, weil ich nicht sehen will, was als Nächstes geschieht. Ich will nicht ihre Reaktionen sehen, wenn mir gleich die Kehle aufgeschlitzt wird.

Ich werde sterben.

Sobald meine Lider geschlossen sind, presst sich die Klinge fester gegen meine Haut, als wolle sie mich jagen, um Fulkes Todesdrohung wahr zu machen. Ich schnappe ein letztes Mal nach Luft und halte den Atem an. Wappne mich, kämpfe darum, diesen letzten kostbaren Atemzug nicht freizugeben.

Doch bevor die scharfe Klinge tiefer schneiden kann,

zuckt Fulkes Körper hinter mir. Ich werde am Arm zur Seite gezerrt. Der König fällt neben mir zu Boden und windet sich heftig vor meinen Füßen. Mein entsetzter Blick entdeckt das Schwert, das ihm den Rücken durchbohrt hat und nun aus seiner Brust hervorschaut.

Ich fahre herum und entdecke Digby. Digby! Ich hatte vergessen, dass er auch hier war ... Er hält mich mit festem Griff am Arm. Blutspritzer bedecken sein Gesicht, und die Schwertscheide an seinem Gürtel ist leer.

Ein schreckliches Gurgeln lässt mich wieder zu Fulke schauen. Er hebt die Hände und betastet das Schwert, das aus seiner Brust ragt. Sein Mund öffnet und schließt sich, ohne dass ein Laut hervordringt, seine Lippen blutig. Er packt die Klinge und umklammert sie fest, schlitzt sich selbst dabei die Handflächen auf, als könne er das Metall irgendwie erwürgen.

Und so stirbt er, beide Hände um die goldene Waffe geschlossen, mit verzerrten Lippen, auf denen ein Fluch zu kleben scheint – ein Fluch, der uns alle in die Hölle schicken soll.

Midas steht mit seinen beiden Wachen am anderen Ende des Raums. Alle Augen sind auf König Fulke gerichtet, als sein Brustkorb sich mit einem letzten, gurgelnden Ausatmen senkt. Mein Blick saugt sich daran fest, an dem dunkelroten Blut, das aus der Wunde dringt, langsam wie Sirup.

Zuerst fange ich an zu zittern. Dann folgt das verschwommene Sichtfeld.

Mein Herzschlag pocht heftig in meinen Schläfen, mit einem *Dang, dang, dang* – oder ist das der Hagel am Fenster?

Ich fahre herum und vergrabe das Gesicht an Digbys Kragen. Mir ist vollkommen egal, wie unbequem das wegen seiner Rüstung ist. Ich klammere mich trotzdem an ihm fest. Mein gesamter Körper zittert.

«Danke, danke, danke», murmele ich immer wieder an seiner Brust. Er hat mich gerettet. Mein ruhiger, stoischer Wächter hat einen König getötet, um mein Leben zu retten.

Ich höre Stimmen – die von Midas, von einem der Wächter, vielleicht auch die von Digby. Doch ich kann nicht verstehen, was sie sagen, weil ich mich nicht genug konzentrieren kann, um den Worten zu lauschen.

Ich schwanke leicht, und schwarze Punkte tanzen vor meinen Augen. Mehr Stimmen. Mehr trommelnder Hagel. In meinem Kopf höre ich immer noch dieses Lied.

«Bring sie in ihre Gemächer», sagt Midas – aber vielleicht bilde ich mir das auch nur ein.

Digbys Hände verlagern ihren Griff, dann hebt er mich hoch. Mein Gesicht bleibt an seinen Brustpanzer gepresst.

«Du hast Blut auf dir. Ich habe Blut auf mir.» Meine Stimme klingt, als käme sie von weit entfernt. Schwach. Dieses Blut ist doch vollkommen egal. Keine Ahnung, warum ich es überhaupt anspreche.

Er trägt mich davon und dann nach oben.

«Ich brauche einen Silberstreif», murmele ich.

Der Silberstreif. Ich muss den Silberstreif finden, um mich zu erden. Um nicht komplett zu zerbrechen.

Silberstreif ... Silberstreif: Ich wurde nicht vergewaltigt oder ermordet.

Große Göttlichkeit, was für ein entsetzlicher Silberstreif.

Digby schweigt. Er macht mir keine Vorschläge für den Silberstreif. Nicht, dass ich das erwartet hätte. Doch aus irgendeinem Grund beruhigt mich das Geräusch seiner festen Schritte, auch wenn meine Gedanken rasen und die schwarzen Punkte immer dichter vor meinen Augen tanzen. «Du hast einen König für mich getötet, Digby», murmele ich.

Er brummt nur.

Ich schließe für einen Moment die Augen, eingelullt vom regelmäßigen Schwanken seines Gangs. Gefühlt sind lediglich ein paar Sekunden vergangen, als ich die Lider wieder öffne – nur um festzustellen, dass wir uns bereits im obersten Stockwerk der Burg befinden, in meinem Schlafzimmer. Digby legt mich gerade auf mein Bett.

Ich setze mich auf, stemme die Hände auf die Matratze, vergrabe die Finger im Laken. Mit einem letzten Blick über die Schulter wendet Digby sich ab und verschwindet mit leisen Schritten. Meine Käfigtür klickt sanft, als er mich allein zurücklässt, mit den brennenden Kerzen als einziger Gesellschaft.

Ich sollte heute Nacht von einem König vergewaltigt werden.

Aber dieser König wurde getötet. Eine Klinge hat nur wenige Zentimeter von mir entfernt seinen Körper durchbohrt. Sein Blut hat meine Schuhe getränkt. Ich kann noch immer seinen heißen Atem in meinem Nacken spüren. Die Geschehnisse dieses Abends erdrücken mich, stürmen von allen Seiten auf mich ein. Alles, was passiert ist, drängt sich in meinen Geist. Er wiederholt das Geschehen immer wieder in meinem Kopf, versucht, es auseinanderzunehmen und zu begreifen.

Wieder und wieder zeigt mein Gehirn mir, was passiert ist – seit ich heute Morgen aufgestanden bin bis zum jetzigen Moment.

So sitze ich lange Zeit da, denke nach, lausche auf den Hagel und den Wind. Ich frage mich, ob ich in einem früheren Leben etwas getan habe, das die Göttinnen gegen mich aufgebracht hat. Oder ob ich hier, im Sechsten Königreich, unter dieser ewigen Wolkendecke so gut verborgen bin, dass die Sterne mich einfach nicht sehen können.

Eine volle Stunde sitze ich so da und grüble über diese Frage nach. Mit dem Blut eines toten Königs an meinen Schuhen und einer schmalen Wunde an meiner Kehle.

KAPITEL 14

Das Geräusch des Schlüssels im Schloss reißt mich aus meinen Gedanken. Die Schritte mehrerer Personen nähern sich. Diener treten nacheinander in meinen Käfig. Sie gehen mit festen Schritten an mir vorbei in mein Badezimmer. Dampf steigt von den Eimern in ihren Händen auf.

Eine Minute später ziehen sie sich schweigend wieder zurück. Die Käfigtür schließt sich erneut, gefolgt von der Schlafzimmertür.

Ich drehe mich nicht um, rege mich nicht. Aber ich warte. Und lausche.

Ich kann ihn hinter mir spüren, fühle seinen Blick. Doch ich halte meinen Rücken gerade und starre aus dem Fenster, auf den Blizzard, der hinter der Scheibe tobt.

Schließlich nähert sich Midas, eine dunkle Silhouette, die ein paar Schritte vor mir verharrt.

Er wartet einen Moment. Ich kann seine Augen nicht sehen, doch ich glaube zu spüren, wie sein Blick den Schnitt an meinem Hals findet.

Midas tritt langsam drei Schritte vor. Dann streckt er mir die Hand entgegen, hält sie geduldig wartend vor mich.

Ich ergreife sie nicht.

«Lass mich dir beim Waschen helfen, mein Schatz.»

Ich hebe den Blick zu seinem Gesicht. Noch immer ergreife ich seine Hand nicht.

Er verzieht den Mund zu einem Ausdruck der Reue. «Ich weiß», meint er heiser. «Ich weiß. Aber lass es mich erklären. Lass mich ... Ich möchte dich festhalten. Mich um dich kümmern. Lass mich dir helfen, Auren.»

Dieser feine Riss, der von der Bruchstelle im Glas ausgeht und langsam vorankriecht, hält inne. Wartet voller Spannung.

Weil Midas diese Worte schon einmal zu mir gesprochen hat. *Lass mich dir helfen.*

Verwendet er sie deswegen in diesem Moment? Will er mich daran erinnern?

Als ich auf der Straße lebte, schlief ich tagsüber und schlich nachts herum. Oft hungrig. Immer voller Angst. Wegen dieser Furcht wagte ich es nicht, irgendetwas zu kaufen, mich irgendwem zu nähern. Das tat ich nur, wenn es gar nicht anders ging.

Ich streifte alleine herum, hielt mich im Verborgenen. Nur so konnte ein Mädchen wie ich sich schützen. Sicherstellen, dass ich nicht wieder in die Lage geriet, aus der ich entkommen war.

Böse Männer. Die Welt wurde von bösen Männern regiert.

Ich sehnte mich danach, unauffällig zu sein, am besten unsichtbar. Doch für mich war das nicht möglich. Ich war nicht unauffällig.

Ich war klug genug, um zu wissen, dass ich nicht länger an einem Ort verweilen sollte. Ich wusste es, aber ich war müde. Zermürbt. Und so beging ich einen Fehler. Wurde unvorsichtig. Mir war klar, dass früher oder später etwas Schlimmes geschehen würde, um mich dafür zu bestrafen.

Die Plünderer kamen in dieser Nacht.

Mit Feuer und Äxten brachen sie über das Dorf herein, in dem ich mich versteckt hielt – das Dorf, das ich schon vor Tagen hätte verlassen müssen.

Sie nahmen sich alles, was sie wollten. Die Bauern, die dort lebten, hatten keine Chance. Sie waren nicht für den

Kampf ausgebildet, besaßen keine Waffen außer ihren Mistgabeln und Schaufeln.

Ich versuchte zu fliehen. Zu spät. Dafür war es viel zu spät.

Ich wurde aus einer Gasse gezerrt und zusammen mit den anderen Frauen, die man aus ihren Betten geholt hatte, in einen Karren gestopft.

Die anderen schrien und weinten, aber ich blieb stumm. Schicksalsergeben. Ich wusste, dass es für mich vorbei war. Wusste, dass es keine Chance auf Flucht geben würde. Kein zweites Mal. Das Schicksal vergab keine zweiten Chancen. Also wappnete ich mich innerlich dafür, in das Leben zurückzukehren, aus dem ich geflohen war.

Und dann kam er. Midas. Als hätten die Göttinnen selbst ihn geschickt, ritt er auf einem Apfelschimmel ins Dorf, begleitet von einem halben Dutzend weiterer Männer.

Zuerst dachte ich, die Kampfschreie stammten von den Dorfbewohnern, von einem letzten, verzweifelten Versuch, ihr Zuhause zu retten. Doch dann sah ich, wie ein Plünderer mit dem Schwert niedergestreckt wurde. Und dann wurde der Karren geöffnet, und die Frauen rannten davon. Noch immer weinten sie, doch diesmal vor entsetzter Erleichterung.

Ich aber hatte keine Familie, zu der ich eilen konnte; hatte niemanden, der auf mich wartete. Also stolperte ich zurück in diese Gasse. Ließ meine verkrampften Schultern gegen die raue Steinwand sinken. Ich konnte nicht glauben, dass es so schnell vorbei sein sollte. Traute dem Frieden nicht. Dennoch dankte ich den Sternen.

Irgendwann verklang der Kampfeslärm. Die Feuer auf den Strohdächern wurden gelöscht, und nur der Rauch, der überall herumwaberte, wärmte meinen dünnen, ausgezehrten Körper.

Und dann erschien eine einsame Gestalt in der Mündung der Gasse. Ich drückte mich in den Schutz eines Kistensta-

pels. Der Mann betrat die Gasse und kam schließlich direkt vor mir zum Stehen. Ich schaute auf, blickte in ein attraktives Gesicht. Er lächelte mich an. Es war kein Feixen, kein grausames Grinsen, sondern ein echtes Lächeln. Warm. Der Blick vertrieb mein beständiges Zittern.

Er streckte mir die Hand entgegen, noch immer lächelnd. «Du bist jetzt in Sicherheit. Lass mich dir helfen.»

Von diesem Moment an sorgte er für meinen Schutz. Wenn ich mich vor der Welt verbergen wollte, gab er mir seinen Mantel und seine Mütze. Wenn ich vor anderen Leuten zurückschreckte, sorgte er dafür, dass man uns in Ruhe ließ. Wenn ich mich an ihn klammerte, hielt er mich fest.

Und als ich ihn zum ersten Mal küsste, erwiderte er den Kuss.

Du bist jetzt in Sicherheit. Lass mich dir helfen.

Ich war es so leid, mich der Welt ungeschützt und verletzlich stellen zu müssen. Also sorgte er dafür, dass ich das nicht mehr musste.

Ich schlucke schwer und schaue zu Midas auf, während unsere Vergangenheit um uns herumwirbelt. Es fühlt sich an, als führe er mich erneut aus dieser dunklen Gasse; als erinnere er mich daran, wo wir herkommen. Daran, was er für mich getan hat.

Er hat sich mein Vertrauen verdient. Meine Liebe. Meine Loyalität. Sonst wäre ich nicht hier, in diesem goldenen Käfig.

«Bitte», fleht er und überrascht mich damit. Midas hat noch nie um etwas gebeten. Nicht, seit er sich selbst eine Krone aufs Haupt gesetzt hat.

Ich zögere einen Moment, doch die Macht der Vergangenheit ist groß. Also hebe ich langsam die Hand, lege sie in seine Finger und drücke sie leicht. Dieses besondere Lächeln blüht auf seinem Gesicht auf, als ich ihm erlaube, mich auf die Beine zu ziehen und ins Badezimmer zu führen. Wärme breitet sich in mir aus. Das beständige Zittern verklingt.

Eine gefüllte, goldene Wanne steht mitten im Raum bereit. Dampfschwaden wabern durch die Luft, Duftöl glänzt auf dem Wasser und verströmt den Geruch von Winterbeeren.

In der Mitte des Raums kommt Midas mit mir zum Stehen. Die Kerzenleuchter an den Wänden sind bereits entzündet und tauchen alles in angenehmes Licht. Der Wandspiegel über dem Waschtisch zeigt uns beide; zeigt, wie Midas hinter mich tritt.

Ich fühle, wie seine Finger über meine Wirbelsäule gleiten, bevor er sich meinen Bändern zuwendet – und jeden einzelnen seidigen Strang löst, der um meinen Körper geschlungen ist.

Vorsichtig entflechtet er sie, eine Schicht nach der anderen.

Meine Bänder tun nichts, um ihm zu helfen – aber sie halten ihn auch nicht auf, entziehen sich seiner Berührung nicht.

Midas geht langsam vor, lässt sich Zeit, bis das letzte meiner langen Bänder von meiner Wirbelsäule auf den Boden herabhängt. Und die ganze Zeit betrachte ich ihn unverwandt im Spiegel, mit beschleunigtem Herzschlag.

Als Nächstes hilft er mir aus dem Sattelkleid. Seine Finger wandern nicht umher, überschreiten keine unsichtbaren Grenzen, sondern helfen mir einfach nur beim Ausziehen.

Als der Stoff um meine Füße zu Boden sinkt, treffen sich unsere Blicke kurz im Spiegel. Dann ergreift Midas erneut meine Hand und führt mich zur Wanne. Nacheinander hebt er meine Beine über den Rand. Ich setze mich, das warme Wasser umfängt mich bis zu den Schultern. Vereinzelte Bläschen bilden sich auf dem Öl, das meine Haut umschmeichelt.

Ich seufze.

Midas nimmt auf einem Hocker neben der Wanne Platz, mit einem Lappen in der Hand. Er taucht ihn ins Wasser und sieht mich noch einmal an.

«Darf ich?»

Ich antworte nicht, nicht einmal mit einem Nicken. Doch ich hebe leicht das Kinn an. Das genügt ihm als Einladung. Er beugt sich vor und tupft mit dem Lappen sanft die Wunde ab. Das Brennen lässt mich zusammenzucken.

«Tut mir leid.»

Seine Worte sind sanft, aber entschlossen – so wie die Bewegungen mit dem Lappen an meiner Kehle.

«Was genau?», frage ich. Meine Stimme hört sich rau an. Vielleicht benutze ich sie zu wenig, vielleicht sind es meine Gefühle. Oder es liegt an beidem.

Immer wieder berührt mich der Lappen. Frisches, warmes Wasser entfernt das Blut, reinigt den Schnitt.

«Du solltest nicht verletzt werden.»

Ich ziehe bei diesen Worten die Augenbrauen hoch. Empörte Wut steigt in mir auf und vertreibt die klamme Taubheit der letzten Stunden.

«Der Schnitt an meiner Kehle ist das Geringste, wofür du dich entschuldigen solltest», antworte ich und meine es auch so.

Ich entziehe mich seinen Berührungen, indem ich mich zurücklehne und mit Kopf und Haaren ins Wasser eintauche. Mit geschlossenen Augen lasse ich mich umhüllen, spüre das Wasser auf meiner Haut, während die Wärme meinen Körper tröstet. Wenn das doch auch mit meinem schmerzenden Herzen ginge ...

Ich setze mich wieder auf, hole tief Luft. Dann lehne ich mich an den Wannenrand und mustere Midas. Ich kann den Schmerz und die Wut in meinem Blick nicht verbergen, versuche es nicht mal.

Midas nickt, als akzeptiere er meine stumme Botschaft.

«Ich weiß», sagt er wieder, wie er es schon im Schlafzimmer getan hat. «Ich weiß, was du denkst.»

Was ich denke, ist bei Weitem nicht so schlimm wie das, was ich fühle. Aber das spreche ich nicht aus.

«Ich habe nicht geglaubt, dass du das tatsächlich durchziehen würdest», erkläre ich ihm anklagend. «Und sosehr ich auch am Boden zerstört war – ein Teil von mir ist immer davon ausgegangen, dass du einen Plan hast. Dass du das niemals wirklich tun würdest.»

Ich atme schneller. Das Wasser über meiner Brust wirft Wellen. Meine Bänder heben sich in der Wanne, schlingen sich erneut um mich, als müssten sie mich zusammenhalten, damit ich nicht zerbreche.

«Ich habe dir vertraut, Midas. Ich habe uns vertraut. Nach all diesen Jahren, nach allem, was ich getan habe ...»

Midas umschließt eine meiner Hände mit den seinen. Seine Miene ist ernst. «Ich hätte niemals zugelassen, dass er dich berührt.»

Ich stocke mit gerunzelter Stirn. «Was?»

«Hör mir einfach zu», sagt er. «Ich wusste, dass Fulke dich begehrt. Zur Hölle, jeder wusste das. Er war ein Narr. Er hat es gewagt, etwas haben zu wollen, das mir gehört.»

Ich blinzele und denke an den Morgen zurück, an dem Fulke um mich gebeten hat; den Morgen, an dem sie ihre Abmachung getroffen haben.

«Du hast ihm eine Falle gestellt.»

Midas legt den Kopf schief. «Habe ich das? Denkst du das wirklich?»

Meine Mundwinkel sinken nach unten, und Verwirrung vernebelt mir die Gedanken. «Ich verstehe das alles nicht.»

Midas zieht den Hocker mit einem Bein näher an die Wanne. Er hält immer noch meine Hand, und Wassertropfen glänzen auf seiner Haut.

«Fulke ist ein Menschenhändler.»

Entsetzen durchzuckt mich. «Was?»

Midas nickt ernst. «Ich hatte Gerüchte darüber gehört ... Aber erst vor einigen Monaten habe ich herausgefunden, dass es wirklich stimmt. Und als ich die Bestätigung hatte, war mir klar, dass jemand etwas unternehmen muss.»

Ich versuche, die Informationen zusammenzusetzen, um die Zusammenhänge zu verstehen. «Also hast du einen Plan geschmiedet, um ihn auszuschalten? Hast geplant, wie du ihn *töten* kannst?»

Mein anklagender Tonfall sorgt dafür, dass Midas die Lippen aufeinanderpresst. «Hätte ich lieber zulassen sollen, dass er weiter seine eigenen Untertanen um des Geldes willen verkauft?»

«Das habe ich so nicht gemeint.»

«Auren, ich bin ein König, und Könige müssen harte Entscheidungen treffen. Als mir klar wurde, dass Fulke nicht länger ein tragfähiger Verbündeter ist ... nicht einmal ein guter Mensch ... habe ich beschlossen, zu handeln.»

«Indem du ihn getäuscht hast. Indem du seine Männer in einen sinnlosen Tod geschickt hast», klage ich ihn an. «Wie viele seiner Soldaten sind ums Leben gekommen, Midas?»

«So wenige wie möglich. Gerade genug, dass der Plan funktionieren konnte.»

Ich schnaube abfällig. «Als wenn es das irgendwie besser macht!»

«Besser, ein Mann stirbt ehrenvoll auf dem Schlachtfeld,

als dass ein Kind in die Sklaverei verkauft wird. Würdest du mir da nicht zustimmen, Auren?»

Ein Schlag.

Das ist nichts anderes als ein Schlag. Seine Worte treffen mich hart in den Magen, mitten ins Herz, schnüren mir die Kehle zu. Er zerfetzt mir mit einem einzigen Satz die Eingeweide. Erinnerungen drängen an die Oberfläche, treiben mir Tränen in die Augen.

«Ich habe es für dich getan, Auren», sagt Midas. Er klingt nun ruhiger, weniger defensiv. «Um dafür zu sorgen, dass sie nicht ertragen müssen, was du ertragen hast.»

Eine Träne läuft über mein Gesicht.

Er murmelt einen Fluch und wischt sie mit ernster Miene ab. «Es tut mir leid. Du kennst mich. Du weißt, wie ich sein kann. Sobald ich einen Plan im Kopf habe, sehe ich nichts anderes mehr. Ich habe nicht über die Konsequenzen nachgedacht. Ich wusste nur, dass ich Fulke das Handwerk legen musste. Ihn ein für alle Mal aufhalten.» Seine Hand legt sich auf meine Wange, und er sieht mir tief in die Augen. «Aber glaube mir: Ich hatte niemals vor, dich wirklich an ihn auszuliefern. Das war nur eine Finte.»

Ich habe einen Kloß im Hals und muss mich räuspern, bevor ich sprechen kann. «Wieso hast du mich dann nicht einfach eingeweiht? Wieso hast du mir das nicht vorher erklärt, damit ich Bescheid weiß?»

«Ich habe mir Sorgen gemacht, dass er es irgendwie herausfindet oder dass du nicht gut genug schauspielern kannst. Ich brauchte Fulke willfährig. Abgelenkt. Du hast deine Aufgabe wunderbar erfüllt.»

Ich senke den Kopf, schüttele ihn leicht. «Du hast mir solche Angst gemacht, du hast mich so verdammt *verletzt*. Ich weiß nicht, ob ich darüber hinwegkommen kann.»

«Wie ich schon sagte, ich habe nicht nachgedacht», wiederholt Midas und streicht leicht über meine Wange. Dann lässt er die Hand sinken.

«Du hast einen *König* getötet, Midas. Hast ihn ein anderes Königreich angreifen lassen. Was willst du jetzt tun?», frage ich. Ich nage an meiner Unterlippe, während gleichzeitig die Sorgen an meinen Eingeweiden nagen.

«Mach dir deswegen keine Gedanken», erwidert er. «Ich habe einen Plan.»

Mir entfährt ein bitteres Schnauben. «Ich vermute, den wirst du mir auch nicht erläutern ... so wie du mir verschwiegen hast, dass ich Fulke nur als Ablenkung versprochen war.»

Midas seufzt. «Ich wage nicht, mehr zu sagen. Noch weiß niemand irgendetwas davon, Auren. Und niemand außer dir weiß, wie ich alles eingefädelt habe. Der nächste Teil meines Plans erfordert ebenfalls Sorgfalt, größte Sorgfalt. Aber zuvor musst du mir vergeben, Schatz. Du musst mich verstehen.»

Tue ich das? Verstehe ich ihn?

Jedenfalls bin ich erleichtert. Das weiß ich sicher. Die Anspannung, die mir in den letzten Tagen den Magen verkrampft hat, ist von mir abgefallen. Midas hatte nicht vor, mich wirklich Fulke zu überlassen. Er hatte einen Plan.

Einen grausamen, rücksichtslosen Plan ... Aber seine Erklärung ergibt Sinn. So ist Midas, so war er schon immer. Er ist strategisch brillant, aber emotional manchmal beschränkt. Er kann meisterhaft Pläne und Ränke schmieden, aber er vergisst oft, dass es dabei um Menschen geht.

«Ich war so wütend auf dich.»

Midas lacht leise. Das Geräusch löst einen Teil der Spannung zwischen uns, führt uns einen Schritt näher heran zu dem Paar, das wir waren, das wir sein sollten.

«Ich weiß. Ich dachte, du schauspielerst nur. Dachte, du

würdest mir blind vertrauen und nur ein schönes Spektakel veranstalten. Aber vorhin im Ballsaal hast du wirklich vor Wut gekocht.»

Meine Wangen beginnen zu glühen. «Ja. Tut mir leid, dass ich mich dir in der Öffentlichkeit widersetzt habe.»

Er schenkt mir ein sanftes Lächeln. «Ist schon gut.»

Midas steht auf, greift sich ein Handtuch vom Haken und hält es mir entgegen. Ich folge der stummen Aufforderung und steige aus der Wanne, um mich von ihm in den Stoff wickeln zu lassen.

Sobald ich abgetrocknet bin und ein Nachthemd übergezogen habe, bringt Midas mich wieder in mein Schlafzimmer. Meine feuchten Bänder hängen zusammen mit meinem Haar herab, als ich den Kopf an seine Brust bette. Er reibt mir den Rücken.

Das. Genau das hat uns gefehlt. Wie viele Nächte sind vergangen, seit er mich zuletzt so im Arm gehalten hat?

Monate. Ich bin mir nicht sicher, wie viele genau.

«Früher hast du mich jede Nacht so gehalten», sage ich leise und schmiege mich an seine gebräunte Brust. Die Schnüre seiner Tunika sind weit genug geöffnet, dass ich seine Haut sehen kann. Er hat die Beine überkreuzt, und wir liegen gemeinsam auf den Decken. Wir brauchen keine Wärme außer der, die wir uns gegenseitig schenken.

Midas fährt mir lächelnd durchs Haar. «Das habe ich. Wahrscheinlich nicht das Klügste für einen frisch verheirateten Mann.»

Wahrscheinlich nicht, aber ich war trotzdem gierig nach seiner Zuwendung.

«Wenn die Königin eifersüchtig war, dann hat sie das auf seltsame Art gezeigt», sage ich und erinnere mich an das erste Jahr. «Sie hat dir zum Geburtstag drei königliche Sättel geschenkt.»

Ich weiß noch, wie schockiert ich war. Schockiert und eifersüchtig. Seine eigene Ehefrau erwartete von ihm, Sex mit anderen Frauen zu haben. Hat ihn sogar dazu ermutigt. Nur eben nicht mit mir.

Als er das erste Mal mit einem der Sättel geschlafen hat, war ich zutiefst verletzt. Inzwischen habe ich mich daran gewöhnt. Es tut immer noch weh, aber ich verstehe es. Er ist ein König. Was hatte ich denn erwartet?

Als ob er meine Gedanken lesen kann, zieht Midas mich zu sich heran. Nun liege ich auf ihm, und mein Gesicht schwebt direkt vor seinem.

«Wenn ich hier bin, gibt es nur dich und mich», erinnert er mich. «Nichts existiert außerhalb dieses Käfigs.»

Ich nicke langsam. «Ich weiß.»

Seine braunen Augen senken sich auf die Wunde an meinem Hals, dann umschließen seine Hände meine Taille. «Du gehörst mir.»

Auch das weiß ich.

Sein Blick wandert über meinen Körper, seine Hände packen mich fester. Lust knistert zwischen uns, und mein Atem stockt. So lange. Es ist so lange her.

Ich habe mich danach gesehnt, dieses Blitzen in seinen Augen zu sehen. Habe mich nach Momenten gesehnt, in denen er Zeit für mich hat, mir mehr schenken kann als beiläufige Liebkosungen oder ein abgelenktes Lächeln. Mir nicht als König begegnet, der sich wie ein Herrscher benehmen muss, sondern einfach nur Midas ist. *Mein* Midas.

«Du gehörst mir», sagt er erneut. Seine Hände bewegen sich über meinen Körper. Die eine gleitet an meinen Hinterkopf, die andere schließt sich um meinen Hintern und knetet ihn sanft.

«Ich habe dich vermisst», sagt er, die Lippen an meiner

Kehle vergraben, direkt unter dem Mal, das die Klinge hinterlassen hat. «Du warst heute Abend wunderschön. So verdammt sexy.»

Seine Finger zerren an den Seiten meines Nachthemdes, bis seine Hand darunter gleiten kann, zu meinen Schenkeln. Ich atme schneller, seufze in seinen Mund, als er Küsse auf meine Lippen niederregnen lässt.

«Ich habe dich auch vermisst», antworte ich.

Midas setzt sich auf, mit mir auf seinem Schoß. Meine Hände legen sich auf seine Schultern. Mit Verlangen im Blick streift er mir das Nachthemd über den Kopf und erlaubt mir, die Verschlüsse seiner Hose zu öffnen. «So hübsch, mein Schatz. So verdammt hübsch.»

Mein Herz schlägt schnell, mein Bauch kribbelt, als seine Lippen erneut über meine Kehle und schließlich zu meinem Kinn gleiten. Und dann dringt sein hartes Glied in mich ein. Sein Stöhnen hinterlässt Midas' Geschmack in meinem Mund; ich sauge ihn gierig auf und versuche, ihn für immer festzuhalten.

So nimmt er mich. Seine Hüften stoßen nach oben, er versenkt sich tief in mir. Gleichzeitig umarmt er mich fest, drückt mich an sich, als wolle er mir sagen, dass er mich nie gehen lassen wird. Und als ich stöhnend die Lider senke, drängt seine Zunge in meinen Mund, um mich zu erobern, über mich zu herrschen. Er nimmt mich, nimmt mich ganz. Und ich gebe mich ihm hin. Gebe ihm alles.

Wärme strömt durch mein Herz, als er an meiner Zunge saugt und tiefer in mich stößt. Ich bewege mich im Einklang mit ihm. Mein Becken wogt auf und ab, während ich mich bemühe, ihm Vergnügen zu verschaffen. Ihm zu geben, was er braucht. Ihn glücklich zu machen.

Und als Midas sich aus meinem Körper zurückzieht und seinen Samen stöhnend auf meinem Bauch vergießt, lasse ich mich mit einem Seufzen wieder auf seine Brust sinken und lächle sanft.

Doch die verräterische Träne, die über meine Wange rinnt, erzählt eine andere Geschichte. Sie wäscht mein Glück aus und vertreibt das Lächeln, als sie auf meine Lippe fällt. Stattdessen erfüllt nun ein bitterer Geschmack meinen Mund.

Midas verlässt mich noch vor dem Morgengrauen mit einem Kuss, doch seine Lippen können den unangenehmen Geschmack nicht vertreiben. Sobald ich im Dunkeln allein bin, fange ich an zu weinen.

Und dieses heimliche Schluchzen, erstickt von meinen Kissen, birgt eine hässliche Wahrheit in sich. Aber keine, der ich mich schon stellen kann.

Also lasse ich meine Tränen vom Satin meiner Kissen aufsaugen ... und schlafe schließlich ein. Die schmerzhafte Erkenntnis vergrabe ich tief in mir, und bis zum Morgengrauen ist sie ganz verdrängt.

KAPITEL 15

Ich sehe zu, wie die Wachen kreuz und quer durch mein Schlafzimmer trotten, um die letzten Reisekoffer mitzunehmen. Meine Gemächer sind viel leerer als sonst. Im Ankleidezimmer klaffen sichtbare Lücken, wo Kleider und Schuhe aus den Schränken genommen wurden. Draußen zieht schon die Abenddämmerung herauf.

Die Zeit zum Aufbruch ist fast gekommen.

Im Moment scheint es nicht zu schneien, doch der Schnee lässt hier nie lange auf sich warten. Darum trage ich auch ein schweres Wollkleid, komplett mit Pelzbesatz und Lammfellstiefeln. Natürlich glänzt alles golden, bis hin zu meinen dicken Lederhandschuhen.

Mein Haar ist zu zahllosen kleinen Zöpfen geflochten, eng am Kopf anliegend, damit der Wind nicht daran reißen kann. Und so wird die Kapuze gleichermaßen mein Haar und mein Gesicht verbergen.

«Es wird Zeit.»

Ich wende mich vom Fenster ab und sehe, dass Digby auf der anderen Seite meines Käfigs bereitsteht. Er wirkt auf mürrische Art ruhig, so wie immer – keine Spur von dem Mann, der einem fremden König sein Schwert durch den Körper gerammt hat. Kein sorgenvolles Stirnrunzeln, wie er es gezeigt hat, als er mich blutbesudelt sechs Stockwerke nach oben getragen hat. Aber genau das schätze ich an ihm. Seine stoische Art, seine Beständigkeit.

Unbewusst hebe ich die Hand und lasse meine Fingerspitzen über die frische Narbe an meinem Hals gleiten, wo

König Fulke vor drei Wochen versucht hat, mir die Kehle durchzuschneiden. Digby bemerkt die Bewegung. Sein Blick wandert kurz zu meinen Fingern. Sofort lasse ich die Hand sinken und ermahne mich, diesen nervösen Tick loszuwerden, den ich mir angewöhnt habe.

Manchmal muss ich in meinen Albträumen diese Momente noch einmal durchleben. Dann wache ich schreiend auf, die Hände vor die Kehle geschlagen und davon überzeugt, dass ich an meinem eigenen Blut ersticke.

Und zuweilen hält es mein Geist für eine gute Idee, sich auszumalen, was geschehen wäre, wenn dieser Soldat nicht aufgetaucht wäre. Wenn Fulke mich stattdessen in sein Schlafzimmer gezerrt und Midas ihn nicht aufgehalten hätte.

Beide Arten von Albträumen sorgen dafür, dass ich nicht viel Schlaf bekomme. Wahrscheinlich hängen deswegen dunkle Ringe unter meinen Augen, bronzenen Halbmonden gleich.

Ich wünschte, Midas wäre hier.

Drei Tage. Nur drei Tage konnte er nach dem Vorfall bleiben, dann musste er zusammen mit einem Regiment Soldaten ins Fünfte Königreich aufbrechen.

Ich stand am Abend nach Fulkes Tod im Thronsaal neben ihm. Habe verfolgt, wie Midas' Plan sich entfaltete, während er seine Version der Geschehnisse verkündete. Die Leute wissen von Midas' Goldener Macht. Aber von seiner goldenen Zunge ahnen die wenigsten etwas. Für mich liegt darin seine wahre Macht.

«Wir wurden hintergangen.»

Stille hing über dem Saal. Die versammelten Adeligen beobachteten gebannt den König und die Königin, die mit ernsten, aber entschlossenen Mienen auf ihren Thronen saßen und über die Menge hinwegschauten.

«Mein Verbündeter, König Fulke, ist tot.»

Entsetzen machte sich in der Menge breit. Überall im Saal zeigten sich große Augen und aufgerissene Münder.

Midas wartete einen Moment, um die Nachricht wirken zu lassen, aber nicht so lange, dass besorgtes Flüstern einsetzen konnte.

«König Fulke wollte verhindern, dass sich die Fäulnis über unsere Grenzen ergießt. Wollte gewährleisten, dass unsere Reiche sicher sind – und wurde darum gemeuchelt.»

Ich stand hinter ihm, einen Schritt vor den Wachen. Meine Anwesenheit sollte Midas' Macht und Entschlossenheit verkörpern, während er seine Fabel spann.

«Er hat seine Soldaten an die Grenzen des Fünften Königreichs geschickt, um sein Volk zu beschützen, wie es seine Pflicht war. Doch er wurde von einem der Seinen verraten. Von einem Mann, der ins Lager des Feindes übergelaufen ist. König Fulkes Streitmacht wurde in einer brutalen Schlacht gegen die auf sie wartenden Soldaten des Vierten aufgerieben. Als wäre das noch nicht Verrat genug, ist der Deserteur, dieser Verräter, hierher nach Hohenläuten geflogen, um eine angebliche Nachricht zu überbringen – und hat seinen nichts ahnenden König ermordet.»

Die Stimmung im Raum schlug um. Eine wahre Flutwelle von Entsetzen und Entrüstung erhob sich.

Midas winkte jemanden zu sich heran. Ein Wächter trat vor, mit einem Gegenstand in der Hand, der in schwarzen Stoff gehüllt war. Midas nickte ihm zu, und der Mann schlug den Stoff zurück und zeigte der Menge, was er verborgen gehalten hatte.

Entsetztes Keuchen erklang überall im Saal. Die Menge war angewidert und konnte doch den Blick nicht abwenden.

Der Wächter hielt den abgeschlagenen Kopf des Soldaten in die Höhe – des Mannes, der sich keinerlei Verbrechen schuldig gemacht hatte. Der Kopf schimmerte in glänzendem Gold, die im Todesschmerz verzerrten Züge unsterblich gemacht; er würde für immer so bleiben und niemals vergehen, wie es alle sterblichen Körper tun sollten.

Der Kopf des Soldaten, den man zum Verräter gemacht hatte, ließ die Menge erschaudern. Midas ließ den Blick durch den Saal wandern.

«Schaut her», sagte er und deutete auf das verzerrte Gesicht. «Das ist die Fäulnis, die vom Vierten Königreich ausgeht. Das ist es, was König Fulke aufhalten wollte. Nicht nur die beständigen Angriffe auf unsere Territorien und den mangelnden Respekt vor unseren Reichen, sondern auch Treulosigkeit. Missgunst. Verrat gegen das eigene Königreich, den eigenen Herrscher.»

Er war gut. Ein begabter Redner, der die Menge einwickelte. Wie eine Spinne, die ein Netz webt, fing er sie ein, jeden Einzelnen von ihnen.

Der Kopf wurde wieder in Stoff gehüllt. Zweifellos würde man ihn später an die Eingangspforte schweißen, zu all den anderen vergoldeten Verräter-Schädeln. Sie wurden dort öffentlich zur Schau gestellt, um angespuckt und vom eisigen Wind gepeitscht zu werden.

«Ich werde ins Fünfte Königreich reisen», erklärte Midas den Versammelten. «Ich werde seinem Volk in dieser Zeit der Not beistehen. Werde sicherstellen, dass das Land und die Leute nicht zu sehr unter dem Verlust ihres Königs leiden. Ich werde König Fulkes Platz einnehmen, unsere Länder nach seinem Tod vereinen, so wie wir zu seinen Lebzeiten Verbündete waren. Ich werde dafür sorgen, dass unsere Grenzen weiterhin sicher bleiben. Werde gewährleisten, dass die Fäulnis anderer Königreiche nicht zu uns vordringt. Bis zu dem Tag, an dem sein Erbe mündig wird und den Thron seines Vaters besteigen kann.»

Die Nachricht von König Fulkes Tod verbreitete sich schnell. Wie schwerer Schneefall trieb sie über das Land, legte sich auf jede Zunge. Midas hatte es geschafft, sich zum Helden zu machen; er hatte den Leuten einen Schurken geliefert, den sie hassen konnten – und dabei seine Macht gemehrt.

Und jetzt hat er nach mir geschickt, damit ich mich ihm anschließe – auch wenn das ein Geheimnis ist.

Die meisten Menschen glauben, dass ich mich bereits im Fünften Königreich aufhalte und von Anfang an mit ihm dorthin gereist bin. Doch Midas wollte mich nicht dort haben, bevor er es nicht für sicher hielt, also hat er mich vorerst hiergelassen.

Doch er weiß, dass es auch ein Risiko darstellt, mich allein in der Burg zurückzulassen. Also hat er für eine Ablenkung gesorgt. Eine Frau ist mit seiner Karawane gereist – nicht goldgeküsst, aber golden angemalt, damit sie aussieht wie ich. In der Zwischenzeit wartete ich, Tag und Nacht bewacht. Nicht mal die Diener durften die oberen Stockwerke noch betreten. Und nicht einmal die Königin wusste, dass ich mich noch hier aufhielt.

Die einzigen Leute, die ich in den letzten Wochen zu Gesicht bekommen habe, sind eine kleine Gruppe von Wachen, die Digby anscheinend persönlich für diese Aufgabe ausgesucht hat.

Und nun ist die Zeit zum Aufbruch gekommen.

Ich werfe einen letzten Blick aus dem Fenster, dann wende ich mich ab. Gemischte Gefühle verkrampfen mir den Magen. Ich gehe hinüber zu Digby, der die Käfigtür für mich aufhält, und bemühe mich, mir meine Besorgnis nicht anmerken zu lassen.

Als ich über die Schwelle des Käfigs trete, sehe ich mich doch noch mal um, lasse den Blick über all die Dinge gleiten, die ich Tag für Tag um mich hatte, so lange, wie ich mich erinnern kann.

Es ist seltsam, aber ich verspüre Wehmut, als ich mich wieder umwende, um mich von Digby und den anderen Wachen aus dem Raum eskortieren zu lassen. Mein Käfig ... Ich habe mich so viele Jahre auf seinen Schutz verlassen. Ja, ich habe mich auch oft über ihn geärgert, aber er war trotzdem ein sicherer Hafen – den ich jetzt aufgebe.

Wir gehen die Treppe ins Erdgeschoss hinunter, fünf schweigende Personen. Selbst die Burg wirkt niedergeschlagen. Als wir unten ankommen, huscht mein Blick unfreiwillig nach rechts, zur geschlossenen Tür der Schreibstube.

Ich frage mich, welche Diener das Blut aufwischen mussten. Frage mich, ob diese Diener noch am Leben sind – oder ob sie die blutgetränkten Lappen mit ins Grab genommen haben, weil ...

Nein. Denk nicht daran. Loyal. Ich bin loyal.

Ich reiße den Blick von der Tür los und bemerke, dass das große Eingangsportal bereits offen steht, sodass kalte Windstöße aus der Dunkelheit draußen eindringen können. Jenseits der steinernen Stufen vor dem Tor, auf der anderen Seite des Hofs, erkenne ich eine Reihe von Kutschen und Pferden, die darauf warten, unsere Reisegruppe ins Fünfte Königreich zu bringen.

Plötzlich kribbelt es mir im Nacken, und ich drehe mich um. Königin Malina steht auf der Galerie im ersten Stock, die Hand auf dem Geländer, und sieht auf mich herunter. Ihre Miene ist ausdruckslos, ihr glattes weißes Haar auf ihrem Kopf zu einer Krone aufgetürmt. Ihre Augen verfolgen jede meiner Bewegungen, beobachten mich so verbissen, dass es mir die Kehle zuschnürt.

Hass. Nichts als Hass leuchtet aus ihren Augen, als sie

auf mich herunterstarrt und begreift, dass Midas sie angelogen hat ... dass ich die ganze Zeit über in der Burg war. Dass ich jetzt zu ihm reise, weil er nach mir geschickt hat.

Wäre ich sie, würde ich mich wahrscheinlich auch hassen.

«Milady?»

Ich richte den Blick nach vorne und stelle fest, dass die Wachen neben dem geöffneten Portal auf mich warten. Einer von ihnen hält mir einen dicken Pelzmantel entgegen. «Danke», murmele ich, nehme das Kleidungsstück aus seinen Händen entgegen und ziehe es mir über. Ich drehe mich nicht noch mal zur Königin um. Doch ich kann fühlen, wie mich ihr Blick verfolgt, bis hinaus in die Nacht.

Ich ziehe den Mantel enger um mich.

Er ist schwer, aber weich. Sein Stoff ist mit Leder und Pelz gefüttert, um mich in den eisigen Nächten warm zu halten. Ich ziehe die Kapuze über den Kopf, während ich die Stufen hinabgehe, und spüre, wie die letzte Wärme der Burg verfliegt. Doch zugleich löst sich auch allmählich meine Anspannung.

Ich hebe den Kopf, kaum dass ich das Portal hinter mir gelassen habe, wende das Gesicht zum Himmel.

Zehn Jahre.

So lange habe ich keinen Fuß mehr nach draußen gesetzt.

Der kalte Wind gleitet wie eine träge Strömung über mich hinweg, liebkost mein Gesicht als sanfter Willkommensgruß. Die Wachen tauschen Blicke und treten von einem Fuß auf den anderen, während ich einfach nur dastehe, doch ich ignoriere sie.

Denn dieser Moment – er gehört ganz allein mir.

Als ich beschlossen habe, mich vor der Welt zu verstecken, war ich kaum mehr als ein Mädchen. Verletzlich.

Misshandelt. Verängstigt. Ich hatte mehr als genug von der Welt dort draußen.

Aber das hier habe ich vermisst. Die frische Luft in meiner Lunge. Den Duft des Windes. Die Kälte an meinen Wangen. Das Gefühl des Erdbodens unter meinen Schuhen.

Ich habe es so sehr vermisst.

«Milady», sagt einer der Wächter zögerlich. «Wir sollten aufbrechen.»

Ich lasse den Blick noch etwas länger über den Himmel gleiten. Graue Wolken verbergen den Mond. Aber ich schwöre, für einen kurzen Moment erhasche ich einen Blick auf einen Stern, der mir zuzwinkert.

Also zwinkere ich zurück.

Kapitel 16

Die Sitze der Kutsche sind mit Samt bezogen, die holzgetäfelten Wände mit Leder ausgekleidet, und auf dem Boden liegt ein Webteppich. Das ganze Ding ist luxuriös und golden, aber ich ahne jetzt schon, wie beengt ich mich darin während der langen Reise fühlen werde.

Fürs Erste bin ich zufrieden damit, aus dem Fenster zu schauen und die kalte Luft zu spüren, die durch den Türrahmen dringt, während unser Wagenzug sich von Burg Hohenläuten wegbewegt.

Ein Dutzend Sättel reist in ihren eigenen Kutschen. Wir sollen uns Midas im Fünften Königreich anschließen und werden von berittenen Wachen eskortiert, über die lange, gewundene Straße an den Hängen der eisverkrusteten Berge entlang. Wir kommen schmerzhaft langsam voran, aber das stört mich nicht. Ich genieße die friedliche Nacht, die beständigen Schritte der Pferde, die mich voran ziehen, weg vom Käfig im Palast, etwas Neuem entgegen.

Wir sind noch nicht lange unterwegs, als sich Wolken über uns auftürmen. Das Wetter beendet die kurze Schonfrist, die es uns gewährt hat. Regen fällt in langen Fäden, die glänzenden Linien gefrieren noch in der Luft.

Doch unsere Gruppe setzt die Reise unbeirrt fort. Die Wachen ziehen sich einfach die Kapuzen über die Köpfe. Die Pferde haben sich schon vor langer Zeit an die Kälte des Sechsten Königreichs angepasst. Sie zeigen keinerlei Scheu, mitten in der Nacht auf einer schneebedeckten, glatten Straße bergab zu stapfen.

Wann immer die Kutsche auf einer vereisten Stelle ins Rutschen gerät oder über einen Stein auf der Straße rumpelt, schlägt mir das Herz bis zum Hals, doch meine Eskorte reitet einfach weiter voran. Und ich gebe mein Bestes, nicht daran zu denken, dass ein falscher Schritt die Kutsche über den Berghang katapultieren könnte.

Glücklicherweise bewegen sich die Wachen und Pferde sehr routiniert durch den Schnee. Wir werden die ganze Nacht hindurch reisen, so wie Midas es befohlen hat. Schlafen werden wir am Tag, damit die Kundschafter im Hellen besser Wache halten können.

Es liegt eine lange Reise vor uns: zwei Wochen; wenn es gut läuft, nur eineinhalb, und das auch nur, falls das Wetter sich hält – und das Wetter hält sich nie. Nicht hier. Unsere Kutschen werden definitiv langsamer vorankommen als Midas und seine Männer. Und unsere Gemeinschaft ist nicht daran gewöhnt, zu reisen und den Elementen ausgesetzt zu sein, also werden wir uns langsam und vorsichtig fortbewegen.

Ich schaue hinaus und verfolge, wie wir uns mühevoll einen Hang hinabkämpfen. Dabei beschlägt mein Atem das Glas des Fensters. Ich muss die milchige Trübung mit meinem Handschuh wegwischen. Mit diesen Handschuhen werde ich wohl noch sehr vertraut werden, denn ich werde sie wahrscheinlich kein einziges Mal abnehmen, bis wir die Burg des Fünften Königreichs erreicht haben. Ein kleines Zugeständnis dafür, dass ich hier draußen in dieser kalten, gefrorenen Welt bin.

Als unsere Karawane die gewundene Bergstraße hinter sich lässt, ist es bereits vollkommen dunkel geworden. Keine Spur vom Mond und den Sternen jenseits der dichten Wolkendecke. Nur die Laternen an den Kutschen bescheinen unseren Weg.

Wir erreichen die Brücke von Hohenläuten, erbaut aus Schiefer, der aus dem Berg hinter uns gebrochen wurde. Hufe klappern über festen Stein, als wir die Brücke überqueren, die die Kluft zwischen den Bergen und dem Tal vor uns überspannt.

Auf der anderen Seite erwartet uns die Stadt Niederläuten. Sie wurde am Rande des Pechkiefernwaldes errichtet. Seine Bäume ragen so hoch auf, dass man ihre Spitzen nicht einmal erkennen kann, wenn man den Kopf in den Nacken legt. Und sie sind so breit, dass mehrere Männer nötig wären, um einen Stamm mit den Armen zu umschließen. Stolz stehen die Bäume nebeneinander, sie tragen Kiefernnadeln in Blau und Weiß, die wie eisige Zähne herabsausen können. An ihren Spitzen glänzt Harz, während sie immer länger und spitzer wachsen.

Aber diese Bäume – sie mögen Hunderte von Jahren alt sein, vielleicht sogar Tausende – bieten der Stadt Schutz vor dem Wind, der aus den Bergen heranpfeift. Ihre Äste fangen die größte Wucht der Eisböen und brutalen Schneestürme ab und beschirmen die Gebäude.

Die Stadt selbst wirkt im Vergleich zwergenhaft, fast schon komisch. Auch in der Dunkelheit kann ich erkennen, dass selbst die Lichter der höchsten Gebäude vollkommen von den Bäumen hinter ihnen in den Schatten gestellt werden.

Und plötzlich fühle ich mich viel zu weit von allem entfernt, zu isoliert. Vielleicht wird mir erst jetzt wirklich klar, dass ich draußen bin; dass ich meinen Käfig tatsächlich verlassen habe. Kein Midas, keine Erwartungen, keine Rolle, die ich spielen muss. Ich habe den Palast und die Berge hinter mir gelassen. Ich will einfach nur die Welt sehen, will *alles* sehen. Und zwar nicht durch eine Fensterscheibe, wie sonst auch immer, sondern mit freiem

Blick – mit der weiten Welt um mich herum, und ich mittendrin.

Sobald die Kutschenräder ruhig über die gepflasterten Straßen der Stadt rollen, klopfe ich gegen das Fenster. Digby reitet neben meiner Kutsche – natürlich. Er reißt den Kopf herum, als er mein Klopfen hört. Ich lasse ihm keine Gelegenheit, mich irgendwie aufzuhalten. Stattdessen öffne ich die Tür, während die Kutsche gemächlich weiterrollt, und springe hinaus.

Digby stößt einen Fluch aus und ruft, dass meine Kutsche sofort anhalten soll. Doch es ist zu spät. Ich bin bereits geschmeidig abgesprungen. Meine Stiefel kommen auf dem Straßenpflaster auf. Digby lenkt sein Pferd zu mir, sein verwittertes Gesicht missbilligend verzogen. Der Anblick zaubert ein Lächeln auf meine Lippen.

«Jetzt schon so böse Blicke, Dig?», ziehe ich ihn auf. «Das ist kein gutes Vorzeichen für unsere Reise, oder?»

«Steigt wieder ein, Milady.»

Digby sieht nicht gerade glücklich aus. Nicht im Geringsten. Aber das sorgt natürlich nur dafür, dass ich noch breiter lächele.

«Dann schau eben böse», sage ich mit einem Nicken. «Aber egal, wie finster du auch starrst, ich muss mich ein bisschen bewegen. Ich fühle mich richtig eingesperrt.»

Er verengt die Augen, als wolle er sagen: *Wirklich? Du hast zehn Jahre in einem Käfig gelebt, aber* jetzt *fühlst du dich eingesperrt?*

Meine einzige Reaktion ist ein Achselzucken. «Kann ich für eine Weile reiten?»

Er schüttelt den Kopf. «Es graupelt.»

Wegwerfend wedele ich mit der Hand. «Kaum. Und außerdem fällt hier immer irgendwas Kaltes vom Himmel. Aber ich habe eine Kapuze, und ich friere nicht», versichere ich ihm. «Ich möchte den Wind im Gesicht spüren. Nur für eine Weile.»

Seine grauen Augenbrauen ziehen sich zusammen, während er von seinem Pferd auf mich herabblickt, doch ich deute mit der Hand in Richtung der Stadt, wo Leute auf den Straßen unterwegs sind. «In Niederläuten ist es sicher, oder etwa nicht?», frage ich ihn.

Natürlich ist es das; sonst hätte ich ja nicht gefragt.

«Schön», meint Digby schließlich. «Aber wenn das Wetter sich verschlechtert oder Euch zu kalt wird, müsst Ihr zurück in die Kutsche.»

Ich nicke und bemühe mich, mir meinen Triumph nicht anmerken zu lassen.

«Könnt Ihr reiten?», hakt er nach. Er wirkt wenig überzeugt.

Ich nicke schnell. «Natürlich. Ich bin eine hervorragende Reiterin.»

Er mustert mich zweifelnd, versucht, hinter mein Lächeln zu blicken. Doch er fragt nicht weiter nach. Um ehrlich zu sein, bin ich mir nicht sicher, ob ich wirklich noch weiß, wie man ein Pferd reitet. Ich schätze, das werden wir gleich herausfinden.

Digby pfeift. Ein zweiter Wächter führt ein strahlend weißes Pferd an den Zügeln heran. Ich nähere mich dem Tier und mustere es genau. Sofort fällt mir das lange, zottelige Fell am ganzen Körper auf.

Die Pferde des Sechsten Königreichs werden speziell dafür gezüchtet, der Kälte zu widerstehen. Sie zeichnen sich durch ihr dichtes Fell aus. Am längsten ist es auf der Brust und direkt über den Hufen. Trotzdem liegen unter den Sätteln noch dicke Decken, und ihre Beine stecken in wärmenden Stoffhüllen.

Ich trete an das Pferd heran und murmele eine sanfte

Begrüßung. Es blinzelt auf mich herunter. Ich hebe eine behandschuhte Hand an seine Nase und tätschele es langsam, während es mit dem geflochtenen Schwanz schlägt. Das Emblem von Hohenläuten prangt auf dem vorderen Ledergeschirr, golden glänzt es mitten auf seiner Brust.

Als das Tier mich mit dem Kopf anstupst, weil ich es gewagt habe, in meinen Liebkosungen innezuhalten, reibe ich ihm lächelnd die Nase. «Wie heißt er?»

«Knusper», antwortet der zweite Wächter. Er hat sich die Kapuze seines Mantels über den Kopf gezogen und trägt ebenfalls Handschuhe gegen die Kälte.

«Mh», gebe ich von mir und sehe dem Tier in die Augen. «Hilf mir ein bisschen, ja, Knusper?», flüstere ich, bevor ich neben den Sattel trete.

Glücklicherweise ist der Hengst nicht allzu groß, also gelingt es mir mühelos, den Fuß in den Steigbügel zu schieben und mich darin aufzurichten. Ich bete nur, dass ich mich nicht lächerlich mache, indem ich gleich auf den Hintern falle.

Mit zusammengebissenen Zähnen schwinge ich das Bein über den Pferderücken. Für einen Moment drohe ich den Halt zu verlieren, doch dann kann ich mich nach oben ziehen. Als ich es mir schließlich auf Knusper gemütlich gemacht habe, strahle ich und werfe Digby einen triumphierenden Blick zu ... nur um festzustellen, dass alle Wächter mich offen anstarren, sie wirken geradezu entsetzt.

Mein Lächeln verblasst. «Was?»

Digby wirft den anderen böse Blicke zu. «Weiter!» Der Befehl reißt alle aus ihrer Erstarrung. Die Reiter blicken wieder nach vorne, als der Wagenzug sich erneut in Bewegung setzt.

Ich schaue zu Digby und rücke mir die Kapuze gegen den eisigen Regen zurecht.

Digby treibt sein Pferd an und hat offenbar nicht vor, mir zu verraten, was gerade los war. Also wende ich mich an den anderen Wachmann, der jetzt neben mir reitet. «Wieso haben mich alle so angestarrt?», frage ich.

Der Mann wirft mir einen verlegenen Blick zu, und seine Wangen glühen so sehr, dass ich es sogar unter der Kapuze erkennen kann. «Nun ... es ist nur ... Für gewöhnlich reiten Ladys nicht im Herrensitz.»

Ich schaue hinab auf meine gespreizten Beine. «Oh.» Das hatte ich vergessen. Früher bin ich immer so geritten, aber damals musste ich mir auch keine Gedanken um Schicklichkeit machen.

Hinter mir, aus einer der Kutschen mit den anderen Sätteln, höre ich Gekicher auf meine Kosten. «Also spreizt sie doch gerne die Beine», sagt eine von ihnen – Polly. Das ist Pollys Stimme.

Meine Wangen werden heiß. «Sollte ich ...»

Aber der Wächter schüttelt den Kopf. «So sitzt Ihr sicherer im Sattel, und diese Haltung ist für lange Ritte besser geeignet. Kümmert Euch nicht um sie», sagt er und deutet mit dem Kinn in Richtung der Kutsche.

Ich nicke und ziehe sanft am rechten Zügel, während ich zugleich mein linkes Bein gegen Knusper drücke, um ihn leicht zu wenden ... und ihn weit genug voranzutreiben, dass ich die Sticheleien der Sättel nicht hören muss.

Mein Pferd folgt meiner Führung ohne Zögern. Ich atme erleichtert auf, als mir klar wird, dass ich tatsächlich noch weiß, was ich tue. Je länger ich reite, desto mehr entspanne ich mich, bis mir sogar das Gerede vollkommen egal ist.

Ich genieße die frische Luft auf unserem gemächlichen Ritt, froh, der Kutsche entkommen zu sein. Der Regen ist nicht stark, aber trotzdem kalt und nass. Doch ich bin zu aufgeregt, um mich darum zu kümmern.

Ich spüre Knuspers gleichmäßige Bewegungen unter mir, und sein Fell hält meine untere Körperhälfte warm. Trotzdem bin ich froh, dass ich so eine dicke Strumpfhose unter dem Kleid trage und dass meine Stiefel gut gefüttert sind.

Die Stadt Niederläuten ist nachts wirklich hübsch anzusehen. Das lenkt mich von der zunehmenden Kälte ab. Die meisten Gebäude sind dreistöckig, allesamt aus dem grauen Gestein der umliegenden Berge erbaut.

Die Straßen sind gepflastert und teilweise nicht ganz eben, doch mir gefällt, wie die Hufe der Pferde darauf klappern. Die Straßenlampen erhellen für uns einen flackernden Pfad entlang der gewundenen Straße. Alles ist so pittoresk, dass ich einfach lächeln muss.

Leute treten vor die Häuser, um uns zu bestaunen. Sie beäugen den königlichen Wagenzug mit lebhaftem Interesse. Ich achte darauf, dass meine Kapuze weit genug nach unten gezogen ist, um mein Gesicht und mein goldenes Haar zu verbergen. Selbst die Sättel in einem Bordell am Straßenrand strecken die Köpfe aus den Fenstern. Sie winken den Wachen mit nacktem Oberkörper zu und schicken ihnen Luftküsse.

Der Wächter links von mir räuspert sich und starrt angestrengt nach vorne, als eine der Frauen ihm ein recht großzügiges Angebot zusäuselt. Ich kann es ihr nicht verdenken. Er ist attraktiv, mit einem offenen, freundlichen Gesicht. Die Art von Gesicht, die wahrscheinlich immer freundlich wirkt, selbst wenn er wütend ist. Er hat aschblondes Haar und tiefblaue Augen, und die vereinzelten Haare an seinem Kinn verraten mir, dass es mit seinem Bartwuchs noch nicht sehr weit her ist.

«Wie heißt du?»

Er sieht mich an, und ja, er wirkt wirklich jung. Wahrscheinlich ist er kaum älter als zwanzig. «Mein Name ist Segl, Milady.»

«Nun, Segl, du scheinst sehr beliebt bei den Damen zu sein», merke ich an und nicke zu den Stadtsätteln, die immer noch aus den Fenstern hängen. Sie preisen sich ihm deutlich intensiver an als allen anderen.

Seine Wangen werden immer röter ... und das hat nichts mit der kalten Luft zu tun. «Meine Mutter würde mich verdreschen, sollte ich je eine Frau so respektlos behandeln und sie zwingen, für ein paar Münzen mit mir zu schlafen.»

Und in diesem Moment wird mir klar, dass ich Segl mag.

«Weißt du, man könnte dem entgegensetzen, dass das zu den wenigen Berufen gehört, in denen wir Frauen angemessen Geld verdienen und trotzdem unabhängig bleiben können», erkläre ich ihm.

Segl wird blass, als wäre ihm erst jetzt bewusst geworden, was er gesagt hat – oder als ob ihm gerade wieder eingefallen wäre, mit wem er eigentlich spricht. «Ich wollte ... ich ... ich wollte nicht andeuten, dass Sattel kein respektabler Beruf ist. Ich bin mir sicher, dass es viele respektable Sättel gibt. Oder, ich meine, es ist nur ...»

«Entspann dich», unterbreche ich sein Stottern. Sein Blick huscht nervös zu den Kutschen mit den königlichen Sätteln, als könnten sie uns belauschen. «Solange du nicht auf Sättel herabschaust, habe ich kein Problem.»

«Natürlich nicht», beharrt er. «Die Sättel in dieser Stadt sind wahrscheinlich zäher als unsere gesamte Armee, wenn man bedenkt, was sie alles ertragen müssen.»

Ich mustere ein paar Leute an der Straße, die das Bordell offen anstarren. In ihren Blicken liegt keine Lust, sondern brutale, fleischliche Gier und bitterer Neid. Ich nicke langsam und wende mich ab. «In der Hinsicht sind wir uns einig.»

Kapitel 17

Die Nachricht von dem Wagenzug, der durch die Stadt kommt, verbreitet sich schnell. Bald schon drängen sich die Leute in fünf oder sechs Reihen an der Straße. Sie winken uns mit aufgeregten Rufen zu, fragen sich, wer da in der Gruppe reist, auf welche bedeutende Persönlichkeit sie vielleicht einen Blick erhaschen werden. Ich halte den Kopf gesenkt, die behandschuhten Hände an den Zügeln. Wage nicht aufzublicken, weil meine Kapuze verrutschen könnte.

Die Wachen vor uns räumen den Weg frei, doch unser Zug bewegt sich jetzt viel langsamer. Ständig müssen sie Leute zur Seite drängen, um Platz für die Kutschen zu schaffen.

Nach einer Weile biegen wir von der gepflasterten Straße ab und entfernen uns von der versammelten Menge, dringen tiefer ins Herz von Niederläuten vor. Ich seufze leise auf, als wir nicht länger von Dutzenden neugierigen Gaffern beäugt werden. Meine Hände entspannen sich an den Zügeln, doch meine Erleichterung ist nur von kurzer Dauer.

Je weiter wir vorankommen, desto armseliger wird die Umgebung. Direkt vor meinen Augen verwandelt sich Niederläuten von einer schönen, sauberen Stadt in ein trostloses Elendsviertel mit engen Gassen.

Ich achte genau auf die Veränderungen und bemerke, dass selbst die Geräusche hier gedämpft klingen, ohne die Lebensfreude, die auf der Hauptstraße zu spüren war. Hier gibt es nur weinende Babys, brüllende Männer, knallende Türen.

«Normalerweise wären wir auf der Hauptstraße geblieben, aber wir wollen ja ins Fünfte Königreich, da ist die südliche Straße der schnellste Weg aus der Stadt», murmelt Segl. Er und Digby reiten nun viel dichter neben mir auf der engen, festgetretenen Straße.

Die Gebäude ringsum bestehen nicht länger aus festem Stein, sondern sind aus Holz errichtet, und das nicht gerade solide. Manche stehen schief, andere sacken vor Alter bereits in sich zusammen, als würden sich Schnee und Wind schon seit Jahren mit schwerem Gewicht auf sie legen. Die Natur siegt über den Menschen.

Selbst die Pechkiefern wirken hier rauer. Ihre Borke ist von Rissen durchzogen und aufgeplatzt, die Äste sind halb kahl.

Die Laternen entlang der Straße werden weniger und stehen immer weiter voneinander entfernt, bis sie schließlich ganz verschwinden. Der ungepflasterte Weg verwandelt sich in weichen, eisverkrusteten Schlamm, der von den Hufen der Pferde aufgeworfen wird.

Und dann erst der Gestank ... Die Luft riecht nicht länger frisch, sauber und frei. Stattdessen wird sie zwischen den windschiefen Gebäuden gefangen gehalten, so durchtränkt von Schweiß und Pisse, dass meine Augen tränen.

«Wo sind wir hier?», frage ich, während ich meinen Blick über diesen heruntergekommenen, deprimierenden Teil der Stadt schweifen lasse.

«In den Baracken», erwidert Segl.

Mehr Babys schreien, mehr Leute streiten sich lautstark. Schatten huschen durch enge Gassen, und streunende Hunde schnüffeln an den Ecken, die Rippen treten deutlich unter ihrem räudigen, eisverklebten Fell hervor.

Niederläuten wirkt plötzlich gar nicht mehr so pittoresk.

«Wie lange ist es hier schon so?», frage ich, unfähig, den Blick abzuwenden.

«Es war schon immer so», antwortet Segl mit einem Achselzucken. «Ich selbst stamme von der Ostseite. Dort ist alles etwas geräumiger, aber ... sonst auch nicht anders als hier», gibt er zu.

Kopfschüttelnd mustere ich die Pfützen auf dem Boden. Ich weiß, dass sie nicht vom Regen stammen, sondern von den Eimern mit Unrat, welche die Leute aus den Fenstern kippen.

«Aber ... Midas hat doch so viel Gold», meine ich verwirrt.

Vermutlich bin ich naiv, aber ich war davon ausgegangen, dass seit Midas' Krönung – seit der steinerne Palast in pures Gold verwandelt wurde – auch die gesamte Stadt Niederläuten wohlhabend geworden ist.

Mir war nicht mal der Gedanke gekommen, dass manche von Midas' Untertanen arm sein könnten, gleich hier in der Stadt. Wieso auch? Er hat genug Mittel, alle gut zu bezahlen – ganz egal, was sie auch arbeiten. Es herrscht kein Mangel an Gold. Warum also leben seine Untertanen in solchem Elend?

«Gewiss verwendet er sein Gold für andere Dinge, Milady», sagt Segl, und ich bemerke, dass er den Blick für einen Moment auf seinen goldenen Brustpanzer senkt. Und mir entgehen auch nicht die Schuldgefühle in seinen blauen Augen, als er sich umsieht.

Er ist in höchster Alarmbereitschaft, genau wie alle anderen Wachen auch. Sie scheinen halb mit einem Angriff von Banditen zu rechnen. Und ich zweifele nicht daran, dass das in dieser Umgebung möglich wäre. Manche der

Leute hier wirken verzweifelt genug, um solch einen Überfall zu wagen.

Einige Wächter ziehen ihre Schwerter blank, eine offene Drohung an die armseligen Menschen, an denen wir vorbeireiten ... In diesem Moment presst etwas in meiner Brust gegen mein Herz, so hart und heftig, dass es schmerzt.

Ich sehe, wie Kinder hinter leeren Kisten voller Müll hervorspähen, wie sie uns mit ihren großen Augen folgen. Ihre Kleidung besteht nur aus Lumpen, ihre Gesichter sind ausgezehrt, die Wangen von kaltem Schlamm verkrustet ... Der Druck auf mein Herz wird heftiger, der Schmerz fast unerträglich.

Ich zerre an den Zügeln und bringe Knusper neben der Kutsche zum Stehen. «Milady!», ruft Segl. Ich höre, wie Digby erneut einen Fluch ausstößt, als ich von Knuspers Rücken springe und härter aufkomme als beabsichtigt. Fast wäre ich im eisigen Schlamm ausgerutscht, aber ich kann mich an der Kutsche abstützen. Sie rollt noch immer, als ich die Tür aufreiße, hält aber ruckelnd an, während ich mich ins Innere lehne.

«Milady, wir dürfen hier nicht verweilen!», ruft Segl in meinem Rücken, aber ich ignoriere ihn. Stattdessen hebe ich den samtbezogenen Sitz der Kutsche an und wühle in meinen Sachen.

«Steigt wieder auf Euer Pferd!», knurrt Digby. Ich suche verzweifelt, schaufele Schals und Ersatz-Handschuhe beiseite, halte Ausschau nach ...

«Hab's gefunden.»

Ich ziehe mich aus der Kutsche zurück und springe wieder auf den Boden. Unser Halt mitten auf der Straße hat dafür gesorgt, dass wir von überall neugierig beäugt werden, während sich ringsum dunkle Silhouetten sammeln.

«Steigt wieder auf Euer Pferd!», befiehlt Digby nachdrücklich.

«Eine Sekunde.» Ich sehe ihn nicht an, bin zu sehr damit beschäftigt, meinen Blick suchend über die Straße schweifen zu lassen.

Da. Auf der anderen Straßenseite hat sich eine Gruppe von ihnen an einem Brunnen zusammengekauert. Löchrige Eimer und gerissene Seile liegen um die jämmerliche Wasserquelle verstreut.

Ich gehe hinüber. Einige Wachen schimpfen, während die Sättel in den anderen Kutschen wissen wollen, warum wir angehalten haben. Ich höre das unverwechselbare Geräusch von jemandem, der von seinem Pferd springt, um mir mit entschlossenen, sicheren Schritten zu folgen.

Aber ich halte nicht an, gehe direkt auf die Gruppe Kinder zu. Sie sind sehr schreckhaft. Sobald sie mich kommen sehen, huschen zwei von ihnen davon und verschwinden in der Dunkelheit. Vielleicht liegt es auch an der Wache hinter mir. Doch die kleinste Gestalt, ein Mädchen von vielleicht vier Jahren, läuft nicht weg. Sie bleibt ganz vorne stehen und beobachtet, wie ich mich vor ihr hinknie.

Insgesamt sind es zwölf Kinder – die beiden nicht mitgerechnet, die geflohen sind –, und alle sind zu dünn, zu schmutzig. Und ihre Augen ... ihre Augen wirken zu alt für ihre wenigen Lebensjahre. Ihre Schultern hängen auf eine Weise herab, wie es bei Kindern niemals der Fall sein sollte.

«Wie heißt du?»

Sie antwortet mir nicht. Doch ihr Blick huscht über mein Gesicht, als könnte sie das Schimmern meiner Haut unter der Kapuze sehen.

«Bist du eine Prinzessin?», fragt ein älteres Mädchen.

Ich schüttele lächelnd den Kopf. «Nein. Du vielleicht?»

Die Kinder schnauben abfällig und tauschen Blicke. «Prinzessinnen leben nicht in den Baracken.»

Ich schenke ihr ein verschwörerisches Lächeln und schiebe meine Kapuze nach hinten. «Prinzessinnen, die im Verborgenen leben, tun das vielleicht doch.»

Ein Haufen Kinder starrt mich mit offenen Mündern an. «Du bist das goldene Mädchen! Das goldene Mädchen, das der König hat.»

Ich will gerade antworten, als Digby sich zwischen uns schiebt, sämtliche Muskeln angespannt. «Zeit zum Aufbruch.»

Ich nicke und stehe auf. Doch zuvor versenke ich meine Hand in der Samtbörse. «Na gut, meine geheimen Prinzen und Prinzessinnen. Streckt die Hände aus.»

Sie merken, was ich vorhabe. Alle strecken mir eifrig die offenen Handflächen entgegen, drängeln sich dabei gegenseitig zur Seite. «Nicht schubsen», sage ich mahnend.

Nacheinander lege ich in jede Hand eine Münze. Sie laufen davon, kaum dass ihre dreckigen Finger sich darum geschlossen haben. Das überrascht mich nicht und verletzt mich auch nicht. Wenn man auf der Straße lebt, hält man sich nicht lange auf. Besonders nicht, wenn man Geld oder etwas zum Essen in den Händen hält. Schließlich braucht es nur eine Begegnung mit jemandem, der größer oder gemeiner ist, um alles zu verlieren.

Als ich zu dem stummen, kleinen Mädchen in der ersten Reihe komme, drücke ich ihr die Börse in die Hand, in der sich noch drei Münzen befinden. Ihre Augen werden groß. Als wüsste ihr Körper, was das bedeuten könnte, knurrt ihr Magen in diesem Moment laut genug, um den streunenden Hunden Konkurrenz zu machen.

Ich lege einen Finger auf die Lippen. «Eine zum Ausgeben, eine zum Verstecken und eine zum Verschenken», flüstere ich.

Ein Risiko. Es ist ein Risiko, ihr so viel Geld zu geben. Zur Hölle, es ist riskant, diesen Kindern überhaupt etwas zu geben. Aber ich muss darauf hoffen, dass sie gerissen genug ist. Klug genug, um auf sich aufzupassen. Das Mädchen nickt mir ernst zu, dann dreht es sich um und rennt davon, so schnell sie ihre kleinen Füße tragen. Braves Kind.

«In die Kutsche. Sofort.»

Ich richte mich auf und wende mich meinem Wächter zu. Digby trägt seine Wut im Gesicht, wie andere Leute einen Mantel tragen – schwer und dunkel. Ich öffne den Mund, um ihn aufzuziehen oder einen cleveren Kommentar abzugeben – und schließe ihn abrupt wieder. Erst jetzt bemerke ich, dass sämtliche Wachen ihre Schwerter gezogen haben und die Leute in Schach halten, die sich nun auf der Straße sammeln. Sie haben beobachtet, wie ich ganz offen goldene Münzen verteilt habe, genug Geld, um dafür zu kämpfen. Und dafür zu töten.

Die zerlumpten, hungrigen, verzweifelt wirkenden Männer und Frauen wagen es, näher heranzudrängen. Die Blicke huschen über die vergoldeten Beschläge der Kutschen, die prachtvollen Rüstungen der Wachen – wahrscheinlich malen sie sich aus, wie viel sie von einem einzigen Stück kaufen könnten.

Und dann fallen ihre Blicke auf mich. Auf mein Haar, mein Gesicht. Zu spät wird mir klar, dass ich die Kapuze nicht wieder aufgesetzt habe.

«Die Favoritin des Königs!»

«Das ist die goldgeküsste Frau.»

«Midas' vergoldete Hure!»

Sie kommen immer näher, obwohl die Wachen Warnungen rufen. Schuldgefühle und Sorge vermischen sich in meiner Magengrube. Dumm. Das war einfach nur dumm.

Anspannung knistert in der Luft, als könnten die Leute gleich nicht mehr an sich halten – und sich entscheiden, das Risiko einzugehen und die bewaffneten Soldaten anzugreifen. Für die Chance, einen Anteil von Midas' Gold zu erringen.

Digby packt mich am Arm und stößt mich leicht an. «Los!»

Eilig folge ich Digbys Befehl und laufe zur Kutsche. Hinter mir wird das Stimmengemurmel lauter und lauter, und die Leute drängen noch dichter heran.

Und dann, kurz bevor ich die Kutsche erreiche, springt einer von ihnen vor und stürmt auf mich zu! Ich kreische auf, und er schreit mir ins Gesicht, dass er etwas von meinem goldenen Haar haben will, die Hände ausgestreckt wie die Krallen eines Falken, der seine Beute packt.

Digby ist sofort da, schiebt sich zwischen mich und den rasenden Mann. Er rammt ihm geschickt die Schulter in den Bauch, schleudert den Mann in eine halb gefrorene Pfütze.

«Alle zurück!», grollt Digby und zeigt mit der Schwertspitze warnend in die Menge. Die herandrängenden Menschen halten inne, doch sie gehen nicht fort, verstreuen sich nicht.

Kaum bin ich in die Kutsche geklettert, schlägt Digby auch schon die Tür hinter mir zu. Sofort setzt sich das Gefährt ruckelnd in Bewegung, inmitten der gebrüllten Befehle und Drohungen der Wachen.

Ich zucke zusammen, als draußen ein Kampf ausbricht. Ich höre, wie Fäuste auf Fleisch treffen. Im Vorbeifahren werfen mir die Leute Beleidigungen hinterher, spucken in Richtung der Kutschen, verfluchen den König.

Ich habe zu viel Angst, um aus dem Fenster zu schauen. Also sitze ich steif auf den Kissen und verfluche mich selbst für meine Dummheit.

Ich weiß, wie unklug es ist, in einem Armenviertel Reichtum zur Schau zu stellen. Aber der Anblick dieser Kinder ... Es war, als schaute ich in meine eigene Vergangenheit. Ich konnte einfach nicht klar denken.

Als die Schreie lauter werden, bewegen die Pferde sich schneller, so schnell, wie es auf der schlammigen Straße eben möglich ist. Ich bete, dass niemand uns angreift, flehe immer wieder stumm die Sternengöttinnen an, die Menge zurückzuhalten.

Nicht, weil ich um mein eigenes Leben fürchte. Und ganz gewiss nicht, weil sie mir etwas stehlen könnten. Sondern weil ich nicht will, dass die Wachen gezwungen sind, diese Menschen zu verletzen. Die Leute hier haben schon genug ertragen.

Solche Art von Armut ist wie eine Wunde. Eine Wunde, die König Midas hat schwären lassen. Es ist nicht ihre Schuld, dass sie verzweifelt sind; dass sie für die Aussicht auf eine Mahlzeit, eine Decke, eine Arznei einen Raubüberfall erwägen müssen. Hier geht es ums nackte Überleben. Und wir alle, jeder Einzelne von uns, würde an ihrer Stelle dasselbe tun, getrieben von verzweifelter Hoffnung: «Was wäre, wenn ...»

Aber glücklicherweise greifen sie nicht an. Glücklicherweise stecken die Wachen ihre Schwerter wieder in die Scheiden. Doch ich empfinde keine Erleichterung. Nur Schuld. Schuld, weil ich vor den Nasen der Verhungernden mit dieser Karotte gewedelt habe, um sie dann wieder verschwinden zu lassen.

Die goldene Burg, die sich in der Ferne auf ihrem Berg erhebt, muss ein beständiger Stachel in ihrem Fleisch sein.

Eine allgegenwärtige Erinnerung an ein Ziel, das sie niemals erreichen können.

Ich wünschte, die Sonne würde schneller aufgehen. Ich wünschte, in meiner Börse wären mehr Münzen gewesen. Wünschte, ich hätte die Straße mit Gold fluten können. Hilflosigkeit drückt mich nieder, während unsere Reisegesellschaft ohne weitere Vorfälle weiter durch die Nacht zieht, bis die letzten verfallenen Gebäude zurückbleiben, die letzten ausgezehrten Gesichter aus dem Blickfeld verschwunden sind.

Eine traurige, bittere Erkenntnis ergreift Besitz von mir. Denn wenn selbst die Stadt des goldenen Königs so arm ist – welche Hoffnung besteht dann für den Rest von Orea?

KAPITEL 18

Ich hatte gedacht, dass uns kein schlimmerer Anblick als die heruntergekommenen Baracken auf der Reise erwarten könnte.

Und ich habe mich geirrt.

Als wir uns der Stadtgrenze nähern, kneife ich die Augen zusammen und versuche, in die Ferne zu spähen, vorbei an den flackernden Fackeln eines befestigten Außenpostens.

«Was ...?» Die Frage bleibt mir im Halse stecken, während die Kutsche stoppt und draußen Rufe ertönen.

Ich sehe, wie Digby von seinem Pferd steigt und nach vorne marschiert. Sofort öffne ich die Kutschentür und steige aus, den Blick immer noch auf diese Umrisse vor uns gerichtet, die ich nicht genau erkennen kann.

Ich komme an den anderen Kutschen mit Midas' königlichen Sätteln vorbei. Der attraktive Mann – Rosh – schaut stirnrunzelnd aus dem Fenster. «Riechst du das auch?», fragt er jemanden im Innenraum. Die Antwort höre ich nicht.

Segl schließt zu mir auf, während ich weitergehe. Ich sehe, wie eine große Gruppe unserer Wachen mit den Soldaten des Außenpostens spricht. Der Stützpunkt selbst ist ein einfacher Wachturm an einer Mauer, die sich bis hinauf zum Berghang zieht. Ein Durchlass, an dem jeder kontrolliert werden kann, der die Stadt betreten will.

Ich gehe näher heran, doch Segl sagt mahnend: «Wir sollten hier warten.»

«Was … was ist das?», frage ich und versuche erneut, an den Soldaten vorbeizuspähen, zu den schemenhaften Umrissen, die ich hinter den Fackeln erahnen kann. Von hier aus kann ich nicht viel erkennen, doch etwas treibt mich voran; drängt mich, genauer hinzuschauen.

Ich schiebe mich an den Pferden vorbei, Segl an meiner Seite. Er will auf keinen Fall, dass ich weitergehe, das merke ich ihm an. Doch ich kann einfach nicht umkehren; nicht mit diesem unangenehmen Gefühl in der Magengrube, das sich wie eine üble Vorahnung anfühlt.

Der Geruch trifft mich, als ich nur noch fünf Meter entfernt bin. Und auch Segl erwischt es voll, er strauchelt kurz und muss würgen.

Ich beiße mir auf die Zunge und gehe weiter. Sobald ich die versammelten Soldaten erreicht habe, kann ich es endlich erkennen; nur widerwillig setzt mein Geist zusammen, was meine Augen und Nase mir mitteilen.

Dort vor uns, im Angesicht der Stadtmauer von Niederläuten, hängt ein Dutzend Leichen, angebunden an die Äste knorriger, wettergezeichneter Bäume.

Die Körper sehen … falsch aus. Widernatürlich.

Es sind nicht einfach nur Leichen. Keine vergoldeten Köpfe auf Spießen, die Gesetzesbrecher vor Midas' Zorn warnen sollen. Nein, diese Leichen hier sind … sie sind …

«Verrottet», sagt Segl grimmig neben mir, als hätte er meine Gedanken gehört. «Daher stammt der Gestank. Wir bekommen diese kleinen *Geschenke* von König Fäule schon seit einer Woche.»

Mein Mund ist trocken, jede Feuchtigkeit vertrieben vom Anblick der vergammelten Haut. An manchen Stellen schimmeln die Körper, als hätte König Ravinger seine Macht eingesetzt, um sie wie alte Früchte verfaulen zu lassen. Grüne, weiße und schwarze Flecken pelzigen

Schimmels wuchern auf ihren tödlichen Wunden wie ein makabres Federkleid.

Andere Teile der Körper sind braun und vertrocknet, als hätten sie zu lange in der Sonne gelegen. Und der Rest ... ist einfach weg. Als wären diese Teile vollständig verrottet; hätten sich aufgelöst, bis nichts mehr zurückbleibt außer winzigen Hautfetzen und Knochenstaub.

Galle brennt in meiner Kehle, und ich schlage mir die Hand vor Mund und Nase. Ich muss Segl nicht fragen, um wen es sich bei den Toten handelt. Ich erkenne die purpurfarbenen Embleme auf den Rüstungen. Es sind König Fulkes Soldaten.

«Er hat sie hierhergeschickt und auch ins Fünfte Königreich», erklärt Segl grimmig, während Digby und die anderen immer noch miteinander reden, nur wenige Schritte von den verwesten Leichen entfernt.

«Warum?»

Segl zuckt mit den Achseln. «Als Botschaft, nehme ich an. König Fäule will uns wissen lassen, dass er sauer ist. Und dass Fulkes Männer keine Chance hatten.»

«Aber warum schickt er sie hierher?», frage ich. «Es war nicht König Midas' Armee, die ihn angegriffen hat.» Das lag natürlich nur an Midas' Verrat – aber es bleibt eine Tatsache.

Segl zuckt mit den Achseln. «Er muss wissen, dass König Midas Fulkes Verbündeter war ... und dass er jetzt auf dem Thron des Fünften sitzt. Ich glaube nicht, dass König Fäule glücklich über diese Entwicklung ist.»

Plötzlich fühle ich mich elend. Ich mag mir nicht vorstellen, wie es wäre, König Ravingers Zorn aus erster Hand zu erleben. Er ist wütend genug, diese verrotteten Leichen hierherzuschicken, obwohl die Armee des Sechsten seine Grenzen nicht einmal angegriffen hat ... Was er dann erst täte, wenn er herausfände, dass allein Midas' Intrigen und Komplotte hinter der gescheiterten Invasion stehen!

Vor mir scheint Digby Befehle auszugeben. Ein paar Soldaten lösen sich aus der Gruppe. Einige gehen zu den Leichen, während die anderen auf ihre Posten zurückkehren.

Zusammen mit Segl beobachte ich, wie die Wachen die verwesten Körper abschneiden. Sie haben sich lederne Tücher vors Gesicht gebunden, um sich vor dem Gestank zu schützen. Eine größere Gruppe beginnt, ein großes Loch im Schnee auszuheben. Anschließend werden die Leichen eine nach der anderen hineingeworfen, bis auch der letzte Soldat seinen Platz gefunden hat – wie Samen, die in einem grausigen Garten gepflanzt werden.

Gemeinsam schaufeln die Soldaten Schnee über die Toten, bis nur noch eine kleine Erhebung ihr Grab markiert.

Sobald das erledigt ist, verweht der Rest des Gestanks. Zitternd ziehe ich den Mantel enger um mich – da dreht Digby sich um und entdeckt mich.

Ich versteife mich, als er auf mich zuhält. «Oh, oh. Jetzt kommt's», flüstere ich Segl zu.

Digby bleibt direkt vor mir stehen. Trotz der Kälte glänzt Schweiß auf seiner Stirn. Er mustert mich einen langen Moment, ohne etwas zu sagen. Ich muss mich zusammenreißen, dass ich mich unter seinem Starren nicht winde, während ich auf seine Predigt warte.

Ich weiß, dass ich in der Stadt mich und alle anderen in Gefahr gebracht habe. Ich weiß, dass ich dumm und unbesonnen gehandelt habe. Ich weiß, dass mein impulsiver Entschluss, Geld zu verteilen, eine schreckliche Kettenreaktion hätte auslösen können. Doch daran habe ich in der Situation einfach nicht gedacht. Ich wollte nur helfen. Wollte das Leben dieser Kinder etwas weniger trostlos machen, und sei es nur für einen kurzen Augenblick.

Digbys Blick wandert über mein Gesicht. Dann entspannt sich seine Miene, und er seufzt. «Bleibt das nächste Mal einfach in der Kutsche.»

Mehr sagt er nicht. Dann wendet er sich um und stapft wieder zu den Männern zurück, um Befehle für den Aufbruch zu bellen.

Ich atme erleichtert aus, und sofort bildet sich eine kleine Wolke vor meinem Mund. Segl stupst mich an. «Das war doch gar nicht so schlimm, oder?»

Leise lachend schüttele ich den Kopf und folge ihm langsam zurück zu meiner Kutsche. «Nein. Ich bin glimpflich davongekommen.»

Midas hätte mich angeschrien, wenn ich in seiner Gegenwart etwas so Gefährliches gewagt hätte.

Als wir meine Kutsche erreichen, hält mir Segl die Tür auf. «Nun ... Falls es Euch etwas bedeutet: Ich finde gut, was Ihr in der Stadt getan habt.»

Ich starre ihn überrascht an, doch er zuckt nur scheu mit den Achseln. Vielleicht haben ihn seine eigenen Worte verlegen gemacht, vielleicht auch meine Aufmerksamkeit. «Es war riskant und unüberlegt, aber es hat auch gezeigt, dass die Menschen Euch wichtig sind. Dass Ihr hingeschaut und das Leid gesehen habt. Niemand sonst dürfte jemals für diese Kinder angehalten haben», erklärt er mir, und sein Tonfall verrät mir alles, was ich wissen muss, über ihn und seine Herkunft.

Trauer steigt in mir auf, und ich schenke ihm ein schwaches Lächeln. «Du hättest es getan, Segl», erwidere ich. «Du hättest auch angehalten.»

Und obwohl ich ihn gerade erst kennengelernt habe, weiß ich das mit absoluter Gewissheit. Denn dieser Soldat aus den Elendsvierteln unterscheidet sich gar nicht so sehr von mir.

Segl senkt den Kopf. Ich schenke ihm noch ein Lächeln, bevor ich in die Kutsche steige und die Tür hinter mir geschlossen wird. Zumindest weiß ich nun, dass es für jeden König Fäule dort draußen als Ausgleich auch jemanden wie Segl gibt.

Wir reisen noch ein paar Stunden weiter, bis Digby schließlich einen Halt befiehlt, etwa eine Stunde vor der Morgendämmerung. Inzwischen haben wir die Stadtmauern weit hinter uns gelassen. Vor uns erstreckt sich eine endlose, weiße Schneefläche. Die Bergkette liegt in unserem Rücken, die goldene Burg ist schon nicht mehr zu sehen.

Direkt neben dem Lagerfeuer wird ein Zelt mit dicken Lederwänden für mich aufgebaut, sein Boden ist mit Pelzen bedeckt. Segl steht draußen Wache und zwinkert mir zu, als ich hineinschlüpfe. Ich schaffe es gerade noch, meinen Reiseproviant zu essen, ehe ich in meine Bettrolle krieche.

Als die Nacht sich zurückzieht und die Sonne langsam aufgeht, liege ich sicher unter den goldenen Decken, meine Bänder um mich geschlungen. Meine Beine und mein Rücken tun vom Reiten weh, doch das ist nichts im Vergleich zu dem quälenden Anblick dieser verrotteten Körper an ihren Pfählen oder der erdrückenden Armut in Niederläuten.

Aber ... ich bin draußen. Ich bewege mich, statt im Käfig zu verharren. Ich bin draußen in der Welt und umarme sie ganz, verkrieche mich nicht länger vor ihr. Das ist immerhin etwas.

Ich weiß nicht, was ich tun werde, wenn wir das Fünfte Königreich erreichen. Weiß nicht, was mich erwartet. Es ist erst eine Nacht vergangen, und ich bin bereits auf herzzerreißendes Elend und widerliche Grausamkeit gestoßen.

Aber es geht mir gut – auch ohne die Sicherheit meines Käfigs. Die Welt zerstört mich nicht, bricht nicht meinen Geist.

Für den Moment geht es mir gut.

KAPITEL 19

Verdammt und zur Hölle damit», zische ich leise und packe die Zügel fester, um mich im Sattel zu halten.

Ich reite noch nicht einmal besonders lange – höchstens eine halbe Stunde. Die Nacht ist dunkel und trüb, als würde die Luft uns mit gefrorenen Nebelfetzen umhüllen, während wir durch die eisige Landschaft reisen.

Ich habe den ganzen Tag geschlafen wie eine Tote, also sollte ich gut ausgeruht sein. Aber stattdessen fühle ich mich müde und ausgelaugt, wie ein ausgewrungenes Handtuch.

Ich beiße die Zähne zusammen, während meine Schenkel zittern. Die Innenseiten meiner Beine fühlen sich an wie eine einzige große Prellung, und zudem habe ich auch außen blaue Flecken. Jedes Mal, wenn Knusper einen Schritt macht, verziehe ich das Gesicht. Mein gesamter Körper ist wund.

Die letzten sieben Tage waren strapaziös. Obwohl sich das Wetter überwiegend gehalten hat, ist es trotzdem nicht einfach, Nacht für Nacht durch die tote, gnadenlose Kälte des Sechsten Königreichs zu reisen.

Jede Nacht habe ich mühevoll ein bisschen mehr wieder gelernt, wie man ein Pferd reitet. Und meine Muskeln hassen mich dafür. Ich kann nur für ein paar Stunden im Sattel sitzen, bevor ich regelrecht von Knusper herunterfalle und zurück in meine Kutsche stolpern muss.

Aber ich mag es nicht, in dem Gefährt eingesperrt zu sein, also bemühe ich mich, durchzuhalten. Ich zwinge mich, im Sattel zu sitzen, zu reiten, die Belastung zu ertragen, weil ich dafür draußen sein und die frische Luft genießen darf. Und ich kann mich mit Segl unterhalten, der immer gerne an meiner Seite reitet und mir mit einem netten Lächeln Geschichten erzählt.

Es ist schön – schöner, als ich es in Worte fassen kann –, einen Freund zu haben. Frei zu sein von den Beschränkungen eines Käfigs. Selbst wenn ich mir hier draußen den Hintern abfriere.

Heute Nacht allerdings protestieren mein Rücken und meine Oberschenkel früher als gewöhnlich und drohen zu kapitulieren. Unglücklicherweise ist mein Magen ebenfalls nicht zufrieden. Das Trockenfleisch, das ich heute nach dem Aufstehen gegessen habe, hat nicht ausgereicht, ich bin bereits wieder hungrig. Das dürfte heute eine lange Nacht werden.

«Geht es Euch gut?», fragt Segl mit einem Grinsen. Die hellen Haare an seinem Kinn sind nach einer Woche auf der Straße länger geworden, wachsen aber immer noch ungleichmäßig. Doch bei ihm wirkt das aus irgendeinem Grund charmant.

«Prima», lüge ich durch die zusammengebissenen Zähne, bevor ich erneut im Sattel herumrutsche, um meinen Rücken und meine Beine zu entlasten. Allerdings scheine ich damit nur Knusper zu irritieren. Ich beuge mich herab und streichle sein weißes Fell mit meiner behandschuhten Hand. «Tut mir leid, mein Junge.»

«Hat mich Monate gekostet, bis ich mich im Sattel halten konnte», erklärt Segl neben mir. Sein eigenes Pferd ist eine wunderschöne, ruhige Stute. Ihr weißes Fell ist von braunen Strähnen durchzogen.

«Ach, wirklich? Ich bin mir sicher, deine Ausbilder fanden das toll», meine ich feixend.

Segl grinst schief. «Jedes Mal, wenn ich von dem verdammten Vieh gefallen bin, haben sie mich die Ställe ausmisten lassen. Und Pferdescheiße aus einem gefrorenen Stall zu schaufeln, ist genauso schlimm, wie es klingt.»

«Da hattest du richtig Glück, was?»

«Nun, wir hatten keine Pferde in den Baracken», antwortet er ganz ohne Bitterkeit. Es ist einfach ein Fakt.

«Kann ich mir vorstellen.»

«Aber ich musste nur aufhören, solche Angst vor den Viechern zu haben. Dann bin ich nicht mehr in Panik verfallen und wurde auch nicht mehr abgeworfen.» Er streichelt seinem Pferd über den Hals, eine freundliche Berührung, die ein Schnauben auslöst. «Und jetzt sitze ich recht gut im Sattel, nicht wahr, meine Schöne?», flötet er zu seiner Stute gebeugt.

Ich lache schnaubend. «Wenn dein Ausbilder dich jetzt nur sehen könnte.»

Segl lächelt mir zu und setzt sich wieder aufrecht hin. «Was ist mit Euch?», fragt er mit einem Nicken in meine Richtung. «Seid Ihr je abgeworfen worden oder habt Ställe ausgemistet?»

«Glücklicherweise nein. Aber man sollte niemals nie sagen, nicht wahr?»

«Ich glaube kaum, dass die Favoritin des Königs in absehbarer Zeit eine Schaufel schwingen muss», meint er grinsend.

Er wäre überrascht über die Dinge, die ich in meinem Leben schon getan habe; die ich tun musste. Aber davon sage ich nichts – aus denselben Gründen, warum ich ihm nicht erzähle, wie ich in jüngeren Jahren Reiten gelernt habe. Oder wer es mir beigebracht hat.

Beim Weiterreiten werfe ich Segl immer wieder Seitenblicke zu.

Es ist seltsam, einen Freund zu haben.

Mir wird klar, dass es vor allem *das* war, wonach ich mich gesehnt habe, noch mehr als nach Bewegung im Freien, mehr als nach Veränderung ... nach einer Beziehung zu einer anderen Person. Eine Beziehung, die kein Bündnis wegen gemeinsamer Ziele ist; keine Nähe, die durch Politik, Gesellschaft oder schlichtweg Lust getrieben wird. Sondern einfach nur Freundschaft. Zwei Leute, die gerne miteinander sprechen, die sich von ihrem Leben erzählen und zusammen lachen und höchstens zum Spaß Komplotte schmieden.

Ich frage mich, wie mein Leben wohl aussehen würde, wenn ich jemanden wie Segl lieben würde. Ich stelle es mir einfach vor, mich auf jemanden einzulassen, der so freundlich und direkt ist wie er. In einem anderen Leben vielleicht. In einem anderen Körper.

«Heute Nacht ist es kälter», murmelt Segl. Seine Bemerkung reißt mich aus meinen Gedanken, und ich schrecke hoch.

«Stimmt», gebe ich ihm recht und spüre zugleich den Griff der Kälte.

Nachts zu reisen, ist gewöhnungsbedürftig. Zu Beginn der Reise wirkte jeder Schatten in der Ferne unheimlich und beängstigend. Aber ich habe gelernt, mich auf die Umrisse der Wachen vor mir zu konzentrieren, auf die schwankenden Laternen an den Kutschen.

Die Landschaft hat sich nicht besonders verändert, seit wir Niederläuten verlassen haben. Schneebedeckte Hügel und hoch aufragende Felsen, so weit das Auge reicht. Wir haben die letzten Dörfer schon vor Tagen hinter uns gelassen. Bisher hat sich das Wetter größtenteils gehalten, es gab nur leichte Schneefälle und hin und wieder etwas Graupel.

Unter mir ruckelt es etwas, als Knusper einen Felsbrocken umrundet. Ich presse die Schenkel enger an seinen Körper, um nicht abzurutschen, und schnappe sofort schmerzerfüllt nach Luft. Wund. Meine Schenkel sind so verdammt wund!

«Ab in die Kutsche.»

Ich schaue mich nach der barschen Stimme um und stelle fest, dass Digby zu uns aufgeschlossen hat. Er wechselt im Verlauf der Nacht immer wieder die Position. Mal ist er vorne, mal ganz hinten und dann wieder in der Mitte. Er hält die Augen offen und ist überall zugleich, kümmert sich um alles und jeden, stellt sicher, dass wir uns in einem guten Tempo bewegen, in die richtige Richtung reisen, dass alle sicher reiten und wachsam bleiben.

«Noch nicht», sage ich und lächele, um mein schmerzhaft verzerrtes Gesicht zu verbergen.

Er schüttelt den Kopf und murmelt etwas in seinen Bart.

«Ein Sturm zieht auf», sagt Segl plötzlich, und ich wende mich ihm wieder zu.

«Glaubst du?», frage ich mit einem Blick zum Himmel. Ich sehe nur Wolken, die über einen dämmrig beleuchteten Himmel ziehen, als versuche der Mond durchzubrechen und schaffe es einfach nicht. Ehrlich gesagt: Der Anblick unterscheidet sich nicht von allen anderen Nächten.

Segl tippt sich an die Nase. «Ich kann einen guten Sturm im Voraus riechen. Ist eine Gabe.»

Ich brumme. «Und wie genau riecht ein guter Sturm?»

«Wie eine gefrorene Hölle.»

Belustigt schnaube ich. «Das klingt jetzt ein bisschen dramatisch, findest du nicht? Und außerdem sehen die Wolken immer so aus.»

Aber Segl schüttelt nur den Kopf. «Wartet es nur ab. Ich glaube, das wird übel.»

«Sollen wir wetten?»

Segl nickt enthusiastisch, aber Digby mischt sich ein. «Nein.»

Ich fahre zu ihm herum. «Was? Warum nicht?»

«Keine Wetten mit der Favoritin des Königs», sagt Digby und fixiert Segl an mir vorbei mit dem Blick.

Ich runzele die Stirn. «Das macht aber Spaß.»

Digby zuckt nur mit den Achseln. «Auch kein Spaß mit der Favoritin des Königs.»

Ich kneife die Augen zusammen. «Jetzt bist du einfach nur gemein.»

Digby wirft mir einen leidgeprüften Blick zu. Dann schnalzt er mit der Zunge und treibt sein Pferd an uns vorbei.

«Keine Sorge, Milady», meint Segl. «In diesem Fall hat er Euch einen Gefallen getan. Denn diese Wette hättet Ihr garantiert verloren.»

Ich lache und schaue noch einmal zum Himmel. «Das ist leicht gesagt, wenn du weißt, dass es um nichts geht.»

Er wackelt mit den hellen Augenbrauen. «Wollen wir also doch wetten?»

Ich will gerade antworten, als eine Frauenstimme sich einmischt. «Ein bisschen kindisch, findet ihr nicht auch?»

Beim Klang von Pollys Stimme verspanne ich mich. Die Kutsche mit den Sätteln fährt schräg vor uns. Momentan hängt Pollys Arm aus dem Fenster. Ihr blonder Kopf ruht auf ihrer Armbeuge, und sie mustert mich voller Herablassung.

Ich hatte darauf gehofft, dass die anderen Sättel sich auf der gemeinsamen Reise vielleicht etwas für mich erwärmen, dass wir die Kluft zwischen uns überbrücken können. Aber das ist nicht geschehen. Wir halten noch immer überwiegend Abstand zueinander. Ich habe höchstens mal kurze Blicke auf die anderen erhascht. Sie bleiben in ihren Kutschen oder ihren Gemeinschaftszelten, und ich bleibe für mich. Keiner von ihnen lässt sich dazu herab, mit mir zu reden.

Außer Polly.

Aber eigentlich redet sie nicht mit mir, sondern zeigt nur offen ihre Abneigung.

«Ich bin mir ziemlich sicher, dass Wetten die zweitliebste Beschäftigung der Männer in diesem Königreich ist, und sie würden das nicht *kindisch* nennen», antworte ich.

«Die zweitliebste?», wiederholt Segl. «Was ist dann ihre Lieblingsbeschäftigung?»

Ich lächele anzüglich. «Zeit mit einem Sattel verbringen.»

Segl lacht scheu, aber Pollys Schnauben ruiniert alles. «Was verstehst *du* schon davon? Der König reitet dich nie, wenn er nach uns ruft. Du bist nicht mal ein richtiger königlicher Sattel. Er lässt dich nur zuschauen. Eigentlich ist das ziemlich traurig. Du bist nur eine Trophäe. Heißblütige Männer wollen kein kaltes Miststück aus Metall in ihrem Bett.»

Tiefe Scham erfüllt mich. Meine bisherige gute Laune verbrennt im scheußlichen Feuer der Erniedrigung. Es ist eine Sache, Midas dabei zuschauen zu müssen, wie er mit den anderen schläft. Aber dass sie mir diese Tatsache genüsslich vorhält, in Gegenwart von Segl und der anderen Wachen ...

Polly lächelt mich an, offenbar sehr zufrieden mit sich selbst. «Keine Sorge. Ich werde mich darum kümmern, dass König Midas stets befriedigt ist.»

Segl wirft mir einen mitfühlenden Blick zu, doch das macht alles nur noch schlimmer. Ich ramme Knusper die Fersen in die Seite, um ihn anzutreiben, fliehe, ohne eine

Ausrede dafür vorzubringen. Das hätte ohnehin keinen Sinn.

Ich sehe Polly nicht an, als ich mit zusammengebissenen Zähnen und glühenden Wangen ihre Kutsche passiere. Mit verkrampften Händen lenke ich Knusper zwischen die Wachen; strebe an ihnen vorbei, ohne darauf zu achten, dass ich ihre Pferde abdränge.

Abstand. Ich brauche einfach Abstand.

Ich überhole Pferd für Pferd, werde nicht langsamer, bis ich fast die Spitze der Karawane erreicht habe, weit weg von Polly und ihrer gemeinen Lästerzunge. Als könnte ich vor meiner eigenen Enttäuschung davonlaufen. Als könnte ich meinem Schmerz, meiner Scham, meinen finsteren Gedanken entgehen, die jedes Mal herandrängen, wenn ich die Augen zum Schlafen zumache.

Eines Tages werden sich diese quälenden Gedanken nicht mehr ignorieren lassen. Sie werden mich einholen. Werden mir entgleiten und sich weigern, noch länger unter einem tränenfeuchten Kissen oder in den Sprüngen eines zersplitterten Spiegels verborgen zu bleiben.

Früher oder später werden all diese aufwühlenden Gedanken und die ständige Bitterkeit aus mir hervorquellen und fordern, dass ich mich ihnen stelle.

Aber nicht heute Nacht.

Noch nicht.

Kapitel 20

Ich lasse Knusper wieder in einen langsamen Trab fallen. Meine letzte Hoffnung, Anschluss an die anderen Sättel zu finden, erlischt flackernd wie ein feuchter Kerzendocht.

Es wird Zeit, diese Tatsache zu akzeptieren und mich stattdessen darüber zu freuen, dass ich zumindest *einen* Freund in dieser Reisegesellschaft habe. Einen Freund und einen barschen Beschützer, der einen König getötet hat, um mich zu retten. Das ist mehr, als ich je erwartet hätte.

Nachdem ich ein paar Minuten schweigend vor mich hin gebrütet habe, schließt Segl zu mir auf, wie ich es erwartet hatte. «Ignoriert Polly. Sie ist nur eifersüchtig.»

Ich schenke ihm einen ironischen Seitenblick, gebe vor, ich wäre nicht verletzt und es würde mich gar nicht kümmern. «Sie ignorieren. So wie *du* gestern Frilly ignoriert hast?»

Seine Wangen röten sich, und er starrt nach vorne. «Was? Nein, da ist nichts passiert. Sie brauchte nur eine zusätzliche Decke, das war alles.»

«Entspann dich. Ich ziehe dich nur auf.»

Segl sieht sich um, als befürchte er, jemand könnte uns hören und etwas anderes glauben als die unschuldige Wahrheit. Ich verstehe seine Sorge, denn königliche Sättel sind genau das – für die Könige bestimmt. Sie dürfen mit niemand anderem zusammen sein. Und selbst das leiseste Gerücht könnte Frilly und Segl vernichten – was ich nicht zulassen werde.

«Gibt es irgendwelche Mädchen, die zu Hause sehnsüchtig auf dich warten?», frage ich, weil ich mehr über sein Leben außerhalb der Armee wissen will. Über seinen Alltag, wenn er keine Rüstung und kein Schwert an der Seite trägt.

Segl lächelt wieder auf diese jungenhaft charmante Art und lehnt sich leicht zu mir. «Nur ein paar», witzelt er. «Drei oder vier. Aber sie verzehren sich bei Weitem nicht so sehr nach mir, wie ich es gerne hätte.»

Ich kichere. «Ach, wirklich? Nun, ich hoffe, du bist nett zu ihnen.»

«Ich bin sehr nett zu ihnen. Dieser Junge aus den Baracken hat durchaus einige Tricks auf Lager.»

Mir entfährt ein weiteres Lachen. «Willst du mir deine Tricks verraten?»

Segl öffnet den Mund, doch in diesem Moment erscheint wieder Digby mit grimmiger Miene auf meiner anderen Seite. «Du wirst der Favoritin des Königs keine Tricks verraten», blafft er genervt. «Willst du, dass König Midas dir den Kopf abschlägt und in Gold verwandelt, Junge?»

Segl wird bleich, dann schüttelt er den Kopf. «Nein, Sir.»

Mit einem Seufzen sehe ich meinen stoischen, immer mürrischen Wächter an. «Sei kein solcher Spielverderber, Dig.»

«Ab in die Kutsche», antwortet er barsch.

«Nein, vielen Dank», entgegne ich freundlich.

Er seufzt angesichts meiner Sturheit, und ich lächele über seine Verärgerung. Es ist kein Trinkspiel, aber noch nie hatte ich solchen Spaß mit Digby. Und er redet mehr mit mir als jemals zuvor. Ich betrachte das als glorreichen Sieg.

Während unsere Gruppe weiterreist, unterhält Segl mich mit Geschichten darüber, wie es war, mit vier älteren Brüdern aufzuwachsen. Er lenkt mich damit so sehr ab, dass ich den Schmerz in meinen Schenkeln kaum noch spüre.

Die Wolken rollen über uns hinweg wie die Brecher einer aufgewühlten See, die eisige Gischt aufwirft. Die Pferde, die ganz vorne gehen, bahnen für den Rest von uns eine Spur durch den Schnee. Es ist schwierig und kraftraubend, die verharschte Decke aufzubrechen, selbst für unsere abgehärteten Pferde, also tauscht Digby die Reiter an der Spitze regelmäßig aus.

Im Verlauf der Nacht wird es immer eisiger, bis die Kälte sogar meine schmerzenden Beine betäubt. Der Wind frischt auf, und die Böen sind so brutal, dass Segl nicht einmal damit angibt, dass er in Bezug auf den Sturm recht hatte.

Bald schon stemmen sich alle gegen den Wind, die Körper tief über die Pferde gebeugt, die Gesichter und Köpfe mit Stoff umhüllt, um die schneidende Kälte abzuwehren.

Digby galoppiert an meine Seite. Sein schwerer Mantel weht hinter ihm. «Ab in die Kutsche», sagt er, und diesmal ist es ein Befehl.

Ich gebe mit einem Nicken nach. Es wäre wirklich dämlich, die Gelegenheit nicht auszunutzen, aus dieser windigen Eiseskälte zu entkommen. Der Himmel hängt wie eine dräuende Warnung über uns, ermahnt uns, uns vorzubereiten – bevor die Wolken freigeben, was auch immer sie in ihren Bäuchen verbergen. Und so gerne ich auch an der frischen Luft reite, möchte ich doch lieber nicht mitten in einen Blizzard geraten.

Mit Segl an meiner Seite lenke ich Knusper in Richtung meiner Kutsche. Ich springe von seinem Rücken und tätschele ihm den pelzigen Hintern.

Dann werfe ich Segl einen schuldbewussten Blick zu und deute auf die Kutsche. «Du bist dir sicher, dass du nicht ...»

Aber er schüttelt den Kopf. «Mir geht es gut. Wir Soldaten aus dem Sechsten sind ein zäher Haufen. Die Kälte bemerken wir nicht einmal», lügt er mit einem Augenzwinkern. Sein Atem bildet wabernde Wolken vor seinem Mund. «Nun steigt schon ein, bevor Ihr Euch noch verkühlt.»

Mein Kutscher hält gerade lange genug an, dass ich einsteigen und zitternd die Tür hinter mir zuziehen kann. Dann setzt sich die Kutsche auch schon ruckelnd wieder in Bewegung. Ich lasse mich auf den Sitz fallen, reibe mir die Beine und schüttele die Hände aus, um die Schmerzen in meinen Muskeln zu lindern und ein wenig Wärme zurück in meine Gliedmaßen zu zwingen.

Durch das Fenster beobachte ich im dämmrigen Licht des verhangenen Mondes und der schwankenden Laternen, wie das Wetter immer schlechter wird.

Es dauert keine Stunde, bis der Sturm mit Macht über uns hereinbricht. Die Winde heulen und wüten so heftig, dass die Fenster klirren und die Kutsche schwankt, als drohe sie umzustürzen. Ich rutsche auf die andere Seite der Sitzbank, um ein Gegengewicht zu bilden.

Dann prasselt der Hagel herunter. Eisklumpen hämmern auf das Dach wie das Trommeln von hundert Fäusten, so laut, dass ich das Klappern der Hufe und das Knirschen der Kutschenräder nicht mehr hören kann. Nichts scheint mehr zu existieren außer diesem Wolkenbruch aus gefrorenen Geschossen, die aus dem Himmel stürzen.

Während ich nach draußen starre, kaue ich an den Fingernägeln. Mir gefällt es gar nicht, dass die Wachen und die Pferde das durchstehen müssen. Es muss wehtun, diese Hagelkörner abzubekommen.

Ich bin erleichtert, als wir den Pfad verlassen und auf ein kleines Wäldchen zuhalten. Es sind zwar keine riesigen

Pechkiefern, doch die Bäume sind groß genug, um einen gewissen Schutz zu bieten – der Göttlichkeit sei Dank!

Ich dachte, wir hätten uns bisher schon langsam bewegt, doch jetzt geht es noch zehnmal langsamer voran. Mit dem Hagel und den schneidenden Böen brauchen wir fast eine Stunde, um den Waldrand zu erreichen.

Die vordersten Reiter tauchen gerade unter die Bäume ein, als meine Kutsche ins Schwanken gerät. Ich werde unsanft von der Bank geworfen, knalle gegen den Sitz gegenüber und stoße mir den Hinterkopf an der Wand an.

«Dreck», fluche ich und reibe mir den Hinterkopf, während ich versuche, wieder auf die Bank zu klettern. Die Kutsche holpert ein weiteres Mal, und wieder rutsche ich fast vom Sitz. Doch diesmal stütze ich mich an den Wänden ab und schaffe es, mich oben zu halten.

Das Gefährt hält an, vielleicht absichtlich, vielleicht wird es vom dichten Schnee aufgehalten. Dann ist Digby da. Er öffnet die Tür und mustert mich, um zu sehen, ob es mir gut geht.

«Alles in Ordnung», versichere ich ihm.

«Die Kutsche hat sich festgefahren», erklärt er und hält die Tür auf.

Ich klettere hinaus. Meine Füße sinken in den Schnee ein, er reicht mir fast bis zu den Knien.

«Alles gut?», ruft Segl, der gerade Knusper heranführt.

Ich kann nur nicken, weil der heulende Wind sowieso jedes Wort von meinen Lippen reißen würde. Mithilfe des Steigbügels hieve ich mich nach oben. Sobald ich sitze, ergreift Segl die Zügel und führt unsere Pferde durch die dicke Schneeschicht, sodass ihre schweren Hufe einen Pfad ins Weiß brechen.

Ich blinzele in den Wind. Ein Blick zurück verrät mir, dass auch die anderen Kutschen feststecken. Der Schnee, der hier fast einen Meter tief ist, gibt die Räder nicht mehr frei.

Wachen drängen sich um die Kutschen, rufen sich gegenseitig Anweisungen zu, während sie versuchen, die Pferde loszumachen und den Sätteln zu helfen. Dann führen sie alle zu der Deckung des Waldrandes.

Sobald Segl und ich die Bäume erreicht haben, sind wir vor dem Hagel geschützt. Natürlich finden vereinzelte Körner ihren Weg durch die Äste, aber bei Weitem nicht mehr so viele.

Die Wachen schlagen Holz und stapeln es auf, geben ihr Bestes, schnellstmöglich eine Feuerstelle einzurichten. Als sie versuchen, ein Lagerfeuer zu entzünden, steigt dichter Rauch auf; das feuchte Holz widersetzt sich den Flammen. Schließlich stapft Digby heran, so streng wie immer. Ein Schlag seines Feuersteins lässt Funken fliegen, die das Anfeuerholz auflodern lässt ... als wage es nicht, sich seinem Befehl zu widersetzen.

Segl führt Knusper zu den anderen Pferden, ich sitze noch immer im Sattel. Hier ist der Schnee weggeräumt worden, damit die Tiere sich ausruhen können. Ein Heuballen liegt für sie bereit.

Ich steige ab und mache mich daran, bei der Versorgung von Knusper zu helfen, aber Segl besteht darauf, dass ich mich hinsetze und aufwärme, während er sich um die Pferde kümmert. Er zeigt auf einen der gefällten Stämme direkt am Feuer, das langsam an Kraft gewinnt. Ich setze mich, erschöpft und zitternd. Selbst mein Knochenmark scheint steif gefroren zu sein. Die anderen Sättel kommen langsam heran und setzen sich auf die anderen Stämme rings ums Feuer. Sie schmiegen sich aneinander, um sich zu wärmen.

Ich beobachte, wie die Wachen Holz aufschichten und

Zelte aufbauen, Baumstämme herumwuchten und einen Windschutz aus Schnee anlegen. Keiner von ihnen steht auch nur für eine Sekunde still, während ich am schwachen Feuer zittere und meine bebenden Hände in den Handschuhen den Flammen entgegenstrecke.

Die Wachen stapeln leichte Ziegel neben dem Feuer. Sobald sie heiß geworden sind, wird man sie in die Schlafsäcke schieben, um uns die Füße zu wärmen.

Die Männer arbeiten zügig und effizient. Mich überrascht, wie schnell alles erledigt ist. Bald schon sind alle ums Feuer versammelt, und Zelte stehen in den Lücken zwischen den Bäumen.

Der Hagel prasselt herab. Eiskörner prallen von Rinde und Ästen ab, hinterlassen Wunden im Holz. Jeder Aufprall klingt wie eine kleine Explosion. Die Äste stöhnen unter dem Druck des Windes.

Es war nur eine Frage der Zeit, bis schließlich ein Sturm herangerollt kam. Wir können uns glücklich schätzen, dass uns überhaupt so viele milde Nächte vergönnt waren.

Links von mir entdecke ich Segl, damit beschäftigt, mein Zelt aufzubauen. Ich gehe zu ihm. Er befestigt gerade die Plane am Boden, um sie im Anschluss straff zu ziehen.

«Brauchst du Hilfe?», frage ich laut, um den Hagel zu übertönen.

Aber Digby tritt mit meinen zusammengerollten Pelzen im Arm an uns heran. «Nein. Ihr werdet nicht helfen.»

«Wir dienen Euch, Lady Auren. Nicht andersherum», erklärt mir Segl.

«Das ist gut. Ich habe nämlich keine Ahnung, wie man ein Zelt aufbaut», witzele ich und bringe Segl damit zum Lachen.

Sobald er das Ding aufgebaut hat, verteilen er und Digby eilig die Pelze darin und hängen eine Laterne auf, die Licht und ein wenig Wärme spendet, obwohl mein Zelt am dichtesten am Feuer steht.

Ich fühle mich wegen der Sonderbehandlung ein wenig schuldig – schließlich weiß ich, dass die Wachen und die anderen Sättel jeweils zu sechst oder siebt in einem Zelt schlafen müssen. Und ich habe eins ganz für mich allein … Aber zumindest können sie ihre Körperwärme teilen.

Ich atme meine Ration vom Reiseproviant quasi ein und schütte einen Becher gewärmten Wassers hinterher. Dann ziehe ich mich früh in mein Zelt zurück. Die Nacht wird noch einige Stunden dauern, doch so, wie der Sturm tobt, werden wir für eine ganze Weile nicht auf die Straße zurückkehren können.

Segl, der auf einem Baumstumpf neben der Zeltklappe sitzt, hebt die Plane für mich an. Dort draußen wird er Wache halten, während ich mich ausruhe. «Sieht so aus, als hättet Ihr diese Wette verloren, hm?»

«Ah, aber ich habe die Wette ja gar nicht *angenommen*, oder?»

Segl schüttelt lachend den Kopf. Die Tatsache, dass er stets gut gelaunt ist, egal, was um ihn herum auch geschieht, bezeugt seinen guten Charakter. «Diesmal hattet Ihr Glück. Das nächste Mal lasse ich Euch nicht so einfach vom Haken.»

«Danke für die Warnung. Und gute Nacht.»

«Gute Nacht, Milady.»

Ich schlüpfe ins Zelt und binde die Zeltklappe zu, bevor ich eilig mein Kleid abstreife und stattdessen ein dickes Nachthemd aus Wolle anziehe. Dann vergrabe ich mich in meinen Pelzen. Meine Stiefel stelle ich zum Trocknen neben die Laterne.

Der heiße Ziegelstein an meinen Füßen fühlt sich himmlisch an, aber ich weiß, dass die Wärme nicht lange anhalten wird. Nicht, wenn der Hagel weiterhin so aufs Zelt niederprasselt und der Wind alle schützenden Schichten um mich herum scheinbar mühelos durchschneidet.

Das Wetter hat sich sieben Tage lang gehalten, aber jetzt ist es zerborsten; in eine Million Stücke zerbrochen, die als scharfe Scherben vom Himmel regnen.

Draußen tobt der Sturm, wie eine dunkle Warnung.

Eine Warnung, die ich besser ernst genommen hätte – doch das werde ich erst verstehen, wenn es schon zu spät ist.

KAPITEL 21

Der Sturm tobt und tobt.

Dieser Wind klingt nicht wie die Sturmwitwe mit ihrem verzweifelten Geheul. Er hört sich eher an wie eine verschmähte Frau, die aus Rache eine gefrorene Hölle herabregnen lässt – genau wie Segl es vorhergesagt hat.

Drei lange Tage und drei noch längere Nächte. Nichts als Hagel und Schnee, gefolgt von einem schrecklichen Regenguss, der in beißender Kälte vom Himmel fällt, unser gesamtes Lager durchtränkt und zu Eis gefriert, kaum dass er den Boden berührt.

Alle, selbst der umgängliche Segl, sind schlecht gelaunt. Ich glaube, der arme Knusper steht kurz davor, zu rebellieren. Das Feuer erlischt immer wieder, egal, wie viele Schutzwände aus Holz die Wachen auch errichten, um den Wind und die Feuchtigkeit abzuhalten.

Schließlich müssen sie eine der Zeltplanen zerschneiden und hoch oben zwischen den Bäumen aufspannen, um zu verhindern, dass der strömende Regen direkt in die Flammen fällt. Das ist gut fürs Feuer, aber weniger gut für die Männer, die jetzt in den verbliebenen Zelten noch enger zusammenrücken müssen.

Niemand kann auf die Jagd gehen, und bei diesem Wetter sind sowieso keine Tiere unterwegs. Das bedeutet, dass es nur Trockenfleisch und Nüsse zu essen gibt. Nichts Warmes, nichts Frisches, abgesehen von dem gekochten Wasser aus unserem Endlos-Vorrat an geschmolzenem Schnee. Zumeist bleiben alle in ihren Zelten und verfluchen den Himmel, gelangweilt, durchgefroren und übellaunig.

Bis der Sturm am vierten Tag endlich nachlässt.

Beim Aufwachen höre ich das Knistern der Flammen und nicht das Prasseln von Hagel und Regen. Auch der Wind ist verklungen. Ich spähe zum ersten Mal seit Stunden aus meinem Zelt und stelle fest, dass der schlammige Schneematsch nicht mehr zu sehen ist. Stattdessen glitzern etwa dreißig Zentimeter frischer Schnee im grauen, schwindenden Licht. Vereinzelte Flocken trudeln in einem trägen, friedlichen Tanz vom Himmel.

«Der Göttlichkeit sei Dank.»

Die Sonne steht bereits tief, uns bleibt wahrscheinlich nur noch eine knappe Stunde Tageslicht.

Ich schaue mich um. Die meisten Männer kundschaften entweder die Gegend aus oder werkeln an den Kutschen, die noch immer festgefahren sind. Die übrigen schärfen ihre Schwerter oder essen. Aber ich bemerke sofort, dass die Stimmung nicht mehr so niedergeschlagen ist. Die Männer ziehen sich gut gelaunt gegenseitig auf oder unterhalten sich entspannt.

Die meisten von ihnen haben sich inzwischen, nach Tagen des gemeinsamen Reisens, an mich gewöhnt, doch hin und wieder werfen sie mir immer noch verstohlene Blicke zu. Aber niemand versucht, mir näher zu kommen oder mit mir zu reden, einmal abgesehen von Digby und Segl. Entweder hat Midas es ihnen untersagt oder Digby. Wahrscheinlich beide.

Ich wasche mich in meinem Zelt und warte auf den Einbruch der Nacht. Dann werden wir so schnell wie möglich das Lager abbrechen und auf die Straße zurückkehren.

Zum Waschen verwende ich einen Wasserkrug und einen kalten, feuchten Lappen. Reisen ist nicht gerade glamourös, und ich vermisse schmerzlich die Dinge, durch die ich inzwischen verwöhnt bin – etwa mein Bett, meine Kissen, meine Badewanne.

Allein der Gedanke daran, mich in heißes Wasser sinken zu lassen, entlockt mir ein Stöhnen. Stattdessen muss ich mich mit dieser eiligen Katzenwäsche zufriedengeben, komplett mit Gänsehaut und klappernden Zähnen.

Es kostet mich echte Überwindung, mir den Inhalt des Kruges über den Kopf zu gießen. Das Wasser ist so kalt, dass ich ein Aufkreischen kaum unterdrücken kann. Eilig säubere ich Kopfhaut und Haare, bevor meine Fingerspitzen zu taub dazu werden.

Während meine Haut sich noch feucht anfühlt, ziehe ich mich wieder an. Meine Bänder flechten mir die Haare. Dann schlingen sie sich eng um meinen Körper, als weitere wärmende Schicht.

Als ich gerade meine warme Strumpfhose unter mein schweres Kleid ziehe, wird ein Tablett mit Essen ins Zelt geschoben – wahrscheinlich von Digby, der sicherstellen will, dass ich etwas esse, bevor wir uns wieder der Straße anvertrauen.

Ich greife mir das Tablett und setze mich auf meine Bettrolle, damit ich mir beim Essen die Pelze über den Schoß ziehen kann. Es gibt eine komplette gebratene Fleischkeule. Sie ist nicht im Geringsten gewürzt, aber ich verschlinge sie trotzdem innerhalb von Sekunden. Das Fleisch ist wunderbar heiß und frisch, viel besser als dieses zähe, getrocknete Zeug, das ich in den letzten Tagen heruntergewürgt habe.

Ich leere den Teller komplett und kann mich nur mit Mühe davon abhalten, ihn auch noch abzulecken. Anschließend helfe ich dabei, alles zusammenzupacken. Ich rolle meine Pelze ein, packe meine Kleider in die Reisekiste, mache die Öllampe aus.

Als ich schließlich aus meinem Zelt trete, ist das Lager so gut wie abgebaut. Die Männer tragen bereits ihre Rüstungen und schaufeln gerade Schnee über das Feuer. Auch die Pferde sind schon weggeführt worden, sie stehen in ihrem Geschirr vor den freigeschaufelten und reparierten Kutschen. Der Schatten der Nacht drängt über den Horizont heran, bereit, die Welt in Dunkelheit zu tauchen.

«Bereit zum Aufbruch, Lady Auren?», fragt Segl hinter mir.

Ich wische mir eine Schneeflocke von der Wange. «Mehr als bereit, mich endlich wieder zu bewegen. Ich dachte, dieser Sturm würde nie aufhören.»

«Wir haben ein paar Tage verloren, und der Boden ist gefroren. Aber auf dem frischen Schnee werden wir gut vorankommen, und wir sind nicht mehr weit vom Fünften Königreich entfernt.»

«Gut», entgegne ich und folge ihm vom Waldrand zu den Pferden, die schon bereitstehen.

Digby hält mich auf, seine Miene ist wie immer grimmig. «Euer Haar ist feucht.»

«Hervorragend beobachtet, Digby», erwidere ich spöttisch und ziehe mir die Kapuze über den Kopf.

Doch selbst Segl mustert mich stirnrunzelnd. «Er hat recht. Ihr werdet Euch erkälten.»

«Das geht schon.»

«Ihr werdet in der Kutsche fahren, bis Euer Haar getrocknet ist», verkündet Digby.

Jetzt ist es an mir, schlecht gelaunt das Gesicht zu verziehen. Ich will nicht in der Kutsche eingesperrt sein, nachdem ich schon drei Tage lang in meinem Zelt festsaß. «Ich möchte aber lieber reiten.»

Digby schüttelt den Kopf.

«Ich werde auch meine Kapuze aufsetzen», beharre ich.

Statt einer Antwort führt er mich einfach zur Kutsche, öffnet die Tür und starrt mich an. Offenbar wird er sich das nicht ausreden lassen. Und ich kann Knusper ohnehin nirgendwo entdecken.

Ich seufze resigniert. «Na schön», grummele ich. «Aber sobald es trocken ist, reite ich neben dir. Und ich werde stundenlang reden», warne ich ihn.

Vielleicht bilde ich es mir ein, aber seine Mundwinkel heben sich ein wenig, nur ein winziges Stück. Triumphierend zeige ich auf ihn. «Ha! Du hast fast gelächelt», verkünde ich und wende mich dann an Segl. «Du hast es auch gesehen, richtig?»

Er nickt grinsend. «Definitiv.»

Digby verdreht die Augen und deutet mit dem Daumen auf die Kutsche. «Einsteigen.»

«Schon gut, schon gut», sage ich und folge der Aufforderung. Segl schenkt mir ein Lächeln, bevor er die Tür schließt. Ich lasse mich auf den gepolsterten Sitz sinken, als unsere Reisegruppe sich wieder in Bewegung setzt. Zumindest hatten meine Beine und mein Rücken Gelegenheit, sich vom Reiten zu erholen. Meine Muskeln schmerzen jedenfalls nicht mehr.

Ich öffne meinen Zopf, in der Hoffnung, dass mein Haar so schneller trocknet. Und schon langweile ich mich wieder, dabei sitze ich erst seit wenigen Minuten hier drin fest. Ich lehne mich gegen die Kutschenwand und schließe die Augen; frage mich, wie viele Tage wir wohl noch reisen müssen, bis wir das Fünfte Königreich erreichen. Ich weiß, dass der Sturm uns verlangsamt hat, aber ich bin mir nicht sicher, wie sehr.

Das beständige Schwanken der Kutsche muss mich eingelullt haben, denn plötzlich schrecke ich hoch und reiße die Augen auf. Ich schaue mich in der Kutsche um und stelle fest, dass die kleine Innenraum-Laterne verloschen ist.

Meine Bänder haben sich unter meinem Mantel um mich gelegt, um mir zusätzliche Wärme zu spenden, und mein Haar ist getrocknet. Die goldenen Strähnen hängen über meinen Rücken.

Ich bin verwirrt, kann nicht sagen, was mich geweckt hat. Aber dann bemerke ich, dass wir angehalten haben.

Es ist immer noch dunkel draußen, also können wir nicht allzu lange gereist sein. Wahrscheinlich hat die Kutsche sich wieder einmal festgefahren und der Ruck hat mich geweckt. Ich wische das beschlagene Fenster frei und schaue nach draußen, doch ich erkenne nichts als Dunkelheit.

Mit den Knöcheln klopfe ich gegen das Glas. «Digby? Segl?»

Niemand antwortet, und ich höre auch keinen der anderen Männer. Panik durchfährt mich wie eine scharfe Klinge, und meine Hand tastet unwillkürlich nach der Narbe an meinem Hals – das habe ich seit Tagen nicht mehr getan.

Ich rutsche näher an die Tür heran, presse mein Gesicht gegen die Scheibe in dem Versuch, irgendetwas zu erkennen. Doch ich sehe nichts als das zarte Schimmern des Schnees auf dem Boden. Alles andere ist von Dunkelheit verhüllt.

Ich umfasse den Türgriff, um auszusteigen und herauszufinden, was passiert ist – da wird die Tür plötzlich aufgerissen. Überrascht zucke ich zusammen, als Segl den Kopf in die Kutsche steckt.

«Große Göttlichkeit, hast du mich erschreckt! Was ist los?»

«Tut mir leid, Lady Auren», sagt er, und sein Blick huscht zu der Hand an meiner Kehle. Eilig lasse ich die

Finger senken. Segl räuspert sich. «Digby hat einen Halt angeordnet. Die Vorhut hat Spuren im Schnee entdeckt, also hat er Späher ausgeschickt.»

«Was für Spuren?»

«Da sind wir uns noch nicht sicher.»

Ich will aus der Kutsche steigen, doch Segl gibt den Weg nicht frei. Er schenkt mir einen verlegenen Blick. «Digby möchte, dass Ihr in der Kutsche bleibt.»

Das kann ich mir vorstellen! Aber ich ertrage es einfach nicht, hier eingeschlossen zu sein. Dieses Gefühl, in der Falle zu sitzen ...

Als ich Burg Hohenläuten verlassen habe, hat sich etwas in mir verändert. Als hätte jemand den Stöpsel aus einem Abfluss gezogen, begann das Wasser langsam abzufließen, das mich vollständig umhüllt hatte – eine Zehnjahresmenge an Wasser. Ich muss nicht länger angestrengt den Kopf über die Oberfläche halten. Muss nicht länger nach Luft schnappen und die Atemzüge zählen. Mich nicht länger selbst ermahnen, dass ich noch genug Luft habe und die Flut mich nicht verschlingen wird, solange ich nur Wasser trete.

Ich kann nicht dorthin zurück. Mental, emotional, selbst körperlich. Schon der Gedanke daran sorgt dafür, dass ich anfange zu schwitzen. Ich weiß einfach, dass ich es nicht ertragen würde.

Und darum kann ich nicht hierbleiben, obwohl es mir befohlen wurde; obwohl dort draußen Gefahren drohen. Das Innere der Kutsche ist zu eng, erinnert mich zu sehr an meinen endlosen Kampf darum, nicht in den Fluten zu versinken.

Also dränge ich mich an Segl vorbei und werfe mich in die Dunkelheit.

KAPITEL 22

Meine Stiefel kommen knirschend im Schnee auf, als ich aus der Kutsche springe. Hinter mir flucht Segl leise, doch er versucht nicht, mich zurückzuhalten. Das mag ich an ihm.

«Wo sind die anderen Wachen?»

Er deutet ins Dunkel. «Dort vorne auf dem Hügel, um sich einen besseren Überblick zu verschaffen.»

Ich nicke flüchtig, dann bahnen wir uns auch schon unseren Weg durch den Schnee. Als wir an den Kutschen der Sättel vorbeikommen, erkenne ich Frauenköpfe in den Fenstern. Sie versuchen, zu erkennen, was draußen los ist. Die Kutscher harren unerschütterlich auf ihren Kutschböcken aus, beruhigen die Pferde, die mit den Hufen den Schnee aufscharren.

Nissa ist eine der Frauen, die sich aus den Fenstern lehnen. Plötzlich ruft sie meinen Namen, und ich fahre überrascht herum. Sie hat kein Wort mit mir gesprochen seit jenem Abend im Thronsaal ... als König Fulke nach unseren Diensten verlangte. «Was ist los?»

«Das weiß ich auch noch nicht genau», antworte ich ehrlich.

Ihre blauen Augen huschen über die dunkle Landschaft, während aus ihrer Kutsche Lampenlicht nach draußen dringt.

«Wenn du etwas herausfindest, lass es uns wissen.» Sie zieht entschieden den Kopf zurück, ohne auf meine Antwort zu warten.

Dann höre ich die murmelnden Stimmen von Rosh und Polly.

Ich starre das Fenster noch kurz blinzelnd an, ehe ich weitergehe. Ich weiß nicht, ob ich mich darüber freuen soll, dass Nissa so bereitwillig mit mir gesprochen hat, oder ob ich mich über ihre Dreistigkeit ärgern soll.

Segl wirft mir einen Blick zu und feixt, sagt aber nichts.

«Was?», frage ich.

Er zuckt lässig mit den Achseln. «Nichts. Ich bin nur überrascht, dass Ihr nicht um ein Buch gebeten habt.»

Ich runzele die Stirn. «Ein Buch?»

«Ja, um es ihr an den Kopf zu werfen.» Segl lacht, und ich starre ihn mit offenem Mund an. Dann entkommt auch mir ein widerwilliges Auflachen. «Ich habe versucht, ihr zu helfen!»

Segl muss so sehr lachen, dass er kaum noch atmen kann. «Erinnert mich daran, Euch niemals um Hilfe zu bitten, Lady Auren.»

Seine Frotzelei bringt mich zum Lächeln. «Idiot.»

«Das ist meine Lieblingsgeschichte über Euch.»

Stöhnend reibe ich mir das Gesicht. «Ihr Wachen seid wirklich ein tratschender Haufen. Wissen alle davon?»

Segl grinst. «Klar.»

Ich schüttele den Kopf. «Große Göttlichkeit.»

Sein Glucksen verklingt. «Ihr müsst Euch nicht schämen. Ich mag diese Geschichte.»

Ich bedenke ihn mit einem bösen Blick, aber er hebt abwehrend die Hände. «Nicht so, wie Ihr wahrscheinlich denkt», erklärt er. «Ehrlich, ich war mir nicht sicher, ob ich diesen Posten hier haben wollte – Euch ins Fünfte Königreich zu eskortieren. Sicher, zu Hause hatte ich lediglich Wachdienst auf der Außenmauer. Unglaublich langweilig und kalt genug, um einem die Ei... – ähm, ich meine, um sich die Nase abzufrieren», korrigiert er sich mit einem verlegenen Grinsen.

«Du kannst ruhig Eier sagen», ziehe ich ihn auf. «Du musst nicht übervorsichtig sein und so auf deine Wortwahl achten. Ich bin schließlich auch nur ein Sattel.»

Aber Segl schüttelt den Kopf. «Ihr seid definitiv mehr als nur *das*, Milady. Und Ihr solltet darauf achten, dass die Leute Euch auch entsprechend behandeln.»

Segls Worte überraschen mich. Mein Lächeln verblasst vor der Ernsthaftigkeit seiner Aussage. Plötzlich hängt etwas Schweres zwischen uns in der Luft, das nicht zu der Leichtigkeit passt, die sonst unsere Gespräche prägt.

«Also, wie ich schon sagte», fährt er fort und verdrängt damit das unangenehme Schweigen. «Ich war mir nicht sicher, ob ich den Posten haben wollte, obwohl er eine Beförderung darstellte. Aber dann haben wir – also diejenigen, die Digby ausgewählt hat – uns unterhalten. Haben Geschichten ausgetauscht. Und da habe ich gehört, wie Ihr dem armen Fräulein Nissa dieses Buch ins Gesicht geschmissen habt.» Er schüttelt kichernd den Kopf. «Einige der Männer dachten, Ihr wärt einfach nur ein ...»

«Miststück?», schlage ich vor.

Er wirft mir einen verlegenen Blick zu. «Ja. Aber ein paar von uns haben erkannt, was Ihr wirklich vorhattet; haben verstanden, wie müde Fräulein Nissa war. Wir haben die Sache durchschaut.»

«Da seid ihr aber sehr zufrieden mit euch selbst, hm?»

«Sind wir. Aber so wusste ich, dass es die richtige Entscheidung war, Euch zu bewachen. Weil Ihr nicht so seid, wie manche Leute sagen – Ihr seid kein arroganter, verwöhnter Sattel. Ihr sitzt nicht in Eurem Turm und blickt hochmütig auf alle anderen herab, während Ihr Eure goldene Haut poliert.»

Bei diesem Bild verziehe ich das Gesicht.

«Nein, Ihr hattet genug Mitgefühl, um Fräulein Nissa aus der Klemme zu helfen. Sogar auf die Gefahr hin, dass Ihr dabei wie die Böse ausseht. Ihr seid dabei nicht gerade sanft vorgegangen, sicher, und es war gewiss kein besonders durchdachter Plan. Aber Ihr habt gehandelt. Ihr habt nicht einfach zugesehen.»

«Ich habe ihr die Nase blutig geschlagen», erkläre ich ernst.

Segl zuckt nur mit den Achseln. «Stimmt. Und damit habt Ihr dafür gesorgt, dass sie sich für den Rest der Nacht ausruhen durfte.»

Ich wende den Blick ab. «Na ja, das wollte ich erreichen. Aber wie du schon gesagt hast, mein Vorgehen war ein wenig grob.»

«Seht Ihr?», hält er dagegen, als hätte ich gerade etwas bewiesen. «Ihr seid anders. Ihr habt es nicht verdient, dass man Euch das Leben so schwer macht.»

Ich mustere ihn, während wir weiter durch den Schnee stapfen, und streiche mir das Haar hinter die Ohren. Um ehrlich zu sein: Ich bin gerührt. Über seine Worte und über sein Bild von mir. Aber ich habe keine Ahnung, wie ich darauf reagieren soll. Ich bin nicht gut darin, mich zu öffnen, die Wahrheit zu sagen. Wie sollte ich das auch sein, wenn ich doch mein gesamtes Leben hart daran gearbeitet habe, alles zu verdrängen?

Segl scheint meinen inneren Konflikt zu spüren, er bemerkt, wie sehr mich seine Beobachtungen belasten ... also tut er, was ich so sehr an ihm schätze. Er lockert die Stimmung wieder auf und zaubert ein Lächeln auf mein Gesicht.

«Aber einen Ratschlag hätte ich doch. Vielleicht solltet Ihr nicht mehr mit Büchern werfen.»

Meine Mundwinkel heben sich. «Das werde ich beherzigen.»

Endlich erreichen wir die Kuppe des Hügels. Dort sind die schattenhaften Umrisse der anderen versammelt, beleuchtet von ihren Laternen. Der Wind zerrt an meinem Haar und droht es aus der Kapuze zu befreien. Also stopfe ich es schnell zurück.

Die meisten Wachen sitzen noch auf ihren Pferden, ein paar stehen beieinander und unterhalten sich leise. Doch die meisten Männer starren zum Horizont. Ich entdecke Digby in der ersten Reihe, den Blick nach vorne gerichtet.

«Wonach schaust du?», frage ich, als ich neben ihn trete.

Digby stößt ein abgrundtiefes Seufzen aus und wendet sich zu Segl um. «Warum hat die Favoritin des Königs ihre Kutsche verlassen?»

Segl kratzt sich nervös den Nacken. «Nun, also, weißt du ... sie ist ...»

Ich unterbreche ihn, ehe er sich noch Ärger einhandelt. «Es ist nicht seine Schuld. Ich habe darauf bestanden. Was ist los?»

Digby seufzt erneut, doch zu meiner Überraschung antwortet er tatsächlich. «Die Kundschafter haben gemeldet, dass sie eine Veränderung im Schnee gesehen haben.»

«So etwas wie ... Spuren? Von anderen Menschen?»

Er schüttelt den Kopf. «Eine Bewegung, weit vor uns. Aufgewirbelter Schnee.»

«Was könnte so etwas auslösen?»

Die Männer tauschen einen Blick, dann spricht es einer aus: «Eine Lawine.»

Meine Augen werden groß.

«Es geht um diesen Berg da», erklärt ein anderer Wächter mit einem buschigen, karamellfarbenen Bart und zeigt mit der Hand nach vorne. «Wir haben ihn allerdings im Blick und bislang nichts Auffälliges entdeckt. Ein weiterer Kundschafter wurde zu der Stelle geschickt, wo wir die Bewegung bemerkt haben. Er soll darauf achten, ob er etwas hört oder einen anderen Hinweis darauf findet, dass der Berghang sich lösen könnte.»

Ich spähe in die Ferne, doch ich kann nur die schwarz umrandeten Grate der Berge ausmachen. Vor uns, überall um uns herum, erstreckt sich das Ödland. Die offene, gefrorene Landschaft zwischen dem Sechsten und dem Fünften Königreich. Nichts als eine eisige Einöde, die sich viele Meilen weit in alle Richtungen ausdehnt.

«Könnte eine Lawine, die sich dort löst, uns erreichen?»

«Ja», antwortet Digby grimmig.

Der Karamellbart erklärt: «Der Sturm hat eine Menge zusätzlichen Schnee mit sich gebracht. Eine Lawine, die sich von diesem Berghang löst, würde über das gesamte Ödland hinwegrollen. Der Boden ist hier flach und glatt. Es gibt nichts, was die Schneemassen aufhalten würde. Sie nehmen eher noch zusätzlich an Fahrt auf – und könnten uns mühelos erreichen.»

Ich schlucke schwer, und in meinem Bauch bildet sich ein kalter Knoten.

«Und wenn wir einfach hier abwarten und die Sache im Blick behalten?», fragt Segl.

«Wenn wir abwarten, sind wir der Witterung noch länger ausgesetzt, und die Vorräte nehmen beständig ab», erwidert Digby. «Ein leichtes Opfer, das der Schnee verschluckt.»

Der Karamellbart meldet sich erneut zu Wort. «Und wir müssen dieses Tal dort vorne durchqueren. Das ist der einzige Weg ins Fünfte Königreich.»

Ich reibe mir die Arme, während mir die Kälte hier auf

dem Hügel immer mehr in den Körper kriecht. «Wann wird der Kundschafter zurück sein?»

Die Wachen wechseln vielsagende Blicke. «Das ist der Punkt. Er sollte längst wieder da sein.»

KAPITEL 23

Die Mienen der Wachen sind verschlossen, sie wirken beunruhigt. Ich kann die Anspannung in ihren Körpern deutlich erkennen, während sie warten, von ihren hochgezogenen Schultern bis hin zum breitbeinigen Stand.

Plötzlich fühle ich mich der Natur schutzlos ausgeliefert, auf diesem namenlosen Hügel am äußersten Rand des Sechsten Königreichs – wie ein Baum, dem die Rinde abgezogen wurde.

Für einen Moment sagt niemand etwas. Alle Blicke sind auf den Berg in der Ferne gerichtet, dorthin, wo irgendwo der Kundschafter unterwegs sein muss. Eine einsame Spur führt von der Gruppe weg, und die Hufabdrücke verschwinden bereits im Schneefall.

Endlose Minuten vergehen. Doch so lange wir auch warten – der Kundschafter taucht nicht wieder auf. Neben mir presst Digby die Lippen fest aufeinander, als hätte er eine Entscheidung getroffen. Er schaut zu einigen der Männer. «Ihr drei begleitet mich auf der Suche nach dem Kundschafter. Der Rest von euch bleibt bei den Kutschen. Haltet euch für den Aufbruch bereit.»

Die drei Männer nicken und schwingen sich auf ihre Pferde. Digby dagegen wendet sich an Segl. «Pass auf sie auf», sagt er barsch.

Segl salutiert, indem er mit der rechten Faust gegen seine linke Schulterplatte schlägt. «Ja, Sir.»

Digby wirft mir einen Blick zu, der deutlich sagt: *Benimm dich.*

Um ihn zu beruhigen, ahme ich Segls Salut nach – nur dass ich es übertreibe und mir viel zu stark auf den Arm boxe. «Autsch», murmele ich und reibe mir mit schmerzverzerrter Miene die Schulter.

Digby seufzt und wendet sich noch einmal an Segl. «Pass *ständig* auf sie auf.»

«Hey!», protestiere ich empört.

Segl unterdrückt nur mit Mühe ein amüsiertes Schnauben. «Das werde ich tun, Sir.»

Digby stellt einen Fuß in den Steigbügel seines Pferdes und schwingt sich in den Sattel. Ich dagegen ziehe meinen Mantel enger um mich.

Ein Pfiff, dann galoppieren er und die anderen drei Wächter den Hügel hinunter, in die Richtung, die der vermisste Kundschafter eingeschlagen hat. Der vorderste Reiter trägt eine Laterne an einem Stab.

Ich weiß nicht, wie zur göttlichen Hölle sie dort draußen genug erkennen wollen, um den Kundschafter zu finden. Aber ich hoffe, es gelingt ihnen und sie kehren schnell zurück.

Während wir nun warten müssen, keimt Unruhe in mir wie wucherndes Unkraut auf und erfüllt mich mit Beklemmungen. Und ich kann nichts tun, als herumzustehen, wie schales Wasser, das niemand mehr trinken mag ...

«Glaubst du, sie werden ihn finden?»

Segl nickt zuversichtlich. «Sie werden seiner Fährte folgen.»

«In dieser Dunkelheit?»

«Macht Euch keine Sorgen.» Segl wirft mir einen beruhigenden Blick zu. «Digby ist der beste Wächter, der mir jemals über den Weg gelaufen ist. Er ist klug und verfügt über gute Instinkte. Ich bin mir sicher, der Kundschafter hat sich nur verlaufen. Das kann hier leicht passieren.»

Ich nicke und schlucke den Rest meiner Sorgen hinunter, damit sie nicht nach oben drängen und sich Gehör verschaffen.

«Kommt, Lady Auren. Ihr solltet jetzt wieder in die Kutsche gehen. Zumindest steht Ihr dann nicht mehr länger in der Kälte herum.»

Ich zögere, den Blick noch immer auf das schwankende Licht des Suchtrupps gerichtet, der immer kleiner wird. Bald schon sehe ich nur noch diesen hellen Punkt, während die Umrisse der Reiter in der Nacht verschwimmen.

Ich beobachte das Licht, als wäre es eines dieser Glühwürmchen aus dem südlichen Orea. Angeblich erscheinen sie nach Einbruch der Dunkelheit auf einsamen Straßen, um verirrte Reisende mit ihrem sanften Leuchten nach Hause zu führen.

Seit jener Nacht, als eine Klinge gegen meinen Hals gepresst wurde, habe ich mich auf Digbys beruhigende Gegenwart verlassen. Wir haben nie darüber gesprochen, denn das ist nicht seine Art. Aber es ist mehrfach vorgekommen, dass ich nachts in meinem Käfig aus einem Albtraum aufschreckte – und ihn bereits an der Wand Wache halten sah, obwohl seine Schicht erst Stunden später beginnen würde.

Es war, als wüsste er, dass ich ihn in meiner Nähe brauchte; als wüsste er, dass ich immer wieder diese Klinge vor mir sah, das Blut, diese schmale Grenze zwischen Leben und Tod. Er wusste es, und Nacht für Nacht ist er gekommen, um mich zu beschützen, und sei es auch nur vor meinen Träumen.

Es mag närrisch sein, aber ihn jetzt in der Ferne verschwinden zu sehen, fühlt sich an wie eine grausame Klaue, die einmal über meinen Rücken gezogen wird. Meine Bänder zucken zusammen.

«Keine Sorge», bekräftigt Segl. Offenbar spürt er meine Stimmung. «Sie werden bald zurück sein.»

«Und wenn der Berghang sich löst?»

Segl führt mich langsam den Hügel hinab. «So was Lächerliches wie eine Lawine kann Digby nicht aufhalten. Dafür ist er zu stur.» Er lächelt mir zu. «Ein zu guter Soldat.»

«Ist er das? Dann hasst er es bestimmt, ständig meinen Babysitter spielen zu müssen», antworte ich glucksend und bemühe mich, die Sorgen durch Leichtigkeit zu vertreiben.

Segl schüttelt den Kopf. «Ich habe gehört, dass er um den Posten gebeten hat.»

Ich starre ihn an. «Wirklich?»

«Wirklich.»

Die Spur eines Lächelns verzieht meine kalten Lippen. Ich wusste, dass er mich mag. «Irgendwann kriege ich ihn doch noch dazu, ein Trinkspiel mit mir zu spielen.»

Segl lacht leise. «Damit werdet Ihr Eure liebe Mühe haben. Ich habe noch nie erlebt, dass Digby sich entspannt oder etwas locker angehen lässt. Aber wenn es jemandem gelingen kann, dann Euch.»

«Hast du herausgefunden, warum wir hier halten?»

Ich sehe auf und entdecke Nissa und die anderen Sättel. Sie haben ihre Kutschen ebenfalls verlassen und stehen in einem Kreis im Schnee beieinander.

«Ein Kundschafter ist verschwunden. Sie suchen ihn.»

Sie verzieht sorgenvoll das hübsche Gesicht. «Werden wir hier übernachten?»

Segl schüttelt den Kopf, eine Hand am Knauf seines Schwertes. «Nein. Sobald sie zurück sind, müssen wir weiter.» Er wendet sich an mich. «Kommt, Ihr zittert ja wie Espenlaub. Lasst mich Euch in die Kutsche bringen.»

Ich widerspreche nicht, als er mich an den Sätteln vorbeiführt. Als wir gerade meine Kutsche erreicht haben, hören wir ein Grollen. Mit einem Stöhnen schaue ich zum Himmel. «Noch ein Sturm?» Die Vorstellung, erneut in einem Chaos aus Wind und gefrierendem Regen gefangen zu sein, ruft nicht gerade Begeisterung bei mir hervor.

Segl runzelt die Stirn, doch er schaut nicht zum Himmel. Er starrt hinüber zu dem Berg. «Ich glaube nicht, dass das ein Donnergrollen war.»

«Hey, was ist das?», fragt ein Sattel hinter uns und zeigt nach vorne.

Alle strömen zusammen, lassen die Kutschen zurück, um vom Fuß des Hügels aus über das Tal zu schauen. Segl und ich schließen uns den anderen an, lassen die Blicke über die Landschaft schweifen. Dann entdecke ich etwas in der Ferne. Es leuchtet wie ein Signalfeuer.

«Ist das ... Feuer?», fragt Polly.

Das warme Licht schwebt in der Ferne, ein orangefarbenes Glühen vor dem Schwarz, wie eine Schliere auf Glas.

«Vielleicht ist das die Laterne des Kundschafters?», schlägt jemand vor.

«Nein», sagt Segl mit einem Kopfschütteln. «Nicht auf diese Entfernung ... Das ist viel zu groß für eine Laterne.»

Kaum hat er die Worte ausgesprochen, bricht das ‹viel zu große› Feuer auseinander. Es teilt sich auf in Dutzende kleinerer Feuer. Die Brände streben auseinander und bewegen sich in Kurven bergab, bis sie eine Reihe quer über die schneebedeckte Ebene bilden. Sie reicht so weit, dass ich fast den Kopf drehen muss, um beide Enden im Blick zu behalten.

«Was in aller göttlichen Hölle ...?»

Dann erklingt erneut dieser Lärm. Ein donnerndes Grollen in der Ferne, so tief, dass man es eher fühlt als hört. Doch es stammt nicht aus den Wolken.

Hinter der Reihe aus seltsamen Feuern, am Fuß des Berges, gerät der Schnee in Bewegung. Er rauscht herab. Wie aufsteigender Rauch erhebt sich eine Wolke aus Weiß, verdeckt für einen Moment die Lichter. Der Schnee am Fuß des Berges bewegt sich!

«Oh Göttlichkeit, das ist eine Lawine!», kreischt eine der Frauen. Zwei weitere beginnen zu schreien, andere wenden sich zur Flucht.

Doch ich beobachte gebannt, wie sich der Schatten löst, den ich bis eben für den Fuß des Berges gehalten habe. Sich löst und beginnt, den flammenden Punkten zu folgen. Und diese dunklen Formen, diese Lichter, sie alle bewegen sich so *schnell* auf uns zu. Erneut erschüttert dieses Rumpeln die Luft, und mein ganzer Körper verspannt sich.

«Das ist keine Lawine», haucht Segl neben mir.

Grauen steigt in mir auf, wie ein ätzender Nebel, der mir den Atem raubt.

«Heilige göttliche Scheiße», flucht ein Soldat. «Schneepiraten!»

Ein Blinzeln. Ein Atemzug. Ein langer Moment, um die Worte einsinken zu lassen. Dann bricht Chaos aus.

Bevor ich wirklich verstehe, was geschieht, packt Segl mich schon am Arm. Er zieht mich voran. Ich stolpere im tiefen Schnee, doch er gibt mich nicht frei, erlaubt mir kein Zögern. Sein Gesicht ist bleich, von Panik gezeichnet. Reine, nackte Panik.

«Kommt schon!»

Er rennt auf die Kutschen zu, zerrt mich mit sich. Ich versuche, Schritt zu halten. Meine Füße schlurfen durch schienbeintiefen Schnee, der Saum meines Kleides wird feucht und schwer.

Zu langsam. Es fühlt sich einfach zu langsam an, dabei renne ich, so schnell ich kann.

Männer brüllen Befehle. Worte hallen durch die Luft, doch ich kann sie nicht erfassen. Segl zerrt mich weiter vorwärts. Die anderen Frauen rennen neben uns, schreiend und stolpernd.

Schneepiraten. Wir werden gleich von *Schneepiraten* überfallen.

Ich habe schon von ihnen gehört ... Aber sie waren niemals mehr als eine Geschichte. Nie hätte ich damit gerechnet, ihnen einmal selbst zu begegnen. Sie durchstreifen das Ödland und umlauern die Küstenstadt Steinhafen. Sie rauben fremdländische Waren, machen die Handelsrouten unsicher und stehlen, was sie in die Finger kriegen können.

Sie nennen sich selbst die Roten Räuber, denn ihre Gesichter sind stets hinter blutroten Stoffmasken verborgen. Ich habe gehört, wie Midas über gestohlene Lieferungen geschimpft hat, zweifellos ihr Werk. Aber niemand hat die Gefahr erwogen, dass die Roten Räuber *uns* ins Visier nehmen könnten. Sie haben es auf Schiffe und große Transporte abgesehen. Nicht auf einzelne Karawanen von Reisenden.

Segl und ich rennen, so schnell wir nur können. Als wir endlich meine Kutsche erreichen, erklingt erneut dieses Grollen. Doch diesmal ist da noch ein anderes Geräusch. Segl und ich halten beide inne; wir stehen keuchend da, recken die Hälse und lauschen angestrengt.

Das Geräusch ist laut. Tief. Ungleichmäßig.

«Was ist das?», fragt ein Sattel. Die anderen drängen in die Kutschen, schubsen sich hastig gegenseitig aus dem Weg.

Das Geräusch wird lauter, immer noch ungleichmäßig und doch beständig. Das stammt nicht aus einer einzelnen Quelle. Eine Zehntelsekunde später wird mir klar, dass es sich um Stimmen handelt. Hunderte von Stimmen, die alle zugleich einen Schlachtruf ausstoßen. Und das Geräusch kommt näher. Kommt näher und wird immer lauter.

«Wir müssen hier weg! Sofort!», ruft Segl den anderen Wachen zu. Diese sitzen bereits auf ihren Pferden, die Zügel in der Hand, oder treiben die übrigen Sättel an, hinein in die Kutschen.

«Los, los!», drängt Segl und reißt fast die Tür aus den Angeln. Ich klettere in die Kutsche. Er knallt die Tür hinter mir zu, und ich verriegele das Schloss von innen. Mein Herz rast im Takt des Schlachtrufes, der über die Ödnis hinweg hallt.

«Wo ist der verdammte Kutscher?», höre ich Segl schreien. Noch mehr Rufe; Sättel, die vorbeirennen. Wachen, die sich auf ihre Pferde schwingen. «Scheiße!»

Durch das Fenster sehe ich, wie Segl sein Pferd zurücklässt, um stattdessen zu meiner Kutsche zu rennen. Er verschwindet aus meinem Blickfeld, als er auf den Kutschbock springt.

«Setzt euch in Bewegung! Rüber zum Pass! Beschützt die Favoritin des Königs!»

Eine Sekunde später höre ich Zügel knallen – so laut, als würde ein Blitz einen Baum zerspalten. Die Kutsche rollt mit einem Ruck an. Fast stürze ich zu Boden, als sie über den Schnee voran holpert. Segl treibt die Pferde zu Höchstgeschwindigkeit an.

Ich werde wie ein Spielball kreuz und quer durch den Wagenkasten geschleudert, höre nur noch das Trommeln der Hufe, als wir davonsausen. Und das Ächzen der Räder im tiefen Schnee.

Berittene Wachen umringen meine Kutsche, galoppieren neben uns, um das Gefährt zu verteidigen – um *mich* zu verteidigen. Ihre goldenen Mäntel flattern hinter ihren, die Kapuzen sind ihnen von den Köpfen gerutscht, ihre Gesichter nur angsterfüllte Schatten, die ich kaum erkennen kann. Durch das linke Fenster sehe ich, dass eine der Kutschen mit den Sätteln neben uns fährt. Die anderen sind nicht zu sehen, während wir so schnell wie irgend möglich weiterrasen.

Ich versuche, nach vorne zu schauen, um herauszufinden, wie weit es noch bis zum Pass ist; ob wir überhaupt eine Chance haben, ihn zu erreichen. Als ich die Entfernung abschätze, rutscht mir das Herz in die Hose. Zu weit. Wir sind viel zu weit entfernt.

Draußen ertönen Schreie. Ich reiße den Kopf von rechts nach links, von einem Fenster zum anderen. Jedes Mal, wenn ich nach draußen sehe, ist ein weiterer Wächter verschwunden, verschlungen von der Nacht.

Schneeflocken jagen am Fenster vorbei, ich kann kaum etwas erkennen, besonders, wenn die Kutsche einen Sprung macht. Die Außenlaterne knallt gegen die Wand und erlischt von einem Moment auf den anderen.

In halsbrecherischem Tempo rasen wir weiter durch die schreckliche Dunkelheit. Die Schlachtrufe sind so durchdringend, dass sie die Hufschläge, die rumpelnden Räder, die knallenden Zügel übertönen. Das Geschrei wird immer lauter – egal, in welche Richtung Segl die Kutsche steuert oder wie schnell die Pferde auch rennen.

Sie haben es auf uns abgesehen. Als hätten sie auf uns gewartet, von unserem Kommen gewusst.

Beißende Angst durchfährt mich. Ich atme schwer, und mein Blickfeld wird an den Rändern schwarz.

Ich fühle, wie meine Bänder sich von meiner Taille lösen. Alle zwei Dutzend gleiten zugleich auf meinen Schoß, um sich dort abwartend und verteidigungsbereit zu winden wie ein Nest voller Schlangen. Als meine Hände zittern, gleiten sie zwischen meine Finger, umschließen meine Handflächen, schlingen sich um meine Daumen. Die seidigen Bänder ziehen sich sanft zusammen, als drücke mir ein Freund tröstend die Hand.

Ich erwidere den Druck.

Laut. Alles ist laut. Die gesamte Kutsche erbebt, von der rasenden Fahrt, dem Wind, dem Lärm. Draußen höre ich einen Knall. Jemand ruft etwas. Ein Pferd wiehert. Der Wind heult.

Durch das Fenster kann ich erkennen, dass diese Feuerbälle uns erreicht haben. Schnell – sie haben uns so unglaublich schnell eingeholt.

Hinter ihrem Lichtschein erahne ich schemenhaft hoch aufragende Schatten, doch diese Lichter brennen glühend rot, eine flammende Warnung. Wie ein dunkles Omen, von dem ich mich nicht lösen kann.

Plötzlich kracht eines der Kutschenräder auf etwas Hartes, und ich werde in die Luft geschleudert. Meine Bänder schießen in alle Richtungen und stützen sich an den Wänden ab; nur sie verhindern, dass ich stürze.

Segl brüllt etwas, das ich nicht verstehe. Eine Sekunde später biegt die Kutsche scharf nach links ab. Plötzlich lösen sich die Räder vom Untergrund. Mir entfährt ein scharfer Schrei, als wir im nächsten Moment hart auf den Boden aufschlagen, dann heben wir wieder ab.

Für einen Moment scheint die Erdanziehung nicht länger zu existieren. Ein Moment der Stille, frei vom Griff der Schwerkraft. Mein ganzer Körper fühlt sich schwerelos an, schwebt wie an unsichtbaren Fäden.

Und dann endet dieser schwebende Moment mit einem brutalen Absturz. Die Kutsche überschlägt sich, und diesmal können nicht mal meine Bänder den Aufprall abfangen.

Auch ich überschlage mich, werde herumgeworfen. Ich rolle wie ein Schneeball, der einen Hügel hinunterkullert und dabei immer größer und schneller wird. Keine Hoffnung auf ein sanftes Ausrollen, keine Chance, irgendetwas zu kontrollieren. Nur die grimmige Erkenntnis, dass ich falle – und dass am Ende ein Aufprall wartet.

Wie eine Lumpenpuppe werde ich hin und her geworfen und prelle mir jeden einzelnen Teil meines Körpers. Für einen Moment fürchte ich, dass dieser Taumel niemals enden wird; dass ich für immer in diesem Sturm gefangen bin; für immer in der Dunkelheit herumwirbeln werde, für alle Ewigkeit.

Glas zerspringt, Holz splittert, Goldbeschläge brechen ab. Ein letzter Überschlag, ein lautes Knirschen – und die Kutsche landet auf der Seite in einem Schneehaufen. Mein Kopf knallt mit einem heftigen Schlag gegen die Wand.

Schmerz explodiert in meinem Körper, tiefrote Feuer flackern durch mein Blickfeld, das immer mehr verschwimmt. Dann werde ich bewusstlos, während ringsum Schlachtrufe durch die Luft hallen, alles einnehmen, alles verschlingen.

Kapitel 24

Sonnenstrahlen gleiten sanft über meine Augen, goldene Schlieren, die meine Lider liebkosen – ein beinahe vergessenes Gefühl.

Ich summe im Schlaf, erfüllt von Freude und Sehnsucht. Drehe das Gesicht in diese strahlende Wärme ... doch ich kann sie nicht erreichen, nicht wirklich spüren.

Wieder gleitet etwas Seidiges über meine Braue. Schließlich gelingt es mir, die Augen zu öffnen – und ich werde von Schmerz begrüßt. Ich blinzele gegen das Dröhnen in meinem Schädel an. Zwei meiner Bänder gleiten von meinem Gesicht, streichen stattdessen über meine Arme, als sollten diese Glieder als nächste aufgeweckt werden.

Also doch keine Sonnenstrahlen, sondern meine treuen Bänder, die mich stets beschützen. Das tröstende Leuchten gab es nur in meinem Kopf.

Stöhnend richte ich mich auf, versuche, mich irgendwie zu orientieren. Schlagartig fällt mir wieder ein, was passiert ist. Mein gesamter Körper versteift sich, als ich in der Gegenwart aufschlage. Ich sehe mich in der zerstörten Kutsche um, die noch immer auf der Seite liegt.

Unter mir dringt Schnee durch das zerbrochene Fenster ein. Die Kälte kriecht bereits taub in meine Beine. Ich schaffe es, meine Füße unter den Körper zu ziehen, während meine Augen sich an die fast undurchdringliche Dunkelheit gewöhnen. Dann versuche ich aufzustehen. Die Tür befindet sich über meinem Kopf. Ich stemme mich nach oben und taste nach dem Griff.

Als ich ihn finde, zucke ich zusammen – von draußen dringen Kampfgeräusche herein. Das unverwechselbare Klirren von Schwertern, das kehlige Stöhnen der Verletzten, kreischende Frauen. Ich ziehe kurz den Kopf ein, will mich am liebsten zu einem Ball zusammenrollen und mir die Hände auf die Ohren pressen.

Aber ich zwinge mich, stehen zu bleiben, egal, wie heftig meine Knie auch zittern mögen; egal, wie schummerig mir im Kopf ist. Ich kämpfe gegen den Schwindel an, darf *auf keinen Fall* noch mal bewusstlos werden. Darf mich nicht zusammenrollen oder verstecken.

Segl ist dort draußen. Die anderen Wachen, die andere Sättel ... Also packe ich den Griff fester, um mich abzustützen, und schiebe den Kopf durch den leeren Fensterrahmen. Nur ein kleines Stück, gerade genug, um mich umzuschauen.

Und was ich sehe, ist ein Mann, der auf die Kutsche klettert, seinen massigen Körper nach oben wuchtet. Ich zucke zurück und schlage mir meinen bereits wunden Kopf am Fensterrahmen an. Versuche, mich in die Kutsche zurückzuziehen, als könnte ich mich darin verstecken. Doch noch ehe ich weit genug zurückweichen kann, beugt der Mann sich vor. Sein Blick findet mich, seine Hände packen meine Arme, und er reißt mich wieder nach oben.

Ich wehre mich kreischend, doch der Kerl zieht mich zu sich heran, als hätte ich gar kein Gewicht, als wäre meine Gegenwehr ohne Bedeutung. Er zerrt mich aus der Kutsche, hält meine Arme brutal umklammert, während meine Hüfte über die gezackten Kanten der zerborstenen Glasscheibe kratzt.

Ich bin kaum aus der Kutsche raus und stehe draußen auf ihr – da dreht der Kerl sich um und stößt mich achtlos über den Rand.

Ich komme nicht einmal dazu, nach Luft zu schnappen, als mein Körper bereits nach vorne kippt und ich mit dem Kopf voran in eine Schneewehe stürze. Ich lande kalt und hart auf einem Felsen, der sich unter dem Weiß verbirgt. Meine Schulter und meine Lippen prallen gegen das kantige Gestein, und sofort schmecke ich Blut, verziehe schmerzerfüllt das Gesicht.

Benommen höre ich, wie die Person hinter mir geschickt von der Kutsche zu Boden springt. Dann packt der Kerl von hinten meinen Mantel und reißt mich so heftig auf die Beine, dass der Kragen mich würgt.

Im Dämmerlicht des verborgenen Mondes kann ich eines der Pferde erkennen: Es liegt tot im Schnee, immer noch vor die zerstörte Kutsche gespannt. Das andere Pferd ist verschwunden, das Geschirr gerissen, die Zügel abgestreift.

Segl ist nirgendwo zu sehen.

Finger, die von dicken weißen Bandagen geschützt sind, packen mein Kinn und drehen meinen Kopf, bis ich gezwungen bin, den Mann anzuschauen. Als Erstes fällt mir auf, dass er von Kopf bis Fuß in weißen Pelz gehüllt ist. Er verschmilzt mit der Landschaft um uns herum, abgesehen von der blutroten Stoffmaske vor seinem Gesicht – dem berüchtigten Erkennungszeichen der Roten Räuber.

«Was haben wir denn hier?» Seine Stimme klingt dumpf und rau, als wären seine Stimmbänder in dieser eisigen Welt vor langer Zeit gefroren, sodass sich jedes Wort wie eine Scherbe aus Eis anhört.

«Lass sie verfickt noch mal los!»

Ich reiße den Kopf nach links und entdecke Segl, der von drei Piraten mit vorgehaltenen Messern vorwärtsgetrieben wird. Seine goldene Rüstung und sein Mantel sind verschwunden. Sie haben ihm sogar die Uniform ausgezogen, sodass er nur noch seine dünne Tunika und Hosen trägt. Sein Gesicht ist geschwollen und verfärbt, mit einem Blutfleck über der Braue – entweder vom Aufprall der Kutsche oder von seinem Kampf gegen die Roten Räuber.

Der Pirat, der mich festhält, lacht über Segls Gegenwehr ... und die beiden, die Segls Arme umklammert halten, bändigen ihn mühelos mit einem Schlag in die Magengrube, der meinen Freund keuchend zusammenklappen lässt. Schwerer Atem wirbelt Schnee auf, und kleine Blutstropfen spritzen vor seine Füße.

«Jetzt schauen wir uns die hier mal näher an», sagt mein Entführer und zieht mir die Kapuze herunter.

Sobald mein Kopf vollständig enthüllt ist, packt der Pirat erneut mein Kinn und dreht meinen Kopf so, dass das dämmrige Licht auf mich fällt. Seine Augen werden groß, sein Blick huscht über mein Haar, meine Haut, meine Augen. Ich weiß nicht, wie viel er erkennen kann, aber anscheinend ist es genug.

«Seht euch die hier mal an!»

Mein Magen verkrampft sich vor Angst, genauso wie meine Bänder, die der brutale Griff in meinem Rücken gefangen hält.

«Sie hat Farbe über das ganze Gesicht geschmiert.»

Ich blinzele und gebe mir Mühe, nicht erleichtert zu wirken. Ich wage nicht, etwas zu sagen.

Der Kerl, der Segl festhält, leckt sich die Lippen. «Hmmm. Hübsches Ding. Käpt'n Fane wird sie sehen wollen.»

Die Antwort des Piraten besteht aus einem Grunzen, dann gibt er mein Kinn frei. «Ihr drei kümmert euch um die beiden», sagt er, bevor er sich zwei Finger in den Mund schiebt und einen ohrenbetäubenden Pfiff ausstößt. «Ich sorge dafür, dass die Kutsche geborgen wird.»

Einer der anderen schnaubt. «Viel Glück dabei. Dieses verdammte Ding ist kackschwer. Schau dir nur das ganze Gold daran an!»

«Aye. Schwer genug, um einen guten Preis zu erzielen», antwortet der erste Pirat.

Hinter mir kann ich Bewegungen hören, dann eilen weitere Rote Räuber heran, herbeigerufen durch den Pfiff. Der Pirat gibt mich frei, doch nur, um mich an einen anderen zu übergeben. Finger krallen sich brutal in meinen Arm, als ich vorwärtsgeschleift werde. Jeder Ansatz eines Protests verhallt wirkungslos. Segl und ich werden weggeführt, einen Hügel hinauf. Die zerstörte Kutsche bleibt hinter uns zurück.

Segl hält den Blick auf mich gerichtet, ohne darauf zu achten, wie er von den zwei Piraten herumgezerrt wird. Er wehrt sich, doch nicht, um sich loszureißen. Stattdessen versucht er, näher an mich heranzukommen, als wolle er sich vor mich stellen, mich vor alledem hier schützen. «Mach keine Dummheiten», höhnt einer der Piraten und drückt Segl drohend sein Schwert in die Seite.

Die Tränen in meinen Augen sind kalt. So unendlich kalt.

«Es tut mir so leid, Milady», seufzt Segl, gebrochen und wütend gleichzeitig.

Die Piraten haben ihm mit der Rüstung auch den Helm abgenommen. Die Angst in seiner Miene lässt ihn noch bleicher wirken als gewöhnlich. Die Prellungen und das Blut sind die einzige Farbe in seinem Gesicht. Das Grauen in seinen Zügen ist so anders als die vertraute Heiterkeit und die offene Freundlichkeit, die er sonst ausstrahlt.

«Es ist nicht deine Schuld, Segl», sage ich leise. Ich ignoriere, so gut es geht, dass der Pirat rechts neben mir meinen Arm so fest gepackt hält, dass er mir das Blut abschnürt.

Mein Körper will vor Angst zittern, doch ich unterdrücke sie mit aller Macht, als würde ich eine Hand gegen eine Wunde pressen. Dämme sie. Sperre sie ein.

«Doch, ist es», sagt Segl mit bebender Stimme. Mein Herz bricht bei diesem gequälten Eingeständnis. Die Risse in meiner Brust vertiefen sich, als er schwer schluckt und versucht, seine Panik zu verdrängen und stark zu bleiben, trotz unserer verzweifelten Situation.

Ich muss an die Geschichten denken, die er mir in den langen Nächten erzählt hat, in denen wir Seite an Seite geritten sind. Von seinen vier älteren Brüdern, die barfuß und wild durch die Elendsviertel von Niederläuten gerannt sind. Von seiner handfesten, aber liebevollen Mutter, die sie zuweilen schimpfend mit dem Besen aus dem Haus gejagt hat – aber die ganze Nacht hindurch gesucht hat, wenn einer von ihnen nicht rechtzeitig zum Abendessen zurück war.

Segl hat das nicht verdient. Er hat es aus den Baracken in die Kaserne geschafft, sich bis zu einem Posten als persönliche Wache der königlichen Favoritin hochgearbeitet, und das alles ohne eine Münze in der Tasche. Er ist der freundlichste Mensch, dem ich je begegnet bin, und hat es nicht verdient, von irgendeinem dahergelaufenen Piraten den Hügel hinaufgestoßen zu werden.

Segl schaut zu mir herüber. Die Prellung an seinem Auge wird dunkler und schwillt mit jeder Minute mehr an. Er hat Angst, doch nicht um seinetwillen, sondern um meinetwillen. Wieder sehe ich, wie sein Adamsapfel beim Schlucken hüpft. «Es war meine Aufgabe, Euch zu bewachen. Euch zu beschützen ...»

«Das hast du», falle ich ihm heftig ins Wort. Ich werde nicht zulassen, dass er sich selbst die Schuld gibt. «Es gab nichts, was du hättest tun können.»

«Na schön, haltet verdammt noch mal die Klappe, ihr beide, oder wir stopfen euch das Maul mit Knebeln.» Der Pirat an meiner Seite schüttelt mich, um seinen Worten Nachdruck zu verleihen. Ich schlackere hilflos in seinem Griff herum, versuche vergeblich, mich steif zu machen.

Segls blaue Augen blitzen vor Wut, aber ich schüttele den Kopf, damit er nicht darauf reagiert, sich auf einen Kampf einlässt.

Wir verfallen in Schweigen, während wir weiter vorangestoßen werden. Die Narbe an meinem Hals pocht wie eine schmerzhafte Vorahnung. Pessimismus in körperlicher Form, als wüsste die alte Wunde, dass mein Leben erneut auf Messers Schneide steht.

Meine Bänder sehnen sich danach, sich um meinen Hals zu legen und diese verwundbare Stelle zu schützen, aber ich halte sie gesenkt, halte sie um meinen Körper geschlungen.

Hinter uns lässt sich der nahe Bergpass ausmachen. Windböen pfeifen durch die Lücke zwischen den Bergen, treiben uns zusätzlich noch voran. Grimmig wende ich der dunklen Silhouette den Rücken zu. Ich kann den Anblick dieses klaffenden Mauls nicht ertragen, das uns auszulachen scheint.

So nah, und doch zu weit. Viel zu weit entfernt. Der Pass war unsere einzige Hoffnung auf Flucht – und doch bestand nie eine ernsthafte Chance, ihn rechtzeitig zu erreichen. Selbst die Berge wissen das.

Und der Wind kann nicht aufhören, über uns zu lachen.

Kapitel 25

Segl und ich werden bergauf gezerrt.

Wir ziehen breite, ungleichmäßige Spuren durch den fast knietiefen Schnee, drohen bei jedem Schritt zu stürzen. Doch die Roten Räuber bewegen sich mühelos voran, als hätten sie keinerlei Probleme damit, wenn die Füße tief einsinken und jeder Meter anstrengender wird.

Es sind nur ein paar Dutzend Schritte, doch jede einzelne Bewegung ist eine Qual, dazu kommt noch der harte Griff des Piraten an meinem Arm. Ich keuche, als wir die Hügelkuppe erreichen.

Einen Moment lang bin ich zu sehr mit Atmen beschäftigt, um irgendetwas zu erkennen. Doch sobald mein Blick über die Ebene vor mir schweift, weiten sich meine Augen. Neben mir schnappt Segl nach Luft.

Verschwunden ist die Leere, diese endlose weiße Weite, die das Ödland ausmacht. Denn nun ist es hier regelrecht voll geworden.

Unter uns erheben sich drei mächtige Piratenschiffe aus weißem Holz. Sie ruhen auf den Schneeverwehungen wie Schiffe an den Docks eines Meereshafens, nur dass sie keine Segel besitzen. Normale Schiffe mögen von Wind und Wellen vorangetrieben werden, doch diese hier erinnern eher an riesige Schlitten. Sie werden nicht gerudert, nicht von Wind oder Gezeiten bewegt, sondern von einer vollkommen anderen Kraft.

«Feuerklauen», haucht Segl gleichermaßen erschrocken und ehrfurchtsvoll.

Mit weit aufgerissenen Augen betrachte ich die katzenartigen Tiere unter mir. Sie sind *riesig*. Mindestens drei Meter groß, mit gebogenen Reißzähnen, die über ihren Unterkiefer herunterhängen. Die Enden sind wie Schaufeln geformt – dafür gemacht, Schnee und Eis zur Seite zu räumen.

Doch noch bemerkenswerter als ihre schiere Größe sind die züngelnden Flammen, die um ihre Pfoten flackern. Bei manchen der Tiere brennen die Pfoten, bei anderen nicht; bei manchen sind alle vier Pranken rot erleuchtet, bei anderen nur eine einzelne, als ständen sie mit einem Fuß im Tor zur Hölle.

Das also waren die roten Feuerbälle, die wir in der Ferne gesehen haben.

Einer der Roten Räuber lässt seine Peitsche über den Köpfen einer Gruppe knallen, um die Kreaturen anzutreiben und das Schiff in Bewegung zu setzen. Sofort stoßen sämtliche Tiere ein Grollen aus, ein vielstimmiges Knurren voll kaum unterdrückter Wildheit. Das schreckliche Geräusch durchschneidet die Luft und dringt bis in den Boden, der unter meinen Füßen vibriert.

Das war also der Donner.

«Ich dachte, Feuerklauen wären ein Mythos», murmele ich.

Der Pirat neben mir lacht leise. «Eher ein Albtraum», erwidert er, und trotz seiner Maske kann ich heraushören, dass er lächelt. «Ein einzelner Prankenhieb kann einen Mann töten – oder eine Frau.»

Ich sehe ihn mit großen Augen an; bemühe mich, nicht zu zittern.

«Du wirst entweder von den rasiermesserscharfen Klauen aufgeschlitzt oder von ihren Flammen zu Asche verbrannt. Beides kein schöner Tod.»

Ich will mich diesen Viechern nicht nähern. Unglücklicherweise führen die Piraten uns auf der anderen Seite des Hügels wieder nach unten, näher an die Bestien heran, näher zu den Schiffen und zu den Hunderten von Piraten in der Senke.

Ich bemühe mich, so aufmerksam zu bleiben, wie ich kann, suche nach vertrauten Gesichtern. Hoffend, welche zu entdecken, und zugleich betend, es nicht zu tun. Als wir näherkommen, bemerke ich Spuren des Kampfes: weitere tote Pferde und noch eine zerstörte Kutsche, bereits befreit von allen goldenen Verzierungen, die nun auf die Schiffe verladen werden.

Die Piraten gehen methodisch vor, stehlen alles, bis hin zu den Reisetruhen und den Vorhängen der Kutschen.

Die Pferde, die überlebt haben, werden auf eines der kleineren Schiffe geführt. Ihre Hufe klappern über die hölzerne Rampe, während die Tiere nervös die Feuerklauen beäugen. Ich entdecke Knusper unter ihnen, erkenne ihn an dem goldenen Band, das ich in seinen Schwanz geflochten habe.

Überall stromern Piraten herum, zerren kreischende Sättel mit sich, plündern all unsere Sachen. Sie misshandeln und verhöhnen unsere Wachen, die viel zu wenige sind, um sich zur Wehr zu setzen. Jeder Pirat trägt die gleiche weiße Pelzkleidung, die gleichen roten Stoffbahnen um den Kopf geschlungen, sodass nur ihre Augen zu sehen sind.

Die Flammen um die Pranken der katzenartigen Wesen erhellen die Umgebung, tauchen die Szenerie in flackerndes Rot. Irgendwie macht das alles nur noch schlimmer. Ich reiße den Blick von den Schiffen los und entdecke Blut im weißen Schnee – so dunkel, dass es schwarz wirkt. Und dann bemerke ich die reglosen Wachen ringsum auf dem Boden.

Neben mir wird Segl ganz still, sagt kein einziges Wort. Entsetzen steigt in mir auf wie beißender Rauch, lässt meine Augen brennen, schnürt mir die Brust zu.

Die Toten liegen überall, wohin ich auch schaue. Die überlebenden Wachen werden gerade bis auf die Unterhose ausgezogen. Sie sind verletzt und haben blutige Wunden, zittern in der Kälte. Man lässt ihnen nicht einmal die Stiefel und wirft sie zusammen mit ihrer Kleidung und den Rüstungen auf einen Haufen, um alles auf die Schiffe zu verladen.

Ich beiße mir so heftig auf die Zunge, dass ich Metall schmecke. Trotzdem kann ich nicht damit aufhören, halte sie zwischen meinen Zähnen, beiße immer fester zu.

Wir nähern uns den Schiffen. Die Hitze der Feuerklauen vertreibt die eisige Kälte der Nacht, doch mir wird trotzdem nicht warm davon. Diese Feuer versprechen keinen Schutz, spenden keinen Trost.

Ich lasse den Blick über die Wachen schweifen, spähe an den unzähligen Piraten vorbei. Aber das Gesicht, nach dem ich Ausschau halte, kann ich nicht entdecken. Digby ist nirgendwo zu sehen.

Ein grimmiger Pirat sieht uns kommen und eilt heran. «Noch ein Sattel?», fragt er und mustert mich von Kopf bis Fuß. «Bringt sie da rüber.» Er deutet mit dem Kopf nach links. Sofort schaue ich dorthin. Da stehen die Sättel, nebeneinander aufgereiht. Einige Piraten gaffen sie anzüglich grinsend an, betatschen sie immer wieder. Rosh, der männliche Sattel, wird auf die Knie gezwungen. Die Piraten verspotten ihn, spucken ihn an. Rosh lässt es mit hängendem Kopf über sich ergehen.

Ich reiße den Kopf wieder herum. «Segl!» Weiter komme ich nicht, denn ich werde bereits weggezerrt. Mein Freund wird in die andere Richtung abgeführt.

«Alles wird gut», verspricht er, doch selbst in meinem von Schock benebelten Zustand kann ich die Lüge in seiner zitternden Stimme erkennen.

«Segl!» Ich schreie seinen Namen. Panik flammt in mir auf. «Segl!», brülle ich wieder und wehre mich gegen den Mann, der mich festhält.

Nichts. Meine Gegenwehr hat keinerlei Effekt. Und selbst wenn sie etwas brächte – wenn es mir gelänge, mich aus dem Griff des Mannes zu befreien –, sind da immer noch Hunderte von Piraten um mich herum.

«Alles wird gut!», ruft Segl gepresst, das Gesicht schmerzerfüllt. «Es wird gut, alles gut.»

Es klingt eher wie ein Flehen.

Ich werde weggeschleift. Segl verschwindet aus meinem Blickfeld, als ich zu den zwölf anderen Sätteln geschubst werde. Ich werde ganz ans Ende der Reihe vor dem größten Schiff geschoben, Dutzende von Feuerklauen kauern in unserem Rücken. Ihre rot glühenden Pranken lassen Dampf vom Schnee aufsteigen, sodass Nebel über den Boden wabert.

Ich schaue wieder nach vorne und sehe, wie Segl weitergezerrt wird, rüber zu den anderen überlebenden Wachen. Dort zwingt man ihn im Schnee auf die Knie.

Der Pirat neben ihm tritt ihn heftig in die Seite, um sicherzustellen, dass er auch unten bleibt. Segl keucht und schlägt die Arme vor den Bauch, doch er hält den Kopf hocherhoben, sieht mich unverwandt an. Als wolle er sicherstellen, dass er mich nicht verliert – oder mir zeigen, dass ich nicht allein bin.

Ein Wimmern neben mir lässt mich den Kopf drehen. Ich bemerke, dass Polly zitternd an meiner Seite steht. Tränen rinnen über ihr sommersprossiges Gesicht. Sie weint so heftig, dass sie kaum atmen kann. Ihr Kleid ist an mehreren Stellen zerrissen, das Mieder hängt in Fetzen herab. Und obwohl sie mit bebenden Händen versucht, den Stoff zusammenzuhalten, ist das Kleidungsstück zerstört, sind ihre Brüste entblößt.

Wut steigt in mir auf, Wut und Verzweiflung. Rasch ziehe ich meinen Mantel aus und lege ihn Polly um die Schultern, um sie zu bedecken. Sie zuckt bei der Berührung zusammen und versucht, meine Hand zur Seite zu schlagen. Doch als sie begreift, wer sie da berührt, gibt sie den Widerstand auf. «Was tust du?», fragt sie, und diesmal klingt ihre Stimme gar nicht mehr bissig.

Ich ignoriere ihre Frage. Stattdessen packe ich ihren Arm und schiebe ihn in den Ärmel, dann kommt der andere Arm dran. Danach schließe ich die Knöpfe. Meine Hände zittern so heftig, dass ich mehrere Anläufe brauche, um das erste Knopfloch zu finden.

Als sie schließlich bedeckt ist, starrt Polly mich an. Eine ihrer Wangen leuchtet tiefrot, ein klares Zeichen, dass jemand sie geschlagen hat. «Danke», murmelt sie.

Ich nicke und spüre zugleich, wie die kalte Luft nun gieriger nach mir greift. Gibt es einen Silberstreif? Wenigstens trage ich immer noch mein schweres Wollkleid mit der Strumpfhose darunter. Ein Blick auf die fast nackten Wachen lässt mich vor Mitleid das Gesicht verziehen. Wenn sie nicht bald ins Warme kommen, kriegen sie noch einen Kälteschock oder erleiden Erfrierungen.

«Was werden sie mit uns anstellen?», frage ich und beobachte die Piraten bei ihrer Arbeit. Ein paar von ihnen bewachen uns, damit wir uns nicht von der Stelle bewegen. Aber die Sättel wagen ohnehin keinen einzigen Schritt, sie flüstern und weinen nur.

Ein paar Schritte von mir entfernt entdecke ich Nissa in der Reihe, die gerade leise mit dem Mädchen neben sich spricht. Sie gehört zu den neueren, jüngeren Sätteln, und ich kenne ihren Namen noch nicht. Klein und sehr zierlich ist sie, mit seidig-schwarzem Haar und Mandelaugen. Im Moment wirkt sie vollkommen verängstigt. Nissa erwidert meinen Blick. Ihre Miene ist grimmig, auch wenn sie tröstend die Hand des Mädchens hält.

Neben mir stößt Polly ein bitteres Lachen aus. «Was glaubst du denn?», fragt sie. «Das sind Piraten! Die Roten Räuber sind berüchtigt für ihre Wildheit und Brutalität. Niemand außer ihnen ist hart genug, um hier draußen im Ödland zu überleben. Sie werden uns benutzen und dann verkaufen – wie alles, was sie stehlen. Und das auch nur, wenn wir Glück haben.»

Mein Körper beginnt zu zittern, und ich taste nach der Narbe an meiner Kehle. In jener Nacht mit König Fulke war ich starr vor Angst. Aber das hier? Das ist eine vollkommen neue Art des Entsetzens. Eine viel schlimmere Form der Gefangenschaft.

Ein Blick auf diese Piraten genügt, und ich weiß sicher, dass keine von uns auf diese Schiffe gebracht werden will.

Aber es gibt keinen Ausweg – nicht mit den wilden Feuerpranken hinter uns und den grausamen Piraten um uns herum. Wir können uns nicht verstecken. Eine höhnische Stimme in meinem Kopf verkündet, dass das alles meine Schuld ist. Dass ich niemals hätte den Wunsch äußern dürfen, die Sicherheit meines Käfigs zu verlassen.

Ich bin eine Närrin.

Langsam sickert die trostlose Realität unserer Lage in mein Bewusstsein. Die Erkenntnis dringt so tief in mich ein wie die allgegenwärtige Kälte. Der Schneefall hält unvermindert an. Dicke Flocken landen im sanften Schwebflug auf zitternden Schultern. Noch eine Last, die wir zu tragen haben.

Ich bin mir nicht sicher, wie lange wir dort stehen.

Die Piraten nehmen alles auseinander, was wir dabeihaben. Dann werden Stapel aufgeschüttet, Beutestücke ausgesucht. Nacheinander verschwindet alles auf den Schiffen, bis hin zum letzten Streifen Trockenfleisch.

Den fast unbekleideten Wachen, die immer noch im Schnee knien, gehen langsam die Kräfte aus. Zwei von ihnen sinken zu Boden, unfähig, sich weiter aufrecht zu halten. Die übrigen Wächter drängen sie, sich wieder aufzurichten. Einer tut es.

Der andere nicht.

Segls Zähne klappern schon seit einer Weile. Selbst aus der Entfernung kann ich erkennen, dass seine Lippen blau verfärbt sind. Seine dünne Hose ist überall durchnässt, wo der Stoff beim Knien den Schnee berührt.

Eis glänzt auf Segls Brauen und an seinen Schläfen, es ist gefrorener Angstschweiß. Trotz der Hitze, die von den Feuerklauen hinter uns ausstrahlt, raubt die bittere Kälte uns die Kraft, laugt unsere Seelen aus.

Aber die ganze Zeit über sieht Segl mich an, sein Blick fest und unnachgiebig. Wenn ich zittere, zwingt er seinen Körper, ruhig zu bleiben. Wenn meine Lippen beben, verzieht er seine zu einem traurigen Lächeln. Als eine Träne auf meine kalte Wange fällt, nickt er. Er spricht immer noch mit mir, nur ohne Worte.

Du wirst das überstehen, alles wird gut.

Er beschützt mich, stärkt mich – allein durch den Blick dieser freundlichen blauen Augen.

Also wende ich den Blick auch dann nicht von ihm ab, als ein weiterer unserer Wächter zu Boden sinkt. Ich wende den Blick nicht ab, als eine Feuerklaue knurrt, direkt hinter mir, als würde sie mir gleich den Rücken aufschlitzen. Ich wende den Blick nicht ab, als eine der Frauen anfängt zu jammern und zu flehen. Ihr Schreien durchdringt die Nacht wie zersplitterndes Eis.

Ich wende den Blick nicht ab.

Und dann steigt jemand zu uns herab. Auf dem weißen Holz der Rampe, die aufs größte Schiff führt, erklingen schwere Schritte. Jeder dumpfe Aufprall lässt meinen Herzschlag einen Moment stocken. Doch erst, als ich ihn direkt hinter mir höre, reiße ich meinen Blick von Segl los.

Die Roten Räuber halten in ihrem Tun inne, als der Mann am Fuß der Rampe zum Stehen kommt. Jeder einzelne Pirat wendet sich ihm zu. Auch ich drehe den Kopf nach ihm, mustere den weißen Pelz, in den sein Körper gehüllt ist, und den roten Stoff über seinem Gesicht, wie bei den anderen. Aber ich bemerke auch den scheußlichen Piratenhut, der stolz auf seinem Kopf thront. Das Ding leuchtet in rostigem Scharlachrot, als wäre das Leder mit Blut durchtränkt. Eine einzelne schwarze Feder steckt an der Krempe, wie ein Todesmal. Und das verrät mir nur zu deutlich, wen ich hier vor mir habe.

Den Kapitän der Roten Räuber.

Kapitel 26

Am Fuß der Rampe tritt der Piratenkapitän einem seiner Männer entgegen. «Wie sieht's aus, Quartiermeister?»

«Bester Raubzug, den wir je hatten, Käpt'n! Und das Gold, das dieser Haufen dabeihatte? Ihr hattet recht – es gehört Midas.» Selbst mit dem roten Stoff über seinem Gesicht kann ich jedes Wort verstehen, sehe das aufgeregte Funkeln in den Augen des Mannes.

«Hmm», antwortet der Kapitän. Sein Blick wandert über den Schnee, verharrt bei den knienden Wachen. Er geht zu ihnen hinüber und hebt cinc schwarze Augenbraue. «Ihr habt sie schon ausgezogen?»

Der Quartiermeister lacht, während er seinem Kapitän folgt. «Ihre Rüstungen bestanden aus Gold. Selbst ihre Stiefel waren damit verziert.»

Der Kapitän reibt sich die Hände – allerdings nicht, um sie zu wärmen. Es ist die zufriedene Geste eines Diebes. «Ausgezeichnet.»

«Die Pferde taugen ebenfalls was. Haben sie bereits aufs Schiff geladen», fährt der Quartiermeister fort.

Der Kapitän nickt, dann wendet er sich um und lässt sich endlich dazu herab, uns anzusehen. «So viele Frauen?»

«Sind anscheinend Huren.»

Diese Neuigkeit weckt das Interesse des Kapitäns. Er kommt zu uns, um unsere Reihe zu begutachten. Seine Stiefel knirschen durch den feuchten Schnee, und er mustert unsere Körper eindringlich von oben bis unten.

«Hmmm, nicht einfach nur Huren», murmelt er und lässt das Kleid einer der Frauen durch seine Finger gleiten. Sie zittert mit gesenktem Kopf. Ihr Blick bohrt sich förmlich in den Schnee. «Für einfache Huren sind sie viel zu vornehm gekleidet.» Er wendet sich an den Quartiermeister, und obwohl sein Gesicht immer noch verhüllt ist, weiß ich einfach, dass er grinst. «Das sind Midas' königliche Sättel.»

Die Augen des Mannes werden groß, und er stößt einen leisen Pfiff aus. «Heilige Scheiße! Habt ihr das gehört, Rote?», ruft er den versammelten Piraten zu. «Wir werden heute Abend ein paar königliche Sättel reiten!»

Begeistertes Brüllen steigt auf – als heule ein Rudel Wölfe triumphierend den Mond an. Neben mir wimmert Polly leise.

Der Kapitän geht die Reihe der Frauen ab, betrachtet jede Einzelne von uns genau. Schließlich kommt er vor Polly zum Stehen. Sie zittert so heftig, dass ich befürchte, sie könne jeden Moment in Ohnmacht fallen. Als er ihren Pelzmantel bemerkt, wedelt er ungeduldig mit der Hand.

Der Quartiermeister tritt heran, packt den Kragen und reißt den Mantel ruckartig auf, sodass die Knöpfe davonfliegen. Polly stößt einen schrillen Schrei aus und versucht, den Stoff wieder zu schließen. Doch ein weiterer Pirat hält ihr von hinten die Arme auf dem Rücken fest.

Sie kann nicht verhindern, dass der Kapitän die Fetzen ihres Kleides zur Seite streift, um sich ihren Körper anzusehen. «Nette Titten. Zumindest scheint Midas einen guten Geschmack zu haben.» Sein Blick wandert beiläufig von ihren Brüsten zu ihrem Gesicht. «Schau mich an, Mädchen.»

Aber Polly hält die Augen fest geschlossen und schüttelt stumm den Kopf, den Blick gesenkt, die Schultern hochgezogen.

Die dunklen Augen des Kapitäns werden schmal. «Hmmm. Diese königlichen Sättel sind ein bisschen hochnäsig, nicht wahr, Quartiermeister?», brummt er.

Der wuchtige Mann – wahrscheinlich sein Stellvertreter – nickt. «Aye. Wir können ihnen ja Manieren beibringen, Käpt'n.»

Der Quartiermeister tritt vor und packt grob Pollys blondes Haar. Er zerrt ihren Kopf heftig nach hinten, sodass sie schreit und die Augen aufreißt. «Du bist kein königlicher Sattel mehr, Mädchen. Wenn Käpt'n Fane dich ansehen will, dann tust du das, was er will. Kapiert?»

Polly wimmert, dann rollen ihre Augen plötzlich nach hinten, und ihr gesamter Körper erschlafft. Sie wird bewusstlos. Keiner der drei Piraten fängt ihren Sturz auf. Sie lassen ihren zarten Körper einfach auf den Schnee knallen. Und keiner macht sich die Mühe, sie wieder aufzuheben.

Kapitän Fane schnalzt missbilligend mit der Zunge. «Schwach. Wir werden sie trainieren müssen.»

Meine Hände zittern in den Taschen meines Kleides.

Der Nachthimmel drückt uns nieder wie eine schwere Decke, die Dunkelheit hält mich gefangen. In unserem Rücken verhöhnt uns der Bergpass, diese gähnende Kluft, die uns über die Grenze ins Fünfte Königreich geführt hätte.

Zu weit. Wir waren einfach zu weit entfernt.

Was wird geschehen, wenn unsere Reisegesellschaft niemals im Fünften ankommt? Wie lange wird Midas warten, bis er Kundschafter ausschickt, um nach uns zu suchen? Wird es ihm gelingen, mich zu finden? Wird er zu spät kommen?

Schuldgefühle, ätzend und heiß, brennen in meinem Magen. Ist das alles eine Bestrafung? Verdammen die himmlischen Götter und Göttinnen mich für meinen Wunsch, aus Midas' Käfig herauszukommen? Vielleicht weben die Schicksalsgöttinnen hier ein mahnendes Beispiel: Ich hätte mich mit dem zufriedengeben sollen, was ich hatte. Hätte dankbar sein müssen.

Der Piratenkapitän tritt an mich heran.

Langsam hebe ich den Blick, bis ich in sein Gesicht schaue. Ein hartes, grausames Gesicht. Weißer Pelz. Roter Stoff. Kalte braune Augen.

Ich hätte die Augen nie von Segl abwenden dürfen. Hätte in seinem Blick verweilen sollen, in seiner Geborgenheit.

Der Kapitän mustert mich abschätzig, fast gelangweilt, so wie zuvor schon die anderen. Doch dann erstarrt er. Kneift die Augen zusammen. Sieht genauer hin.

Mein Herz rast.

Er schnippt mit den Fingern, ohne die Augen von mir zu nehmen. «Licht!»

«Licht! Besorgt dem Kapitän Licht!», brüllt der Quartiermeister so laut, dass ich zusammenzucke.

Ich höre eilige Schritte, das Klappern von Glas und Metall. Doch ich kann die Augen nicht vom Kapitän abwenden. Vor Angst bin ich wie versteinert; ich stehe stocksteif da, als hätte er seine Hand um meine Kehle gelegt.

Jemand eilt mit einer Fackel heran. Die gelben Flammen zischen im Schneefall, und das Herz des Feuers glüht rot wie eine Wunde, als hätte man es an den Pranken dieser höllischen Biester entzündet.

Kapitän Fane schnappt sich die Fackel und hält sie dicht an mein Gesicht, so dicht, dass die Hitze schmerzhaft über meine Wangen leckt. Er beleuchtet meine Züge, dann senkt er die Fackel, um meine goldstrahlende Kleidung zu begutachten. Das schimmernde Leder meiner Stiefel. Den Glanz meines Haares.

Seine braunen Augen wirken nicht länger distanziert

oder desinteressiert. Ich erkenne Überraschung darin. Überraschung – und dann Triumph.

Ein wilder Triumph, der mein Kinn zittern lässt.

Der Kapitän drückt dem Quartiermeister die Fackel in die Hand, damit er sie für ihn hält. Dann streckt Fane die Hand aus, packt meinen zerzausten Zopf und hält mein Haar ins Licht. Nach ein paar Sekunden gibt er den Zopf wieder frei, nur um sofort nach meiner Hand zu greifen. Er zieht mir den Handschuh aus, studiert meine Finger, meine Handfläche, meine Fingernägel. Meine Haut glitzert im Feuerschein.

«Das kann nicht sein», murmelt er. Dann krempelt er sich die rote Maske vom Gesicht, bis der Stoff wie ein Tuch um seinen Hals liegt. Er ist jünger, als ich erwartet hätte – vielleicht Anfang dreißig.

Abscheu erfüllt mich, als der Kapitän meine Hand höher hebt und über die Haut unter meinem Daumen leckt. Ich winde mich, versuche, ihm die Finger zu entziehen. Aber er hält mich fest und reibt die angeleckte Stelle, als wolle er schauen, ob das Gold sich wegwischen lässt.

Farbe. Die anderen Piraten dachten, ich wäre angemalt. Der Kapitän hat gerade begriffen, dass sie sich geirrt haben.

Ein beängstigendes Lächeln macht sich langsam auf seinem Gesicht breit – ein Gesicht, das er mir enthüllt hat. Ein paar Zähne fehlen in seinem Mund, und der Ersatz besteht aus demselben weißen Holz wie das Schiff. Einzig an seinem Kinn wächst ein Bart, kurz und dunkelblond, an den Enden sind rote Perlen eingeflochten. Fanes linkes Ohr ist durchstochen, und in dem Loch steckt ein Pflock aus rot gefärbtem Holz. Ich frage mich, ob er wohl mit Blut getränkt wurde.

Bei Fanes Lächeln – und dem Blick, mit dem er mich

ansieht – wird mein Mund trocken. Es ist einer von diesen Blicken, die einer Frau alles über einen Mann verraten, was sie wissen muss. Wenn ich genügend Atemluft hätte, würde ich schreien. Doch meine Kehle ist wie zugeschnürt. Ich bin leer. In meiner Brust existieren nur noch Schuldgefühle und kalter Schrecken.

Ohne Vorwarnung packt der Kapitän mein Handgelenk und zerrt mich nach vorne. Ich stolpere, aber er wirbelt auf dem Absatz herum und reißt meine Hand in einer triumphierenden Geste über meinen Kopf; als wolle er eine Trophäe präsentieren. «Rote! Schaut euch den Schatz an, den wir hier ausgegraben haben!»

Seine Stimme dröhnt wie eine Trommel über das Ödland.

«Wir haben Midas' vergoldete Hure erwischt!»

KAPITEL 27

Kapitän Fanes Enthüllung jagt eine Schockwelle durch die Menge der Piraten.

Zuerst herrscht fassungsloses Schweigen. Ich spüre, wie Hunderte von Augenpaaren sich auf mich richten, mich eindringlich mustern. Dann schlägt der Schock in etwas anderes um. Etwas Schlimmeres.

Die Piraten beginnen zu grölen, bis sie sogar das Knurren der Feuerklauen übertönen. Ich zucke zusammen, versuche erneut, meine Hand loszureißen, aber der Kapitän packt mein Handgelenk nur noch fester.

Er wendet sich erneut zu mir um, und ich sehe deutlich die Euphorie in seinem Blick. «Schaut sie euch nur an! Selbst ihr Kleid ist golden. Das Haar auch.» Er lässt mein Handgelenk los, um stattdessen die Faust in meinem Haar zu vergraben. «Die goldene Hure von Hohenläuten.»

Der Kapitän blickt über seine Männer, die Hand weiter in meinem Haar verkrallt. «Wir haben Midas' Favoritin erbeutet!» Die Piraten lachen selbstgefällig, so unendlich zufrieden mit sich.

«Er wird zahlen», stoße ich hervor, als ich endlich meine Stimme finde. Schwach klingt sie und dünn. Der Kapitän gibt mein Haar frei, und meine Kopfhaut pocht schmerzhaft im Takt meiner Herzschläge. «Für seine Wachen, seine Sättel ... für mich ... Er wird Euch jedes Lösegeld zahlen, das Ihr verlangt. Tut uns nur nichts an.»

Kapitän Fane feixt. «Oh, ich werde kein Lösegeld von Midas fordern. Anderswo bekomme ich weitaus mehr.»

Seine Worte reißen mich in den Abgrund, dunkel und bodenlos.

«Die hier werde ich behalten, bis wir sie an den Höchstbietenden verkaufen. Verbreite die Nachricht, dass wir einen Haufen edler Sättel anzubieten haben, nur verrate noch nicht alles.»

«Aye, Käpt'n», antwortet der Quartiermeister mit einem Nicken. «Aber König Midas' Favoritin? Da wird es eine Menge Bieter geben.»

«Den Rest von ihnen könnt ihr unter euch aufteilen. Sie sollen die Männer unterhalten und sie für ihre harte Arbeit belohnen», weist Fane seinen Stellvertreter an.

Die Piraten in Hörweite jubeln. Die Sättel beginnen zu weinen.

Kapitän Fane senkt den Blick auf Polly, die immer noch bewusstlos im Schnee liegt. «Und lasst sie arbeiten, um sich ihren Unterhalt zu verdienen. Sie müssen abgehärtet werden.»

Der Quartiermeister nickt. «Ist so gut wie erledigt, Käpt'n.»

Der Kapitän erwidert das Nicken, dann mustert er mich mit einem anzüglichen Blick. «Wie ich es genießen werde, Midas' goldene Gefangene in meiner Kabine einzusperren.»

Mein Körper zittert immer stärker, und mein Kinn bebt. Ich erahne bereits die Schmerzen, die er mir zufügen will, die Brutalität, mit der er mich behandeln wird. All das leuchtet in seinen Augen.

Er hebt die Hand, um meine Brust zu betatschen, knetet und kneift sie. Die Berührung ist widerlich. Ich versuche, ihn von mir wegzustoßen, aber er lacht nur und packt umso fester zu. «Aye, ich werde Spaß daran haben, sie zu brechen. Midas' verdammte Favoritin», lacht er, als könne er sein Glück nicht fassen. «Ich wünschte nur, ich könnte das Gesicht dieses Bastards sehen, wenn er herausfindet, dass ich sie gefangen, benutzt und anschließend weiterverkauft habe.»

Tränen steigen in meine Augen, lassen die Welt verschwimmen, drohen alles zu ertränken. Ich kann nicht atmen, spüre meine Gliedmaßen nicht mehr. Das kann nicht wahr sein. Das ist ein Albtraum. Ich werde bald aufwachen. Ich muss einfach nur aufwachen.

Kapitän Fanes Finger packen fester zu, kneifen mich, bis ich aufschreie. «Mmm, und laut ist sie auch noch. Das gefällt mir.»

Er beginnt, am Kragen meines Kleides zu zerren, an meinem Oberteil. Doch dann schreit jemand hinter ihm: *«Fass sie nicht an!»*

Kapitän Fane erstarrt in der Bewegung. Er lässt seine Hand sinken. Langsam dreht er sich um. «Wer hat das gesagt?»

Einer der Piraten tritt neben Segl, der immer noch im Schnee kniet. «Der hier, Käpt'n.»

Als ich wieder zu Segl schaue, tritt der Pirat ihm gerade heftig in den Rücken.

Mein Freund fällt nach vorne, mit dem Gesicht in den Schnee. Kapitän Fane stampft zu ihm hinüber. Grauen liegt in der Luft und befällt auch mich.

«Wie heißt du?», fragt der Kapitän und baut sich direkt vor Segl auf.

Dieser kämpft sich wieder auf die Knie. Er beißt die Zähne zusammen und schaut zu Fane auf, trotzig und blutend. «Segl.»

Kapitän Fane wirft lachend den Kopf in den Nacken. «Habt ihr das gehört, Rote? Wir haben endlich ein Segel für unsere segellosen Schiffe!»

Bösartiges Gelächter hallt über die vereiste Ebene. Rote Flammen flackern in der schwarzen Nacht.

«Nun gut, *Segl*. Du hast etwas zu sagen? Muss wohl so sein, sonst hättest du nicht gejault wie eine rollige Katze.»

Wieder lachen die Piraten. Segls blasse Wangen hätten sich wahrscheinlich vor Wut gerötet, wenn die Kälte das nicht schon erledigt hätte.

Aber er zieht den Kopf nicht ein. Er sieht zum Kapitän auf, die Augen voller Hass. Stille legt sich über das Ödland, als alle Blicke sich auf Segl richten. Selbst die eisige Landschaft scheint zu lauschen.

Sag nichts. Sag einfach nichts, Segl.

Doch Segl schweigt nicht. «Ich habe gesagt: Fass sie nicht an», wiederholt er wütend.

Mein Herz verkrampft sich.

Kapitän Fane lacht leise, als würde ihn das alles amüsieren. «Schaut euch das an, Rote. Er zeigt echten Mut. Wie ungewöhnlich für jemanden aus Midas' Armee.» Die Piraten lachen. Die anderen Wachen, die ringsum knien, lassen die Köpfe hängen, niedergedrückt von Erniedrigung und Grausamkeit.

Doch Segl starrt unverwandt den Kapitän an, die Hände zu Fäusten geballt. «Sie ist die Favoritin des Königs. Er wird großzügig für sie zahlen, wenn sie ihm unversehrt zurückgegeben wird. Und egal, was Ihr denkt: Midas wird mehr zahlen als jeder andere. Er verfügt als Einziger über solche Mittel.»

«Aye, der König mit der goldenen Macht», antwortet Kapitän Fane höhnisch, fast bitter. Hass. Da schwingt Hass in seiner Stimme mit. Und vielleicht auch Neid.

«Womöglich wird es Zeit, dass der König eine Lektion erteilt bekommt», überlegt der Kapitän. «Er muss lernen, dass es Dinge gibt, die er sich nicht kaufen kann. Vielleicht behalte ich sie einfach für mich selbst, nur um das sicherzustellen.»

Segl öffnet den Mund, doch die Worte werden ihm abgeschnitten, als der Kapitän sich zu ihm vorbeugt. Fanes Gesicht schwebt nun direkt vor dem von Segl, Auge in Auge. Hier braun, dort blau. Hier Grausamkeit, dort Güte. Seine Finger streichen über den Schnee, häufen ihn gelangweilt auf seiner Handfläche an.

«Jetzt hör mir mal gut zu», setzt Kapitän Fane an. Er spricht leise, ist aber doch ringsum zu hören. «Ich werde sie ficken. Wo und wann auch immer ich Lust dazu habe.» Er sagt das ganz beiläufig, locker, als spräche er übers Wetter. «Ich werde sie benutzen. Sie zerstören», fährt Kapitän Fane fort, ohne sich darum zu kümmern, dass Segl vor Wut zittert.

Ein Schluchzen steigt in meiner Kehle auf, entkommt über meine Lippen.

«Ich werde etwas von ihrem glänzenden Haar abschneiden und in einer hübschen Kiste an Midas schicken ... weil es mir Spaß macht, ihn zu verhöhnen. Vielleicht nehme ich Haare von ihrer goldenen Möse.»

Kapitän Fane hebt die Hand, auf der sich ein kleiner Schneehügel angesammelt hat. Dann klatscht er den Schnee auf Segls unbedeckten Kopf, sodass mein Beschützer vor Kälte zusammenzuckt. Kleine Klumpen laufen über sein Gesicht und fallen nach unten, landen auf seiner bereits durchnässten Hose.

Der Kapitän greift erneut in den Schnee.

«Und wenn ich genug von ihr habe – aber wer weiß schon, wann das so weit ist –, werde ich sie an den Meistbietenden verscherbeln. Doch das wird noch Wochen dauern. Vielleicht sogar Monate.»

Wieder landet eine Handvoll Schnee auf Segls Kopf. Ein

Teil bleibt in seinem Haar hängen, einige Klumpen fallen auf seinen Rücken und rutschen über seine bebende Wirbelsäule. Und die ganze Zeit über mustert Kapitän Fane interessiert Segls Miene, wie eine Katze, die mit einer Maus spielt. Und die Roten Räuber sehen zu. Ihre roten Masken sehen aus wie ein vielfaches blutiges Grinsen.

«Wenn ich mit ihr fertig bin, wird nur noch eine goldene, mit Wichse gefüllte Hülle von ihr übrig sein.»

Segl zuckt zusammen. Inzwischen zittert er am ganzen Körper, seine Zähne klappern. Mein Herz rast und hämmert, als wolle es tiefer sinken, einen Tunnel nach unten graben und sich in meinen Innereien verkriechen.

Wieder sammelt der Kapitän Schnee auf seiner Handfläche, mit langsamen, methodischen Bewegungen. «Aber das wird dich nicht mehr interessieren. Und weißt du auch, warum?», fragt er, bevor er erneut Schnee über meinen Wächter, meinen Freund, verteilt.

Segl lässt den Kopf sinken, als würde der Schnee – diese eisige Demütigung – zu schwer für ihn.

Der Kapitän steht langsam auf, als hätte er genau darauf gewartet ... auf diese erzwungene Kapitulation. Er klopft sich die Reste des Schnees von den Händen.

Mein Herz rast weiter, hämmert flehend gegen meine Rippen.

«Dich wird es nicht interessieren», fährt Kapitän Fane fort, den Blick auf Segl gerichtet, «weil du *tot* sein wirst.»

Ein Rammbock prallt gegen meine Rippen. Für einen einzelnen, kurzen Augenblick passiert nichts, gerade lang genug, um zu blinzeln. Zu starren.

Segl sucht erneut meinen Blick, mit Augen so blau wie der Ozean, den er nie gesehen hat. Und wieder sprechen diese Augen zu mir. Wieder nickt er mir aufmunternd zu.

Alles wird gut, es wird wieder gut.

Aber nichts wird gut. Absolut nichts. Weil der Kapitän – noch während Segl nickt – ein Messer aus der Scheide an seiner Hüfte zieht und es Segl in die Brust rammt.

Direkt ins Herz.

«Nein!»

Ich renne bereits los, noch ehe ich mich bewusst dazu entschieden habe. Aber ich komme keine drei Schritte weit, da werde ich auch schon gepackt. Breite Arme schlingen sich um meine Taille.

Ich schreie. Grauenhafte Wut zerreißt mir die Kehle. Meine Stimme ist ein Geräusch nicht von dieser Welt, das durch die Luft schneidet, die Nacht aussaugt, am Bergpass widerhallt und die verhüllten Sterne verflucht.

Mein Aufschrei lässt die Pferde nervös wiehern und die Feuerklauen fauchen. Er übertönt selbst das Heulen der Sturmwitwe und klagt direkt die Schicksalsgöttinnen an. Man presst mir eine Hand auf den Mund, um mich zum Schweigen zu bringen, doch der Schrei bricht weiter hervor … als könne ich so einen Riss in der Welt erzeugen, den Himmel zum Bersten bringen.

Rot blüht auf Segls Brust auf, durchtränkt seine Baumwolltunika, als würde sich dort eine scharlachrote Blume öffnen. Heiße Tränen rinnen in wilden Strömen über meine Wangen und gefrieren dort.

Die Arme geben mich frei, und ich falle zu Boden, krieche auf Händen und Knien zu Segl. Die Kälte spüre ich nicht. Stattdessen sage ich immer wieder seinen Namen, während die Zeit stillzustehen scheint und die Welt schockiert den Atem anhält.

Seine blauen Augen sind immer noch auf mich gerichtet, doch sie blinzeln flackernd. Dann senkt er den Blick auf die Klinge. Auf das Rot.

Ich erreiche ihn, als sein Körper nach vorne kippt; als er fällt.

Ich packe ihn an den Schultern, aber Segl sackt dennoch zu Boden. Ich kann nichts tun, als ihn zu drehen, sodass sein Gesicht nach oben zeigt, zum Himmel.

Roter Schaum quillt aus seinem Mund, sein Atem gurgelt. Seine Lippen sind blau wie seine Augen, aus denen Tränen dringen.

Mein Herz zerspringt unter meinen Rippen. Segl schaut mich an, und meine Tränen vermischen sich mit seinen. Ich schluchzte. Er zittert.

«Alles wird gut, es wird wieder gut», bringe ich schluchzend hervor. Ich lüge für ihn, so wie er für mich gelogen hat.

Und mit seinem letzten Atemzug nickt er mir zu.

Kapitel 28

Mein Herz hört auf zu wüten, hört auf zu hämmern. Es sackt besiegt in sich zusammen, so still und reglos wie Segls Brust.

Blut rinnt aus seinem offenen Mund, fließt hinter sein Ohr, ein Flecken im Schnee.

Hinter mir, überall um mich herum, bewegen sich die Roten Räuber. Sie unterhalten sich und lachen. Ich ignoriere die Piraten, presse eine Hand an Segls kaltes Gesicht.

«Schafft sie an Bord.»

Meine Handfläche kratzt über Segls Wange, als ich auf die Beine gezogen werde. Ich versuche, ihn weiter anzusehen, die Verbindung nicht abbrechen zu lassen, aber ich werde weggezerrt. Segls Blick folgt mir nicht. Starr und ohne zu blinzeln, liegt er da. Schneeflocken landen auf seinen blonden Wimpern.

Diesmal stammt der Donner, der über die Ebene hallt, tatsächlich aus den Wolken. Ich schaue auf, als ich zu den Schiffen gebracht werde, sehe das Beben, das über den Himmel rollt.

Als man mich über die Rampe auf das größte Schiff führt, pfeifen Böen über das Ödland, Blitze zucken am Himmel, und der Sturm entlädt sich grollend.

Der sanfte Schneefall ist nur noch eine Erinnerung. Stattdessen peitscht gefrorener Regen in Strömen herab wie eine Flut aus spitzen Nadeln. Der Donner schlägt über uns zusammen, als würden die Wolken vor Zorn rasen; als würden sie auf Rache sinnen und Tränen vergießen, für mich und für das, was gerade unter ihnen geschehen ist.

Aber nicht einmal die stechenden Eisnadeln dringen zu dem rohen Schmerz in meinem Herzen durch. Denn mein Freund – mein liebenswürdiger, ständig frotzelnder Wächter – ist tot.

Segl ist *tot.*

Und das nur, weil er versucht hat, mich zu beschützen. Für mich einzustehen. Mir Kraft zu schenken.

Scharf und schneidend. So fühlt mein Schmerz sich an, so verdammt scharf und schneidend.

Und als ich sehe, wie ein paar Piraten gegen Segls Körper treten, roh und gefühllos, kann ich mich nicht länger beherrschen. Ich beginne mich zu wehren, schlage schreiend um mich. Aber der Quartiermeister kommt herüber und packt mit grausamem Griff mein Kinn, drückt drohend zu. «Das reicht jetzt.»

Der Pirat hinter mir umfasst mein Arme fester, sodass ich mich kaum rühren kann. Ich stoße ein zorniges Knurren aus, es klingt nicht einmal annähernd menschlich. Voller Hass starre ich den Quartiermeister an – so viel Hass auf alle Roten Räuber, ganz besonders auf ihren Kapitän.

Der Mann mustert mich aus zusammengekniffenen Augen. Dann steckt er die Hand in eine Tasche – und stopft mir einen dreckigen Lappen in den Mund. Da ist so viel Stoff, dass ich ihn nicht einmal beißen kann. «Ruhig jetzt», blafft er und schiebt den Lappen tiefer, bis ich würgen muss.

Ich werde die letzten Schritte der Rampe hinauf geschubst und stürze auf das Deck des Schiffes. Mein geschundener Körper knallt auf das Holz. Fast hätte ich den Stoff in meinem Mund verschluckt.

Ich reiße mir den widerlichen Knebel heraus, werfe

ihn hustend und spuckend zur Seite. Bevor ich aufstehen kann, werden die anderen Sättel neben mich gestoßen. Man treibt uns am Rande des Decks zusammen, als wären wir nur ein weiterer Haufen Piratenbeute.

Eine Hand erscheint vor meinem Gesicht. Ich hebe den Kopf und erblicke Nissa über mir. Misstrauisch starre ich ihre Handfläche an. «Was?», fragt sie ungeduldig.

Ich ergreife ihre Hand. Nissa zieht mich auf die Füße, stützt mich kurz, ehe sie mich freigibt. Ich will gerade einen Dank murmeln, als mich ein Ellbogen zwischen die Rippen trifft.

Ich wende mich um und entdecke einen der anderen Sättel – Flair – neben mir. Ihr schwarzes Haar ist verknotet, ihre Augen rot und verquollen. «Pass doch auf!», faucht sie und wischt sich den Ärmel ab, wo ich sie aus Versehen berührt habe.

Vielleicht liegt es daran, dass ich gerade mitansehen musste, wie mein Freund vor meinen Augen ermordet wurde. Vielleicht bin ich aber auch einfach mit den Nerven am Ende; vielleicht spielt es einfach keine Rolle mehr, weil wir von berüchtigten, grausamen Piraten gefangen genommen wurden. Doch warum auch immer steigt plötzlich rot glühende Wut in mir auf – und ich kann sie nicht zurückhalten.

Meine Bänder entrollen sich, alle vierundzwanzig auf einmal, die sich auf beiden Seiten an meiner Wirbelsäule entlangziehen. Flair verfolgt die Bewegung verwirrt – verwirrt und dann entsetzt, als die Bänder nach vorne schießen und sie *umstoßen.*

Sie fliegt nach hinten, wirft dabei andere Sättel und sogar einige Piraten um. Mit einem Kreischen landet sie auf dem Deck und springt sofort wieder auf die Füße ... Allerdings nicht, um mich zu fragen, wie zur Hölle ich meine

Bänder bewegt habe, sondern um sich auf mich zu stürzen.

Sie krümmt die Hände zu Klauen. Ich wappne mich, doch Nissa tritt zwischen uns, bevor Flair mich erreichen kann.

«Keine Streitereien», blafft Nissa und wirft uns beiden böse Blicke zu. «Oder habt ihr vergessen, wo zur Hölle wir hier sind?»

Ich atme langsam aus. Meine Bänder erschlaffen in meinem Rücken, doch Flair lässt sich nicht so leicht beruhigen. Sie starrt mich über Nissas Schulter hinweg an. Der intensive Hass in ihrem Blick erschüttert mich.

Ich dachte, ihr Ausbruch käme nur von den brodelnden Gefühlen, dem Stress unserer Situation. Aber ... ihr Gesichtsausdruck sagt etwas anderes. Das war kein irrationaler Ausbruch aus reiner Verzweiflung. Dafür schimmert in ihren Augen zu viel Verachtung.

«Es ist ihre Schuld, dass wir hier sind!», zischt Flair.

Entgeistert runzele ich die Stirn. «Wovon zur Hölle sprichst du? Wie soll das meine Schuld sein?»

Flair sieht die anderen Sättel an, die sich mit großen Augen um uns drängen. «Ihr habt es doch gehört: *Beschützt die Favoritin des Königs.*» Sie schnaubt, humorlos und bösartig.

Ich erstarre. Diese Worte ... Das waren Segls Worte, er hat sie gerufen, als der Angriff der Schneepiraten begann. Nicht einen Moment habe ich darüber nachgedacht, wie das in den Ohren der anderen Sättel geklungen haben muss.

«Als es darauf ankam, haben die Wachen nichts getan, um uns zu beschützen. Es ging ausschließlich um *sie*. Midas hat immer auf sie aufgepasst, sie zu etwas Besonderem gemacht. Selbst auf dieser verdammten Reise hat sie eine

Sonderbehandlung erhalten, nicht wahr? Lasst uns bloß nicht zu lange durch die Nacht reisen, weil wir die Favoritin des Königs erschöpfen könnten. Lasst uns ja nicht zu viel essen, schließlich muss die Favoritin eine extragroße Portion bekommen. Lasst uns nicht zu schnell reisen, weil die Favoritin des Königs auf einem verdammten Pferd reiten will, auf dem sie nichts zu suchen hat! Es geht ständig um sie! Immer!»

Ich spüre, wie die Blicke der anderen Sättel zu mir wandern, sich wie Angelhaken in mich bohren.

«Und dann, als alles den Bach runtergegangen ist, was haben sie getan? Sie haben *sie* beschützt. Versucht, *ihre* Flucht zu sichern. Weil der Rest von uns keine Rolle spielt. Wir sind entbehrlich. Ersetzbar.» Flair beginnt zu schluchzen. Ihre schmalen Schultern beben. «Und jetzt sind wir hier, gefangen, und was glaubt ihr, was mit uns passieren wird?»

Rosh versucht, sanft ihren Arm zu umfassen, um sie zu beruhigen. Doch Flair schüttelt ihn ab und wirft mir einen weiteren flammenden Blick zu, brennt mich nieder mit ihrem Hass.

«Zerstören. Das werden sie tun. Sie werden uns zerstören. Bis wir nichts mehr sind. Sklaven, die benutzt werden, und dann Ware, die verkauft wird. Aber der König wird kommen, um *sie* zu retten. Ihretwegen wird er sogar mit den Piraten verhandeln. Um seine *Favoritin* zu retten. Aber nicht uns», sagt Flair mit einem verbitterten Kopfschütteln, während Tränen über ihre Wangen laufen. «Nicht uns.»

Bislang haben sich die Schuldgefühle in mir angesammelt wie Dampf in einem Kessel. Nun zerreißen sie meine Eingeweide.

All die anderen Sättel starren mich unverwandt an,

während Flairs Worte nachwirken. Ich stehe einfach nur da, schweigend, mit trockenem Mund und Schmerzen im Bauch.

Was soll ich schon dazu sagen? In ihren Augen, in ihrer aller Augen, hat sie recht. Vielleicht kann ich nichts dafür, aber es bleibt trotzdem die hässliche Wahrheit.

Wie hätte ich mich wohl an ihrer Stelle gefühlt, wenn ich diesen Befehl gehört hätte – *Beschützt die Favoritin des Königs*?

«Schön und gut. Aber jetzt sei still.» Nissa schreitet ein weiteres Mal ein, versucht wieder, die Situation zu retten. «Das alles mag stimmen, aber wir können es uns nicht leisten, noch mehr unangenehme Aufmerksamkeit auf uns zu ziehen.»

Ihre sonst so verführerischen Lippen sind zu einer schmalen Linie zusammengepresst, und ihre blonden Strähnen hängen über einem Kleid, das von fremdem Blut durchtränkt ist.

Nissa sieht die Sättel an, ihre Gleichgestellten, ihre Freundinnen. «Wir sind Profis. Nicht irgendwelche Sättel aus den Elendsvierteln. König Midas persönlich hat uns auserwählt. Wenn wir das hier durchstehen wollen, müssen wir all unsere Künste ausspielen. Und wir wissen, wie das geht. Wir wissen, wie man ein Publikum begeistert.»

Die Sättel finden sich zu einem Kreis zusammen. Drehen mir, der Außenseiterin, den Rücken zu. Ich stehe allein, gehöre nicht zu ihnen, nicht einmal jetzt, da wir alle in derselben schrecklichen Situation gefangen sind. Aber das wundert mich nicht. Sie haben mich immer gehasst, haben mich immer gemieden. Und wer sollte ihnen das übel nehmen?

Ich wende mich von ihnen ab, lasse die Ausgrenzung hinter mir. Meine Füße tragen mich an den Rand des

Schiffes, wo ich mit weißen Knöcheln die Reling umklammere.

Die einzige Person, mit der ich jetzt reden möchte, liegt tot im Schnee, mit einer Stichwunde im Herzen. Der eine Mensch, der dafür sorgen könnte, dass ich mich besser fühle. Mein einziger Freund. Tot. Meinetwegen.

Mein Blick gleitet über die Ebene unter uns, über all die Leichen, welche die Piraten zurückgelassen haben. Im Ödland verlassen, bis die Wolken und Winde sie schließlich begraben.

Neben mir ziehen die Roten Räuber die hölzerne Rampe ein, schieben sie an ihren Platz an der Reling. Dann bläst jemand ein Horn, das Signal zum Aufbruch. Vor dem Schiff fauchen und zischen die Feuerklauen, sie bringen das Deck unter meinen Füßen zum Beben.

Aber mein Blick schweift weiter über die Umgebung, rastlos suchend. Wo ist er, wo ist er ...

Ich überprüfe noch einmal, ob ich in die richtige Richtung schaue. Und runzele die Stirn. Ich kann ihn nirgendwo entdecken. Die anderen toten Wachen sehe ich, aber nicht ihn.

Als das Schiff sich in Bewegung setzt, langsam über den vereisten Boden gleitet, zuckt mein Blick panisch von rechts nach links. Dort. *Genau dort* müsste er liegen!

Ich sehe das Blut. Ich sehe die Stelle, wo es geschehen ist, wo sein Herz seinen letzten Schlag getan hat. Aber Segl sehe ich nicht.

Ich umklammere die Reling fester, suche und suche, doch meine Augen finden ihn einfach nicht. Als ob er einfach aufgestanden und fortgegangen wäre. Was unmöglich ist. Aber ich sehe ihn nicht, er ist nicht da, und ich ...

Das heisere Lachen der Piraten zieht meinen Blick zum Bug, wo das Deck von roten, schwankenden Laternen beleuchtet wird. Aber das hätte ich nicht tun sollen. Ich hätte nicht hinschauen dürfen.

Mir entfährt ein erstickter Schrei, dann schlage ich die Hand vor den Mund. Die Piraten haben sich versammelt und lachen gedämpft hinter ihren roten Tuchmasken. Doch nichts kann ihre Grausamkeit dämpfen.

Und Segl ... Ich konnte ihn nicht auf dem Boden entdecken – nicht, weil ich an der falschen Stelle gesucht habe oder er auf wundersame Weise überlebt hat. Sondern weil sie ihn an Bord geschleppt haben.

Mit entsetzten, weit aufgerissenen Augen starre ich dorthin, wo sie ihn aufgehängt haben. Sie haben seinen leblosen Körper vorne am Schiff festgemacht, an einem verfärbten Holzpfosten.

Seile sind um seine Leiche geschlungen, halten seinen Körper aufrecht am Pfosten. Seine leeren Augen sind immer noch geöffnet, starren ins Nichts. Aber dieser Blick war für mich bestimmt! Das war der Blick, den er mir mit seinem letzten Atemzug geschenkt hat.

Jemand ruft: «Jetzt hat unser Schiff endlich ein Segel!»

Ich weiß nicht, wer das gesagt hat. Vielleicht der Kapitän. Vielleicht jemand anderes. Ich weiß es nicht, weil das Blut zu laut in meinen Ohren rauscht; weil mein Blick zu verschwommen ist, um etwas zu erkennen.

«Glaubt ihr, dass er im Wind flattern wird?», höhnt jemand anderes. Hämisches Gelächter brandet auf, so laut wie der Donner, wie die Peitschen über den Köpfen der grollenden Bestien, die uns vorwärts ziehen.

Das Schiff gleitet weiter voran, durchfurcht das Meer der Schneewehen, lässt die toten Soldaten von Hohenläuten in seinem Kielwasser zurück.

Und Segls Körper hängt wie eine geschnitzte Galionsfigur am Bug, erniedrigt und verhöhnt, die letzten Reste seines Blutes bereits auf seiner Brust gefroren. Aber seine Augen in der Farbe des Ozeans schließen sich nicht. Auch wenn sie nichts mehr sehen.

Ich wende mich ab und übergebe mich auf die strahlend weißen Planken des Decks.

KAPITEL 29

Die Piraten lassen uns in Ruhe, zumindest für ein oder zwei Stunden.

Sie haben alle Hände voll damit zu tun, durch diese dunkle, eiserstarrte Welt zu navigieren, wobei sie sich offenbar an irgendwelchen unsichtbaren Wegmarken orientieren.

Begleitet von viel Geschrei und Geschäftigkeit preschen wir voran, gezogen von den Feuerklauen. Unser Schiff fährt an der Spitze, die anderen zwei folgen uns.

Immer schneller gleiten die Schiffe über das kahle, eisige Ödland. Die Bestien ziehen uns mit ihrer Stärke wie Wölfe einen Schlitten. Peitschen knallen, während wir immer mehr Fahrt aufnehmen und die Schiffe schließlich wie von selbst mit voller Geschwindigkeit über den eisglatten Boden driften.

So rasen alle drei Schneepiratenschiffe über die weiße Ebene. Der Wind treibt Graupel in unsere Gesichter. Unaufhaltsam schlittern die glatten Holzkufen vorwärts, werfen Schnee neben den Rümpfen auf wie spritzende Wellen.

Obwohl der Wind an meinem Haar zerrt und der Regen mein Kleid durchnässt, bleibe ich weiterhin stehen, halte die Reling umklammert und starre Segls Körper am Bug an.

Und wieder steigt diese Wut in mir auf – dieser erste Funke, der aufglühte, als meine Bänder Flair weggestoßen haben.

Die entsetzte Trauer über Segls Tod war kalt. Aber das hier, diese Wut, die ist heiß und rot – so rot wie der Stoff, den Kapitän Fane vor dem Gesicht trägt.

Mein Blick fixiert ihn. Er steht am Bug, ruft Befehle und gibt Richtungsangaben. Die schwarze Feder in seinem Hut beugt sich im Fahrtwind, und etwas glänzt an seiner Hüfte – das Messer, das er dort trägt.

Es ist dieses Messer, auf das ich mich konzentriere, als ich endlich die Reling loslasse. Meine Finger sind verkrampft, und ich trage immer noch nur einen einzelnen Handschuh, weil der Kapitän mir den anderen abgenommen hat, um die Farbe meiner Haut zu prüfen.

Mir ist egal, dass es tiefe Nacht ist und die Schatten meine Seele unterdrücken. Mir ist egal, dass sich eine wahre Sturzflut aus den Wolken ergießt. Mir ist egal, dass ich als einzelne Frau gegen eine ganze Schiffsladung Männer stehe. Mir ist egal, dass ich verwundbar bin; dass ich allein auf den Kapitän zugehe.

Weil Segl mein Freund war.

Und weil nichts gut ist.

Meine Bänder gleiten wie eine Schleppe hinter mir über den Boden, während meine Schritte fester werden, ich mich höher aufrichte. Worte hallen wie ein Mantra in meinem Kopf wider, als ich mich an Segls letzten, beruhigenden Blick erinnere.

Nichts ist gut. Nichts wird wieder gut.

Niemand hält mich auf, als ich vorwärtsschreite. Niemand schenkt mir auch nur einen Blick. So unbedeutend bin ich für diese Männer – wie alle Sättel auf dem Deck. Das kann man schon daran erkennen, dass sie keine Wache für uns abgestellt haben. Sie vertrauen ganz darauf, dass wir uns ängstlich auf dem Deck zusammenkauern.

Aber das werde ich nicht tun. Nicht, während Segl dort

hängt. Vermutlich hat jede Person irgendwo ihre Grenze … und meine ist jetzt erreicht.

Es ist einfach, so lächerlich einfach, das Deck zu überqueren. Vorwärtszukommen, ohne dass jemand auch nur in meine Richtung schaut. Ein Ergebnis der Arroganz von Männern, die Frauen nichts zutrauen. Und das wird ihr Untergang sein.

Fässer, aufgerollte Seile, Piraten, die Beute verstauen – an alledem gehe ich vorbei. Bis ich den Bug erreicht habe. Und hinter den Kapitän trete.

Alle meine vierundzwanzig Bänder zucken wie Tentakeln. Sie entsprießen in perfekter Symmetrie an meiner gesamten Wirbelsäule entlang aus meiner Haut: weiche Streifen, breit wie zwei Finger, die sich rechts und links von mir erheben, von meinem Nacken bis hinunter zur Hüfte.

Sie gleichen Schlangen, die bereit sind zuzupacken. Doch ihr Ziel ist nicht der Kapitän, sondern Segl; und die Seile, die ihn an diesem Pfosten halten.

Einige der Sättel in der Mitte des Schiffs bemerken mich und schauen sich nervös um. Ein paar treten vor, um durch den Vorhang des peitschenden Regens besser sehen zu können.

Ich stehe direkt vor dem Pfosten, den Blick nach oben gerichtet, und dirigiere voller Entschlossenheit meine Bänder. Sie sind durchnässt und schwer vom Regen, doch sie zerren unablässig an den Knoten. Als das nicht ausreicht, verhärten sich ihre Kanten. Jetzt sind sie nicht mehr weich wie Satin, sondern scharf – so scharf wie die Schneide einer Klinge. Goldene Seide kämpft mit verknotetem Hanf, reißt und zerrt, durchschneidet mühelos die Fasern.

«Oy!»

Ich ignoriere den Aufschrei, der die Aufmerksamkeit

der Piraten erregt; ignoriere die Männer, als sie endlich bemerken, was ich tue. Meine Bänder zerren und hacken weiter an den Seilen herum.

Als der erste Pirat mich erreicht und meinen Arm packt, erwartet ihn bereits ein Band, um ihn abzufangen. Es peitscht ihm entgegen, trifft seinen Arm, durchschneidet die dicke Pelzkleidung, als wäre sie so dünn wie ein Blütenblatt.

Der Mann jault überrascht auf, stolpert zurück und gibt mich frei, um die Hand auf seine Wunde zu legen. Doch ich beachte ihn gar nicht. Mein Blick ist immer noch nach oben gerichtet, meine Aufmerksamkeit gilt allein Segls Körper.

Runter. Er muss da *runter*.

Meine Bänder arbeiten fieberhaft. Ich lenke sie mühelos, obwohl sie durchnässt und schwer sind, angetrieben von einer Wut, die so heiß glüht wie die Flammen der Feuerklauen.

Eine nach der anderen lösen sich die Fesseln um Segls Körper ... bis jemand mich von hinten packt und herumreißt.

Kapitän Fane starrt mich aus nächster Nähe an, die braunen Augen funkeln in seinem unmaskierten Gesicht. «Was zur Hölle glaubst du, was du da tust?»

Seine Hände halten meine Arme so fest umklammert, dass er meine Haut quetscht, trotz des schützenden Stoffes darüber. Ich versuche ihn wegzustoßen, doch das ist hoffnungslos. Er bemerkt es kaum, weil er zu sehr damit beschäftigt ist, über meine Schulter zu starren, den Blick nach oben gerichtet.

Dorthin, wo meine Bänder gerade die letzten Seile durchtrennen.

Die Augen des Kapitäns werden groß. «Schei...»

Bevor er seinen Fluch beenden kann, stürzt Segls Körper herab.

Er fällt direkt auf uns drauf. Kaltes Fleisch und steife Muskeln reißen uns zu Boden, befreien mich aus dem Griff des Kapitäns.

Wir landen in einem verworrenen Haufen, Segls Beine über meinem Oberkörper. Schritte kommen in unsere Richtung gedonnert. Stimmen erheben sich über den heulenden Wind.

Ich rolle mich unter Segl hervor und strecke erneut meine Bänder aus, schlinge sie um seinen Körper. Sie umklammern ihn vom Hals bis zur Hüfte ... und dann beginne ich zu *ziehen*.

Er ist schwer, und wir sind beide durchnässt, doch meine Bänder zerren, so fest sie nur können; weigern sich, ihn freizugeben. Zentimeter für Zentimeter ziehen sie Segl über das feuchte Deck.

Sofort spüre ich das Gewicht an meiner Wirbelsäule. Meine Rückenmuskulatur brennt von der Belastung, ist jetzt schon erschöpft. Doch ich darf nicht innehalten, darf mich nicht ausruhen. Denn die Roten Räuber stürmen bereits auf mich zu. Kapitän Fane knurrt wütend, das Gesicht vor Wut verzerrt, als ich Segls Körper zum Rand des Schiffes schleife.

«Stopp!», brüllt er – aber er schreit nicht mich an, sondern seine Männer. «Ich werde mich selbst um das Miststück kümmern.»

Grauen steigt in mir auf, doch ich lasse mir nichts anmerken, lasse mich nicht aufhalten.

Weil es mir egal ist.

Mir ist egal, dass der Gesichtsausdruck des Kapitäns mir grausame Strafen androht, als er auf mich zustampft. Mir ist egal, was er mir antun wird. Weil er meinen Freund getötet hat. Er hat Segl getötet, und ich konnte nichts dagegen tun.

Aber *das hier* kann ich verhindern. Ich kann die Roten Räuber davon abhalten, Segls Körper zu schänden. Also werde ich es tun.

Mit zusammengebissenen Zähnen zerre ich ihn weiter voran, während Schweiß und geschmolzener Graupel über meine Schläfen rinnen. Ich löse zwei Bänder von ihm und halte sie wachsam an meiner Seite erhoben, bereit, jeden abzuwehren, der sich mir nähert oder mich aufzuhalten versucht.

Aber auf Kapitän Fanes Befehl hin halten sich die Piraten zurück, also bleibe ich allein. Allein ziehe ich Segls Körper langsam – zu langsam – über das Deck, während der Kapitän mit blitzenden Augen auf mich zukommt, die Hände zu Fäusten geballt.

Ich stoße mit dem Rücken an die Reling und verliere keine Zeit. Rasch beuge ich mich vor und schiebe die Hände unter Segls Arme. Dann zerre ich, so fest ich kann. Meine Bänder spannen sich zeitgleich mit meinen Muskeln an, um ihn hochzuheben.

Er ist schwer. So verdammt schwer.

Ich sacke gegen die Reling. Meine Brust brennt, Wind und Regen lassen mich kaum atmen, vernebeln meine Sicht. Mein Körper ist durchgefroren, meine Finger taub und gefühllos.

Dass ich jetzt so erschöpft bin, liegt nur an meiner jahrelangen Untätigkeit. Die ganze Zeit in meinem Käfig war ich nutzlos, viel zu passiv. Meine Bänder gleiten von Segl ab.

Schwach. Ich bin so verdammt schwach.

Meine goldenen Augen finden die Sättel, die sich am Rand zu einem Kreis zusammendrängen, als könnten sie so das Wetter – und die ganze Welt – von sich fernhalten. «Helft mir», flehe ich sie an.

Mein Blick huscht zu Polly, die wieder meinen Mantel trägt, eingehüllt in Gold, um den Regen abzuhalten. Doch sie bleibt stehen, regungslos, unwillig.

«Bitte», bettele ich und sehe als Nächstes Nissa an. Doch auch sie bewegt sich nicht. Vielleicht Rosh ... Aber er wendet den Blick ab, kaum dass meine Augen ihn finden.

Die Außenseiterin. Selbst wenn ich versuche, einem unserer Leute zu helfen – einem Wächter, der zu jedem von ihnen stets freundlich war –, bin ich die Außenseiterin. Ich bin auf mich allein gestellt.

Kapitän Fane lacht. «Nicht mal deine Hurenfreundinnen sind bereit, dir zu helfen.» Er klingt so unglaublich selbstzufrieden.

Ich halte die Tränen zurück, zwinge mich durchzuhalten. Ich darf nicht aufgeben. Segl hat nicht aufgegeben, keine Sekunde lang. Ich schulde ihm dasselbe.

Ich *werde* das schaffen.

Erneut versuche ich, seinen Körper anzuheben. Meine Bänder dehnen sich, zerren an der Haut meines Rückens, als würde man mir Nadeln durch die Muskeln fädeln.

Kapitän Fane tritt spöttisch einen Schritt auf mich zu. Er kommt näher, aber nicht nah genug, um mit meinen Bändern nach ihm zu schlagen. Er schätzt ihre Länge ab, beobachtet, wie sie sich winden, wie sie an Segl ziehen. Seine widerlichen Augen leuchten plötzlich, und ein schiefes Grinsen enthüllt diese hölzernen Zähne. «Schaut euch das an, Rote! Eine echte Marionette. Sie bringt sogar ihre eigenen verdammten Fäden mit.»

Hämische Heiterkeit macht sich um mich herum breit. Das Gelächter ist schrecklich, die Worte noch schlimmer.

Ich blende all das aus, beiße die Zähne so fest zusammen, dass meine Muskeln sich verkrampfen. Mitten in all dem Spott zerre ich ein weiteres Mal. Endlich gelingt es mir, Segls Körper auf die Brüstung zu wuchten.

Mein Rücken schreit vor Schmerz, während Regen und Schweiß an meiner Wirbelsäule entlanglaufen, aber ich habe es fast geschafft ... nur ein kleines Stück noch ...

Der Kapitän verzieht in grausamer Erheiterung den Mund, während er meinen Kampf beobachtet. Ich muss jämmerlich aussehen, wie ich mich, durchnässt bis auf die Haut, an einem Wächter abmühe, der mindestens fünfzig Kilo mehr wiegt als ich.

«Versuchst du, über Bord zu springen und deine tote Wache wie einen Schlitten zu reiten?», fragt der Kapitän und bringt damit die Piraten hinter sich wieder einmal zum Grölen.

Er hebt die Arme und dreht sich einmal im Kreis, um mit der Geste das weite, leere Land um uns herum zu erfassen. «Ich sage es dir ja nicht gerne, aber wir befinden uns mitten im Ödland, du dämliche Fotze. Du gehst nirgendwohin.»

Mein Körper zittert, meine Bänder beben. Aber ich gebe nicht auf. Ich gebe nicht klein bei.

Der Kapitän tritt näher an mich heran, testet die Grenzen aus, reizt mich, auf die Gelegenheit zum Angriff wartend.

Ohne darüber nachzudenken, beschließe ich, auch die zwei freien Bänder um Segl zu schlingen. Das lässt mich wehrlos zurück. Aber wenn ich es nicht tue, war alles umsonst.

Und die letzten beiden Bänder verleihen mir die zusätzliche Kraft, die ich brauche.

Kapitän Fane stürmt auf mich zu, aber es ist zu spät. Ich habe Segls Körper bereits über die Reling gehievt. Sofort lösen meine Bänder ihren Griff, übergeben ihn der Schwerkraft. Und er fällt.

Fällt, fällt, fällt, um auf einem weichen Schneehaufen weit unter uns zu landen.

Ich beuge mich vor, verfolge ihn mit den Augen. Meine Brust hebt und senkt sich in schweren Atemzügen. Eisige Tränen vermischen sich auf meinem Gesicht mit dem Regen, während wir davongleiten.

Einen Wimpernschlag später ist Kapitän Fane da und packt meine Bänder mit einem grausamen Griff. Er presst sie in seiner Faust zusammen, direkt an meiner Wirbelsäule, sodass ich schmerzerfüllt den Rücken durchdrücke.

«Du dämliches Miststück! All diese Mühe, und dann versagst du. Traust dich nicht mal zu springen.»

Er reißt mich von der Reling weg, zerrt mich hinter sich her. Aber er irrt sich. Ich habe nicht versucht, zu entkommen. Ich hatte nie vor, vom Schiff zu springen. Ich hätte den Sturz sowieso nicht überlebt … Und selbst wenn ich das irgendwie geschafft hätte, hätten sie mich doch wieder eingefangen.

Nein, ich habe das vollbracht, was ich mir vorgenommen hatte. Ich habe Segl befreit. Habe ihn weggeschafft von diesen Piraten, von diesem Schiff. Seine letzte Ruhestätte mag ein Schneehaufen mitten im Ödland sein, aber das ist besser als die Alternative. Ich hätte ihn keine Sekunde länger dort oben hängen lassen können.

Grob und schnell werde ich übers Deck geschleift, auf die Kabine des Kapitäns zu – und auf die Bestrafung, die sein Blick verspricht.

«Ihr könnt seinen Körper nicht mehr schänden!», verkünde ich kühn. Mein Silberstreif. Das ist der einzige Silberstreif, an den ich mich momentan klammern kann, so duster und trostlos er auch sein mag.

Vor Wut packt Kapitän Fane meine Bänder noch fester. Sie sind müde, nass und schlaff, seinem Griff hilflos ausgeliefert … so wie ich auch.

«Schön», sagt er ganz dicht neben mir, während er mich weiter über das Deck schiebt. «Dann werde ich wohl einfach *deinen* Körper schänden müssen.»

KAPITEL 30

Wenn meine armen Bänder nicht in Kapitän Fanes Fäusten stecken würden, verknittert und zusammengepresst wie feuchtes Pergament, noch dazu erschöpft und durchnässt – dann könnte ich mich vielleicht seinem Griff entreißen und mich zur Wehr setzen. Dann könnte ich mich gegen ihn verteidigen.

Unglücklicherweise ist der Griff des Piraten unerbittlich. Er zerrt so heftig an den Bändern, dass meine Muskeln und meine Haut bei jeder Bewegung brennen. Nur ein bisschen fester, und er würde sie mir aus dem Rücken reißen, so als würde er mir einen Finger abtrennen oder ein Auge rausrupfen.

Ich versuche vergeblich, meine Bänder zu befreien, doch sie sind zu schwach, zu müde, zu sehr zusammengepresst. Ich habe meine gesamte Kraft aufgebraucht, um Segls Körper von diesem verfluchten Schiff zu hieven.

Doch das habe ich zumindest geschafft.

Und in diesem Moment gebe ich mir selbst ein Versprechen: Wenn ich das hier irgendwie überstehen sollte – wenn die Roten Räuber mich nicht vollkommen zerstören –, werde ich mir nie mehr erlauben, so schlaff und untätig zu sein. Ich werde mir keine Schwäche und Trägheit mehr zugestehen.

Ich hätte es besser wissen müssen, nach den Erfahrungen meiner Kindheit, nach all den Dingen, die ich durchgemacht habe. Ich hätte mir niemals erlauben dürfen, so matt und behäbig zu werden.

Wenn ich in der Zeit zurückreisen könnte, würde ich mich selbst wachrütteln. Ich bin wie Goldstück geworden – wie dieser Singvogel aus solidem Gold, der für immer auf seiner Stange sitzt. Ich habe mir selbst die Flügel gestutzt, hockte apathisch in meinem Käfig.

Sollte ich also das alles hier überstehen ... irgendwie überleben ... werde ich nicht zulassen, dass so etwas jemals wieder geschieht. Ich werde nicht teilnahmslos herumsitzen und Männern weiterhin erlauben, über mich hinweg zu trampeln.

Die Narbe an meiner Kehle soll mir als Mahnung dienen. Ich wappne mich innerlich, sammele all meine Entschlossenheit. Die verheilte Wunde kribbelt, und meine Gedanken wandern zu Digby. Haben die Roten Räuber den Kundschafter getötet, der ihre Anwesenheit bemerkt hat? Sind Digby und die anderen diesem ersten Mann unwissentlich in den Tod gefolgt?

Ich weiß es nicht, und ich wage nicht, nachzufragen. Zum einen, weil ich dem Kapitän nichts verraten will, falls Digby und die anderen noch irgendwo dort draußen sind. Doch zum anderen gibt es einen weiteren, dunkleren Grund für mein Schweigen. Ich könnte es nicht ertragen zu erfahren, dass die Piraten Digby und die anderen getötet haben. Noch nicht. Ich kann mich dem noch nicht stellen.

Fürs Erste ist es für meinen Verstand überlebenswichtig, dass ich mir Digby dort draußen vorstelle. Lebendig, atmend. Vielleicht wird er Segl in seinem Grab aus weichem Schnee finden und irgendeine Ehrengabe an seiner Ruhestätte ablegen. Etwas, das in dieser Einöde bei ihm bleibt, während sein Geist ins große Danach übergeht.

Das ist zumindest eine schöne Vorstellung.

Der Kapitän zerrt mich ans Ende des Schiffes, noch immer mit grobem Griff. Ich werde fünf Stufen vom Hauptdeck nach oben geschleift, zum Eingang der Kapitänskajüte, die etwas erhöht liegt. Die Wand ist schmucklos, außer einem Streifen grober roter Farbe, der die Tür markiert, und einem vorstehenden Giebel darüber.

Mein Gesicht knallt gegen die geschlossene Tür, und meine Wange wird so fest gegen das verwitterte, weiße Holz gepresst, dass Splitter sich in meine Haut bohren.

So hält Kapitän Fane mich fest, den Unterarm gegen meinen Rücken gedrückt. Mit einer Hand umklammert er immer noch meine weichen Bänder, als wären sie eine Hundeleine. Die andere Hand schiebt er in seine Hosentasche. Er zieht einen Schlüssel hervor und rammt ihn ins Türschloss.

Ich winde mich in dem Versuch, zu entkommen, doch es nützt nichts. Ich weiß ganz sicher, dass ich nicht in diesen Raum will. Sobald ich über diese Türschwelle komme, wird etwas passieren – etwas Schreckliches.

«Halt still, oder es wird noch schlimmer für dich», blafft er.

Natürlich verstärkt das nur meine Gegenwehr. Er presst die Hüften gegen mich, fixiert mich mit seinem Körpergewicht, sodass ich mich kaum rühren kann. Ich würde am liebsten heulen vor Hilflosigkeit, schlucke die Tränen aber herunter. Das ist nicht der richtige Moment. Ich habe keine Zeit für einen Zusammenbruch.

Das Schloss geht mit einem Klicken auf, und der Kapitän schiebt den Schlüssel wieder in seine Tasche. Doch bevor er den Türknauf drehen kann, ruft der Quartiermeister: «Käpt'n! Gerade kam ein Botenfalke an!»

Kapitän Fane schaut über seine Schulter, presst mich aber weiter gegen die Tür. Ich kann ihn nicht sehen, doch ich höre, wie der Quartiermeister die Stufen nach oben stapft.

«Der kam gerade rein, Käpt'n», sagt der Mann, als er an unsere Seite tritt. Aus dem Augenwinkel sehe ich einen großen, gelbbraunen Greifvogel mit schwarzem Schnabel auf dem Unterarm des Quartiermeisters sitzen, die Krallen im Pelz der Kleidung vergraben.

Der Kapitän löst ein kleines Metallrohr vom Bein des Vogels, zieht ein Stück Pergament heraus und rollt es auf, wobei er darauf achtet, es im Schutz des Türrahmens zu halten, weg vom kalten Regen. Das Schriftstück ist sehr schmal, wird aber beim Ausrollen immer länger. Ich kann nur schwarzes Gekritzel erkennen, doch die Brauen des Kapitäns ziehen sich zusammen. Wasser tropft von den Perlen, die in seinen Bart geflochten sind, während er liest.

Kapitän Fane murmelt etwas, das ich nicht verstehe, dann drückt er das Rohr und das Pergament dem Quartiermeister in die Hand. «Müssen wir ihnen eine Antwort schicken?», fragt der Mann.

«Nein. Sie werden sowieso hier sein, bevor der Botenfalke die Nachricht ausliefern könnte.»

Der Quartiermeister mustert den Kapitän stirnrunzelnd und befestigt das leere Röhrchen wieder am Bein des Greifvogels. Sobald es sicher angebunden ist, hebt der Vogel ab, schießt durch den Regen davon und verschwindet lautlos außer Sicht.

«Wer wird hier sein?», fragt der Quartiermeister.

Statt zu antworten, streckt Kapitän Fane fordernd die Hand aus. «Gib mir deine Schärpe.» Der Quartiermeister blinzelt, dann schiebt er die Hand unter seinen Pelz und beginnt, die weiße Schärpe zu lösen, die er am Oberkörper trägt.

Kapitän Fane wendet seine Aufmerksamkeit wieder mir zu. Wortlos beginnt er, meine Bänder um meinen Oberkörper zu schlingen, so fest, dass ich vor Schmerz die Zähne zusammenbeiße. Er wickelt sie immer wieder um mich, bis sie eng anliegen. Dann bindet er die Enden auf meinem Rücken zu einem Knoten zusammen, so straff, dass ich sie nicht mehr bewegen kann.

«Schaff die Sättel in die Küche und lass sie arbeiten. Der Smutje muss in einer Stunde ein Abendessen fertig haben. Wir erwarten Gäste.»

Erneut streckt er die Hand aus. Eilig reicht der Quartiermeister ihm die Schärpe. Der Kapitän schlingt den Stoff um mich, genauso eng wie meine Bänder, und verknotet ihn ebenfalls in meinem Rücken. Eine weitere Maßnahme, um meine Bänder unbeweglich zu halten.

Fane reißt mich herum und senkt den Kopf, sodass er mir in die Augen sehen kann. Seine Miene ist zornig und ernst. «Wenn irgendeiner der Sättel einen faulen Trick versucht oder sich irgendwie Befehlen widersetzt ... will ich, dass diejenige nackt ausgezogen, ausgepeitscht und über Bord geworfen wird.»

Der Quartiermeister nickt ihm zu, schaut dabei aber zu mir. Selbst durch den roten Stoff vor seinem Gesicht erkenne ich, dass er breit grinst. «Aye, Käpt'n.»

Mit einem letzten, mahnenden Blick schubst Kapitän Fane mich in die Arme des Quartiermeisters, dann stürmt er zum Bug des Schiffes und brüllt die nötigen Befehle für die Kursänderung.

«Na schön. Dann komm mal mit, du. Und denk nicht mal daran, irgendwas mit deinen Marionettenfäden anzustellen, oder ich schneid sie dir einfach vom Rücken.»

Die Haut um meine Wirbelsäule zuckt, als hätten meine Bänder die Drohung gehört.

Der Mann packt meinen Arm und führt mich erneut hinunter aufs Hauptdeck, zu den Sätteln, die noch immer eng beieinanderstehen. «Also gut, ihr Fotzen! Folgt mir!»

Der Quartiermeister wartet nicht ab, ob sie gehorchen, sondern zieht mich einfach zu einer Treppe in der Mitte des Schiffes, die unter Deck führt. Ich höre ihre Schritte hinter uns, als ich zusammen mit dem Mann die knirschenden Stufen hinuntersteige.

Wir laufen einen schmalen Flur entlang, immer tiefer ins Unterdeck, bis wir eine lang gezogene Bordküche erreichen, in der es nach Kartoffeln und Rauch riecht.

Zumindest sind wir hier geschützt vor dem Sturm. Und es ist warm, dank des schmiedeeisernen Ofens, in dessen Bauch ein mächtiges Feuer brennt. Die Wände und der Boden bestehen aus demselben hellen Holz wie alles andere, doch hier sind sie von Flecken übersät. Manche Ecken sind rußgeschwärzt, an anderen Stellen kleben alte Essensreste.

Vor dem eisernen Ofen steht der Smutje: bislang der einzige Pirat, der nicht von Kopf bis Fuß in diese weiße Pelzkleidung gehüllt ist. Stattdessen trägt er eine einfache Weste aus weißem Leder und dazu passende Hosen. Seine fleischigen Arme sind nackt und von schlecht ausgeführten Tätowierungen übersät. Er ist klein gewachsen und untersetzt, mit einem schiefen Kinn und so tief liegenden Brauen, dass ich mich frage, ob er uns über den Topf hinweg, in dem er rührt, überhaupt sehen kann.

Er verzieht schlecht gelaunt das Gesicht, als er uns bemerkt. «Was zur verdammten Hölle sollen Frauen in meiner Küche?»

«Befehl des Käpt'ns, Smutje», erwidert der Quartiermeister. «Anscheinend erwarten wir Gäste. Auf Deck muss ein Essen angerichtet werden.» Er deutet mit dem Kinn dorthin, wo wir uns hinter der Tür zusammengedrängt haben. «Die sollen dabei helfen.»

Der Smutje stößt eine lange Litanei von Flüchen aus, doch der Quartiermeister beachtet ihn nicht. «Der Käpt'n will das Essen in einer Stunde.» Der Smutje antwortet mit einer obszönen Geste, beginnt aber zugleich damit, eingemachte Vorräte aus den Regalen zu ziehen.

Ein weiterer Pirat kommt rein und lehnt sich gegen die Wand, um uns mit einem Dolch in der Hand anzustarren. Ein Wachhund, der auf uns aufpassen und nötigenfalls auf uns losgehen soll.

Der Quartiermeister schaut uns an. «Ich warne euch nur ein einziges Mal. Smutje ist der fieseste Dreckskerl von uns allen. Ausgepeitscht und über Bord geworfen zu werden, dürfte euer kleinstes Problem sein, wenn ihr hier Scheiße baut.»

Mit diesen wunderbaren Abschiedsworten schiebt der Quartiermeister sich an uns vorbei und verlässt die Küche.

Der Smutje mustert uns. Seine Augen werden schmal, dann wischt er sich mit einem Lappen den Schweiß vom Gesicht. «Also? Worauf zur Hölle wartet ihr noch? Ich koche eure Hände gut durch, wenn ihr euch nicht an die Arbeit macht. Dieses Essen wird sich nicht von alleine zubereiten.»

Ich starre ängstlich, genau wie die anderen. Dann tritt Nissa vor, führt uns ein weiteres Mal an, sorgt dafür, dass die anderen ihrem Beispiel folgen.

Ich halte mich ganz hinten in der Gruppe und bemühe mich, nicht zusammenzuzucken, wenn der Smutje uns anschreit oder mit Essen nach uns wirft. Wir beeilen uns, seinen Befehlen zu folgen, auch wenn unsere Zähne klappern, weil unsere Kleidung durchnässt ist. Als eine der Sättel aus Versehen etwas auf den Boden kleckert, tritt er ihr die Beine weg und zwingt sie, alles mit einem winzigen, nutzlosen Lappen aufzuwischen.

Und während ich schneide und rühre und wische, unter den wachsamen Blicken der Piratenwache, versuche ich die ganze Zeit, meine Bänder zu befreien; versuche, nach und nach die Knoten zu lösen, ohne dass jemand etwas bemerkt.

Ich habe keine Ahnung, wer dem Kapitän diesen Botenfalken geschickt hat oder wer hierher unterwegs ist ... Aber ich weiß, dass diese Gäste nichts Gutes bedeuten können. Niemals würden rechtschaffene Leute mit den Roten Räubern speisen.

Doch egal, wer auch kommen mag, ich bin dankbar für diese Unterbrechung. Wenn dieser Brief nicht eingetroffen wäre, befände ich mich jetzt in den Fängen des Kapitäns. Schon der Gedanke daran jagt einen Schauer über meinen Körper.

Allerdings weiß ich, dass ich lediglich eine Gnadenfrist erhalten habe – und die wird schnell vorüber sein. Ich weiß, dass ich wieder in den Klauen des Kapitäns landen werde, bevor diese lange, schreckliche Nacht zu Ende ist. Und ich kann nichts tun, als zu versuchen, meine Bänder zu lösen, und zu hoffen, dass ich dabei nicht erwischt werde.

Kapitel 31

Der Quartiermeister hat nicht übertrieben, als er den Smutje als fiesen Dreckskerl beschrieb. Die einzigen Anweisungen, die wir erhalten, sind durch den Raum geschleuderte Pfannen, wann immer wir uns nicht schnell genug bewegen. Zuweilen gibt es auch ein bösartiges Knurren, wenn wir es wagen, ihm eine Frage zu stellen.

Wir rennen alle in der schmalen Bordküche herum wie kopflose Hühner und mischen irgendwelche Zutaten zusammen, nur angeleitet von gebrüllten Anweisungen, die nicht detaillierter sind als «Back die Brötchen!». Dabei hat keine von uns jemals in einer Küche gearbeitet, niemand von uns hat Ahnung vom Kochen.

Durch den Dampf und den Rauch ist es um uns herum heiß und schwül. Auf unserer Haut vermischt sich der Schweiß mit dem Regenwasser aus unserer durchnässten Kleidung. Das Ganze «unangenehm» zu nennen, wäre mehr als untertrieben, doch der Smutje treibt uns unablässig an. Keine von uns wagt es, auch nur den Anschein von Untätigkeit zu erwecken.

So vergeht eine ganze Stunde, angefüllt von panischem Stress. Es scheint fast, als würden wir genug Essen zubereiten, um die gesamte Besatzung zweimal versorgen zu können. Plötzlich kommt das Schiff knirschend zum Stehen, einzig das laute Knurren der Feuerklauen dient uns als Vorwarnung.

Wir stolpern alle wild durcheinander, als die Bewegung so abrupt verklingt. Uns bleibt kaum Zeit, uns zu fangen, denn der Smutje brüllt bereits, dass wir oben eindecken sollen.

Beladen mit Blechtellern und Bierkrügen verlassen wir die Küche in einer Reihe und folgen unserem Wächter hinauf. Als wir an Deck treten, bemerke ich, dass der Sturm verklungen ist. Lediglich ein starrsinniger Wind weht immer noch.

Wir folgen dem Piraten über die Pfützen auf dem Deck, zu einer Tür ganz hinten rechts am Schiff, noch hinter der Kapitänskajüte. Dahinter befindet sich eine kleine Offiziersmesse, die so eng mit Tischen und Bänken bestückt ist, dass kaum Platz zum Gehen bleibt. Wir schieben uns seitlich durch den Raum und stellen eilig alles ab.

Irgendwie lande ich dabei neben Flair. Sie wirft mir einen so garstigen Blick zu, dass ich ihn regelrecht als Stich auf der Haut spüre. Sie knallt ihren Tellerstapel vor mir auf einen Tisch, offenbar unwillig, länger als unbedingt nötig neben mir zu stehen.

Mit spitzen Ellbogen drängt sie sich an mir vorbei und stürmt davon, während die anderen Sättel mir seltsame Blicke zuwerfen. Seufzend greife ich nach den Tellern, die sie abgestellt hat, und beginne, den Tisch zu decken. Ich werde als Letzte fertig. Der Rest ist bereits auf dem Weg zurück in die Küche, um das Essen zu holen. Ich folge ihnen mit einigen Schritten Abstand, und unser Wachpirat feixt.

Bisher ist es mir nicht gelungen, auch nur einen einzigen Knoten in meinen Bändern zu lösen. Sie sind nicht nur eng um meinen Körper gewickelt, sondern zudem auch noch feucht ... was die Aufgabe nur noch schwieriger macht.

Frustriert presse ich die Lippen aufeinander. Doch ich vergesse das Gefühl, als ich die Sättel wie versteinert vor mir auf dem Deck stehen sehe. Irgendetwas ist ... anders.

Es dauert einen Moment, bis ich den Finger darauflegen kann: Es ist still.

Der allgegenwärtige Lärm aus Rufen und Knurren sowie das Geräusch der Schiffe, die über das Ödland gleiten, mit peitschendem Wind und prasselndem Regen ... alles verschwunden. Ich schiebe mich an den Sätteln vorbei, dränge mich zwischen Gruppe und Reling, um besser sehen zu können und herauszufinden, warum es plötzlich so seltsam still geworden ist.

Von meinem Platz am Rand der Gruppe aus lasse ich den Blick über die Szene schweifen. Alle Roten Räuber haben sich an Deck versammelt ... und jeder Einzelne von ihnen schaut zur gesenkten Landungsbrücke.

Kapitän Fane steht vor seinen Männern. Seine Maske hängt nach wie vor um seinen Hals, und sein Hut thront stolz auf seinem Kopf. Der Quartiermeister steht einen Schritt rechts hinter ihm, die Hand am Knauf seines Schwertes.

Anspannung liegt über allem – oder vielmehr eine gespannte Erwartung, beißender als der kalte Wind. Niemand von uns wagt es, irgendein Geräusch von sich zu geben. Mein Herz schlägt schneller vor Nervosität, obwohl ich keine Ahnung habe, was passieren wird.

Aber etwas ... etwas *kommt*.

Ich schaue mich um und stelle sicher, dass niemand auf mich achtet; dass alle sich auf das konzentrieren, worauf der Kapitän wartet. Auf die Person, die diesen Botenfalken geschickt hat. Selbst unser Piraten-Wachhund steht auf der anderen Seite neben den Sätteln und hat den Blick auf die Rampe gerichtet. Ich darf mir diese Gelegenheit nicht entgehen lassen!

Abseits der Menge, zwischen der Reling des Schiffes und den Sätteln, die mit dem Rücken zu mir stehen, drehe ich meinen Körper etwas. Ich friere immer noch, und mein Kleid ist noch feucht, aber zumindest hat die Zeit in der Küche mich ein wenig getrocknet. Und der Wind mag gerade kalt sein, doch er pfeift mir durch Haar und Kleidung und trocknet mich noch weiter.

Ich nutze die Ablenkung, um mich ganz auf meine Bänder zu konzentrieren und die verknoteten Enden zu lösen. Sie bewegen sich schwach, erschöpft, müde. Kapitän Fane hat sie so fest zusammengeschlungen, dass jede Bewegung wehtut, als würde ich auf eine Prellung drücken.

Ich riskiere es, hinter meinem Rücken eine Hand unter die Schärpe zu schieben. Der Stoff liegt eng an, lässt sich aber dehnen. Also gelingt es mir, mit den Fingern darunter zu fahren und das Gewirr an meinem Rücken zu ertasten.

Ich sehe mich kurz um, dann drehe ich den Rücken noch weiter zur Reling. Ich bemühe mich, so unschuldig wie möglich zu wirken, während ich den zweiten Arm hinter meinen Rücken schiebe. Meine Finger treffen sich und tasten nach dem größten, empfindlichsten Knoten. Ohne eine Miene zu verziehen, starre ich in dieselbe Richtung wie alle anderen. Zugleich beginne ich aber, an den Verknotungen zu zerren. Und ich bete zur Göttlichkeit, dass niemand zu mir schaut.

Doch plötzlich verändert sich die Stimmung. Etwas durchbricht die Stille.

Schwere Schritte erklingen auf der hölzernen Rampe. Erst ist es eine Person, dann zwei, dann noch mehr. Alle marschieren im perfekten Gleichschritt die Landungsbrücke herauf. Die Schritte werden immer lauter.

Stampf, stampf, stampf.

Die Roten Räuber spannen sich an. Der Piratenkapitän stellt sich ein wenig aufrechter hin. Ich zerre heftiger an den Knoten, angetrieben von einem verzweifelten Gefühl der herandrängenden Gefahr.

In die Geräusche der Schritte mischt sich das Klirren von Metallrüstungen. Sie rasseln wie die Schwanzklappern von Wüstenschlangen. Und wo Kettenhemden und Brustpanzer sind, sind Schwerter und Dolche gewöhnlich nicht fern.

Ich kämpfe weiter darum, mich zu befreien. Aber bis jetzt habe ich nicht mal einen einzigen Knoten so weit gelockert, dass ich ihn lösen kann. Mein Herz rast im Takt der Schritte.

Ich muss mich befreien. Ich muss diese Knoten *lösen*, ich muss ...

Ein Dutzend Soldaten erscheint oben an der Rampe. In Zweierreihen marschieren sie auf das Schiff und halten schließlich vor Kapitän Fane an, wobei sie sich zu einer exakten Keilformation auffächern.

Der Anblick ist beeindruckend. Schwarze Rüstungen, so matt und dunkel wie Kohle, braune Hosen aus Leder und Riemen, die sich quer über die Brust ziehen. Onyxschwarze Scheiden hängen an ihren Gürteln, und die Schwertknäufe bestehen aus knorriger, verdrehter Totholzborke. Geschlossene Helme bedecken ihre Köpfe, ihre Körperhaltung ist drohend.

Beim Anblick der Soldaten bekomme ich einen trockenen Mund.

Denn dort, mitten auf ihren mitternachtsschwarzen Brustpanzern, zwischen den Lederriemen, prangt das Siegel ihres Königreichs: ein schief gewachsener, verkrüppelter Baum ohne Blätter mit dornenbesetzten Wurzeln, seine vier Äste sind ausgestreckt wie Krallen.

Das sind Soldaten des Vierten Königreichs. *König Fäules Soldaten.*

Und sie sind sehr weit entfernt von ihren eigenen Grenzen unterwegs.

Ich mustere sie mit großen Augen, die Hände immer noch an meinen Bändern. König Ravingers Armee ist die gefürchtetste in allen sechs Königreichen. Ich habe unzählige Geschichten über ihre Grausamkeit auf dem Schlachtfeld gehört. Ich will mich instinktiv zurückziehen – irgendwie mit den Schatten verschmelzen –, aber meine Füße sind wie angewurzelt.

Niemand sagt ein Wort. Niemand bewegt sich. Selbst im Angesicht dieser zwölf Soldaten wartet Kapitän Fane noch ab ... auch wenn ich nicht weiß, warum.

Fragend runzele ich die Stirn – dann höre ich es: die Schritte eines einzelnen Mannes.

Ein dreizehnter Mann stampft die Rampe herauf, vorbei an seinen Soldaten, die in Habachtstellung für ihn Spalier stehen. Er ist groß, und seine bloße Anwesenheit zieht alle Aufmerksamkeit auf sich. Er trägt die gleiche schwarze Rüstung und braunen Lederbeinkleider wie seine Soldaten, und doch fällt sofort ein Unterschied ins Auge.

«Sind das ... *Stacheln*?», flüstert ein Sattel rechts neben mir. Ich höre gemurmelte Worte wie *verflucht* und *verdorben*. Höre, wie die Sättel sich gegenseitig erklären, dass König Ravinger diesen Mann aus verrotteten Abfällen erschaffen hat; seinen Körper in etwas Unnatürliches verwandelt hat. Und das nur aus einem einzigen Grund: um die Armee des Königs anzuführen.

Aber sie irren sich.

Der Kommandant, aus dessen Wirbelsäule und Armen Stacheln ragen, ist nicht verflucht. Dieser Mann, der nun vor die Piraten tritt, so hochgewachsen, dass Kapitän Fane den Kopf in den Nacken legen muss, um ihn anzusehen, ist nicht durch König Ravingers Macht verdorben worden.

Nein, der Mann, der dort steht, eine lebendig gewordene Bedrohung, ist eines und nur das.

Fae.

KAPITEL 32

In Orea hat es nicht immer sechs Königreiche gegeben. Einst waren es sieben.

Vor tausend Jahren herrschte das Siebte Königreich am Rand der Welt. Jenseits der Pechkiefern, jenseits der gefrorenen Berge von Hohenläuten, weit jenseits des Ödlandes und sogar jenseits der arktischen See.

Weit weg von hier, am Ende der Welt. So weit entfernt, dass sogar die Sonne und der Mond seinen Horizont nur streiften. So fern, dass die flache Erde dort an einem bodenlosen Abgrund endete. Das Siebte Königreich war getaucht in immerwährendes Grau, kein Licht, keine Dunkelheit, nichts darüber hinaus. Doch hier war es, wo man die Brücke fand.

Lemuria. Die Brücke, die ins Nichts führte.

Die Brücke war lediglich ein Steg aus grauem, konturlosem Erdreich, der sich über den Rand der Welt hinaus erstreckte, weiter, als das Auge zu sehen vermochte. Ein schmales Stück Land, das sich in die Ferne dahinzog, mit nichts darunter oder drumherum – nichts außer dem dunklen, unergründlichen Abgrund.

Es hieß, wenn jemand von der Brücke träte, würde er für immer fallen. Und dann könnten ihn nicht einmal die Götter und Göttinnen finden, um ihm die Gnade des Todes zu gewähren.

Doch die Herrscher des Siebten Königreichs waren Gelehrte. Sie glaubten nicht an Mythen oder Dinge, die unerforschlich waren. Also schickten sie Soldaten und Entdecker auf die Brücke von Lemuria, um auszukundschaften, was dahinter lag; um herauszufinden, wohin die Brücke führte.

Im Laufe vieler Jahre reisten Hunderte von Oreanern über die Brücke, nur um nie wieder gesehen zu werden. Die meisten Leute hielten diese Expeditionen für fruchtlose Unterfangen und meinten, dass die Herrscher sie aufgeben sollten. Sie betrachteten sie als Himmelfahrtskommandos, die man besser an verurteilte Verbrecher oder Schuldner übertragen sollte. Als sinnlose Bemühungen.

Bis eines Tages eine Frau zurückkehrte.

Sie war keine Soldatin und auch keine Entdeckerin oder Gelehrte oder Verbrecherin. Sie war nicht von den Herrschern ausgesandt worden. Sie hatte sich heimlich auf den Weg gemacht. Eine Waise, deren Vater einst über die Brücke gegangen und niemals zurückgekehrt war.

Im Alter von zehn Jahren war sie an den Soldaten vorbeigeschlüpft, die an der Mündung der Brücke Wache hielten, und war schweigend, entschlossen, in die Leere gerannt, um nach ihrem Vater zu suchen.

Niemand hatte es gewusst. Niemand hatte es bemerkt.

Sie wanderte durch Zeit und Raum, kämpfte gegen Wahnsinn und Hunger und Durst. Wo alle anderen aufgegeben hatten und sich von der Brücke gestürzt hatten – kapituliert hatten –, strebte sie weiter voran. Wo jeder oreanische Mann versagt hatte, hatte sie Erfolg.

Saira Turley gelang, was niemand anderem gelungen war – sie überquerte die Brücke von Lemuria und kehrte zurück, um davon zu berichten.

Doch sie kam nicht allein.

Denn die Brücke, diese schmale Straße ins Nichts, führte in eine neue Welt. Eine Welt der Magie.

Saira mochte ihren Vater nicht gefunden haben, aber sie fand Annwyn – das Reich im jenseitigen Gefilde.

Das Reich der Fae.

Saira stürzte durch den Erdboden und landete in ihrem Himmel. Vogel *nannten die Fae sie darum.* Vogel *mit gebrochenen Flügeln.*

Eine Gruppe von Fae nahm sie bei sich auf, kümmerte sich um sie. Sie war fasziniert von diesen Leuten mit ihren unglaublichen Gaben. So fand sie eine neue Familie in dem magischen Paradies, schuf sich dort ein Leben.

Aber ihr Herz gehörte Orea, dem Ort, in dessen Erde ihre Mutter ruhte; wo alle schönen Erinnerungen an ihren Vater ihren Ursprung hatten.

Mit neunzehn Jahren verliebte sich Saira in einen Fae-Mann – den Prinzen von Lydia. Es hieß, dass ihre Liebe tiefer war als alle Meere von Annwyn; dass Lieder aus der Musik ihres Herzens entsprossen.

Und vor der Heirat überreichte der Prinz ihr ein Hochzeitsgeschenk.

Er konnte ihr nicht den Vater wiedergeben, aber er konnte sie zurück nach Hause bringen. Also führte der Prinz sie erneut zur Brücke von Lemuria, an den Rand des glitzernden Himmels … und er band *sie mit seiner Magie.*

In Raum und Zeit fand er den Faden, der die Reiche über diese Brücke im Nichts miteinander verband. Mit seiner gewaltigen Macht zog er Orea näher an Annwyn heran, an das Königreich der Fae – damit Saira nach Hause zurückkehren konnte, wann immer sie das wünschte.

Orea und Annwyn wurden Schwesterreiche. In allen sieben Königreichen wurde gefeiert, als die Fae und die Oreaner sich vereinten.

Nach diesem großen Zusammenschluss war Lemuria nicht länger ein endloser Pfad des Todes mitten durch das Nichts, sondern eine wahrhaftige Brücke zwischen den Reichen, die man binnen weniger Minuten überqueren konnte.

So lebten wir jahrhundertelang zusammen. Vermischten uns. Auch heute noch liegt darin der Ursprung aller oreanischer Magie: in dieser Vermischung mit den Fae. Aber mit jedem Jahr, das vergeht, schwindet die Magie ein wenig mehr. Weil keine Fae mehr hierher zu uns kommen. Und keine Oreaner mehr nach Annwyn reisen. Seit dreihundert Jahren nicht mehr.

Weil die Fae Orea verraten haben.

Ein neuer Herrscher bestieg den Thron, lange nachdem Saira Turley und ihr Prinz ihre letzten Atemzüge getan hatten. Dieser König sprach sich gegen das Zusammenleben mit den Oreanern aus, gegen eine Vermischung mit schwächeren Wesen. Er zerriss den Faden, den Sairas Ehemann einst voller Liebe geknüpft hatte, zerschmetterte die Brücke und trennte die Reiche mit einem mächtigen Schlag.

Das Siebte Königreich, das so verletzlich dort am Rande der Welt hing, wurde komplett von diesem magischen Bruch verschlungen. Das Land und seine Bewohner wurden nie wieder gesehen. Und die Brücke von Lemuria stürzte in den bodenlosen Abgrund, zerfiel zu nichts.

Also muss Orea den Fae für die Magie danken, die es noch immer bei uns gibt. Aber sie ist ein bitteres Geschenk, durchtränkt von Verrat.

Denn es gibt kein Siebtes Königreich mehr. Es gibt kein Bündnis mehr, keine Brücke nach Annwyn. Es gibt keine Fae mehr.

Zumindest glauben die Leute das.

KAPITEL 33

T*rommeln.*

Mein Herzschlag fühlt sich an, als würde man in meinen Adern Trommeln schlagen, zu laut, zu schnell, zu harsch.

Ich dachte immer, die Geschichten über den Kommandanten wären übertrieben – auch die Berichte über ihn in der Bibliothek von Hohenläuten. Überdramatische Erzählungen über den Schrecken, den er verbreitet, die eine Erklärung dafür liefern sollen, warum Leute aus Angst vor ihm auf die Knie fallen.

Der Kommandant – die Leute nennen ihn Riss wegen der Kämpfe, in denen er Soldaten wortwörtlich die Köpfe von den Körpern riss – ist eine Legende unserer Tage. Jemand, den man fürchten muss, so wie König Fäule selbst. Aber ich hatte nicht damit gerechnet, dass Kommandant Riss wirklich so einschüchternd ist.

Natürlich gab es Gerüchte darüber, dass er ein Fae ist, dass er mehr Fae-Blut hat als jeder andere Oreaner. Aber auch da dachte ich, dass nichts weiter dran sei – Gerüchte eben. Tratsch. Übertreibungen, die vielleicht von König Ravinger selbst verbreitet wurden, um seinen Kommandanten umso beängstigender wirken zu lassen.

Aber jetzt, da ich ihn selbst vor mir sehe, erkenne ich deutlich, dass er nicht einfach nur ein weiterer Oreaner mit einer verwässerten magischen Blutlinie ist, die von irgendwelchen lange zurückliegenden Fae-Vorfahren stammt.

Er ist *mehr.*

Die Stacheln beweisen es. In den meisten Berichten klang es so, als wären sie nur ein Teil seiner Rüstung. Eine weitere dramatische Übertreibung. Aber ich erkenne nur zu deutlich, dass das nicht stimmt. Die Stacheln, seine Körpergröße, diese bedrohliche Ausstrahlung ... All das ist greifbar und real.

Ich weiß nicht, was ich davon halten soll.

Irgendwie kann ich den Blick nicht von ihm lösen und ertappe mich dabei, wie ich die schwarzen Stacheln zähle, die sich entlang seiner Wirbelsäule nach unten ziehen. Sie beginnen zwischen seinen Schulterblättern und reichen bis zu seinem Kreuz – insgesamt sechs, nach unten hin werden sie immer kürzer. Sie sind leicht herabgebogen und ragen aus seiner Rüstung heraus. Gefährlich glänzend reflektieren sie die rot glühenden Laternen.

Die Stacheln an der Außenseite seiner Unterarme sind kürzer, aber trotzdem scharf und tödlich. Jeweils vier davon ziehen sich von seinem Handgelenk bis kurz vor seinen Ellbogen.

Ich bin zu verängstigt, um mich zu fragen, wie er wohl ohne seinen Helm aussieht. In einigen Berichten heißt es, er hätte Hörner auf dem Kopf oder scheußliche Narben, die sich quer über sein Gesicht ziehen. Manche Texte erwähnen Reißzähne, während andere behaupten, er könne einen Menschen töten, indem er ihn nur mit seinen brennend roten Augen ansieht.

Ich will gar nicht wissen, ob irgendetwas davon stimmt.

Aber ich *will* wissen, warum er hier ist, im Ödland. Warum er sich mit den Roten Räubern trifft.

«Kapitän Fane», grollt eine tiefe Stimme. Die Sättel neben mir zucken zusammen.

«Kommandant Riss», erwidert der Kapitän und neigt grüßend den Kopf – wenn auch nur ganz leicht. «Es überrascht mich, Euch so weit entfernt vom Vierten zu sehen. Eure Nachricht kam unerwartet.»

«Hmm.»

Kapitän Fanes Versuch, seinem Gegenüber Informationen zu entlocken, ist nicht von Erfolg gekrönt. Doch er lässt sich nicht beirren. «Wir haben gehört, es gab einen Vorfall an Euren Grenzen.»

Der Kommandant legt den Kopf schief. «Nichts weiter als ein kleines Ärgernis. Aber der König vergibt niemals einen Angriff auf sein Land.»

«Natürlich nicht. Kein wahrer Herrscher tut das.»

Bei dieser offensichtlichen Arschkriecherei verschlucke ich mich fast an meiner Zunge.

«Wie läuft es im Ödland und in Steinhafen? Ich schätze, die Piraterie ist immer noch lukrativ?»

Der Kapitän feixt. «Kann mich nicht beschweren.»

«Für gewöhnlich seid Ihr im Herbst nicht so weit nördlich unterwegs.»

Es ist keine Frage, aber in seinen Worten schwingt deutlich die Forderung nach einer Erklärung mit.

Kapitän Fane wechselt einen kurzen Blick mit dem Quartiermeister, bevor er antwortet: «Jemand hat uns einen Tipp gegeben. Er hat uns in diese Richtung geführt, und glücklicherweise hat es sich gelohnt. Wir werden noch früh genug zu den Docks zurückkehren.»

Meine Hände, die immer noch auf meinen Bändern lagen, sinken langsam nach unten.

Jemand hat uns einen Tipp gegeben.

Einen Tipp? Einen Tipp, der die Piraten hierhergeführt hat? Stirnrunzelnd mustere ich den Kapitän, als könnte ich allein durch meine Blicke Antworten erhalten.

«Interessant», gibt Kommandant Riss zurück. Er bewegt den Arm, und das scharlachrote Licht, das von seinen Stacheln reflektiert wird, fesselt für einen Moment die Aufmerksamkeit des Kapitäns. «Und könnte dieser Tipp etwas mit dem Dutzend Botenfalken zu tun haben, die Ihr vor ein paar Stunden losgeschickt habt?»

Kapitän Fane versteift sich. «Woher wisst Ihr davon?»

Statt zu antworten, hebt der Kommandant seine Faust. Er öffnet sie und lässt ein Stück zusammengerolltes Pergament aufs Deck fallen. Sogleich öffnen die Soldaten hinter ihm *ebenfalls* die Hände, und elf weitere Pergamentrollen fallen zu Boden.

Zorn verzerrt die Miene des Kapitäns. Er macht den Mund auf und schließt ihn wieder, wie ein Fisch auf dem Trockenen. «Was ... wie habt Ihr ...»

Der Kommandant wirft einen Beutel in die Luft, und der Quartiermeister kann ihn gerade noch so auffangen. «Eine kleine Entschädigung. Für die Vögel.»

Völlig überrumpelt starren der Quartiermeister und Kapitän Fane den Kommandanten an.

«Ihr habt all meine Nachrichten abgefangen?», fragt der Kapitän schließlich wütend.

Der Kommandant legt den Kopf schräg. «Das habe ich.»

Kapitän Fane beißt die Zähne so fest zusammen, dass man Holz knirschen hört. «Und wollt Ihr mir auch verraten, warum? Das ist ein feindseliger Akt, Kommandant. Meine Roten haben schon aus geringeren Anlässen getötet.»

Die Drohung lässt den Kommandanten genauso kalt wie die Soldaten in seinem Rücken. Wenn überhaupt, sind es die Roten Räuber, die plötzlich nervös wirken. Sie tauschen Blicke, als fürchteten sie sich vor einem Kampf gegen die Soldaten des Vierten.

«Es gibt keinerlei Grund für Blutvergießen zwischen uns», antwortet der Kommandant ruhig und gelassen. «Im Gegenteil, ich werde Euch sogar behilflich sein.»

«Und was soll das genau heißen?», blafft der Kapitän.

Kommandant Riss tritt einen Schritt vor. Ein einziger Schritt, eigentlich völlig unbedeutend ... Und doch sorgt der verringerte Abstand dafür, dass die Hand des Kapitäns zum Knauf seines Dolches fährt – der Dolch, den er in Segls Herz gerammt hat.

«Ihr habt sehr eifrig an mögliche Käufer geschrieben. Habt mit der Beute angegeben, die Ihr gemacht habt. Aber ich werde die Sache für Euch einfach machen, Fane.» Er spricht nicht lauter als bisher, doch aus irgendeinem Grund sorgt sein Tonfall dafür, dass ich das Gesicht verziehe und nervös auf der Unterlippe herumkaue. «Ihr habt Midas' Reisegesellschaft. Ich werde sie Euch abkaufen.»

Kapitän Fane keucht auf. «*Ihr*? Warum das?»

Obwohl er immer noch seinen Helm trägt, drängt sich mir der Eindruck auf, dass der Kommandant grinst. «Das geht nur Midas und Ravinger etwas an.»

Mein Magen windet sich wie ein Korkenzieher, als wolle er sich selbst auswringen. Ich höre, wie eine der Frauen voller Entsetzen aufstöhnt.

Es ist eine Sache, von abscheulichen Piraten entführt zu werden. Aber es ist etwas vollkommen anderes, von König Fäules Kommandanten gekauft zu werden. Dieser Mann ist berüchtigt für seine Brutalität auf dem Schlachtfeld. Seine gesamte Armee ist eine erbarmungslose Urgewalt, die noch nie geschlagen wurde.

Und jetzt will er uns.

Das geht nur Midas und Ravinger etwas an.

Nach dieser vagen Erklärung besteht für mich kein Zweifel mehr daran, warum Kommandant Riss sich hier im Ödland aufhält, warum er diesen Handel abschließt. König Ravinger hat seine Armee gegen Midas ausgesandt. Und wir sind ihm gerade einfach so in die Hände gefallen.

Kapitän Fane wechselt einen Blick mit dem Quartiermeister, einen kalkulierenden, bedeutungsschweren Blick. Er löst die Hand von der Waffe und wendet sich wieder Riss zu.

«Wie Ihr gewiss in all meinen Briefen gelesen habt», sagt der Kapitän unwirsch, «habe ich Midas' königliche Huren in meiner Gewalt. Hinzu kommen ein paar Soldaten, die den Kampf überlebt haben. Ich hatte vor, sie an die Küste zu bringen, um sie dort einzeln zu verkaufen.»

Zum ersten Mal löst der Kommandant seinen Blick vom Kapitän und wendet den Kopf. Und ich schwöre, dass ich fühlen kann, wie seine Augen mich direkt anstarren. Mein Atem stockt unter diesem Blick, gebannt wie eine Fliege, die in Harz festklebt. Ich bin gefangen, unfähig, mich zu bewegen, unfähig, wegzulaufen. Mein Puls rast.

Doch dann wandert sein Blick weiter, und seine unter dem Helm verborgenen Augen gleiten gelangweilt über die Gruppe der Sättel. Endlich gelingt es mir, bebend auszuatmen, die Fliege aus ihrem klebrigen Gefängnis zu befreien.

«Wie ich schon sagte, ich erspare Euch den Aufwand», sagt Kommandant Riss, als er sich wieder dem Kapitän zuwendet. «Ich kaufe sie allesamt. Auch die Pferde. Diese protzigen, goldenen Rüstungen könnt ihr behalten. Die werden sie nicht brauchen.»

Kapitän Fane verengt die Augen zu Schlitzen, als frage er sich misstrauisch, wie viel der Kommandant tatsächlich weiß.

«Das wird Euch eine stolze Summe kosten. Ich hatte mit mehreren Bietern gerechnet.»

«Ich bin mir sicher, dass wir uns einigen werden», antwortet der Kommandant mit unumstößlicher Gewissheit.

Kapitän Fane verlagert unruhig sein Gewicht. «Meine Männer hatten sich darauf eingestellt, dass sie unsere

Beute für ein paar Wochen genießen können, bevor wir sie verkaufen.»

Mein verdrehter Magen scheint sich zusätzlich noch zu verknoten. Kapitän Fane besitzt keinerlei Scham! Er beschwert sich darüber, dass er und seine Männer nicht ihren Spaß mit uns haben dürfen, wenn er uns sofort veräußert. Dieser Gedanke, diese Erniedrigung, lässt Galle in meiner Kehle aufsteigen, heiß genug, dass ich Feuer spucken und ihn an Ort und Stelle zu Asche verbrennen will.

«Wie ich schon sagte: Wir werden zu einer Einigung kommen, Fane.»

Schweigen breitet sich aus. Das Einzige, was sich bewegt und Geräusche macht, ist der Wind. Alle anderen beobachten die zwei Männer – egal ob Sättel, Piraten oder Soldaten. Alle Augen sind auf den Kapitän und den Kommandanten gerichtet; alle warten gespannt, was geschehen wird.

Noch immer umhüllt uns die Nacht, so dunkel und trostlos wie eh und je. In mir steigt die Frage auf, ob sie je vergehen wird ... oder ob ich dazu verdammt bin, auf ewig in diesen trostlosen Schatten zu wandeln und von einer schrecklichen Situation in die nächste, noch schrecklichere zu stolpern.

Schließlich nickt Kapitän Fane. «In Ordnung. Ich denke, dann ist ein gemeinsames Abendessen angebracht. Ich sage immer, Verhandlungen führt man am besten bei Wein und Essen.»

Der Kommandant nickt leicht und hebt einen Arm. «Dann geht voran, Kapitän. Ihr könnt mir alles darüber erzählen, was heute Nacht geschehen ist. Wir haben gewiss eine Menge zu bereden.»

Kapitän Fane grinst. «Aye. Wenn Midas herausfindet, dass Ihr und Euer König seine Männer *und* seine Huren habt, wird er vor Wut schäumen.»

Ein finsteres, raues Lachen kommt unter dem Helm hervor und jagt Gänsehaut über meine Arme. «Darauf setze ich, Kapitän.»

KAPITEL 34

Ich habe schon Füchse im Hühnerstall erlebt. Sie stürzten sich auf die armen Vögel, während die Hennen nichts anderes wollten, als ihrer Aufgabe nachzukommen und Eier zu legen. Die Füchse haben mit ihnen gespielt, haben versucht, sie zum Aufflattern zu bringen. Einmal habe ich gesehen, wie ein ganzer Stall in einer Explosion aus Federn und Lärm und Angst verwüstet wurde.

Dieses Abendessen erinnert mich daran.

Die Roten Räuber sind die Füchse. Sie verspotten und betatschen uns und schauen, ob sie einen der Sättel dazu bringen können, panisch davonzuflattern.

Aber bei diesem Abendessen gibt es nicht nur Füchse. Es sind auch Wölfe anwesend.

Die zwölf Soldaten von Kommandant Riss nehmen eine ganze Bank in der Offiziersmesse ein. Sie sitzen eng aneinandergedrängt, Schulter an Schulter, dunkel und drohend und viel zu massig für den begrenzten Raum. Zum Essen haben sie die Helme abgenommen, aber sie sagen nichts und verhalten sich wachsam. Jagende Wölfe inmitten von Pöbel.

«Du nicht.»

Ich werde von unserem Wachhund aufgehalten, bevor ich die Messe betreten kann, mit zwei Krügen Wein in den Händen.

«Was?»

Er schaut zu Nissa hinter mir und nickt ihr auffordernd zu. «Du. Nimm ihr die Krüge ab.»

Nissa hebt eine blonde Braue. «Ich trage bereits dieses Tablett.»

«Sehe ich aus, als würde mich das einen Dreck interessieren? Ich habe gesagt, du sollst die Krüge nehmen.»

Nissas Lippen werden schmal, aber sie sieht mich an und hebt leicht ihr Tablett mit harten Brötchen. «Stell sie drauf.»

Ich stapele die Teller so gut wie möglich auf einer Seite, dann platziere ich die Krüge daneben. Das Tablett senkt sich, jetzt um einiges schwerer, doch Nissa rauscht an uns vorbei in die Messe, wo die übrigen Sättel bereits bei Tisch bedienen. Manche von ihnen werden auf die Schöße von Piraten gezogen und müssen ertragen, dass Hände unter ihre Röcke gleiten.

Ich stehe betreten vor der Tür und werfe dem Wachpiraten einen Blick zu. «Und was soll ich tun?»

Der Wachhund lehnt sich gegen die Außenwand und zieht sein Messer, um sich mit der Spitze die Fingernägel zu reinigen. «Keine Ahnung. Der Käpt'n hat nur gesagt, dass du nicht da rein darfst, solange die Soldaten des Vierten hier sind.»

Erkenntnis zieht in mir auf wie ein kalter Morgen. «Der Kapitän will nicht, dass der Kommandant mich sieht.»

Der Pirat feixt nur und säubert weiter seine widerlichen Nägel.

Ich spähe in den hell erleuchteten Raum. Das Schiff wirkt seltsam still, wenn es sich nicht bewegt. Von hier aus kann ich die Soldaten des Vierten auf der Bank direkt bei der Tür sehen. Kapitän Fane und Kommandant Riss sitzen mit dem Rücken zu mir ganz vorne im Raum, an einem kleinen Tisch für zwei Personen. Von dort aus können sie die langen Bänke voller Männer überblicken.

Der Kommandant hat seinen Helm abgenommen, aber

aus diesem Winkel kann ich sein Gesicht nicht erkennen. Das mit den Hörnern stimmt jedenfalls nicht. Stattdessen sehe ich nur dichtes, kurzes schwarzes Haar auf seinem Kopf.

«Ich werde Nachschub aus der Küche holen», murmele ich und wende mich ab.

Unglücklicherweise folgt mir der Wachhund, sodass ich mich nicht davonschleichen kann. Nicht, dass ich damit gerechnet hätte, dass es so einfach wäre ...

Ich erreiche die Kombüse – und kaum habe ich sie betreten, fliegt auch schon etwas auf mein Gesicht zu! Ich ducke mich und höre einen Lappen gegen die Wand klatschen, auf der Höhe, wo gerade noch mein Kopf war.

«Fang an zu putzen», blafft der Smutje vom anderen Ende des Raums.

Ich unterdrücke ein Seufzen, dann ziehe ich meinen verbliebenen Handschuh aus und schiebe ihn in die Tasche meines Kleides. Ich schnappe mir den nassen Lappen und beginne damit, die lange Arbeitsfläche zu schrubben, während ich verstohlen weiter an meinen Bändern arbeite.

Vornübergebeugt und verschwitzt gelingt es mir schließlich, einen ersten Knoten zu lösen. Dieser kleine, aber umso wichtigere Sieg lässt mein Herz rasen. Ich wage einen Blick über die Schulter, doch die Piraten achten gar nicht auf meinen Rücken. Der Smutje ist zu sehr damit beschäftigt, in einer Ecke sein eigenes Essen zu verschlingen, und der Wachhund stochert inzwischen mit demselben Messer in seinen Zähnen herum, mit dem er sich eben noch die Fingernägel gereinigt hat.

Ich beuge mich wieder nach vorne und schrubbe weiter, arbeite weiter an den Knoten in meinen Bändern. Hartnäckig. Ich muss einfach nur hartnäckig bleiben!

Ich bin fast fertig, als Polly in den Raum kommt, mit

geröteten Wangen und feuchten Augen. «Sie wollen mehr Bier», sagt sie, ihr Tonfall so flach wie Teig, der zu fest ausgerollt wurde.

«Sehe ich aus wie eine Bedienung?», blafft der Smutje. «Dann hol es dir halt.»

Polly wirkt orientierungslos, also richte ich mich eilig auf und lasse den Lappen fallen. «Hier drüben», sage ich und führe sie durch den Raum.

Sie folgt mir zur Vorratskammer, wo ich ihr das Fass und die letzten verbliebenen Krüge zeige. Ich spüre ihre Augen auf mir, erkenne die Fragen in ihren verstohlenen Blicken. «Kannst du diese Dinger benutzen? Sie damit verletzen? Um zu entkommen?» Ihre Frage ist kaum mehr als ein Murmeln, ein verstohlenes Geheimnis ... Aber ich weiß, worauf sie sich bezieht.

Ich wage es nicht, über meine Schulter zu schauen, um herauszufinden, ob die Piraten uns beobachten. «Nein. Der Kapitän hat sie verknotet. Bisher konnte ich sie nicht lösen.»

Sie schnaubt fast unmerklich, ein leises Geräusch voller enttäuschter Hoffnung.

«Die brauchen da oben noch mehr Bier», sagt sie in normaler Lautstärke und hebt zwei Krüge hoch. «Kannst du die anderen beiden tragen?»

Ich zögere kurz, dann nicke ich und fülle die zwei weiteren Krüge. Zusammen schleppen wir unsere Last nach draußen. Der Smutje wirft uns böse Blicke hinterher, der Wachhund folgt uns.

Direkt vor der Messe halte ich an. «Ich darf da nicht rein.»

Polly mustert mich frustriert. «Schön. Ich werde jemanden schicken, der den Rest holt.»

Sie atmet einmal tief durch, bevor sie den Raum betritt;

bemüht sich, den Kopf hocherhoben zu halten und freundlich zu lächeln. Als Polly sich vorbeugt, um einen Becher nachzufüllen, schlägt ein Pirat ihr auf den Hintern. Sie zuckt kaum zusammen. Schauspielerei. Das ist alles, worauf es hier ankommt.

Die Stimmung im Raum ist laut und ungezügelt. Die Piraten sind offensichtlich schon ordentlich betrunken, das Essen bereits verschwunden. Ich sehe, wie Polly sich Nissa nähert und im Vorbeigehen leise etwas zu ihr sagt. Nissa schaut kurz zu mir, dann eilt sie herüber und nimmt mir die letzten beiden Krüge ab.

«Sie trinken auf jeden Fall eine Menge», sage ich leise, als ich meine Last übergebe.

«Gut für uns», murmelt sie mit einem Zwinkern. «Wenn wir sie betrunken genug machen, kippen manche von ihnen vielleicht einfach um. Und das ist dann ein Bastard weniger, um den wir uns heute Abend kümmern müssen.»

Sie wendet sich ab und kleistert sich ein sinnliches Lächeln ins Gesicht – bereit, die Männer zufriedenzustellen und eine möglichst gute Vorstellung abzuliefern, um halbwegs unversehrt aus der Sache herauszukommen.

Die Sättel sind Profis, so wie Nissa es den anderen vorhin versichert hat. Das zeigt sich in jedem Hüftschwung, jedem neckenden Kommentar, jedem Lächeln. Rehkitze, die Raubtiere zufriedenstellen müssen. Sie machen den Füchsen den Abend schmackhaft, sind aufmerksam und zuvorkommend zu ihnen. Überzeugen sie davon, ihnen nicht zu schaden, sie nicht zu beißen.

Ich hoffe inständig, dass es klappt.

Ein wütendes Gesicht schiebt sich in mein Blickfeld und versperrt mir die Sicht auf den Raum. Flairs schwarzes Haar hängt schlaff herunter, das Mieder ihres Kleides ist ausgeleiert, entweder vom Regen oder durch die Aufmerksamkeit, die sie dort drinnen ertragen muss. «Typisch», schnaubt sie. «Die Favoritin muss nicht mal bedienen, im Gegensatz zu allen anderen.»

«Ich darf nicht ...»

«Spar es dir», blafft sie. «Könntest du wenigstens diese dreckigen Teller zurück in die Küche tragen, oder bist du dir dafür auch zu fein?»

Ich beiße die Zähne zusammen. «Ich verstehe deine Wut, wirklich», setze ich an. «Aber statt gemein zu mir zu sein, solltest du dir deine Kräfte für *die da drinnen* aufsparen», sage ich und nicke in Richtung der schweigenden Soldaten.

«Als wenn dich das kümmern würde.»

Das tut es natürlich, aber sie wird es mir nicht glauben, egal, was ich sage.

Flair drückt mir die dreckigen Teller in die Arme und wirbelt wieder herum. Ich trage den Stapel in die Kombüse, wo ich die nächste Stunde damit verbringe, jeden einzelnen Teller in einem Eimer mit kaltem Wasser und fast ohne Seife abzuspülen.

Die Sättel erscheinen eine nach der anderen und schleppen immer mehr dreckiges Geschirr an, bis mein Rücken schmerzt und meine Hände spröde und taub werden. Aber ich nutze meine Zeit gut. Ich lasse meinen Frust an den Tellern aus, während meine Bänder weiter an den Knoten arbeiten, sich Stück für Stück voneinander lösen. Glücklicherweise verdeckt die Schärpe ihre Bewegungen.

Weitermachen. Ich muss einfach nur weitermachen!

Als ich endlich mit dem Abwasch fertig bin, zerrt der Wachpirat mich am Arm auf die Beine. «Komm schon, ich will hoch und schauen, was da los ist.»

Ich wische mir die nassen, eiskalten Hände an meinem Kleid trocken. Er zieht so ungeduldig an mir, dass ich ins

Stolpern gerate. Offenbar ist er es leid, mein Kindermädchen zu spielen.

«Bleib bei mir und halt die Klappe, verstanden?»

Ich nicke und folge ihm aufs Hauptdeck, wo auch alle Sättel aufgereiht nebeneinanderstehen.

Bald werden sie alle verschwunden sein. Die Soldaten des Vierten werden sie mitnehmen. Und ich werde zurückbleiben, werde hier festsitzen. Es gibt keine Gitterstäbe, aber eine Gefangene bin ich trotzdem.

Ich weiß nicht, was schlimmer ist: Wölfe oder Füchse. Grausame Piraten oder die Soldaten des Feindes.

Ich wünschte, Midas wäre hier.

Der Gedanke trifft mich so heftig, dass Tränen in meine Augen treten. Gerade würde ich alles dafür geben, ihn zu sehen! Ich will, dass er auftaucht und uns rettet, erneut zu meinem Beschützer wird. So, wie er mich vor all diesen Jahren vor den Plünderern beschützt hat. Mein Ritter. Mein Heldenkönig.

Aber Midas ist nicht hier.

Und er wird auch nicht kommen, weil er nicht einmal ahnt, dass ich in Schwierigkeiten stecke. Und bis er davon erfährt, wird es zu spät sein. Viel zu spät.

Kapitel 35

Meine Finger verknoten sich vor meinem Körper, ein Spiegelbild der Bänder auf meinem Rücken.

Ich stehe an einem Scheideweg, mitten auf dem Deck eines Piratenschiffes. Und ich weiß nicht, welches Schicksal schlimmer ist, welcher Kerkermeister erbarmungsloser.

Besser das Übel, das man schon kennt ... Aber was ist, wenn beide Übel unbekannt sind? Wenn ständig Fremde aus dem Nichts auftauchen, um einen zu entführen?

Außer der Fantasievorstellung, irgendwie von Midas gerettet zu werden, habe ich keine Hoffnung, den Piraten oder den Soldaten zu entkommen. Und wohin sollte ich auch fliehen? Wir befinden uns mitten im eisverkrusteten Ödland, umgeben von endlosen Meilen arktischer Leere. Ich könnte tagelang immer weiter wandern, mich nur zu leicht im allgegenwärtigen Weiß verlieren oder in einen Schneesturm geraten und dabei völlig die Richtung verlieren.

Aber vielleicht wäre das trotzdem besser. Vielleicht wäre es ein Segen, in eine Schneewehe zu sinken und niemals wieder aufzuwachen. Auf jeden Fall wäre die Umarmung des Schnees sanfter als diese Männer.

Ich weiß nicht, welches Übel schlimmer ist. Aber ich weiß ganz sicher, dass Panik in mir aufsteigt, wenn ich daran denke, von den anderen getrennt zu werden. Auch wenn die Sättel mich nicht leiden können – und einige von ihnen mich sogar hassen –, sind sie für mich doch eine Verbindung nach Hause. Eine Erinnerung an eine Zeit in Sicherheit.

Ein besonders dicker Knoten an meinem Rücken jagt Schmerzen durch meine Bänder, aber ich halte meine Miene ausdruckslos und arbeite weiter daran, während ich auf dem Deck herumstehe. Allein. Man wird mich hier zurücklassen, und ich werde allein sein, wenn der Kapitän damit anfängt, mich zu missbrauchen. Wenn es mir nur gelingen würde, meine Bänder zu lösen! Dann hätte ich vielleicht eine Chance. Auf jeden Fall könnte ich mir so ein wenig Zeit erkaufen.

Mittig auf dem Deck sind Kapitän Fane und der Kommandant in eine Diskussion verstrickt. Riss trägt wieder seinen schwarzen Helm.

Für eine Weile geht das Gespräch hin und her; offenbar verhandeln sie gerade. Schließlich nickt der Kapitän. Sie haben eine Abmachung getroffen. So wie damals, als ein anderer Pakt geschlossen wurde – zwischen zwei Königen.

Vereinbarungen, die Männer über das Leben von Frauen treffen, scheinen für die betroffenen Frauen selten positive Auswirkungen zu haben.

Ich sehe, wie der Kommandant kurz über seine Schulter schaut und auffordernd nickt. Sofort schleppt einer seiner Soldaten eine schwere Kiste heran. Kapitän Fane öffnet die Truhe. Beim Anblick der aufgehäuften Münzen darin glitzern seine Augen, und ihm bleibt der Mund offen stehen.

Ein bösartig-zufriedenes Grinsen erscheint auf seinem Gesicht. «Nun, damit ist das Geschäft besiegelt.»

Er will die Kiste an sich nehmen, doch der Soldat lässt sie nicht los. Kapitän Fane sieht zum Kommandanten. «Gibt es ein Problem?»

«Ich werde die Waren jetzt sofort mitnehmen.»

Der Kapitän nickt. «Natürlich. Der Quartiermeister wird Euch zu den anderen beiden Schiffen begleiten. Dort findet ihr Midas' Männer und die Pferde.»

Nun nickt auch der Kommandant, und der Soldat übergibt endlich die Truhe. Der Kapitän nimmt sie mit einem Grunzen entgegen. Eilig reicht er sie an zwei seiner Piraten weiter, die damit zurücktreten.

«Genießt den Rest der Nacht, Kommandant. Schöne Grüße an Euren König», meint Kapitän Fane und tippt sich an die Hutkrempe.

«Einen Augenblick noch, Fane.»

Der Kapitän hält inne, wendet sich erneut um. Auch die Piraten mit der Kiste bleiben stehen. Meine nervösen Hände erstarren.

«Unsere Abmachung bezieht sich auf *alle* Mitglieder von Midas' Reisegruppe», erklärt der Kommandant.

Der Kapitän blinzelt stirnrunzelnd. Für einen Augenblick wirkt er verwirrt. Aber ich weiß, was das bedeutet. Ich weiß es bereits, bevor der behelmte Kopf des Kommandanten sich in meine Richtung wendet. Er sieht mich an, ohne die Leute um mich herum zu beachten – als wäre er sich meiner Anwesenheit die ganze Zeit über bewusst gewesen.

Ein Panzerhandschuh hebt sich, ein Finger deutet auf mich. Mein Herz gefriert in meiner Brust. «Das schließt auch *sie* mit ein.»

Für einen Moment bleibt Kapitän Fane der Mund offen stehen, als die Erkenntnis über ihm zusammenschlägt wie eine gnadenlose Welle. «Nein», sagt er mit einem ruckartigen Kopfschütteln, sodass die schwarze Feder an seinem Hut auf und ab wippt. «Sie ist nicht zu verkaufen! Das stand nie zur Debatte, weil ich sie behalten werde. Ihr habt alle anderen gekauft.»

Kommandant Riss senkt die Hand, den Blick unverwandt auf den Kapitän gerichtet. Selbst aus dieser Entfernung kann ich seinen Unmut spüren. «Ich habe *alle* gesagt, Fane, und dann meine ich auch *alle*.» Seine heisere Stimme ist so harsch wie die Kälte des Ödlandes. «Dachtet Ihr wirklich, ich überlasse Euch eine ganze Truhe voll Gold nur für ein paar Sättel, Schneehengste und halb tote Soldaten?» Er schüttelt den Kopf. «Nein. Midas' Favoritin wird uns ebenfalls begleiten.»

Meine Brust wird eng, und mein Atem stockt, als hätte jemand soeben das volle Gewicht dieser mit Münzen gefüllten Truhe auf meinen Rippen abgeladen. Mein Herz rast so heftig, dass mir erneut mein Puls in den Ohren trommelt.

Kapitän Fane ballt die Hände zu Fäusten, und seine Augen blitzen. «Und wenn ich mich weigere?»

Der Kommandant stößt ein hartes, grausames Lachen aus. Es ist das Lachen eines Wahnsinnigen, kurz bevor er jemanden foltert. Das eines kaltblütigen Mörders. «Euch wird nicht gefallen, was geschieht, wenn Ihr Euch weigert. Aber bitte, nur zu, es ist Eure Entscheidung.»

Am Kiefer des Kapitäns zuckt ein Muskel, als er die Soldaten mustert, die ihm unbewegt in Habachtstellung gegenüberstehen. Die Piraten sind ihnen zahlenmäßig weit überlegen, aber das scheint keine große Rolle zu spielen. «Woher wusstet Ihr von ihr? Wir haben sie in keiner der Botschaften erwähnt, die wir ausgeschickt haben.»

«Ihr hattet Euren Tipp, und ich hatte meinen.»

Ich habe keine Ahnung, was diese Antwort bedeuten soll, aber meine Handflächen werden feucht.

Der Quartiermeister flüstert dem Kapitän etwas ins Ohr, doch Fane tut es verächtlich ab, zeigt seine Wut überdeutlich. Er verlagert das Gewicht von einem Bein aufs andere. Und die beiden Anführer starren sich einfach nur an, unwillig, als Erster den Blick zu senken.

Die Spannung, die bisher geherrscht hat, ist nichts im

Vergleich zu diesem Duell. Selbst Riss' Soldaten wirken angespannt, als wappneten sie sich für einen Kampf. Ich kaue nervös auf meiner Unterlippe herum, während mein Blick von einem Mann zum anderen wandert.

Ich weiß nicht, für wen ich mich entscheiden würde, wenn ich die Wahl hätte. Würde ich lieber bei den verkommenen Roten Räubern zurückbleiben oder an den Furcht einflößenden Kommandanten von Ravingers Armee verkauft werden? Ich bin gefangen zwischen Hammer und dem mit Stacheln besetzten Amboss.

Schließlich sagt Kapitän Fane: «Gut.» Das Wort klingt bitter, anklagend. Und so einfach werde ich auf einen der Pfade des Scheidewegs gestoßen. Mein Schicksal wurde entschieden.

«Quartiermeister, lass unsere Gäste zunächst die Pferde und die Soldaten begutachten und sorge dafür, dass dem Kommandanten alles recht ist», stößt Kapitän Fane hervor. «Dann komm zurück und hol die Sättel, damit sie nicht zu lange im Schnee herumstehen.» Er wirft Riss einen schlecht gelaunten Blick zu. «Wir wollen doch nicht, dass Eure Waren erfrieren, bevor Ihr überhaupt das Ödland verlassen habt.»

Der Kommandant schweigt.

Der Quartiermeister räuspert sich, dann tritt er einen Schritt vor. «In Ordnung. Wenn Ihr so weit seid, führe ich Euch rüber zu den anderen Schiffen.»

Der Kommandant zögert, wirft einen Blick zu den Sätteln, zu mir.

«Gut», meint er mit einem angespannten Nicken. «Kapitän, meine Soldaten und ich werden im Verlauf der nächsten Stunde aufbrechen.» Damit wendet er sich ab und schreitet die Rampe nach unten. Sechs seiner Soldaten folgen ihm. Die anderen sechs bleiben, wo sie sind. Mit verschränkten Armen und hocherhobenen Köpfen stehen sie Wache.

Kapitän Fane presst die Lippen zusammen, dann wendet er sich an seine Männer. «Schafft die Kiste in meine Kajüte.»

Die Piraten mit der Truhe eilen davon.

Der Kapitän mustert die Sättel, lässt seinen Blick auf den Frauen in ihrer zerrissenen Kleidung verweilen, die zitternd und mit gesenkten Köpfen vor ihm stehen.

Dann sieht er an uns vorbei zu seinen Männern. «Schafft die Huren in die Messe, bis der Kommandant zurückkehrt und sie mitnimmt. Wir wollen auf keinen Fall, dass eine von ihnen auf dumme Gedanken kommt und über Bord springt, nur um ihn nicht begleiten zu müssen. Er hat bereits bezahlt. Und ich werde dieses Gold nicht wieder herausrücken.»

Ich bin mir nicht ganz sicher, aber ich meine, einen der Soldaten schnauben zu hören.

«Aye, Käpt'n.»

Die Sättel drehen sich gehorsam um und folgen ihrer Eskorte aus drei Roten Räubern. Mit gesenktem Kopf schließe ich mich ihnen an. Meine Gedanken rasen. Ich habe die Messe fast erreicht, als jemand meinen Arm packt ... und auch den von Nissa neben mir.

«Still.» Kapitän Fane stößt das Wort scharf wie einen Peitschenhieb aus. Er hält unsere Arme unerbittlich umklammert.

Die Sättel vor uns drehen kurz die Köpfe, doch ein Blick ins Gesicht des Kapitäns genügt, und sie wenden sich wieder ab. Lautlos werden Nissa und ich aus der Gruppe gezogen und stattdessen zur Kajüte des Kapitäns geführt. Im allgemeinen Getümmel an Deck bemerken die Soldaten des Vierten nichts davon – oder es ist ihnen schlichtweg egal.

Mein Herz gerät aus dem Takt, und ich stolpere über meine eigenen Füße. Mir bricht der kalte Schweiß aus und sorgt dafür, dass ich noch mehr friere.

«Riss mag sich für unglaublich clever halten, aber ich will verdammt sein, wenn ich mich nicht mit euch vergnüge, bevor er euch mitnimmt», murmelt Kapitän Fane.

Entsetzen trifft mich wie der Hieb einer Axt, reißt mich fast von den Füßen. Nissa versteift sich neben mir.

«Ich habe verdammt viele Unannehmlichkeiten auf mich genommen, um rechtzeitig hier zu sein und euch abzufangen. Ich habe mir eine Kostprobe verdient», brummt er, als spräche er mit sich selbst.

Ärger mischt sich in meine Angst. Ärger und Wut.

Diese Stunde sollte eine *kurze* Gnadenfrist werden – für mich und die Sättel. Das wäre fair gewesen. Wenn wir schon in die Hölle verkauft werden, sollten uns zumindest die Dämonen nicht foltern dürfen.

Aber während ich immer weiter in Richtung der Kapitänskajüte gezerrt werde, wird überdeutlich, dass mir keine Gnadenfrist vergönnt ist. Ich werde Kapitän Fanes Misshandlungen nicht entgehen.

Und alles nur, weil er sich eine *Kostprobe* gönnen will.

Als wären wir eine Sache, die man kosten, verschlingen, verdauen könnte.

Wieso bin ich dazu verdammt, die Gier von Männern auf mich zu ziehen? Liegt es nur an der goldenen Farbe meiner Haut? Oder steckt noch mehr dahinter? Gibt es etwas tief in mir, das mir dieses Leben eingebracht hat?

Vermutlich spielt die Antwort keine Rolle. Aber die Frage brennt mir trotzdem auf der Haut wie die Narbe an meinem Hals.

Ich tausche einen Blick mit Nissa. Ihre blauen Augen wirken besorgt, ihre Brauen sind zusammengezogen. Wir haben beide damit zu kämpfen, mit unserem wechselvollen Schicksal Schritt zu halten.

Der Kapitän zwingt uns, vor der Tür stehen zu bleiben, und zerrt seinen Schlüssel heraus, während die zwei Piraten mit der Truhe voller Münzen etwas abseits warten. Der Kapitän rammt den Schlüssel ins Schloss und lässt die Männer ein, um die Truhe abzustellen. Unterdessen wende ich das Gesicht nach oben, lasse meinen Blick suchend über den Himmel schweifen.

Doch wie jedes Mal, wenn mir etwas Schlimmes passiert, kann ich keine Sterne entdecken. Kein Licht. Kein sanftes, glimmendes Leuchten. Nur düstere Wolken in einer endlosen Nacht.

Ich warte immer noch auf irgendeine Rettung, auf die heraufziehende Morgendämmerung, die Geburt eines Sterns, aufkeimende Hoffnung.

Aber nichts davon geschieht.

Nichts davon ...

Das letzte Fünkchen Hoffnung vergeht wie eine Kerze, die man ausgepustet hat, und ich werde in den Raum gezerrt, fort vom Himmel.

KAPITEL 36

Die Kapitänskajüte macht nicht besonders viel her. Allerdings habe ich wahrscheinlich auch überzogene Erwartungen. Das Leben in einer Burg aus massivem Gold kann so etwas bei einem Mädchen anrichten.

Dennoch mustere ich den Raum genau, konzentriere mich auf die Details, weil ich mich irgendwie ablenken muss – und fokussieren. Alles ist besser, als darauf zu achten, wie der Kapitän die Tür hinter uns abschließt. Das Klicken des Schlosses ist lauter, als es meine Käfigtüren je waren.

Ich halte den Blick nach vorne gerichtet, auf das Schönste im Raum: eine lange Fensterzeile, die die gesamte Breite des Hecks einnimmt. Sie reicht vom Boden bis zur Decke und öffnet den Blick auf ein Meer aus schattenumhülltem Schnee. Draußen kann ich einen ersten Lichtschimmer am Horizont ausmachen. Diese nicht enden wollende Nacht verebbt endlich.

Zur Linken entdecke ich in der Kajüte einen Schreibtisch, übersät mit Papieren und Karten. Entlang der Wände stehen Fässer und Kisten, allesamt fest verschlossen, sodass sie nichts von ihrem Inhalt preisgeben. Einige von ihnen dienen als Tische. Auf dem Deckel einer Kiste klebt eine Kerze, deren wächserne Tränen sich in erstarrten Rinnsalen über das Holz ziehen.

Zur Rechten, wohin ich eigentlich gar nicht schauen will, steht das Bett. Es lauert halb versteckt hinter einem schweren, roten Vorhang, der an den Bettpfosten befestigt ist. Die Decke ist verknittert, mehrere Kissen liegen auf dem Boden verstreut, und ich hoffe *inständig*, dass der Fleck in der Mitte von Bier stammt.

Nissa und ich bleiben wachsam, als der Kapitän zum Schreibtisch geht und seinen Hut abnimmt. Er reißt sich die rote Maske vom Hals und wirft sie ebenfalls zur Seite. Dann greift er nach einem silbernen Flachmann und setzt ihn an den Mund.

Sein Blick ist auf uns gerichtet, während er mehrere tiefe Schlucke nimmt. Ich beginne zu zittern, wie die Nadeln der Pechkiefern, bevor sie sich von den Zweigen lösen und sich wie Speere in den Boden bohren.

«Denk daran: Es geht nur um Schauspielerei», murmelt Nissa neben mir, so leise, dass ich sie fast nicht verstehe. Eine Erinnerung daran, meine Rolle zu spielen. Eine gute Vorstellung zu liefern und mein wahres Ich tief in mir zu verbergen, an einem Ort, den er nicht erreichen kann. Wir müssen schauspielern, um das durchzustehen.

Ihre leise Aufmunterung reicht aus, um das Zittern verklingen zu lassen. Ich atme einmal tief durch, dankbar dafür, dass sie mich erdet und daran erinnert, dass ich nicht allein bin.

Auch wenn ich mir wünsche, dass ihr dieses Schicksal erspart geblieben wäre.

«Kapitän, Eure Kajüte ist so ... üppig angefüllt mit Reichtümern», sagt Nissa mit sinnlicher Stimme. Das ist ihr Versuch, die Anspannung zu mildern, die Grundstimmung dieser Begegnung festzulegen. Alles, was sie tut – von ihrem Tonfall bis hin zu ihren Bewegungen –, ist kalkuliert, verfolgt einen Zweck.

Kapitän Fane ignoriert den Kommentar, wirft seinen Pelzmantel auf den Schreibtisch und stellt den Flachmann ab. «Leider haben wir keine Zeit für Spielchen», sagt er, den Blick auf ihren Körper gerichtet. «Zieh dich aus und steig aufs Bett.»

Ich sehe, wie Nissa schwer schluckt, doch sie sperrt sich nicht. «Natürlich, Kapitän», schnurrt sie.

Ruhig, gefasst, sinnlich – eine Verkörperung der Begierde.

Nissa geht zum Bett und beginnt sich auszuziehen, anmutig und provokant. Ich mustere den Kapitän, während er sie beobachtet. Sehe, wie seine Lust höher kocht, wie er sich die Lippen leckt.

Nissa gehört nicht hierher, auf dieses schmutzige Bett, in einen Raum, der nach Alkohol stinkt, umgeben von Landkarten, die mit altem Wachs an den Wänden befestigt sind. Sie besteht nur aus weicher Haut und Schönheit und Anmut, während dieser Ort schäbig und roh ist und ihr nicht im Geringsten gerecht wird.

Sobald ihre geschickten Finger den letzten Knopf gelöst haben und ihr Kleid nach unten sinkt, steigt sie aufs Bett und wartet aufmerksam auf seinen nächsten Befehl. Ihr blondes Haar umspielt ihren Körper, als sie sinnlich die Beine überschlägt.

Ich habe Nissa bereits Hunderte Male mit Midas nackt gesehen, bin also den Anblick gewöhnt ... Doch Kapitän Fane wirkt für einen Moment wie verzaubert.

Dann setzt er sich in Bewegung, durchquert den Raum mit fünf schnellen Schritten.

Er stürzt sich auf sie, schiebt sich auf dem Bett über sie. Gleich wird er sie küssen ... Doch stattdessen packt er sie am Haar und reißt sie herum.

Sie kreischt überrascht auf, als er sie auf die Knie zwingt, doch das Geräusch wird sofort wieder erstickt, denn er presst ihr Gesicht in die Kissen.

Mein Herz beginnt zu rasen. Aber Nissa versucht, sich

zu fassen, versucht, sich ihm auf dem Schlachtfeld der Lust zu stellen und die Kontrolle zurückzuerlangen. Sie dreht den Kopf, die Wange auf dem Kissen, den Rücken gewölbt, während grobe Hände ihren nackten Hintern betatschen, sich in der weichen Haut vergraben. «Oh, Kapitän, ich mag es, wenn ein Mann das Kommando übernimmt», sagt sie heiser, bewundernd.

«Sei still», blafft er.

Er spart sich die Mühe, seine Tunika auszuziehen. Stattdessen öffnet er seinen Gürtel und lockert seine ledernen Hosen, bis sie nach unten sinken. Ohne Vorwarnung dringt er grob in sie ein.

Eine Hand noch immer in Nissas Haar vergraben, rammt er sich in sie, erbarmungslos wie die Schläge eines Hammers. Irgendwie gelingt es Nissa, nicht zusammenzuzucken oder zurückzuweichen. Stattdessen drückt sie ihren Rücken durch und spielt dem Kapitän vor, dass sie sich im Einklang mit ihm bewegt. Sie hebt den Kopf vom Kissen und stemmt die Hände auf die Matratze, füllt ganz ihre Rolle aus.

Doch als sie ein Stöhnen ausstößt, um ihn zu besänftigen, sinken Kapitän Fanes Mundwinkel nach unten. Seine Augen blitzen auf. Er reißt an ihrem Haar und gibt die Strähnen abrupt frei, um die Hand stattdessen vor Nissas Mund zu schlagen und jedes Geräusch abzuwürgen. Und spätestens jetzt wird es offensichtlich: Er hat keinerlei Interesse daran, ihr Vergnügen zu bereiten; gibt nicht mal vor, dass es so wäre.

Er lässt die andere Hand über ihren Körper nach oben gleiten, packt ihren Hals. Als ihr ein ersticktes Keuchen entweicht, presst er die Hand noch fester auf ihren Mund. «Ich habe gesagt, du sollst verdammt noch mal still sein!», faucht er, ohne dabei je mit seinen Stößen nachzulassen.

Ich stehe wie erstarrt an der Tür, den Rücken gegen das Holz gepresst, als würde ich daran festkleben. Meine Bänder winden sich in ihren endlosen Knoten.

Draußen zieht sich die Dunkelheit zurück, doch hier drinnen scheint sie immer dichter zu werden. Der Kapitän benutzt Nissa wie einen Gegenstand. Alles, was er tut, fühlt sich schmutzig an, grausam. Bei Midas war ich zwar sehr oft eifersüchtig, aber ich habe zumindest kein Mitleid mit den Sätteln empfunden.

Aber jetzt tut Nissa mir einfach nur leid.

Kapitän Fane wirkt nicht mehr verzaubert, bewundert sie nicht länger. Mit zusammengebissenen Zähnen rammt er seinen haarigen Körper gegen ihren. Nissa bleibt nichts anderes übrig, als es zu ertragen und sich still zu verhalten. Doch Fane versucht, sie zu einem Fehler zu verleiten. Versucht, ihr ein Geräusch zu entlocken, damit er sie im Anschluss dafür bestrafen kann.

Jedes Mal, wenn sie einen winzigen Ton von sich gibt – und sei es nur ein angestrengter Atemzug –, stößt er härter in sie, schneller, grausamer. Bis der Blick ihrer blauen Augen mich findet, tränenverschleiert von der Brutalität des Aktes.

Sie mag ein Sattel sein, aber sie ist ein *königlicher* Sattel. Und man kann von Midas behaupten, was man will ... Er ist kein Rohling. Er misshandelt seine Sättel nicht. Sicher, er nutzt sie für sein Vergnügen, aber er zieht seine Lust nicht aus der Gewalt.

Ich ertrage es kaum, Nissas schmerzerfülltes, tränennasses Gesicht zu sehen. Auch meine Augen brennen nun. Ich halte das nicht mehr aus, kann nicht länger untätig danebenstehen.

«Kapitän ...», sage ich und trete einen Schritt vor. «Ihr tut ihr weh.»

Er wirft mir über die Schulter einen finsteren Blick zu. Sein blondes Haar hängt in fettigen Strähnen über seine Ohren. «Oh ja! Und als Nächstes bist du dran, Fickpuppe.»

Angst ballt sich in meinem Magen zu einem Steinklumpen zusammen, rollt in mir herum und lässt mich zittern. Doch als Fane so heftig in Nissa stößt, dass ihr Kopf gegen das Kopfende des Bettes knallt, ertappe ich mich dabei, wie ich noch zwei Schritte vortrete und wieder den Mund öffne: «Hört auf damit!»

Beide wirken überrascht von meiner Dreistigkeit. Doch sofort zeichnet sich wieder das Versprechen einer Bestrafung auf Kapitän Fanes Miene ab.

Er zieht sich abrupt aus Nissa zurück, schwer fällt ihr Körper auf die Matratze. Und dann kommt Fane auf mich zu, mit finsterer Miene und gesenkten Brauen.

Die Fenster in seinem Rücken zeigen mir, dass der Himmel heller geworden ist. Der schwarze Mantel der Nacht hebt sich langsam und gibt den Blick frei auf das Grau des Morgens. Kapitän Fane hebt sich vom ersten Schimmer des Tageslichts als dunkle Silhouette ab.

Er umrundet das Bett und kommt auf mich zu. Meine Füße wollen zurückweichen, doch ich bewege mich nicht von der Stelle. Schiebe trotzig das Kinn vor.

Er hat Segls Körper misshandelt, und jetzt misshandelt er Nissas Körper. Nissa, die bereit ist, alles zu tun, um zu überleben. Nissa, die ihre Rolle gespielt hat und professionell alles ertragen hätte, was er ihr antun wollte – denn so stark ist sie.

Aber wie ich bereits herausgefunden habe, gibt es für mich Grenzen.

«Ich habe gesagt, ihr sollt *ruhig sein*!»

Kapitän Fane schlägt mir ins Gesicht, ehe ich mich in Erwartung der Prügel auch nur straffen kann.

Der Schlag reißt mich von den Füßen, ich kann meinen Sturz auf den Holzboden nicht abfangen.

Schmerzen explodieren hinter meinen Augen wie zerborstene Laternen. Und ich habe mich nicht mal ansatzweise davon erholt, als sich auch schon ein Stiefel in meine Rippen bohrt. *Heftig.*

Ich schreie auf, ein erstickter Schrei, der wie ein Faden aus mir herausgerissen wird. Er löst sich von der Naht meines Halses, hinterlässt den metallischen Geschmack von Blut in meinem Mund.

Die Schmerzen sind überall zugleich, sodass ich kaum mitbekomme, wie der Kapitän die Hand ausstreckt und das Mieder meines Kleides zerreißt. Ich wehre mich dagegen, rolle mich zu einem Ball zusammen. Mein Körper versucht instinktiv, sich zu schützen. Meine Hände halten den Stoff des Mieders zusammen.

Fanc richtet sich mit einem bösartigen Grunzen auf. «Midas weiß offensichtlich nicht, wie man seine Huren zureitet», sagt er und greift nach der Hose, die jetzt um seine Knöchel hängt. «Wie gut, dass ich das kann. Und jetzt bleib da unten, guck zu und halt die Klappe, Miststück.»

Er grinst mich noch einmal grausam an, dann zieht er seinen Ledergürtel aus den Schlaufen der Hose und stapft zurück zu Nissa. Und einfach nur so, weil er eben ein vollkommener Bastard ist, lässt er den Lederriemen mit einem brutalen Schlag auf ihren Rücken niedersausen.

Ein Schrei entkommt ihrer Kehle, und dieses verkommene Arschloch knurrt sie erneut an, dass sie still sein soll – als wäre das schmerzerfüllte Geräusch *ihre* Schuld! Er schürzt die Lippen, sein Schwanz wippt ... und dann stößt er erneut in sie, als wären es in Wahrheit ihre gequälten Schreie, die er genießt.

Ich liege immer noch auf dem Boden, die Rippen wund

von seinem Tritt. Vorsichtig betaste ich die Stelle, an der sein Stiefel mich getroffen hat, und stoße zischend den Atem aus. Es tut so weh, aber ich muss aufstehen. Ich muss, weil Nissa schluchzt, weil jenseits der Fenster endlich Licht aufblüht, weil die Sonne aufgeht und die Nacht einem trüben Tag weicht.

Ich zwinge mich, gleichmäßig zu atmen, während ich mich auf die Beine kämpfe. Meine Wange pocht schmerzhaft, meine Rippen protestieren, doch schließlich gelingt es mir, mich aufzurichten – auch wenn ich nicht gerade stehen kann. Ich ziehe mein zerrissenes Mieder hoch, versuche zu verhindern, dass es meine Brüste enthüllt. Zwinge meine Hände zur Ruhe.

Dann schaue ich wieder zum Bett und sehe, dass der Kapitän seinen Gürtel um Nissas Kehle geschlungen hat, während er sie fickt. Ihre Tränen laufen in das Haar an ihren Schläfen.

Wut steigt in mir auf, meine eigene persönliche Morgendämmerung.

Ich balle die Hände zu Fäusten und beiße die Zähne zusammen. Den Moment, als die Sonne endlich über den Horizont kriecht, kann ich spüren, denn mit ihrem Licht kehrt auch meine Entschlossenheit zurück.

Meine Haut kribbelt.

Ich trete vor, während der trübe Morgen den Raum mit dämmrigem Licht erfüllt. Doch selbst in diesem schwachen Tageslicht fühle ich mich besser. Wie ich immer gesagt habe: Ich bin jemand, der stets versucht, den hellen Silberstreif zu sehen.

Und sobald ich in den schwachen Schein der Morgendämmerung trete, wird das Kribbeln auf meiner Haut stärker. Mir wird warm. Meine Schuhe kratzen über den Holzboden, als ich zum Bett humpele.

Nissas glänzende Augen finden meine. Ihr Gesicht ist schmerzverzerrt, gerötet von dem Druck, den er auf ihre Luftröhre ausübt. Meine Finger zucken.

Kapitän Fane stöhnt lustvoll, und der Laut findet fruchtbaren Mutterboden in meiner Wut und treibt eine Knospe des Hasses aus.

Der Kapitän bemerkt, dass Nissa zu mir schaut. Er dreht den Kopf und folgt ihrem Blick. Als er mich kommen sieht, feixt er anzüglich. «Kannst es nicht abwarten, hm? Na schön. Dann nehme ich dich jetzt. Wollen doch mal sehen, warum so viel Gewese um Midas' goldene Fotze gemacht wird.»

Er lässt den Gürtel los, sodass Nissa keuchend und würgend aufs Bett fällt. Dann kommt er auf mich zu, mit einem erregten Funkeln in den Augen. «Ich werde es so genießen, dir Schmerzen zuzufügen.»

Er hebt die Faust, bereit, mich zu schlagen oder mein Haar zu packen. Vielleicht will er mich auch auf die Knie zwingen oder zu Boden reißen. Ich weiß nicht genau, was er vorhat, als seine Hand auf mich zuschießt ... Aber es spielt auch keine Rolle.

Weil ich schneller bin.

Ohne zu zögern – ohne nachzudenken –, setze ich mich in Bewegung. Nicht von ihm weg, sondern direkt auf ihn zu. Ich schnelle ihm entgegen wie eine Messerklinge und lege meine unbedeckte Handfläche an seinen Hals.

Mehr ist nicht nötig.

Auch wenn er das noch nicht verstanden hat.

Der Kapitän blinzelt verwirrt, als frage er sich, wieso seine erhobene Hand erstarrt ist. Warum er sie nicht senken kann, um mich zu bestrafen. Warum er mich nicht schon lange unterworfen hat.

Unsere Gesichter sind nur wenige Zentimeter voneinander entfernt, und ich kann spüren, wie er seinen alkoholisch stinkenden Atem ausstößt. Zugleich fühle ich das Zittern, das durch seinen ganzen Körper läuft.

Er öffnet leicht den Mund, als wolle er fragen, was zur Hölle hier vor sich geht. Doch nur ein abgehacktes Keuchen dringt über seine Lippen. Die Luft stottert kurz in seiner Kehle, dann wird sie auf unnatürliche Weise abgewürgt.

Kapitän Fane erstarrt, als ich die Hand fester um seinen Hals schließe. Hinter mir keucht Nissa auf. Denn an der Stelle, die meine Handfläche berührt, verändert sich Fanes Haut.

Der Effekt breitet sich kreisförmig aus, als würde sich eine Wasseroberfläche kräuseln. Er vergrößert sich und schwappt über Fanes Schultern, fließt an seinen Armen entlang, tropft in seine Beine.

Ich spüre, wie die Veränderung tiefer einsinkt, unter seine Haut, wie sie in seine Organe und Adern vordringt.

Sein Gesicht verwandelt sich als Letztes.

Weil ich will, dass er alles mitbekommt. Weil ich will, dass er es *begreift*. Ich will, dass er mich anschaut und weiß, dass er nun die Bestrafung erhält, die *meine* Augen *ihm* versprochen haben.

Das Letzte, was Kapitän Fane tut, ist, schockiert die Augen aufzureißen.

Denn ihm bleibt keine Zeit mehr für einen weiteren Atemzug oder auch nur ein Blinzeln. Nicht mehr. Nie wieder.

Eben war seine Haut noch gerötet, seine Tunika dreckig, sein Schwanz purpurn, seine Augen braun. Doch nun ist er in der Zeit erstarrt, jeder einzelne Teil von ihm, von den Perlen in seinem Bart zu den Spitzen seiner Stiefel. Alles erstrahlt jetzt in üppigem Glanz.

Weil ich den Scheißkerl in massives Gold verwandelt habe.

Kapitel 37

Das Gold liegt kalt und fest unter meiner Hand, unnachgiebig, ohne jede Wärme. Es fühlt sich so an, wie sich nur tote, gefühllose Gegenstände anfühlen. Wie ein Stein am Grunde des Meeres.

Ich starre das Gesicht mit den leicht verzogenen Lippen an, die vereinzelten Essensreste zwischen den Zähnen, das panische Starren. Mein Herz rast in meiner Brust, aber nicht etwa, weil mir Fane leidtäte. Es schlägt so heftig wegen dem, was ich getan habe. Was ich preisgegeben habe.

Ich löse meine Finger von seiner Kehle, einen nach dem anderen, gebe diese metallische Statue eines Mannes frei. Dann lasse ich den Arm sinken.

«Du ... du ... Was hast du *getan*?»

Mein Blick huscht zu Nissa, die wie erstarrt auf dem Bett sitzt und mich entsetzt anschaut. Ihre Augen wandern ständig von mir zu der goldenen Statue von Kapitän Fane und wieder zurück, als wäre sie sich nicht sicher, wer die größere Bedrohung darstellt.

Sie atmet schwer und stoßweise. Ich habe keine Ahnung, ob das an den Misshandlungen durch den Kapitän liegt – oder an dem, was ich gerade getan habe. Vielleicht steht sie auch einfach unter Schock.

«Geht es dir gut?», frage ich.

Sie blinzelt nur, den Mund weit aufgerissen, das Haar zerzaust. Tränen trocknen auf ihren Wangen.

Mir wird schwindelig, und Schmerz strahlt von meinen Schläfen aus. Zugleich werden meine Glieder schwer. Ich reibe mir kurz die Stirn, als könnte ich so das aufkommende Kopfweh vertreiben. Es fühlt sich an, als würde meine gesamte Stärke langsam aus mir heraustropfen, wie Harz, das aus einem Baum quillt.

Ich deute auf den unlängst verstorbenen Kapitän. «So ist er viel angenehmer zu ertragen, findest du nicht auch? Redet nicht, bewegt sich nicht ...» Ich senke den Blick auf seinen Schwanz, der immer noch in Habachtstellung steht, und schürze nachdenklich die Lippen. «Ich wette, wir könnten das Ding mit einem Hammer abschlagen, wenn du möchtest.»

Nissa stößt ein würgendes Geräusch aus. Ich kann nicht sagen, ob das ein Schreien, ein Schluchzen oder ein Lachen sein soll. Vielleicht eine Mischung aus allem.

Sie reißt sich den Gürtel vom Hals und reibt die roten Male auf ihrer Haut. Dann steht sie unsicher auf und zeigt auf Kapitän Fane. «Wie hast du das gemacht, Auren?»

«Ähm ...»

Sie kommt zu mir, kümmert sich nicht um ihre Nacktheit, während sie um den Kapitän herumgeht. Eine zitternde Hand berührt seine Brust. Sie ballt die Hand zur Faust und schlägt dagegen – und reißt den Arm zurück. «Große Göttlichkeit, er besteht jetzt wirklich aus massivem Gold», haucht sie. Dann wirft sie mir einen beunruhigten Blick zu. «Und er ist ... tot?»

«O ja», versichere ich ihr. «Sehr, *sehr* tot.»

Ein schweres Seufzen lässt ihren ganzen Körper erbeben. «Aber König Midas ...»

Ihre Worte verklingen, fallen uns wie Steine vor die Füße, doch ich hebe sie nicht für sie auf. Ich habe bereits zu viel enthüllt. Ich darf auf keinen Fall verraten, wie das alles funktioniert mit Midas und mir. Darf Nissa nicht mehr erzählen, als sie jetzt schon weiß.

Sie verlagert ihr Gewicht, und die Holzbohlen unter ihren Füßen knirschen unheilvoll. Wir erstarren und schauen nach unten – dorthin, wo sich die Dielen unter dem Gewicht des Kapitäns durchbiegen.

Ich verziehe das Gesicht. «Das ... das ist wahrscheinlich nicht gut», flüstere ich.

Sie schenkt mir einen verärgerten Blick. «Ach, meinst du wirklich?»

Wenn der Kapitän durch den Boden bricht, wird das eine Menge Lärm machen. Und der Lärm wird die Piraten alarmieren. Das darf nicht passieren ... weil niemand sehen darf, was ich getan habe. Es ist schon schlimm genug, dass Nissa dabei war. Wenn die Piraten es herausfinden sollten ... Bei dem Gedanken überkommt mich ein kalter Schauder.

«Nissa», sage ich eindringlich und zwinge sie so dazu, mich anzusehen. «Du darfst niemandem etwas davon erzählen. Niemals», erkläre ich mit harter Miene, in strengem Tonfall. «Du musst das unbedingt für dich behalten. Bitte.»

Ich kann regelrecht sehen, wie sich die Zahnräder in ihrem Kopf drehen, und wüsste nur zu gerne, was sie denkt.

«Du hast ihm gesagt, dass er aufhören soll, mir wehzutun.»

Ich nicke verhalten.

Sie mustert mich für einen Moment. «Das letzte Mal, als du mir helfen wolltest, hast du mir ein Buch an den Kopf geschmissen.»

Ich verziehe leicht das Gesicht. «Ich bin ein bisschen impulsiv.»

Sie sieht erneut den Kapitän an. «Das kann man wohl sagen.»

Sorgen nagen an mir wie ein verhungernder Straßenköter, als sich Schweigen zwischen uns ausbreitet. Sicher, ich habe versucht, den Kapitän irgendwie aufzuhalten ... Aber da hatte er ihr bereits wehgetan. Trotz allem, was heute Abend geschehen ist, darf ich nicht davon ausgehen, mir irgendwie ihre Loyalität verdient zu haben.

Doch endlich nickt sie. «In Ordnung.»

Fürs Erste werden diese Worte ausreichen müssen.

Ich atme tief durch, schüttele meine zitternden Hände aus, versuche, die schmerzhafte Erschöpfung und meine lähmenden Ängste zurückzudrängen. «Gut. Also, uns bleibt nicht viel Zeit, bis der Kommandant uns holen kommt. Wir dürfen nicht zulassen, dass jemand das hier sieht.»

Nissa wirft mir einen entgeisterten Blick zu. «Und wie in aller Welt sollen wir ihn verstecken?»

Ich beiße mir auf die Unterlippe, während ich zu allen Göttern und Göttinnen bete, dass die Bodendielen nicht unter seinem Gewicht nachgeben. Dann sehe ich mich im Raum um. Aber es ist ja nicht so, als könnten wir einfach eine Decke über ihm ausbreiten oder ihn unters Bett schieben. Die Roten Räuber werden es bemerken, wenn ihr Kapitän nicht wieder aus seiner Kajüte kommt.

Mein Blick fixiert die Truhe voller Goldmünzen neben seinem Schreibtisch, und mich durchzuckt ein Geistesblitz. «Ich habe eine Idee», verkünde ich. «Zieh dich an.»

Nissa eilt zum Bett, um ihr Kleid zu holen. Ich dagegen gehe zum offenen Schrank und schnappe mir ein Paar dicke Handschuhe, die davor auf dem Boden herumliegen. Sobald ich sie über meine Finger ziehe, verändern sie ihre Farbe: Das Weiß schlägt in Gold um, als hätte man sie in geschmolzenes Metall getaucht.

Da der Kapitän das Mieder meines Kleides zerrissen hat, schnappe ich mir einen kurzen, braunen Mantel von einem Haken auf Kopfhöhe. Im Gegensatz zu dem weißen

Leder und den Pelzen, die sonst die Kleidung des Kapitäns dominieren, ist der Mantel am Rücken und an den Ärmeln mit großen braunen Federn überzogen.

Er ist leicht, aber durch die zusätzliche Federschicht auch erstaunlich warm. Außerdem ist er hinten weit genug geschnitten, dass es meine Bänder nicht stört. Und als ich die vorderen Knöpfe schließe, hält der Stoff mein zerrissenes Mieder zusammen.

Sobald Nissa wieder angezogen ist, schaut sie zu mir. «Na gut. Was machen wir jetzt?»

Meine Augen wandern vom Kapitän zu den Fenstern hinter ihm. Nissa folgt meinem Blick und schüttelt den Kopf. «Das ist unmöglich.»

«Es ist unsere einzige Chance», halte ich dagegen. «Auf keinen Fall dürfen sie ihn so finden. Unter *keinen* Umständen.»

Nissa stößt die Luft aus, als wolle sie noch weiter mit mir diskutieren, murmelt aber nur irgendetwas vor sich hin. Dann bindet sie sich das Haar nach hinten, während ich zum Bett gehe und die Laken abziehe.

Ehrlich gesagt hat sie mit ihrer Einschätzung vermutlich recht. Aber so ist es nun mal: Es ist unsere einzige Chance. Wir haben Glück, dass Fane so nahe bei den Fenstern steht, dass wir es überhaupt versuchen können. Doch auch so werden wir es wahrscheinlich nicht schaffen, den Dreckskerl aus dem Fenster zu schubsen.

Aber ich muss es versuchen.

Nissa hilft mir. Wir beeilen uns, so gut wir können, denn wir wissen beide, dass uns die Zeit davonläuft. Wir binden zwei Laken wie eine Henkersschlinge um den Hals des Kapitäns, sodass uns noch eine Menge Stoff als Zugseil bleibt.

Ich knüpfe den letzten Knoten, dann eile ich zum Fenster und schiebe den Riegel zurück. Und danke im Anschluss allen göttlichen Wesen im Himmel dafür, dass sich die Glasflächen mühelos öffnen lassen! Kalter Wind pfeift in den Raum, und ein paar Schneeflocken schweben zu Boden.

Ich spüre, dass Nissa mich aus dem Augenwinkel beobachtet. Sie muss zahllose Fragen haben. Aber ich darf nicht zulassen, dass sie diese Fragen ausspricht ... Und außerdem fehlt uns für so etwas sowieso die Zeit.

Ich kontrolliere noch mal, dass die Laken gut und fest sitzen, dann nehmen wir mit dem Fenster im Rücken vor dem Kapitän Aufstellung. «Also ... Der Plan lautet, dass wir zerren wie die Irren und hoffen, dass wir den Bastard über die Kante kriegen?», fragt Nissa zweifelnd.

«So ungefähr.»

Sie schüttelt den Kopf, doch sie reibt sich die Hände. Wir packen die Laken und wickeln den Stoff um unsere Unterarme.

«Auf drei», kommandiere ich. «Eins. Zwei. Drei!»

Wir ziehen gemeinsam, so fest wir nur können. Die Hände zu Fäusten geballt, Arme und Rücken angespannt, die Fersen fest gegen den Boden gestemmt. So zerren und zerren wir. Nissa stöhnt, doch die Statue bewegt sich nicht. Keinen Millimeter.

Wir lassen die Laken im gleichen Moment los, keuchend und fluchend.

«Scheiße», murmele ich, während sich langsam Panik in mir breitmacht. Ich kann ihn unmöglich hier so herumstehen lassen. Das geht einfach nicht!

«Scheiße, Scheiße, Scheiße ...» Frustriert trete ich dem Kapitän gegen das Schienbein. Keine gute Idee – angesichts der Tatsache, dass er aus massivem Gold besteht. Noch einmal fluche ich, als Schmerzen durch meine Zehen schießen.

Nissa zieht eine blonde Augenbraue hoch. «Vielleicht solltest du davon absehen, die Goldstatue zu treten, meinst du nicht?»

«War die Sache irgendwie wert», knurre ich.

Sie legt nachdenklich den Kopf schief. Dann dreht sie sich um und lässt mit aller Kraft die Faust auf den Schwanz des Kapitäns niedersausen. Das hätte wirklich wehgetan, wenn das Ding noch aus Fleisch und Blut bestünde. Oder Fane noch am Leben wäre.

«Autsch», sagt sie und starrt stirnrunzelnd auf den unbeweglichen Goldphallus. Sie reibt sich die schmerzende Hand und sieht mich an. «Hmmm. Du hast recht. Das *war* die Sache wert.»

«Ja.» Ich seufze.

Nissa und ich sehen uns um, auf der Suche nach einer Eingebung. Die Fenster sind uns so nah und doch so fern. Ich entdecke ein paar Haken, die an der Wand neben den Fenstern angebracht sind. An einem von ihnen hängt ein Schwert. Meine Gedanken rasen.

Ich eile hinüber, reiße das Schwert von der Wand und werfe es aufs Bett. Dann nehme ich eines unserer improvisierten Laken-Seile und wickele es um die Haken; teste, wie fest es sitzt.

«Was machst du da?», fragt Nissa.

Ich hänge mich mit meinem ganzen Gewicht an das Stoffseil, und die Haken geben nicht nach. Das ist ein gutes Zeichen. Ich kann nur hoffen, dass es funktioniert.

«Schnapp dir den Stuhl des Kapitäns und stell ihn hinter die Statue. Dieser Haken wird uns als Flaschenzug dienen», erkläre ich und zeige auf das Laken, das von seinem Hals über den Haken zu mir führt. «Ich werde ziehen, so fest ich kann, um ihn nach vorne umzukippen. Du drückst von hinten gegen seinen Kopf. Hoffentlich reicht das aus, um ihn umzuwerfen. Den Rest sollte die Schwerkraft erledigen.»

Sie nickt und umrundet den Schreibtisch, um den Stuhl zu holen. Sobald sie ihn neben dem Kapitän aufgestellt hat, steigt sie auf die Sitzfläche, um seinen Kopf zu erreichen.

Ich nehme meinen Platz an der Wand ein und packe das Laken. Vier meiner Bänder – mehr habe ich bisher nicht aus den Knoten lösen können – heben sich und schlingen sich ebenfalls um das Laken. Aber sie sind müde und tun weh. Ich weiß nicht, wie viel Kraft sie mir schenken können.

Nissa beobachtet die Bänder halb fasziniert, halb misstrauisch.

«Bereit?», frage ich, um jeder Frage zuvorzukommen.

Als Antwort stemmt sie die Hände gegen den Kopf des Kapitäns und stellt sich breitbeinig auf. Ich wickele mir das Laken noch einmal um die Hand.

Dann zähle ich. «Eins ... zwei ... drei ...»

Sie drückt. Ich ziehe. Der Boden knirscht. Der Wind rauscht.

Die Statue bewegt sich keinen Zentimeter.

Mein gesamter Körper zittert, denn ich mobilisiere all meine Stärke, all meine Entschlossenheit. Meine verletzten Rippen protestieren, aber das ignoriere ich. Meine armen Bänder fühlen sich so zerbrechlich an wie Schmetterlingsflügel. Schmerz schießt durch meine Wirbelsäule, als die Muskeln gedehnt werden.

«Komm ... schon ...»

Ich werde entweder vor Erschöpfung in Ohnmacht fallen oder diesen Mistkerl umkippen! Das sind die beiden einzigen Optionen. Mit angehaltenem Atem ziehe ich und ziehe und ziehe. Ich weigere mich aufzugeben, weigere mich zu versagen.

Das muss funktionieren. Es *muss* einfach.

Ich höre, wie Nissa ein frustriertes Stöhnen ausstößt. Mir bricht der Schweiß aus, und Schwindel kommt auf, wie ein Vogel, der mir um den Kopf herumflattert.

Wir geben alles. Wenn wir jetzt aufhören, schaffen wir keinen weiteren Versuch. Das ist unsere einzige Chance. Ich weiß das, Nissa weiß das, selbst der eisige Wind weiß das.

Aber der Kapitän will einfach nicht umkippen.

Tränen treten in meine Augen, und mir rutscht das Herz in die Hose. Wir werden es nicht schaffen. *Ich* werde es nicht schaffen.

Mit der impulsiven Entscheidung, diesen Mistkerl zu töten, habe ich wahrscheinlich auch mein eigenes Leben verwirkt.

Diese Erkenntnis drückt mich nieder. Das Wissen, dass alles umsonst war, dass ich es nicht schaffen werde. Tiefe Niedergeschlagenheit lastet auf meinen Schultern, lässt meine Knie weich werden. Die schrecklichen Dinge, die bald passieren werden, ziehen mich unbarmherzig zu Boden.

Ich knurre trotzig; beiße die Zähne so heftig zusammen, dass ich Sorge habe, sie zu zerbrechen. Mein ganzer Körper zittert, vor meinen Augen tanzen schwarze Punkte. Aber ich ziehe weiter. Und erreiche damit nur, dass der Stoff langsam zerreißt und die Bodendielen stöhnen.

Ein Schluchzen dringt aus meiner Kehle. Nissa stößt ein gepresstes, schmerzerfülltes Stöhnen aus. Meine letzte Hoffnung vergeht, als ein weiterer Riss im Laken erscheint.

Doch was dann geschieht, ist wie ein göttliches Wunder: Meine Bänder beginnen zu leuchten.

Es ist kein helles Licht, eher das Schimmern eines

Lichtstrahls im Wasser eines Teiches. Aber es ist da. Es ist dasselbe warme Glühen, das ich nach dem Angriff in der Kutsche bemerkt habe.

Ich keuche auf, als die vier seidigen Bänder plötzlich eine Kraft freisetzen, von der ich nicht einmal wusste, dass sie sie besitzen. Sie schnellen nach vorne, geben das Laken frei und schlingen sich stattdessen mit einem metallischen Klicken um den Oberkörper des Kapitäns.

Meine Bänder zerren mit solcher Macht an ihm, dass ich vor Schmerzen aufschreie. Meine Wirbelsäule fühlt sich an, als müsste sie jeden Moment zerbrechen.

Aber es gelingt ihrer gewaltigen Kraft, Kapitän Fane ein winziges Stück nach vorne zu kippen. Und mehr ist nicht nötig, um ihn wirklich umzuwerfen.

Nissa stößt ein überraschtes Kreischen aus und fällt nach vorne, als die Statue aus dem offenen Fenster kippt. Fanes Schienbeine knallen gegen das Fensterbrett, doch die Schwerkraft hat ihn fest im Griff. Und sie wird ihn nicht mehr freigeben.

Blitzschnell geben meine Bänder die Statue frei, und der Kapitän stürzt wie ein gefällter Baum. Er überschlägt sich im Fall, und die Laken flattern um seinen Hals. Ich beuge mich vor, um ihm nachzublicken.

Hart kommt er auf dem Boden auf. Schnee wird aufgewirbelt und schlägt über ihm zusammen wie eine Welle.

Nissa und ich blinzeln, starren schweigend nach unten. Dann wird uns endlich klar, dass wir es geschafft haben.

Ich sehe mich eilig draußen um, doch glücklicherweise befinden sich die beiden anderen Piratenschiffe vor uns, und die Morgendämmerung ist noch so schwach, dass das Land nach wie vor in Schatten gehüllt ist.

Keuchend starren wir weiter aus dem Fenster, wo der Kapitän mit dem Schwanz nach oben im Schnee liegt.

Nissa grinst zufrieden. «Ein angemessenes Ende, denke ich.»

Ich schnaube erschöpft.

Obwohl ich mir nichts sehnlicher wünsche, als mich einfach auf den Boden sinken zu lassen, zwinge ich mich, zum Schreibtisch zu gehen und den Griff der Truhe mit den Münzen zu packen. Ich schaffe es nicht, sie anzuheben, und meine schmerzenden Muskeln protestieren. Doch Nissa eilt heran, um mir zu helfen. Gemeinsam wuchten wir auch die Kiste aus dem Fenster.

Wir beobachten, wie sie ein paar Schritte neben dem Kapitän landet. Der fallende Schnee beginnt sofort, die beiden zu bedecken.

«Kannst du mir erklären, warum wir gerade das ganze Gold aus dem Fenster geworfen haben?»

«Er braucht ein Motiv», erwidere ich geistesabwesend und erschöpft.

Schneeflocken sammeln sich auf dem Boden der Kajüte. Ich gebe mein Bestes, alles zum Fenster rauszufegen, bevor ich es eilig wieder schließe. Ich kann nur hoffen, dass sie meine Geschichte glauben werden; dass das Schiff seine Fahrt wieder aufnehmen wird, ohne dass sie zuvor den Kapitän finden.

Ich werfe einen letzten Blick auf seine goldene Statue. Er ist dazu verdammt, den Rest der Ewigkeit mit heruntergelassener Hose und schockiertem Blick zu verbringen. Außerdem ist er reicher, als er es sich jemals erträumt hat – aber zu tot, um diesen Umstand zu genießen. Wenn man bedenkt, dass für ihn nur Geld und sein egoistisches Vergnügen zählten, finde ich diesen Gedanken unglaublich befriedigend.

Mit einem erschöpften Seufzen wende ich mich vom Fenster ab. Ich kann kaum noch stehen. Meine Bänder hängen schlaff an mir herunter, und ihr goldenes Leuchten ist verblasst.

Aber wir haben es geschafft. Es hat tatsächlich funktioniert.

«Alles in Ordnung?», fragt Nissa.

Ich zucke nur mit den Achseln. Das war gerade mal die erste Hälfte des Kampfes, und schon dabei haben wir fast versagt.

Ich kann nur hoffen, dass es weiter schneien wird; dass man mir meine Lüge glaubt; dass die Schiffe sich bald in Bewegung setzen; dass die golden glänzende Wahrheit in einem Haufen weichen Schnees verborgen bleibt.

Und selbst wenn das alles klappt, schweben wir doch immer noch in Gefahr.

Ich mag den Kapitän der Roten Räuber getötet haben. Doch schon bald werden wir uns nicht länger in der Gewalt gieriger Piraten befinden, sondern Gefangene blutrünstiger Soldaten sein.

Ich weiß nicht, was schlimmer ist.

Aber ich werde es herausfinden.

Kapitel 38

Ein Klopfen an der Kajütentür lässt mich zusammenfahren.

«Käpt'n, sie kommen zurück!», brüllt einer der Piraten von draußen.

Nissa reißt besorgt die Augen auf, ihre Lippen formen eine Frage: *Was jetzt?*

Ich zeige aufs Bett. Nissa und ich eilen hinüber. «Leg dich hin», flüstere ich ihr zu.

Sie folgt meiner Anweisung, und ich werfe ihr den Gürtel des Kapitäns zu, der auf dem Boden liegt. «Fessele dein Handgelenk an den Bettpfosten.»

Sie wirft mir einen ungläubigen Blick zu. «Dein Ernst?»

«Vertrau mir einfach. Und verknittere dein Kleid.»

Sie schnaubt, aber dann folgt sie meiner Aufforderung und fesselt sich ans Bett. Mit der freien Hand zerrt sie das Mieder nach unten und den Rock unordentlich nach oben.

Ich lege mich auf den Boden neben das Bett. Dann überrede ich so sanft wie möglich eines meiner Bänder dazu, sich erst um mein Handgelenk und dann um den Bettpfosten zu schlingen. Jede Bewegung schmerzt, als hätte ich mir einen Muskel überdehnt. Doch ich weiß, dass wir eine möglichst glaubwürdige Vorstellung abliefern müssen.

Mit der freien Hand öffne ich die Knöpfe am federbesetzten Mantel des Kapitäns. Ich entblöße mich nicht vollkommen, aber die Lücke ist groß genug, dass man das zerrissene Mieder sieht. Ich ziehe meinen schweren Rock nach oben, bis mein Oberschenkel halb freiliegt – in der

Hoffnung, dass ausreichend nackte Haut sie davon abhalten wird, zu viele Nachfragen zu stellen.

Wieder klopft es an der Tür. «Käpt'n, kommt Ihr raus? Sie sind schon auf der Rampe!»

Ich schaue zum Bett hoch. «Falls du auf Befehl weinen kannst, wäre jetzt der richtige Zeitpunkt dafür», murmele ich.

Nissa schnaubt abfällig. «Natürlich kann ich auf Kommando weinen.»

«Käpt'n? Alles gut da drin?»

Gemurmel kommt vor der Tür auf, dann nähern sich schwere Schritte. Ich höre, wie die Stimme des Quartiermeisters nach Kapitän Fane ruft – da schnippt Nissa mit den Fingern in meine Richtung. «Was?», frage ich.

Statt mir zu antworten, zeigt sie rüber zum Schreibtisch des Kapitäns.

Stirnrunzelnd sehe ich hinüber – nur um zu entdecken, dass Hut und Mantel des Kapitäns immer noch dort liegen.

«Scheiße», zische ich.

Ich überlege kurz, ob ich aufstehen und versuchen soll, die Kleidungsstücke aus dem Fenster zu werfen. Doch der Quartiermeister hämmert bereits gegen die Tür.

«Käpt'n? Käpt'n! Ich komme jetzt rein!»

Ich höre Nissa schniefen, als die Piraten draußen anfangen, auf die Tür einzutreten. Bei jedem Schlag zucke ich zusammen, bis der Türrahmen endlich splittert und die Tür aufschwingt.

Drei Piraten stampfen in den Raum, der Quartiermeister an der Spitze. Ihre Blicke finden Nissa und mich, dann wenden sie die Köpfe, um sich nach Kapitän Fane umzusehen.

«Käpt'n?», ruft der Quartiermeister.

Rasch wird ihnen klar, dass der Kapitän sich nicht länger in der Kajüte aufhält, und die Miene des Quartiermeisters verfinstert sich. Er kommt rüber zum Bett.

«Wo ist er?», blafft er.

Nissa fängt an zu weinen. Lautes Heulen und Jammern, komplett mit Schluckauf. Entweder ist sie eine herausragende Schauspielerin, oder sie lässt jetzt all dem Schmerz freien Lauf, den sie bislang zurückgehalten hat.

Ich gebe mir große Mühe, verängstigt zu wirken – was mir nicht schwerfällt, da ich tatsächlich panische Angst habe.

Der Quartiermeister baut sich vor mir auf und schaut zwischen Nissa und mir hin und her. «Ich habe gesagt: Wo zur Hölle ist er?»

«Kapitän Fane ... er ... er ...» Nissas Worte werden von ihrem herzzerreißenden Schluchzen verschluckt.

Der Quartiermeister knurrt frustriert, dann schaut er auf mich herab und tritt mit dem Stiefel so fest gegen mein Schienbein, dass ich schmerzerfüllt aufjaule. «Eine von euch sollte besser reden!»

Ich tue so, als würde ich an dem Band zerren, das mich an den Bettpfosten fesselt. «Nachdem er uns ... genommen hat, hat er uns gefesselt. Hat uns befohlen, still zu sein, und hat sich dann die Truhe mit den Münzen geschnappt», stoße ich mit bebender, hoher Stimme hervor. «Er hat sie genommen und sich mit ihr davongeschlichen. Hat uns hier eingeschlossen.»

Ich sehe, wie die zwei Piraten hinter dem Quartiermeister zusammenzucken und einen Blick tauschen.

«Davongeschlichen», wiederholt der Quartiermeister ruhig.

Ich nicke panisch.

Glaub mir einfach. Bitte, glaub es.

Der Quartiermeister tritt zurück und beginnt, den Raum zu durchsuchen. Mein Herz rast, als er den Schreibtisch umrundet, auf dem der Hut und der Mantel des Kapitäns liegen. Und es schlägt noch schneller, als der Quartiermeister am Fenster vorbeigeht.

Schau nicht nach draußen. Ich flehe alle Götter und Göttinnen an. *Bitte, lasst ihn nicht nach draußen schauen.*

«Wo war die Kiste?», blafft er.

Einer der anderen Piraten zeigt auf die Stelle. «Wir haben sie genau dort abgestellt, Quartiermeister.»

Der Mann tritt fluchend gegen ein Fass, so heftig, dass es quer durch den Raum rollt und gegen die Wand knallt. «Scheiße, er hat das Gold für sich genommen und uns hintergangen!»

«Aber wo will er denn hin, so ohne Schiff?», fragt der Pirat.

«Offensichtlich hatte er einen Plan», blafft der Quartiermeister. «Hat sich eine Feuerklaue genommen oder sich mit diesen verfickten Soldaten des Vierten verschworen.» Er stößt eine weitere Litanei aus Flüchen aus, schießt sie voller Bösartigkeit in den Raum. «Dieser hinterhältige Bastard! Falls ich ihm je noch mal begegne, werde ich ihm mein Schwert ...»

«Quartiermeister.» Ein weiterer Pirat erscheint im Türrahmen. «Der Kommandant wartet. Er wird langsam ungeduldig.»

«Verfickte Hölle!» Der Quartiermeister rauft sich frustriert die Haare, bevor er auf dem Absatz herumwirbelt und uns anstarrt.

Mein gesamter Körper versteift sich, und meine Sorge verzehnfacht meine Kopfschmerzen.

«Was willst du jetzt tun, Quartiermeister?»

Er stößt durch die zusammengebissenen Zähne den

Atem aus. «Wenn wir den Roten erklären, dass der Kapitän mit unserem Geld abgehauen ist und der Kommandant jetzt mit unseren Huren verschwindet, haben wir eine verdammte Meuterei an der Backe.» Er wirft einen hasserfüllten Blick in unsere Richtung. «Bringt sie zum Kommandanten.»

Der Pirat öffnet den Mund, um ihm zu widersprechen. «Aber ...»

«Jetzt!», blafft der Quartiermeister. «Glaubt ihr, wir überleben die Soldaten des Vierten, wenn wir versuchen, die Abmachung zu brechen? Er hat bezahlt, ob wir die Münzen nun haben oder nicht. Er wird nicht ohne sie gehen. Besonders nicht ohne dieses vergoldete Miststück.»

Die Piraten wechseln schlecht gelaunte Blicke, aber schließlich kommen sie zu uns. «Dann los, ihr Fotzen», murmelt einer von ihnen.

Eilig hebe ich die freie Hand an das Band, das ich um den Bettpfosten gewickelt habe, und gebe vor, den Knoten zu lösen. Nicht, dass er noch auf die Idee kommt, es abzureißen oder mit dem Messer zu bearbeiten.

Er packt mich am Arm, kaum dass ich das Band befreit habe. Seine Finger bohren sich durch den Stoff meines Ärmels in meine Haut, als er mich aus der Tür zerrt. Der andere Pirat folgt mit Nissa.

Gerade, als wir aus dem Zimmer geführt werden, höre ich die Stimme des Quartiermeisters: «Moment mal! Ist das nicht der Mantel des Käpt'ns? Wieso sollte er ohne Mantel verschwinden?»

Nissa gerät hinter mir ins Stolpern, und in meinem Kopf beginnen Alarmglocken zu läuten.

«Oy! Sofort anhalten!»

Die Piraten, die uns eskortieren, bleiben direkt hinter der Tür stehen und treten zur Seite. Die Schritte des

Quartiermeisters nähern sich. Ich drehe mich zu ihm um. Unter dem Rock zittern mir die Knie.

Der Mann kommt direkt zu uns, mit dem Mantel und dem Hut des Kapitäns in den Händen. «Wollt ihr zwei Weiber mir vielleicht etwas darüber erzählen?», fragt er. Sein Blick wandert zwischen uns hin und her. Ich wage nicht, Nissa anzusehen.

Stattdessen starre ich den Mantel an, den der Quartiermeister vor mir schüttelt. «W-was ist damit?», frage ich so verwirrt und jämmerlich wie möglich.

«Du willst mir also weismachen, der Kapitän wäre mit der Geldkiste verschwunden, während eines Schneesturms und ohne sich die Mühe zu machen, seinen verdammten Mantel anzuziehen?»

Die Wut in seiner Stimme lässt mich zusammenzucken, doch es gelingt mir, ihm mit zitternden Lippen zu antworten. «Ich ... ich weiß nicht. Vielleicht hatte er es eilig?»

Der Quartiermeister kneift die Augen zusammen und tritt drohend einen Schritt auf mich zu. Instinktiv weiche ich vor ihm zurück, bis ich mit dem Rücken an der Wand stehe. Wende das Gesicht von ihm ab.

Fass mich nicht an, fass mich bloß nicht an ...

Seine Augen blitzen bösartig. «Du lügst mich an, du Miststück, nicht wahr?»

Meine Knie drohen nachzugeben. Mir wird es eng um die Brust. Und das hat nichts mit meinen verknoteten Bändern zu tun – und alles mit der Angst, die mir das Herz zusammenschnürt.

«Ich ...» Alle Lügen und Ausreden, mit denen ich es versuchen könnte, zerfallen auf meiner Zunge zu Asche.

Mein Mund ist trocken, ich habe hämmernde Kopfschmerzen, und ich bin so müde ... so unglaublich schwach. Ich habe eine Menge Energie verbraucht – zu viel! –, und mein Körper steht kurz vor dem Zusammenbruch. Ohne das Adrenalin in meinen Adern wäre ich wahrscheinlich schon bewusstlos.

Der Quartiermeister beugt sich vor, bis sein Gesicht ganz dicht bei mir ist, und ich erstarre. «Wenn du nicht sofort den Mund aufmachst, werde ich dir das nutzlose Maul stopfen und dich dann mit so viel Sperma füllen, dass deine vergoldete Möse rostet, hast du mich verdammt noch mal verstanden? Was ist mit Kapitän Fane passiert?» Sein Tonfall ist finster und mordlüstern.

Schwarze Punkte tanzen am Rande meines Blickfeldes. Mein Hirn versucht krampfhaft, eine glaubwürdige Erklärung zu finden, meine ursprüngliche Geschichte zu untermauern. Aber nach dieser schrecklichen Nacht bewegen meine Gedanken sich nur noch schleppend.

Wieso habe ich mir bloß eingebildet, ich könnte damit davonkommen? Die dünnen Fäden meiner Lügen zerreißen einer nach dem anderen. Und mir bleibt nichts anderes übrig, als mich mit aller Kraft an die verbliebenen zu klammern.

Der Quartiermeister knurrt wütend, so dicht vor meinem Gesicht, dass ich die Augen zupresse. «Na schön. Ich werde dich schon zum Reden bringen, und dann ...»

Bevor er den Satz beenden oder seine Drohung wahr machen kann, durchschneidet eine kalte, geschmeidige Stimme die Luft wie ein plötzlicher Donnerschlag – ein Vulkan, der in der stillen Dämmerung ausbricht.

«Was glaubst du, was du da tust?»

KAPITEL 39

Die Stimme des Kommandanten sorgt dafür, dass der Quartiermeister abrupt herumfährt. Ich reiße überrascht die Augen auf.

Kommandant Riss steht vor uns, flankiert von zwei seiner Soldaten. Dunkel und bedrohlich ragen die drei vor uns auf, wie düstere Schatten, die über das Land kriechen. Selbst der geschlossene Helm kann nicht verbergen, dass der Kommandant vor Wut kocht.

«Weg von der Favoritin. Sofort.»

Kein Raum für Widerspruch. Der Kommandant spart sich jede Höflichkeit. Er muss nicht mal die Stimme heben, um beängstigend zu klingen.

Der Quartiermeister strafft sich, als er den Befehl vernimmt. «Sie lügt uns an! Ich werde erst diese Diskussion beenden, bevor Ihr sie mitnehmt.»

Ehrlich, ich bin zu überrascht vom Mut des Quartiermeisters, um Nervosität über meine eigene Lage zu empfinden. Doch ich höre, wie Nissa neben mir wimmert. Anscheinend befürchtet sie, dass wir gleich in eine tödliche Auseinandersetzung verwickelt werden. Und vielleicht stimmt das sogar, denn die drei Piraten hinter dem Quartiermeister greifen nervös nach ihren Schwertern.

Doch die Soldaten hinter Kommandant Riss bewegen sich nicht. Auch der Kommandant umfasst nicht das knorrige Heft der Klinge an seinem Gürtel. Er tritt nicht vor. Er sagt nicht einmal ein Wort.

Nein, der Kommandant *lacht*.

Das Geräusch dringt unter seinem Helm hervor und erfüllt die Luft zwischen uns. Die Piraten verspannen sich umso mehr. Es ist ein warnendes Geräusch. Das Gelächter eines Wahnsinnigen, dem es nach Blut verlangt.

Er strahlt eine bedrohliche Aura aus, zäh und dickflüssig wie Pech. Unnatürliche Kälte kriecht über meine Haut. Die Stacheln an den Armen des Kommandanten glänzen schwarz, wie ein lichtloser Abgrund, der nur darauf wartet, die Piraten restlos zu verschlingen. Mir wird schlecht vor Angst.

Das ist das Monster, das König Ravinger auf Orea loslässt. Der als Mann verkleidete Schrecken, um den sich so viele Legenden und Gerüchte und Geschichten ranken. Kein Wunder, dass niemand es wagt, sich ihm auf dem Schlachtfeld zu stellen!

Neben mir erbleicht der Quartiermeister hinter seinem roten Tuch. Seine Augen werden groß wie bei einem Tier, das ein nahendes Raubtier mächtig unterschätzt hat.

«Na gut, dann nehmt sie halt», stößt er heiser hervor, gefangen zwischen seiner Angst und dem jämmerlichen Versuch, selbstbewusst zu klingen. «Den Worten einer Hure kann ich sowieso nicht trauen.»

«Eine kluge Entscheidung.» Die Antwort des Kommandanten klingt wie ein unheilvolles Schnurren.

Der Quartiermeister knirscht über den herablassenden Tonfall mit den Zähnen, doch er wirbelt auf dem Absatz herum und geht weg, zieht sich wie ein Hund mit eingezogenem Schwanz in die Kajüte des Kapitäns zurück. Kluger Mann. Die anderen drei Piraten mustern kurz die Soldaten, bevor sie sich ebenfalls umdrehen und dem Quartiermeister rasch folgen.

Ich starre den Kommandanten an, kaum fähig zu atmen. Er ist viel zu bedrohlich, als dass ich Erleichterung darüber empfinden könnte, dass der Quartiermeister mich nicht länger befragen kann.

«Wir brechen auf.» Der Kommandant formuliert seinen Befehl leise, aber fest.

Er dreht sich um und geht davon. Die zwei Soldaten warten auf Nissa und mich. Ich löse meinen Rücken von der Wand der Kapitänskajüte. Gemeinsam setzen wir uns in Bewegung, auch wenn ich einen Fuß leicht nachziehe.

Während wir quer über das Deck gehen, folgen uns die Blicke der Roten Räuber. Es sieht so aus, als würden ihre Masken höhnisch grinsen. Doch die Soldaten des Vierten beachten sie gar nicht. Unbeirrt führen sie Nissa und mich zur Rampe, auf der sich bereits eine dünne Schneeschicht abgelagert hat.

Ein letztes Mal lasse ich den Blick über die gesichtslosen roten Masken der Piraten schweifen. Er bleibt an dem Pfosten hängen, an dem sie Segl aufgehängt hatten. In mir regt sich der Drang, ihnen vor die Füße zu spucken, doch ich halte mich zurück.

Ich wende mich von ihnen ab, als der Kommandant auf die Rampe tritt. Seine Schritte hinterlassen auf dem Weg nach unten Spuren im Schnee. Nissa und ich folgen ihm stumm, die zwei Soldaten hinter uns.

Doch die Erschöpfung überwältigt mich und droht die Oberhand zu gewinnen. Meine müden, stolpernden Schritte sind mit dem heftigen Neigungswinkel der Rampe überfordert, hinzu kommt noch der rutschige Schnee.

Ich versuche, mich auf jeden Schritt zu konzentrieren, mich langsam und vorsichtig zu bewegen – und doch zittern mir die Knie. Meine Kräfte sind völlig verbraucht. Und es überrascht mich nicht einmal, als einer meiner Stiefel auf einer vereisten Stelle wegrutscht und ich nach vorne stolpere, unfähig, mich zu fangen.

Fast hätte ich Nissa umgerissen, doch es gelingt mir, mich nach links zu werfen, bevor ich sie berühre. Natürlich stolpere ich dabei über den Rand der Rampe – und falle.

Glücklicherweise ist der Sturz nicht mehr besonders tief. Silberstreif.

Im Fallen strecke ich die Arme und die freien Bänder vor mir aus und versuche, den Sturz abzufangen; wappne mich für den Aufprall.

Ich lande hart. Schmerz durchzuckt meine Hände und Knie, als ich auf den harschen Schnee knalle. Sofort durchnässt feuchte Kälte meinen Rock und meine Handschuhe. Meine Bänder geben unter meinem Gewicht fast nach. Schmerz pocht durch ihre verhärteten Kanten, aber zumindest bin ich nicht auf dem Gesicht gelandet.

Für einen Moment übermannen mich Schwindel und Erschöpfung, sodass ich schon befürchte, mich nicht wieder aufrappeln zu können; dass ich einfach mitten im Schnee zusammenbreche. Aber das darf ich nicht zulassen. Hier bin ich viel zu entblößt und verletzlich, unter dem Schleier des wolkenverhangenen Morgens.

Ich zucke zusammen, als das Knallen einer Peitsche die Luft durchschneidet, gefolgt vom donnernden Knurren zahlloser Feuerklauen.

Hinter mir setzen sich die Schiffe der Schneepiraten langsam in Bewegung. Ihre hölzernen Rümpfe gleiten knirschend über die Wellen aus Eis. Ich liege so nah an ihnen dran, dass ich spüre, wie der Boden erzittert.

Immer schneller driften die Schiffe davon, gezogen von den feurigen Bestien. Sie geben den Blick frei auf die weiße Landschaft, ein Meer aus Eis und Schnee – und auf Hunderte, vielleicht sogar Tausende von Soldaten des Vierten Königreiches.

Sie sind einfach überall, wie dunkles Geröll, das auf der

einst makellosen Fläche verstreut liegt. Jetzt wird mir klar, warum die Piraten es nicht gewagt haben, gegen den Kommandanten zu kämpfen. Diese Streitmacht unter seinem Befehl hätte sie mühelos dahingemetzelt.

Mein Magen rebelliert, als ich den Blick über die Armee schweifen lassen. Die schiere Masse der Soldaten erschlägt mich. Das ist nicht einfach irgendeine Erkundungsmission. Und der Kommandant ist gewiss auch nicht mit einem kleinen Kontingent Soldaten zu Midas unterwegs, um ihm eine königliche Botschaft zu überbringen.

Nein, das ist die geballte Macht von König Ravingers Armee, und sie ist gekommen, um Krieg zu führen.

Ich bin den roten Räubern entwischt, nur um in die Gewalt eines Feindes zu geraten, der gegen meinen König marschiert. Bin dem Kommandanten direkt in den Schoß gefallen, als perfektes Druckmittel.

Entsetzen ballt sich so dicht in meinem Magen zusammen, dass ich glaube, mich übergeben zu müssen. Ein Paar schwarze Stiefel erscheinen in meinem Blickfeld – ich liege immer noch am Boden. Und als einzige Reaktion kann ich nur blinzeln, denn mein Körper ist im Schnee wie erstarrt.

Das ist übel. Richtig, richtig übel.

Die Stimme des Kommandanten kratzt scharf wie seine Stacheln über meinen Rücken. «Nun, das ist ... interessant.»

Ich schlucke schwer, dann schaue ich auf zum Kommandanten, der über mir aufragt. In seinem Rücken setzt die Armee sich in Marsch, doch darauf achte ich nicht weiter. Ich bin ganz auf ihn konzentriert. Denn er hat den Helm abgenommen und trägt ihn unter dem Arm. Zum ersten Mal sehe ich sein Gesicht.

Er hat keine Hörner. Auch keine glühenden, mordlustigen Augen. Nicht einmal eine bedrohliche Narbe zieht sich über seine Wange.

Nein, all das sind nur abschreckende Gerüchte, die das Bild eines dämonischen Wesens heraufbeschwören sollen. Orea hat die Augen wahrscheinlich zu fest vor der Wahrheit verschlossen, um sich der eigentlichen Realität zu stellen. Wir haben uns zu weit von der lange zurückliegenden Vergangenheit unseres Landes entfernt; fürchten uns zu sehr vor der Vorstellung, dass reinblütige Fae unter uns leben könnten. Die Leute schieben alles auf König Fäules Macht, glauben an Lügen, verbreiten Fehlinformationen oder tun alles als Gerüchte ab.

Aber Kommandant Riss ist kein Dämon. Und er wurde auch nicht von Ravingers Magie verdorben. Er besitzt seine ganz eigene Macht. Und ich kann nicht anders, als ihn anzustarren, um jedes Detail in mich aufzunehmen.

Seine Augen sind schwarz. So schwarz wie der Himmel um Mitternacht, sternenlos und ohne den Mond. Seine Iris und seine Pupille gehen direkt ineinander über. Dichte, geschwungene Brauen erheben sich über diesen bodenlosen Augen, lassen ihn wild und grimmig wirken.

Über jeder Braue zieht sich eine Reihe winziger, kurzer Stacheln dahin. Sie sind genauso schwarz wie die Stacheln auf seinem Rücken und an seinen Armen, doch diese Dornen sind nicht gebogen. Sie wirken auch nicht ganz so spitz und sind nur ungefähr einen Zentimeter lang.

Seine Nase ist ausdrucksstark und gerade, seine Zähne strahlen in hellem Weiß, die Eckzähne sind scharf und leicht verlängert. An seinen Schläfen und entlang der Wangenknochen erkenne ich einen Hauch von grauen, leicht schimmernden Schuppen – wie die Haut der Eidechsen, die in den Aschedünen leben.

Er hat dichtes, schwarzes Haar, einen schwarzen Bart

über blasser Haut und einen kantigen Unterkiefer. Seine Ohren sind leicht zugespitzt. Und dazu kommt noch sein durchtrainierter, muskulöser Körper, der mindestens einen Meter fünfundneunzig hoch aufragt, umhüllt von einer bedrohlichen Aura.

Er ist beängstigend. Er ist ätherisch. Er ist durch und durch Fae.

Der Rest von Orea mag vergessen haben, wie die wahren Fae aussehen, wie ihre Gegenwart sich anfühlt. Die Leute mögen so tun, als sei von den Fae nur das bisschen Magie übrig geblieben, das von einer Generation zur nächsten vererbt wird. Doch die Gegenwart des Kommandanten straft all diese Annahmen Lügen.

Die Menschen von Orea glauben, dass die Fae sie verraten haben ... Doch vor allem haben sie Angst vor ihnen. Deswegen dürfen nur diejenigen als Könige herrschen, die Magie besitzen. Deswegen musste Königin Malina ihren Thron aufgeben und Midas mit seiner magischen Begabung heiraten. Denn wenn die Fae jemals zurückkehren sollten, um zu Ende zu bringen, was sie einst begannen, brauchen wir Herrscher, die ihre Königreiche verteidigen können.

Ich frage mich, ob König Ravinger sich bewusst darüber ist, was für eine Bestie er da an der Leine hält. Frage mich, ob er die Macht des Kommandanten unter der Oberfläche brodeln fühlt, ob er seine erdrückende Aura wahrnehmen kann.

Ich liege schutzlos zu seinen Füßen. Der Blick des Kommandanten ruht auf meinen erschöpften Bändern, die immer noch darum kämpfen, mich aufrecht zu halten. Im Fokus seiner Aufmerksamkeit zu stehen, lässt mein Herz rasen.

Ich reiße mich zusammen. Irgendwie gelingt es mir, die

Scherben meiner Stärke aufzusammeln und mich auf die Beine zu zwingen. Sobald ich stehe, sacken meine freien Bänder schlaff und kraftlos hinter mir in den Schnee. Ihnen fehlt selbst die Kraft dazu, sich um meinen Körper zu schlingen.

Der Kommandant legt den Kopf schief wie ein Raubtier, während er den Blick langsam von meinen Füßen nach oben gleiten lässt. Die kaum sichtbaren Schuppen auf seinen Wangenknochen glitzern im grauen Licht der Morgendämmerung.

Als er mir endlich ins Gesicht schaut, sind meine goldenen Augen wie gefangen von seinem mitternachtsschwarzen Blick.

Die Piratenschiffe gleiten davon, die Armee marschiert weiter, doch der Kommandant und ich stehen einfach nur da und mustern uns gegenseitig.

Ich stehe nahe genug vor ihm, um zu erkennen, wie sich Schneeflocken in seinen dichten, schwarzen Wimpern verfangen. Auch den Glanz der Stacheln über seinen Brauen kann ich sehen. Ich würde ihn nicht als attraktiv bezeichnen – dafür sieht er viel zu gefährlich aus –, aber seine wilde Grazie wirkt zugleich majestätisch und unglaublich beängstigend.

Obwohl mir schrecklich kalt ist, werden meine Hände in den Handschuhen feucht vor Schweiß. Mein Puls rast so heftig, dass er fast Löcher in meine Adern schlägt. Der Wind frischt auf und bewegt die Federn an meinem gestohlenen Mantel. Für den Kommandanten muss es so aussehen, als würde ich am ganzen Körper zittern.

Stark. Seine Präsenz ist so verdammt stark und erfüllt von der Gegenwart des Todes – als wäre sich selbst seine Aura dessen bewusst, was für eine zerstörerische Macht er darstellt.

Schließlich spricht er wieder. «Das ist also das Haustier von König Midas.» Er schaut auf die Federn an meinem Ärmel, auf die goldenen Bänder, die schlaff im Schnee hängen. Interesse blitzt in seinen schwarzen Augen auf, als er mir erneut ins Gesicht sieht. «Ich muss zugeben, ich hatte nicht mit einem Goldfinken gerechnet.»

Ich bin mir nicht sicher, warum es mich so stört, dass dieser Mann mich als Haustier bezeichnet. Unwillkürlich balle ich die Hände zu Fäusten, vergraben im Stoff meines Rocks.

«Ich weiß, was du bist», sage ich scharf. Die Anschuldigung schwebt zusammen mit einer dunstigen Atemwolke zwischen uns.

Langsam heben sich seine Mundwinkel, verziehen sich zu einem bedrohlichen Lächeln, das mein Herz für einen Moment aussetzen lässt. Kommandant Riss tritt einen einzigen Schritt vor – eine simple Bewegung, die doch alle Luft aus der Welt zu saugen scheint.

Er beugt sich vor. Seine Aura greift nach mir, forschend, tastend, überwältigend. Und trotz der eisigen Luft des Ödlandes, trotz des ohrenbetäubenden Lärms der sich entfernenden Schiffe und der marschierenden Armee, erreicht seine Stimme heiß und volltönend mein Ohr: «Lustig. Dasselbe wollte ich gerade zu *dir* sagen.»

KAPITEL 40

KÖNIG MIDAS

Ich habe jedes einzelne Königreich von Orea bereist.

Das Erste Königreich ist ein schwülwarmer Dschungel, bevölkert von überheblichen Narren, die sich für Meister der Künste halten. Das Zweite ist eine trockene Ödnis aus Sand, wo es sonst nicht viel gibt, und seine Herrscher sind ein langweiliger, puritanischer Haufen.

Das Dritte Königreich ist schon interessanter. Seine Küsten sind gesprenkelt mit privaten Inseln, die nur auf Einladung der Königsfamilie betreten werden dürfen. Sein einziger Schandfleck besteht darin, dass sie eine Grenze aus trübem Sumpfland mit dem Vierten teilen, doch König Fäules Reich interessiert mich nicht im Geringsten.

Das Fünfte Königreich hingegen habe ich zunehmend ins Herz geschlossen.

Ich schaue nach unten, meine Hände auf die Balkonbrüstung gestützt. Der Boden glitzert weiß und silbrig, doch mein Blick ruht auf den Eisskulpturen im Hof, die genauso sorgfältig gepflegt werden wie ein königlicher Garten. Jede ihrer Rundungen ist perfekt gemeißelt, jeder Zentimeter auf Hochglanz poliert.

Wie herrlich es aussehen wird, wenn dieses ganze Eis erst einmal goldgeküsst ist.

In Hohenläuten habe ich keine Eisskulpturen. Dafür sind

die Blizzards und Stürme dort viel zu wild. Aber hier, im Fünften Königreich, ist die allgegenwärtige Kälte milder, und nur eine dünne Schneedecke lässt den Boden funkeln.

Ich beobachte die Bildhauer noch einen Moment bei ihrer Arbeit, ehe ich mich umwende und wieder reingehe, die Balkontüren hinter mir ins Schloss fallen lasse. Mir wurde die südliche Suite von Burg Ranhold zugeteilt. Ihr Interieur ist ganz in Weiß und Purpur gehalten, mit Mauerwerk aus grauem Stein und Verschlägen aus schwarzem Eisen. Die Räumlichkeiten sind üppig ausgestattet und absolut angemessen für einen Herrscher auf Besuch.

Nur, dass ich nicht vorhabe, lediglich ein Besucher zu bleiben.

Ich setze mich an den Schreibtisch in der Ecke des Raums. Er ist mit frischen, blauen Winterblüten dekoriert, deren Stängel in Eiswasser stehen.

Gerade habe ich mich in einen Stapel Papiere vertieft, als es an der Tür klopft und mein Berater Odo in den Raum geeilt kommt.

«Eure Majestät, für Euch wurde ein Brief zugestellt.»

Ich strecke die Hand aus, noch immer vertieft in den Dienstplan vor mir. Er legt ein zusammengerolltes Blatt Pergament in meine Handfläche. Ich breche das Wachssiegel, öffne die Schriftrolle und überfliege die Worte beiläufig. Und halte inne. Beginne mit dem Brief von vorne. Lese nun jedes einzelne Wort.

Ich erreiche das Ende des Briefes. Mein gesamter Körper versteift sich. Ich lese den Brief noch ein zweites Mal. Beiße die Zähne zusammen. Beim dritten Durchgang sehe ich rot.

«Sire?»

Mein Blick schießt zu Odo, der am Schreibtisch darauf wartet, ob ich ihm eine Antwort mitgebe.

Es wird keine Antwort geben.

Ich zerknülle das Pergament zwischen meinen Fingern. «Sie haben sie.»

Meine Stimme klingt leise und finster, als ich die Worte zwischen meinen Zähnen hervorpresse. Die Erkenntnis pulsiert in mir wie mein wütender Herzschlag.

Odo zögert. «Wer hat wen, Eure Majestät?»

Ein Wimpernschlag vergeht. Dann springe ich auf die Beine, fege mit dem Arm lautstark den Tisch leer. Bücher knallen auf den Boden, Papiere fliegen durch die Luft, die gekühlte Vase mit den Blumen zerbricht an der Wand.

Mein Ratgeber zuckt zurück und starrt mich aus großen Augen an, während ich im Raum auf und ab tigere. Meine Hände sind fest zu Fäusten geballt. Ich wundere mich fast, dass meine Knochen dabei nicht brechen.

«König Midas?», fragt Odo vorsichtig.

Aber ich höre ihn kaum, so wie ich auch die Wachen kaum wahrnehme, die wegen des Lärms in den Raum gestürmt kommen. Sie haben ihre Schwerter in Erwartung einer Bedrohung gezogen, die es hier nicht gibt.

Eine Wolke des Zorns schwebt über meinem Kopf, meine Gedanken rasen wie ein Sturm, und Blitze schießen durch meinen Körper.

Niemand bewegt sich oder wagt es, mir Fragen zu stellen, während ich weiter auf und ab schreite. Wahrscheinlich haben sie Angst, dass ich ihre Köpfe in Metall verwandele und ihre goldenen Schädel dann vor dem Tor auf eisüberzogene Spieße stecke.

Ich spüre nichts, als ich anhalte und meine Faust heftig gegen die Wand schlage. Mir ist egal, dass die Haut an meinen Knöcheln aufplatzt und Blutstropfen grausame rote Flecken auf dem weißen Teppich aufblühen lassen.

Meine Favoritin. Mein Sattel. Mein Schatz. Sie wurde

mir geraubt und befindet sich nun in den Fängen meines Feindes.

Ich wende mich zu meinen Wachen um. Meine Wut brodelt wie kochendes Wasser und hüllt mein Gesichtsfeld in roten Dampf. Die Präzision, mit der ich König Fulke vernichtet habe, wird nichts sein gegen das, was ich denjenigen antue, die mir Auren geraubt haben.

Sie gehört mir.

Und ich werde jeden vernichten, der mich daran hindern will, sie zurückzuholen.

Die goldene Ranke

Teil Eins

Es gab einen Geizhals, der schätzte
die Ranke aus glänzendem Gold,
den schimmernden, leuchtenden Sprössling
mit Blättern so gülden und hold.

Kaum kam sie ihm unter die Augen,
da sprach er auch schon: «Du bist mein!»
Er fand sie am Rande der Straße,
auf Trümmern dort glänzte ihr Schein.

Rasch grub er sie aus und verstaute
gar sicher den glänzenden Fund.
Rasch trug er sie mit sich nach Hause,
die Augen vor Staunen so rund.

Die Hände anbetend erhoben,
erfüllte die Gier seinen Blick.
Das war die einmalige Chance,
er sah nicht noch einmal zurück.

Am Hause, gleich bei seiner Türe,
pflanzt heimlich die Ranke er ein.
Im Garten nur für seine Augen
sollt' gleißen ihr goldener Schein.

Er hat einen Zaun rasch errichtet,
als Schutz für den goldenen Glanz.
Bald schon gediehen die Knospen,
ein güldener Schmuckperlentanz.

Er pflückte sie alle und trug sie
zum Marktplatz wohl hin in die Stadt.
So tilgte er all seine Schulden
und aß sich danach auch noch satt.

Wie viel er auch immer verdiente,
es reichte bei Weitem nicht aus.
Die Gier hatte Wurzeln geschlagen,
das brachte die Ranke ins Haus.

Die Gier, sie wuchs Tag für Tag weiter,
wie Schösslinge an einem Reis.
Wie sehr er die Ranke auch hegte,
sie welkte dahin wie in Eis.

Ihr goldener Schein wurde stumpfer,
und Sorgen, die machten sich breit.
Sie wuchs Tag für Tag immer schwächer,
als wär sie zu sterben bereit.

So siechte dahin seine Ranke,
Verzweiflung, die stellte sich ein.
Doch als er die Haare sich raufte,
da sah er den silbernen Schein.

Die langen und bräunlichen Strähnen
bedeckten die Ranke im Nu.
Und plötzlich gewann sie an Farbe,
erstrahlte auch heller dazu.

So wuchs sie lebendig und prachtvoll,
die Haare, sie gaben ihr Kraft.
Dem Geizhals kam schnell die Erkenntnis,
wie er dieses Wunder geschafft.

Die Haare begann er zu schneiden,
schuf goldene Blüten zuhauf.
Er kürzte sein Haar bis zur Kopfhaut,
gab gerne den Schopf für sie auf.

Ihr Wachstum verlangte nach Opfern,
nach Gaben vom eigenen Ich.
Er füttert sie überaus gründlich,
mit allerlei Teilen von sich.

Denn das war der Preis für ihr Wachstum,
der Preis für den glänzenden Lohn.
Die prunkvolle güldene Ranke
ward ihm zur erdrückenden Fron.

Fortsetzung folgt …

Danksagung

Ich hätte gedacht, dass es mit der Zeit einfacher werden würde, neue Bücher zu veröffentlichen. Aber inzwischen kann ich sagen, dass es nie leichter wird. Darum möchte ich meinen Freunden und meiner Familie für ihre unablässige Unterstützung danken.

An meinen Ehemann: Ich danke dir dafür, dass du Tag für Tag ein solcher Rockstar bist. Ohne dich könnte ich es nie schaffen, und ich liebe dich so sehr.

An meine Tochter: Es tut mir leid, dass ich so oft arbeiten muss, statt mit dir zu spielen. Aber ich möchte dich wissen lassen, dass ich dich mehr verehre als alle Wellen im Meer.

An meinen Dad: Du kommst zu jeder einzelnen Buchvorstellung. Und obwohl du die Romane nicht lesen darfst, hast du mich immer ermuntert und jedes Wort gefeiert. Ich danke dir.

An meine Mom: Du hast jedes Mal die ersten Entwürfe meiner Bücher gelesen und mir gesagt, dass sie gut wären, auch wenn sie wahrscheinlich Müll waren. Deine Unterstützung hat mir dabei geholfen, weiterzumachen und nicht aufzugeben.

An meine Schwester: Ohne dich hätte ich mich niemals auf diese Reise zur Schriftstellerei begeben. Ich habe die erste Selbstsicherheit beim Schreiben mit dir an meiner Seite gefunden, habe so viel gelernt und hatte dabei so viel Spaß.

An Ives alias Ivy Asher: Du hast dabei geholfen, jedes einzelne Buch besser zu machen. Bei dir darf ich jammern, wenn mir das Schreiben schwerfällt, und du hältst mir in der Bücherwelt stets den Rücken frei. Ich kann mich so verdammt glücklich schätzen, dich zu haben.

Ein Danke geht auch an Ann Denton und CR Jane: dafür, dass ihr so fantastische Beta-Leserinnen seid. Ich danke euch von Herzen für eure Hilfe bei *The Darkest Gold – Die Gefangene* und dafür, dass ihr mir das nötige Selbstbewusstsein gegeben habt. Trotzdem werde ich euch nichts von der Geschichte spoilern.

Ein Danke auch an Heleyna dafür, dass sie *The Darkest Gold* aufpoliert hat (habt ihr das Wortspiel bemerkt?). Und ein großes Dankeschön an Dom, für deine ganze Hilfe hinter den Kulissen.

Vor allem aber danke ich euch, den Leserinnen und Lesern. Ich weiß, dass *The Darkest Gold* anders ist als das, was ich bisher geschrieben habe, darum bin ich unglaublich glücklich, dass ihr meinem Werk eine Chance gegeben habt. All die aufmunternden Worte, Posts, Buchbesprechungen und Kommentare bedeuten mir unglaublich viel, und euer Enthusiasmus ermutigt mich dazu, weiterzumachen. Ich danke euch aus den tiefsten Tiefen meines Herzens.

Raven

Weitere Titel

Rabid

The-Darkest-Gold-Reihe

The Darkest Gold – Die Gefangene

The Darkest Gold – Die Verräterin

The Darkest Gold – Die Geliebte

The Darkest Gold – Die Kämpferin

The Darkest Gold – Die Rebellin

The Darkest Gold – Die Befreite

The Darkest Gold: 3in1 Bundle

Ivy Asher, Raven Kennedy
Rabid

Ihr Herz ist ungezähmt. Ihr Wille ungebrochen.

432 Seiten

Ich träume schon mein ganzes Leben davon, mich endlich in eine Wölfin zu verwandeln. Wie jedes Mitglied meines Rudels muss ich dazu ein Ritual vollziehen. Doch ein brutaler Angriff auf mich lässt dieses Ritual völlig aus dem Ruder laufen: Die Verbindung geht schief, und anstatt meine Wölfin zu kontrollieren, kontrolliert sie mich. Wir sind eins und doch getrennt. Wild, ungezähmt, zornerfüllt. Statt mir zu helfen, verstoßen meine eigenen Leute mich. Sie setzen mich auf dem Land des Ruin-Falls-Rudels aus, das mehr Monster als Wolf oder Mensch sein soll. Und das größte Monster von ihnen ist ihr Alpha: Tyran. Doch meine Wölfin scheint zu glauben, dass dieser Alpha genau der Richtige für uns ist, egal, wie grausam sein Ruf ist. Und es interessiert sie nicht im Geringsten, dass ich anderer Meinung bin ...

Düster, sinnlich, atemberaubend spannend. Wer nach Dark Romantasy mit einer starken Heldin sucht, wird hier fündig!